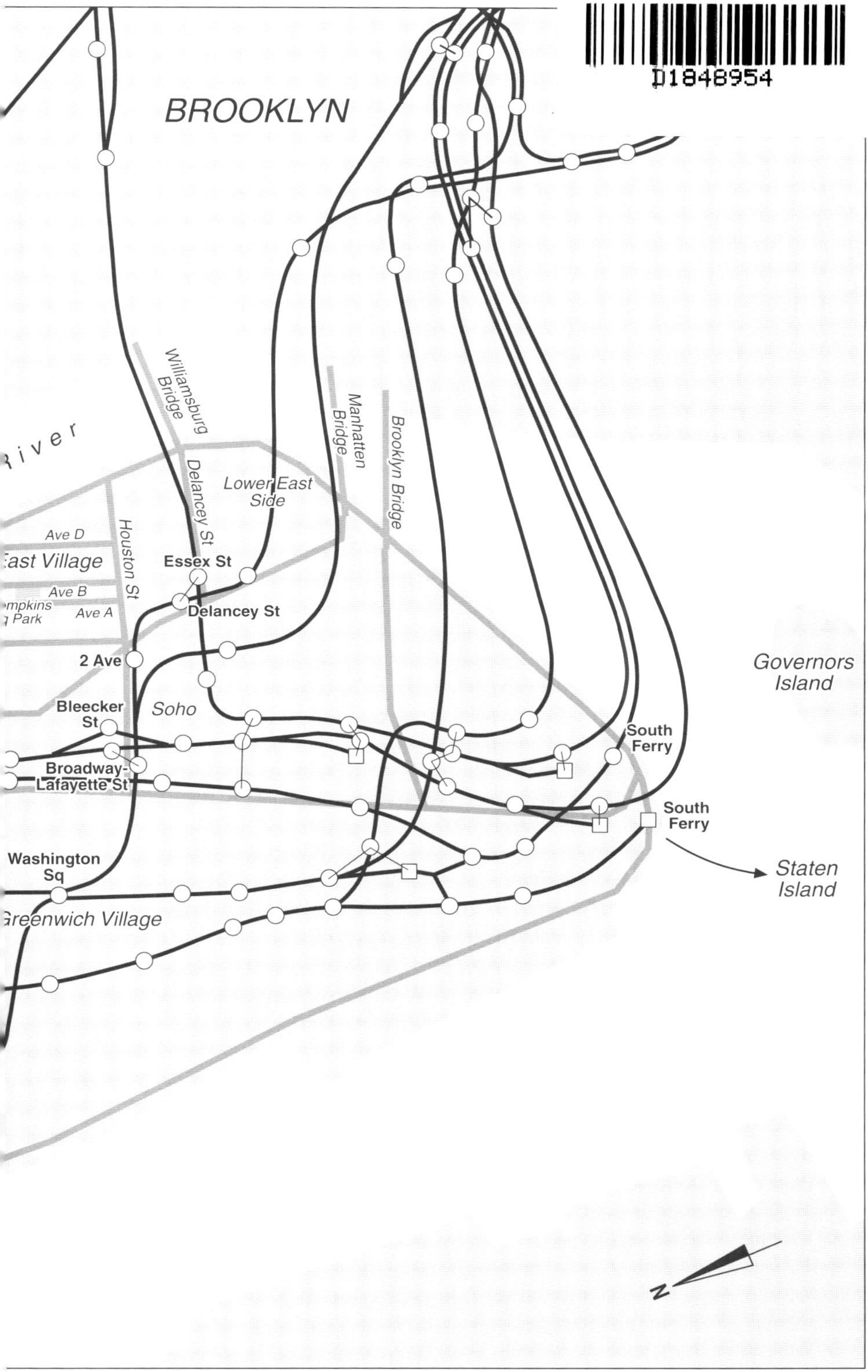
BROOKLYN
Williamsburg Bridge
Manhatten Bridge
Brooklyn Bridge
Lower East Side
Delancey St
Houston St
Ave D
Village
Essex St
Ave B
Ave A
Park
Delancey St
2 Ave
Bleecker St
Soho
Broadway-Lafayette St
Washington Sq
Village
South Ferry
South Ferry
Governors Island
Staten Island
N

Droemer
Knaur®

Richard Preston

COBRA

Aus dem Amerikanischen
von Michael Schmidt

Droemer Knaur

Originaltitel: The Cobra Event
Originalverlag: Random House

Die Folie des Schutzumschlags sowie die Einschweißfolie
sind PE-Folien und biologisch abbaubar.
Dieses Buch wurde auf chlor- und säurefreiem Papier gedruckt.

Umschlaggestaltung: Agentur Zero, München
Umschlagfoto: Tony Stone, München
Satz: Ventura Publisher im Verlag
Druck und Bindung: Franz Spiegel Buch GmbH, Ulm
Printed in Germany
ISBN 3-426-19474-0

2 4 5 3

Dieses Buch widme ich meinem Bruder
David G. Preston, M. D.,
und allen, die im Dienst des
öffentlichen Gesundheitswesens stehen,
wo immer sie sein mögen

Es ist die größte Kunst des Teufels,
uns davon zu überzeugen,
daß er nicht existiert.
Baudelaire

Inhalt

Cobra Event und die Wirklichkeit

Dieses Buch handelt von biologischen Waffen – der modernen Version dessen, was früher einmal bakteriologische Kriegführung hieß. Die Erzeugung moderner biologischer Waffen mit Hilfe gentechnischer und biotechnischer Methoden nennt man zuweilen auch »schwarze Biologie«. Mein voriges Buch, *Hot Zone,* in dem es um die Bedrohung durch neu aufkommende Viren ging, insbesondere um das Ebolavirus, hat mich zwangsläufig auf das Thema biologische Waffen gebracht: Was ist eine Biowaffe? Wer besitzt sie? Was können diese Waffen anrichten? Die Figuren und die Handlung dieses Buches sind zwar fiktiv, aber der historische Hintergrund ist real, die staatlichen Organisationsstrukturen sind real, und die Wissenschaft ist real oder basiert auf dem, was möglich ist.

Cobra Event handelt auch von der Forensik, der Wissenschaft, die sich mit physischen Beweismitteln befaßt, um ein Verbrechen zu analysieren und den Täter zu ermitteln. Ich nenne in diesem Buch eine bestimmte forensische Operation eine »Reachdeep-Operation«. *Reachdeep* ist zwar ein von mir erfundener Begriff, aber im Grunde geht es dabei um einen speziellen Typus der Verbrechensermittlung, der durch einen teilweise geheimen Präsidentenerlaß definiert ist, die sogenannte National Security Directive 7. Falls es zu einem biologischen Terrorangriff in den USA käme, würden gewisse Organisationen eine Operation ähnlich wie Reachdeep durchführen. Meine Quellen sind Angehörige des FBI, des US-Militärapparates und anderer Regierungsbehörden, die die Aufgabe haben, sich auf einen Notfall nach der Directive 7 vorzubereiten. Während der Arbeit an diesem Buch besuchte ich einmal die FBI-Akademie in

Quantico, Virginia, und dort hörte ich, wie ein FBI-Wissenschaftler, der eine Menge von biologischen Waffen versteht, sie vor einer Klasse von Agenten in der Ausbildung beschrieb. Er sagte schlicht und einfach: »Sie werden damit im Laufe Ihres Berufslebens zu tun bekommen.« Im Hörsaal wurde es ganz still. Ich würde sagen, die Anwesenden zweifelten nicht daran.

Ich habe für das Thema biologische Waffen auf die gleiche faktenorientierte Weise recherchiert wie in meinen früheren Büchern und zahlreiche Interviews mit Experten durchgeführt, die zum Teil namentlich nicht erwähnt werden wollten, aber bereit waren, mir konkrete detaillierte Informationen zu geben, falls ich ihre Anonymität wahrte. Zu meinen Quellen gehören Augenzeugen, die gesehen haben, wie in verschiedenen Ländern eine Reihe von biologischen Waffen installiert waren, sowie Menschen, die strategische Biowaffen entwickelt und getestet haben: Wissenschaftler, Ärzte und Techniker, Militärs und Nichtmilitärs. Sie wissen Bescheid über das, was sie gesehen haben, und sie beschreiben es präzise.

Die durchsichtige, glasartige Substanz, die ich in diesem Buch »Virusglas« nenne, ist ein Material, das tatsächlich existiert. Ich habe darauf verzichtet, den entsprechenden Fachbegriff zu verwenden und es allzu genau zu beschreiben. Bewußt habe ich gewisse Schlüsselaspekte der Herstellung von Biowaffen verzerrt oder vage dargestellt, um keine funktionsfähige Gebrauchsanweisung zu liefern.

Die Biosensortechnik, die ich »Felix« nenne, existiert zwar gegenwärtig nicht, befindet sich aber in der Entwicklung. Biosensorforschung ist oft geheim, und daher mußte ich begründete Vermutungen über das anstellen, was in nicht allzu ferner Zukunft möglich ist. Die elektronischen Handbiosensoren, die bei mir »Pings« heißen, gibt es inzwischen tatsächlich schon als Prototypen. (Ich nenne sie Pings, weil

ich mir vorstelle, daß sie einen Signalton von sich geben, wenn sie eine biologische Waffe aufspüren.) Sie sind zum Teil von der US-Navy entwickelt worden.
Die natürliche Virusart in diesem Buch ist real, und man hat daraus gentechnisch veränderte Varianten mit einem erweiterten Wirtsspektrum entwickelt. Sie sind in der Lage, die Zellen von Säugetieren, auch von Menschen, zu infizieren, ohne sich dabei notwendigerweise zu replizieren. Das Virus hat ein großes friedliches Potential, weil es so vielseitig ist. Aber diese Vielseitigkeit macht es auch zu einer potentiellen Waffe. Die gentechnisch entwickelte Form des Virus, die hier unter der Bezeichnung Cobra auftritt, existiert zwar nur in meiner Phantasie, sollte jedoch als Beispiel für eine ganze Reihe von Möglichkeiten verstanden werden, die es tatsächlich zur Konstruktion moderner Biowaffen gibt. Das Wissen ist öffentlich zugänglich, die Techniken sind ganz banal.

Jahrelang hat die wissenschaftliche Gemeinde sich selbst und der Öffentlichkeit einzureden versucht, biologische Waffen wären kein großes Problem, aber neuerdings hat sich da ein schmerzlicher Wandel im Denken vollzogen. Viele Wissenschaftler glauben nämlich inzwischen, daß biologische Waffen eine ernsthafte Bedrohung darstellen, mit der man nicht gerechnet hat. Menschen, die diesen Wandel miterlebt haben, sprachen mir gegenüber davon, daß ihnen die Augen aufgegangen seien. Dennoch äußern sich manche Experten nur ungern offen über biologische Waffen, weil sie fürchten, daß diese Informationen einen Bioterrorismus auslösen oder bestimmte Länder dazu ermutigen könnten, die Schwelle zur biologischen Rüstung zu überschreiten. Andere Fachleute hingegen meinen, das Problem sei inzwischen so schlimm, daß man die Öffentlichkeit einfach darüber unterrichten müsse. Ich denke, daß Probleme, die nicht ins Licht der allgemeinen öffentlichen Diskussion gerückt werden, sich im Laufe der Zeit weniger in den Griff bekommen lassen. In einem freien Land kann öffentliches Bewußtsein dazu beitragen, die Politik der Regierung weitaus effektiver zu gestalten, als es die einsamen Warnungen weniger Experten vermögen.

Falls man mir vorwerfen sollte, ich sei »antiwissenschaftlich«, kann ich dazu nur sagen: genau das Gegenteil ist der Fall. Eine offene biologische Forschung, die sich einer fachlichen Kritik stellt, kann überaus segensreich sein. Die Gentechnik ist zunächst einmal nur ein Verfahren, nicht anders als die Metallurgie. Gefährlich kann erst werden, was der Mensch damit anstellt. Stahl läßt sich eben sowohl zu Pflugscharen als auch zu Schwertern schmieden. Das nächste Virus, das sich bildet, stammt vielleicht nicht aus einem tropischen Regenwald, sondern aus einem Bioreaktor. In einem tieferen Sinn wird es aus dem menschlichen Verstand kommen. Zu glauben, daß die Macht des genetischen Codes nicht in den Dienst von Waffen gestellt wird, hieße, die wachsende Last der Beweise, die Lehren der Geschichte und die Wirklichkeit der menschlichen Natur zu ignorieren. Wie schon Thukydides gesagt hat: »Hoffnung ist ein teures Gut.« Es ist sinnvoller, auf das Schlimmste gefaßt zu sein.

Richard Preston
September 1997

Erster Teil

VERSUCH

Kate

New York, Ende der neunziger Jahre

Kate Moran war ein Einzelkind. Sie war siebzehn und lebte mit ihren Eltern in einem Loft im obersten Stockwerk eines hübschen alten Gebäudes am Westrand des Union Square, genau am Rande von Greenwich Village. An einem Mittwochmorgen Ende April hatte Kate Mühe aufzustehen. Sie war mitten in der Nacht schweißnaß erwacht, dann aber wieder eingeschlafen und hatte schlimme Träume gehabt, an die sie sich nicht mehr erinnern konnte. Als sie aufwachte, war sie erkältet und spürte, daß ihre Periode einsetzte.

»Kate!« Das war Nanette, die Haushälterin, die aus der Küche nach ihr rief. »Katie!«

»Okay.« Sie mochte es nicht, Katie genannt zu werden.

Sie setzte sich auf, schneuzte sich die Nase und ging ins Badezimmer. Sie putzte sich die Zähne, lief ins Schlafzimmer zurück und zog ein geblümtes Kleid an, das sie auf einem Flohmarkt entdeckt hatte. Zu dieser Jahreszeit konnte es morgens noch frisch sein, also schlüpfte sie auch in einen Sweater.

Kate hatte welliges rotbraunes Haar, wunderschönes Haar mit einem natürlichen seidigen Schimmer, das sie mittellang trug. Ihre Augen waren graublau oder blaugrau, was ganz vom Licht, vom Wetter und ihrer Stimmung abhing (so sah sie es wenigstens). Ihr Gesicht veränderte sich rasch. Sie konnte darin fast schon die Züge der Frau erkennen, die sie einmal sein würde. Doch sie hatte herausgefunden, daß sie ihr Gesicht um so weniger verstand, je mehr sie es im Spiegel anstarrte. Daran mußte sie denken, als sie ihr Haar nach hinten bürstete, so daß die beiden Platinohrringe in ihrem linken Ohr sichtbar wurden.

Kates Mutter zog sie immer auf, weil sie Sachen hortete. Der

Arbeitstisch in der Ecke ihres Zimmers war übersät mit alten Zigarrenkisten, Blechbüchsen, Handtaschen, Plastikbehältern und Puzzleteilen. Da stand ein altes Puppenhaus, das sie in einem Trödlerladen in Brooklyn gefunden, auseinandergenommen und für ein Projekt ausgeschlachtet hatte. Sie griff ins Puppenhaus hinein und holte ein Glasprisma und den glatten, weißen Schädel einer Maus mit winzigen gelben Zähnen heraus, den sie in einem Knochenladen in SoHo gekauft hatte. Sie hob das Prisma ins Licht, das durch das Dachfenster ihres Schlafzimmers fiel, und hielt den Mäusekopf hinter das Prisma. Es waren keine Regenbogenfarben zu sehen, das funktionierte nur bei direktem Sonnenlicht. Sie stopfte die beiden Gegenstände in ihren Rucksack. Sie würden in die Box wandern, die sie in Mr. Talides' Kunstraum in der Mater School bastelte, einer privaten Mädchenschule auf der Upper East Side.

»Katie!« rief Nanette schon wieder.

»Okay, okay.« Seufzend warf sie sich den Rucksack über die Schulter und ging in den Wohnbereich hinaus, einen großen offenen Raum mit blankgebohnerten Holzdielen und alten Möbeln und Teppichen. Ihre Eltern waren bereits zur Arbeit gefahren. Ihr Vater war Partner in einer Investmentfirma an der Wall Street, ihre Mutter Anwältin in einer Kanzlei in Midtown Manhattan.

In der Küche hatte Nanette ihr ein Glas Orangensaft eingeschenkt und einen Bagel getoastet.

Kate schüttelte den Kopf. Sie hatte keinen Hunger. Sie nieste.

Nanette riß ein Papiertuch von der Rolle und hielt es ihr hin. »Willst du zu Hause bleiben?«

»Nö.« Kate warf die Tür hinter sich ins Schloß und fuhr mit dem Fahrstuhl nach unten.

Es war ein herrlicher Morgen. Eilig ging sie die Fifteenth

Street entlang zum Union Square und steuerte auf den Eingang der U-Bahn zu. Die Knospen der Eschen auf dem Platz konnten jeden Augenblick aufgehen. Weiße Wolkenfetzen trieben in einem blauen Himmel über der Stadt dahin, der Wind fiel von Südwesten her ein und brachte einen wärmeren Tag, als Kate gedacht hatte. Die Narzissen waren größtenteils verwelkt, und die Tulpen standen in voller Blüte und warfen ihre Blätter ab. Der Frühling ging in den Sommer über. Ein Obdachloser kam Kate entgegen und stemmte sich gegen den warmen Wind, während er einen Einkaufswagen vor sich her stieß, auf dem sich Plastikmülltüten mit seiner Habe türmten. Sie schlängelte sich durch die Marktstände hindurch, die auf der nördlichen und westlichen Seite des Platzes standen, lief am U-Bahn-Kiosk die Treppe hinunter und erwischte gerade noch den Uptown Lexington Avenue Express.

Der Zug war rappelvoll, und Kate drückte sich in eine Ecke im ersten Wagen neben dem Vorderfenster. Hier hatte sie immer gern gestanden, wenn sie als kleines Mädchen mit ihrer Mutter und ihrem Vater U-Bahn gefahren war, damals, als sie noch mehr Zeit gehabt hatten, um mit ihr Ausflüge zu machen. Man konnte zum Vorderfenster hinausschauen und sehen, wie die Stahlsäulen im Scheinwerferlicht des Wagens vorbeihuschten und sich die Schienen in ein scheinbar unendliches Dunkel erstreckten. Weichen und Abzweigungen sausten vorüber, und wenn man sich in einem Express befand, der einen Local auf dem Parallelgleis einholte, dann schienen die beiden Züge einen Augenblick lang im vibrierenden Vorwärtssausen miteinander verkettet zu sein.

Das mochte sie nicht. Beim Anblick der im Tunnel blitzenden Lichter wurde ihr übel. Sie wandte sich ab. Dann merkte sie, daß sie die Gesichter im U-Bahn-Wagen anstarrte. Die Gesichter beunruhigten sie. Wenn man zu viele

Gesichter dicht nebeneinander ansieht, sehen sie auf einmal wie die Gesichter von Außerirdischen aus.
Die Mater School war nur ein paar Blocks von der U-Bahn-Station an der Eighty-sixth Street entfernt. Kate war ziemlich knapp dran, und als sie das Pfarrhaus erreichte, in dem die Schule untergebracht war, waren die meisten kleineren Mädchen schon hineingegangen, aber einige aus den höheren Klassen lungerten noch auf der Treppe herum.
»Kate, ich muß dir was erzählen«, hörte sie ihre Freundin Jennifer Ramosa rufen. Sie gingen zusammen hinein, während Jennifer über etwas sprach, was Kate nicht mitbekam. Sie hatte ein merkwürdiges Gefühl, als ob ihr eine Feder übers Gesicht gestrichen hätte ...
Ein Gong ertönte ... und da ging gerade die Direktorin, Schwester Anne Threader, vorbei ... Einen Augenblick lang war Kate schwindlig, als ob sie in einen bodenlosen schwarzen Schacht hinunterstarrte, und sie ließ ihren Rucksack fallen. Hart schlug er auf dem Boden auf. Es gab ein Geräusch wie von zerbrechendem Glas.
»Kate, was ist los mit dir?« rief Jennifer.
Kate schüttelte den Kopf. Der Schwindel schien verschwunden.
»Was hast du denn, Kate?«
»Ich bin okay.« Sie hob ihren Rucksack auf. Es knirschte und klapperte etwas darin. »Da ist was zerbrochen. Verdammt, mein Prisma ist hin.« Verärgert über sich selbst betrat sie den Klassenraum.

Gegen zehn Uhr begab sich Kate ins Krankenzimmer und ließ sich von der Schwester etwas Tylenol geben. Doch das half nichts, ihre Erkältung wurde immer schlimmer. Es war eine ausgewachsene Nebenhöhlenentzündung. Sie hatte unheimliche Schmerzen im Mund, ein pelziges, stechendes

Gefühl. Sie war sich nicht schlüssig, ob sie nicht lieber heimfahren sollte, und beschloß, noch am Kunstunterricht teilzunehmen und danach zu gehen.
Der Kunstlehrer, Peter Talides, war ein zur Kahlköpfigkeit neigender Künstler mittleren Alters, sympathisch und chaotisch, und sein Kunstraum war ein angenehmer Ort. Kate ließ sich an einem Tisch in der Ecke neben dem Fenster nieder, wo ihre Box Gestalt annahm. Es war eine ehrgeizige Konstruktion, eine Art Haus, das aus Teilen von Puppenhäusern und allen möglichen gefundenen Gegenständen bestand. Aber heute lief es nicht gut. Kate fühlte sich benebelt und schwach. Sie versuchte, an ihrem Haus zu arbeiten, doch es fiel ihr nicht mehr ein, was sie damit hatte machen wollen. Sie hatte das Gefühl, als ob sie es nie zuvor gesehen, als ob irgend jemand anderes es gebaut hätte. »Ich will heimgehen«, sagte sie laut.
Die Schülerinnen sahen sie an. Sie begann aufzustehen und wollte wieder ins Krankenzimmer gehen, als ihr plötzlich richtig schwindlig war. »O nein«, sagte sie. Sie kam halbwegs auf die Beine, merkte, daß sie nicht stehen konnte, und sank auf ihren Arbeitsstuhl zurück.
»Was ist denn bloß mit dir los, Kate?« rief Jennifer.
Ein dumpfer Aufprall. Kate war vom Stuhl gerutscht und auf dem Boden neben ihrem Arbeitstisch gelandet.
Peter Talides eilte herbei. »Fehlt dir was?«
»Ich bin krank«, sagte Kate mit schwerer Zunge. Sie begann zu zittern. Mit ausgestreckten Beinen saß sie auf dem Boden. »Mein Mund tut weh.«
Talides beugte sich über sie. »Wir müssen dich zur Krankenschwester bringen.«
Sie sagte nichts. Ihre Zähne klapperten, und ihr Gesicht war fiebrig gerötet.
Peter Talides bekam es mit der Angst zu tun. Heller Schleim lief Kate unaufhörlich aus der Nase und über die Lippen.

Ihre Blicke huschten über sein Gesicht, schienen ihn jedoch nicht wahrzunehmen.
»Jemand soll die Krankenschwester holen«, sagte er. »Los, los!« Dann wandte er sich an Kate: »Bleib einfach sitzen, okay?«
»Ich glaub, ich muß mich übergeben«, sagte Kate.
»Kannst du aufstehen?«
»Nein. Ja.«
Er half ihr auf die Beine. »Jennifer, Prasaya, bringt Kate bitte zur Toilette, ja?«
Die beiden Mädchen führten Kate aus dem Raum hinaus und hinein in die Toilette, während Peter Talides draußen auf dem Gang wartete.
Kate stand vor dem Waschbecken, klammerte sich daran und wußte nicht, ob sie sich übergeben würde. Irgend etwas ging in ihrem Kopf vor, als ob irgendein Wesen, das nicht Kate war und doch Kate war, furchtbare Schmerzen hätte. Über dem Waschbecken hing ein Spiegel. Einen Augenblick lang brachte sie es nicht über sich hineinzusehen. Dann öffnete sie den Mund. Ihre Mundhöhle war mit schwarzen Blutbläschen übersät. Sie sahen wie leuchtende Zecken aus, die dort saugten.
Sie schrie auf. Dann verlor sie das Gleichgewicht und sank auf die Knie.
Peter Talides rannte in die Toilette hinein.
Er fand Kate Moran auf dem Boden sitzend. Sie blickte ihn mit glasigen Augen an, der helle Schleim floß ihr aus Nase und Mund, und sie weinte. Mit schwerer Zunge sagte sie: »Ich weiß nicht, was ich machen soll.«
Kates Gesicht verlor jeden Ausdruck. Ein Zucken lief wellenförmig über die linke Seite. Es waren epileptische Krämpfe. Plötzlich stieß sie einen wilden, gutturalen Schrei aus und kippte nach hinten. Ihre Knie drückten sich durch, und ihr Körper verkrampfte sich und erstarrte. Krachend

schlug ihr Kopf auf den gekachelten Boden auf. Die Steifheit hielt ein paar Sekunden an. Dann begannen ihre Arme und Beine rhythmisch zu zittern und zu zucken. Sie konnte ihre Blase nicht mehr beherrschen. Unter ihr bildete sich eine Pfütze.

Talides versuchte, ihre Arme ruhig zu halten. »Mein Gott!« schrie er.

Kates Beine schlugen in alle Richtungen, stießen einen Papierkorb um und trafen Talides. Kate war sehr kräftig. Dann ging ein Schütteln durch ihren Körper. Ihre Zähne schlugen immer wieder aufeinander. Ihr Mund bewegte sich heftig. Ihre Lippen verzogen und kräuselten sich. Ihre Zunge fuhr heraus und zog sich wieder zurück. Ihre Augen waren halb geöffnet.

Talides glaubte, Kate würde ihn ansehen und versuchen, ihm etwas zu sagen. Sie stöhnte, aber es kam kein verständlicher Laut heraus.

Dann schlugen sich ihre Zähne in ihre Unterlippe, verbissen sich, und Blut lief ihr über Kinn und Hals. Sie biß sich erneut in die Lippe, fest und wild, und gab einen stöhnenden Tierlaut von sich. Diesmal wurde die Lippe durchgebissen und hing herunter. Sie zog sie ein, saugte sie in den Mund und schluckte. Nun kaute sie wieder. Sie aß ihr Mundinneres, kaute ihre Lippen, die Innenseiten ihrer Wangen. Ihre Zähne bewegten sich wie bei einer Insektenlarve, die auf ihrer Nahrung herumkaut: intensiv, gierig, automatisch – es war eine Art repetitiven Reißens am Gewebe ihres Mundes. Dann fuhr ihre Zunge wieder heraus. Sie war von Blut und Stückchen blutiger Haut bedeckt.

»Sie beißt sich selbst!« brüllte Talides. »Hilfe!«

Er nahm ihren Kopf in beide Hände und versuchte, ihren Unterkiefer ruhigzustellen, konnte aber ihre Zähne nicht am Kauen hindern. Er sah, wie ihre Zunge hinter ihren Zähnen schlängelte und zuckte. Lauthals schrie er um

Hilfe. Jennifer befand sich neben ihm, sie weinte und schrie gleichfalls um Hilfe. Die Toilettentür war offen, und Schülerinnen standen auf dem Gang und sahen herein, starr vor Entsetzen. Die meisten schrien. Einige waren weggelaufen, um einen Notarzt zu rufen.
Der Körper des Mädchens schlug wild um sich. Sie öffnete den Mund, doch nur ein heiseres Krächzen drang heraus. Kate lag jetzt auf dem Rücken. Ihr Rückgrat begann sich nach hinten zu biegen. Ihr Körper bäumte sich auf. Der Bauch hob sich immer höher. Krampfartig schlugen ihre Zähne aufeinander. Ihr Rückgrat bog sich unglaublich weit durch, hob sich vom Boden ab, bis nur noch ihr Hinterkopf und ihre Fersen den Boden berührten. Ihr Körper bildete ein C, das in der Luft hing und sich langsam krümmte und wand, wie von einer inneren Kraft getrieben, die sich zu befreien versuchte. Ihre Augen waren weit aufgerissen – rein weiß. Da gab es keine Pupillen mehr, sie waren in den Augenhöhlen verschwunden. Ihre Lippen zogen sich von den Zähnen zurück, sie lächelte, und dunkles, glänzendes Blut floß aus ihrer Nase. Mit jedem Herzschlag pulsierte es aus beiden Nasenlöchern. Es beschmutzte Talides' Hemd und rann über den Boden, wo es sich mit dem Urin auf den Fliesen mischte und in einem Abfluß in der Mitte verschwand. Keuchend rang Kate nach Luft und atmete dabei Blut ein. Ihr Körper war so hart wie ein Stück Holz. Knackende Geräusche kamen aus ihrem Rückgrat.
Das Nasenbluten erstarb. Kates Rückgrat entspannte sich. Sie sank auf den Boden, hustete einmal und gab Blut vermischt mit Spucke von sich. Peter Talides beugte sich über sie, sein Gesicht war dicht an ihrem, und er schrie: »Kate! Kate! Halte durch!« Er hatte vor Jahren einen Erste-Hilfe-Kurs beim Roten Kreuz absolviert, wußte aber nicht mehr, was er tun mußte.

Zweiter Teil

1969

Sperrgebiet

Johnston-Atoll

Ein Blick in die Geschichte gleicht dem Versuch, mit einer Taschenlampe eine Höhle auszuleuchten. Man kann zwar nicht alle Details erkennen, doch der tastende Strahl der Lampe offenbart die verborgene Gestalt der Höhle.

An einem Abend Ende Juli 1969, eintausend Meilen südwestlich von Hawaii, hatten sich die Wogen des Pazifischen Ozeans zu einem fließenden Blau geglättet. Zarte Zirruswolkenschleier zogen über den Himmel, aber man konnte den Mond sehen. Irgendwo auf dieser bleichen Kugel waren die Amerikaner vor ein paar Tagen noch herumgelaufen.

Kapitän Gennadi Jewlikow richtete seinen Feldstecher auf den Mond und überlegte, welcher von den dunklen Flecken das Mare Tranquillitatis war, aber es fiel ihm nicht mehr ein. Dann konzentrierte er sich auf den Horizont Richtung Norden. Er konnte das Johnston-Atoll zwar nicht erkennen, doch er wußte, wo es sich befand und daß die Amerikaner dort waren. Überall an Deck des Fischkutters beeilten sich Wissenschaftler, biologische Apparaturen aufzubauen. Sie bewegten sich angespannt und beunruhigt, um nichts zu zerbrechen.

Plötzlich schrie ein Matrose, der in der Nähe des Bugs stand, etwas herüber, und Jewlikow sah, wie der Mann nach Norden deutete. Mit dem Feldstecher war ein kleiner brauner Punkt am Horizont zu sehen, der langsam größer wurde. Es war ein amerikanischer Phantomjäger in den Farben des Marine Corps. Er hielt direkt auf den Fischkutter zu und gab kein Geräusch von sich. Das hieß, daß er mit Überschallgeschwindigkeit flog. Jewlikow sah einen Blitz um das Leitwerk zucken – der Pilot hatte den Nachbrenner

gezündet. Die Phantom beschleunigte noch mehr, ging herunter, und sie sahen, wie eine V-förmige Schockwelle das Wasser hinter dem Flugzeug teilte. Es war totenstill.
»Runter!« brüllte Jewlikow.
Alle warfen sich aufs Deck, steckten sich die Finger in die Ohren und rissen die Münder weit auf.
Nur ein dünner Mann mit Brille blieb neben dem Gestell mit Reagenzgläsern stehen.
Die Phantom raste mit Mach 1,4 auf den russischen Trawler zu und huschte dann gut drei Meter hoch über das Vorderdeck des Schiffs hinweg.
Einen Augenblick später explodierte der Überschallknall über ihnen wie eine Bombe. Jewlikow spürte, wie sein Körper auf dem Deck hüpfte. Der Atem wurde ihm aus den Lungen gepreßt. Jedes Fenster und Bullauge, jedes Meßgerät, die Petrischalen, sämtliche Reagenzgläser – alles, was aus Glas war, zerbrach, und Jewlikow fühlte, wie sich ein Glasregen über seinen Rücken ergoß.
Der dünne Mann mit der Brille stand in einem Haufen Glas. Seine Brillengläser waren zerbrochen und seine Ohren bluteten.
Jewlikow erhob sich. »Los, aufräumen.«
»Kapitän! Da drüben ist noch einer!«
Die zweite Marine-Corps-Phantom flog beinahe träge dahin und steuerte schräg auf das Schiff zu. Ihre Bewegungen hatten etwas Spielerisches, was unglaublich gefährlich wirkte.
Es klapperte und knirschte, als sich die Mannschaft und die Wissenschaftler erneut aufs Deck warfen. Diesmal blieb Jewlikow stehen. Ich werde mich diesen Scheißkerlen nicht noch einmal beugen, sagte er sich.
Er wird doch nicht auf uns schießen, dachte Jewlikow. Und dann sah er schon die Leuchtspurgeschosse direkt auf das Schiff zukommen. Explosionen zerfetzten den Bug, und

große weiße Gischtsäulen tanzten übers Wasser. Die Phantom schwebte mit einem metallischen Jaulen vorbei, und der Pilot zeigte ihnen den Mittelfinger.
»Fick deine Seele!« brüllte Jewlikow.
Er ließ Kurs Richtung Osten nehmen und forderte die Wissenschaftler auf, ein paar Schalen und Gläser zu suchen, die nicht zerbrochen waren.

Siebzig Meilen weiter nördlich stand Lieutenant Commander Mark Littleberry mit seinen Kollegen am Strand des Johnston-Atolls – etwa fünfzehnhundert Kilometer südwestlich von Hawaii. Hinter ihnen befanden sich die Affenlabors, während der Pazifische Ozean sanft vor ihren Füßen rauschte und seine schwache Brandung über den Korallensand rollte und glitt. Die Sonne hatte den Horizont berührt. Sachte zerfaserten die Zirruswolken, bewegte Eiskristalle in großer Höhe. Die Inversion hatte stattgefunden. Die Winde hatten sich gelegt. Der Mond ging auf. Optimale Bedingungen für eine Ablage.
»Die Jungs auf den Schleppern tun mir leid«, bemerkte einer der Wissenschaftler.
»Die Affen tun mir noch mehr leid«, erwiderte ein anderer.
Jeder der Anwesenden am Strand hielt eine Gasmaske in der Hand, für den Fall, daß sich der Wind unerwartet drehte.
»Den Männern wird nichts passieren«, sagte Littleberry.
Er war Arzt in der US-Navy, ein großer, gutaussehender schwarzer Amerikaner mit Bürstenhaarschnitt und Goldrandbrille. Er war Stabsarzt bei den Feldversuchen auf dem Johnston-Atoll und galt bei den anderen Wissenschaftlern im Programm zwar als brillant, aber vielleicht als zu ehrgeizig, als ein Mann, der anscheinend entschlossen war, weit nach oben zu kommen, und dies schon in jungen Jahren.
Littleberry hatte einen Harvard-Abschluß und sein medizi-

nisches Examen an der Tulane University abgelegt. Sein Harvard-Abschluß machte ihn nicht gerade beliebt bei den Militärs, doch sie hörten ihm zu, weil er ein wissenschaftlicher Experte war. Er hatte wertvolle Beiträge zur Erklärung der exakten Wege geliefert, auf denen die von ihnen getesteten biologischen Waffen in die Lunge eindrangen.

»Hier kommt sie«, sagte jemand.

Alle Köpfe wandten sich nach links. Sie sahen, wie eine Phantom des Marine Corps etwa zweihundert Meter über dem Wasser pfeilgerade knapp unter Schallgeschwindigkeit vorbeiraste. Sie flog parallel zum Strand in Richtung Westen, auf die untergehende Sonne zu. Sie trug keine Tankbehälter unter den Tragflächen, nur ein kleines, merkwürdig aussehendes Magazin. Sie schauten genau hin. Im Abendlicht sahen sie es. Irgend etwas sickerte aus dem Tragflächenmagazin in die Luft.

Der Düsenjäger wurde rasch kleiner und schien in der Sonnenscheibe zu verschwinden, während er sich donnernd entfernte und eine dünne Streuspur über dem Pazifischen Ozean hinterließ.

»Wunderschön«, sagte jemand.

»Unglaublich.«

»Wie groß ist die Verbreitungsrate?«

»Ein Gramm pro Meter.«

»Das ist alles?«

»Wenn es Milzbrand wäre, müßten sie es von einem Müllwagen schaufelweise herunterkippen, damit es irgendeine Wirkung auf die Affen hätte.«

»In diesem Magazin befinden sich nur etwa achtzig Kilo Erreger.«

»Ja. Und die Phantom legt ihn über achtzig Kilometer ab.«

»Was ist denn das für ein Erreger?«

»Es sind eigentlich zwei gemischte Erreger. Der Utah-Cocktail. Du hast nicht gehört, daß ich das gesagt habe.«

»Der Utah-Cocktail? Er legt *Utah* ab? Mann, eine Achtzig-Kilometer-Ablage.«
Die Streuspur befand sich leeseitig vom Johnston-Atoll. Der brisante Erreger würde von der Insel wegtreiben.
»Damit könnten, äh, fünftausend Quadratkilometer Hot Zone entstehen?«
»Falls das Zeug funktioniert. Es wird nicht funktionieren.«
»Frag doch den Doktor hier, was er meint.«
»Ich meine, es wird funktionieren«, sagte Mark Littleberry. Er wandte sich ab und ging allein am Strand entlang. Er hatte eine Arbeit zu erledigen, mußte sich um Menschen kümmern, Funkkontakt mit den Navy-Crews an Bord der Schlepper halten. Diese Schlepper zogen Lastkähne voller Affen und waren in Abständen in Lee stationiert. Die Affen waren Rhesusäffchen, die in Metallkäfigen untergebracht waren. Einige Käfige standen an Deck, andere befanden sich in geschlossenen Kammern in den Laderäumen der Kähne. Die Wissenschaftler wollten testen, ob abgeschlossene Räume einen gewissen Schutz gegen eine biologische Waffe bieten, die sich über die Luft verbreitet.
Littleberry begab sich in die Kommandozentrale auf der Insel und sprach in ein Funkgerät. »Schlepper Charlie. Kommen. Hier ist Littleberry. Wie geht's euch, Jungs? Seid ihr noch alle da?«
Achtzig Kilometer in Lee, am äußersten Ende des Testgebiets, stand ein Schlepperkapitän am Ruder seines Schiffs. Er trug einen schweren Gummischutzanzug mit einer Armeegasmaske, die mit biologischen Spezialfiltern ausgestattet war, sogenannten HEPA-Filtern. HEPA steht für *H*igh-*E*fficiency *P*article *A*rrestor, eine hocheffiziente Teilchenauffangvorrichtung. Ein HEPA-Filter fängt ein Virus oder ein Bakterienteilchen ab, bevor es in die Lunge gelangen kann.

»Wir sterben hier vor Hitze«, sagte der Kapitän. »Die Hitze wird uns umbringen, bevor es die Bakterien schaffen.«
»Verstanden, ich höre Sie. Windrichtung ist Südsüdwest. Stärke etwa acht Knoten. Sie werden euch so bald wie möglich reinholen«, sagte Littleberry. Er verfolgte die Wetterberichte, die von den um das Testgebiet stationierten Schiffen hereinkamen. Die Windgeschwindigkeit ließ vermuten, wo sich die Wolke mit dem brisanten Erreger befand, die sie sich mit dem Passatwind nach Südwesten bewegte.
Es war eine milde Nacht im Pazifik, und eine Gruppe von Pottwalen spielte im Sperrgebiet. Die Wellen leuchteten phosphoreszierend auf, als sie gegen den Rumpf des Affenlastkahns schwappten. Der Kapitän konnte die Affen johlen und schnattern hören. Die Tiere waren nervös. Irgend etwas war im Gange. Etwas Schlimmes. Die Menschen machten wieder Experimente. Das genügte, um aus jedem Affen ein Nervenbündel zu machen.

Die Wolke der Bioteilchen – das Bioaerosol – bewegte sich die ganze Nacht weiter. Sie passierte die Affenkähne nacheinander. Um vier Uhr morgens erging der Befehl, den letzten Kahn hereinzuholen. Bis dahin hatten alle Affen die Teilchen eingeatmet. Die Motoren des letzten Schleppers brüllten auf, und die Crew fuhr das Schiff mit voller Kraft zum Atoll. Sie wollten es hinter sich bringen. Die Affen wurden in Käfige in den Affenlabors auf dem Johnston-Atoll gesteckt. Im Laufe der nächsten drei Tage sahen Mark Littleberry und die anderen Wissenschaftler die Wirkungen des brisanten Energiegemischs, das sie Utah-Cocktail nannten.
Die Hälfte der Affen wurde krank und starb. Sie husteten und husteten wegen Utah, bis ihre Lungen verbrannten. Die andere Hälfte der Affen lebte und blieb gesund. Die

infizierten Tiere starben immer. Sobald ein Affe irgendwelche Anzeichen von Utah aufwies, war sein Schicksal besiegelt. Nicht ein einziger Affe wurde krank und genas wieder. Mit anderen Worten: Die Sterblichkeitsrate für Utah bei infizierten Primaten betrug hundert Prozent. Ob ein Primate infiziert wurde oder nicht, schien vom Zufall abzuhängen.

Die Tiere, die sich in geschlossenen Räumen unter Deck befunden hatten, wiesen die gleiche Sterblichkeitsrate auf wie die Tiere im Freien. Es half also nichts, in einem geschlossenen Raum zu sein. Ein Bioaerosol verhält sich wie ein Gas. Die Teilchen einer Biowaffe sind leicht und luftig. Organisch. Sie schweben in der Luft. Sie tanzen durch die kleinsten Ritzen. Vor einem lebendigen brisanten Erreger in der Luft kann man sich nicht verstecken. Er wird einen finden.

Tag für Tag ging Mark Littleberry an den Affenkäfigen entlang und betrachtete die kranken Tiere. Sie hockten zusammengekrümmt da, lethargisch, zerbrochen. Einige waren wahnsinnig geworden – Utah war ins Gehirn vorgedrungen. Die Tiere keuchten und husteten, aber ihr Husten blieb trocken; oder sie lagen eingerollt in der embryonalen Position da, zusammengebrochen, und starben.

Die Ärzte schafften einige Tiere beiseite, töteten sie und schnitten sie auf, um zu sehen, was in ihnen vorgegangen war. Littleberry sezierte selbst viele Affen. Am meisten beeindruckte ihn der Umstand, daß die Tiere innerlich ziemlich gesund aussahen. Aber wenn man das Blut eines toten Affen testete, entdeckte man, daß es durch und durch von Utah verseucht war.

Dann stellte Littleberry fest, daß die Affen aus dem am weitesten entfernten Kahn die gleiche Sterblichkeitsrate aufwiesen wie die Affen in dem Kahn, der der Ablegespur am nächsten war. Der brisante Erreger war in achtzig Kilometer Entfernung noch genauso stark und tödlich. Das war ganz anders als bei einer chemischen Waffe. Sarin und Tabun, zwei chemische Nervengase, verlieren ihre tödliche Kraft rapide, wenn sie sich ausbreiten. Utah war lebendig. Utah blieb lebendig. Utah mußte Blut finden. Es mußte einen Wirt finden. Wenn es einen Wirt finden konnte, würde es sich in ihm explosionsartig vermehren.

Die Aktivitäten rund um das Johnston-Atoll im Sommer 1969 hießen offiziell eine »gemeinsame Marineübung«, aber das war nur ein Deckname für die tatsächlich stattfindenden brisanten Feldversuche für den strategischen Einsatz von biologischen Waffen über großen Territorien. Das Ausmaß der Versuche hatte seit 1964 ständig zugenommen. Auf dem Höhepunkt waren so viele Schiffe daran beteiligt, daß sie die fünftgrößte Marine der Welt hätten bilden können. Diese Flotte war so groß wie die Seestreitkräfte, die bei den Lufttests mit Wasserstoffbomben im Pazifischen Ozean in den fünfziger Jahren eingesetzt waren.

In biologischer Hinsicht hatte der Test ein Gebiet des Pazifischen Ozeans, das größer als Los Angeles war, so heiß wie die Hölle gemacht. Die Wissenschaftler fanden nie heraus, wie weit sich der Erreger während dieses Tests verbreitet hatte – sie wußten nur, daß er über das Testgebiet hinausgegangen war und sich noch weiter verbreitete. Er passierte den letzten Kahn und bewegte sich weiter durch die Nacht, ungemindert in seiner Stärke. Er tötete keine Fische oder andere Meeresorganismen, weil sie keine Lunge haben. Falls irgendwelche Pottwale kollabierten und starben, nahm niemand Notiz davon.

Kapitän Jewlikow und seine Mannschaft überlebten, bis auf den schockierten Mann aus dem Gesundheitsministerium, der sich geweigert hatte, eine Maske zu tragen – seine Lunge schrumpfte, und sie bestatteten ihn auf hoher See.

Der Utah-Erreger bildete auf den sowjetischen Petrischalen kleine Flecken. Sie froren einige Proben ein und brachten sich nach Wladiwostok zurück. Man nimmt an, daß die gefrorenen Utah-Proben zu einer geschlossenen Militäreinrichtung geflogen wurden, dem Institut für angewandte Mikrobiologie in Obolensk, südlich von Moskau, wo die biologische Waffe analysiert und anschließend in Labors weitergezüchtet wurde. Auf diese Weise kann die amerikanische Waffenklasse von Utah in die sowjetischen Arsenale gelangt sein. Kapitän Gennadi Jewlikow erhielt einen Tapferkeitsorden für seine Verdienste.

Als die Sonne am Morgen nach dem Test über dem Pazifischen Ozean aufging, begann sie den Utah-Erreger zu neutralisieren, indem sie mit ihren Strahlen das genetische Material abtötete. Schließlich wurde es biologisch abgebaut, und keine Spur davon blieb im Meer oder in der Luft zurück. Es war weg, völlig weg, und zurück blieb nichts als das Wissen darum.

Unsichtbare Geschichte (I)

Im Roosevelt Room,
Weißes Haus, 25. November 1969

Präsident Richard Nixons vorbereitete Erklärung war ganz kurz, und er ließ keine Fragen von seiten der Presse zu. Er erklärte, die USA würden darauf verzichten, als erste chemische Waffen anzuwenden. Dann kam er auf das Thema zu sprechen, das für ihn eindeutig das wichtigere war: biologische Waffen. »Zweitens, die biologische Kriegführung, die üblicherweise bakteriologische Kriegführung genannt wird –« Er stieß das Wort *bakteriologisch* mit nixonhafter Emphase hervor, als ob ihn der Gedanke an Bakterien bis ins Mark erschütterte. »*Bakteriologische* Kriegführung – sie hat ungeheure, unvorhersagbare und potentiell unkontrollierbare Folgen. Sie kann globale Epidemien hervorrufen und nachhaltigen Einfluß auf die Gesundheit künftiger Generationen nehmen.«

Er erklärte, nach eingehender Beratung mit Fachleuten habe er beschlossen, die USA werde auf den Einsatz jeglicher Form von biologischen Waffen verzichten, und er werde die Beseitigung von existierenden Beständen derartiger Waffen anordnen. »Die Menschheit hat bereits zu viele Keime zu ihrer eigenen Vernichtung in Händen«, sagte er. »Durch das Beispiel, das wir heute setzen, hoffen wir, zu einer Atmosphäre des Friedens und der Verständigung zwischen allen Völkern beizutragen. Ich danke Ihnen.« Ohne ein weiteres Wort verließ er das Podium.

Am nächsten Tag bemerkte die *New York Times* in einer Analyse dessen, »was Nixon aufgab«, ziemlich skeptisch, der Präsident verzichte nur auf »ein paar schreckliche und wahrscheinlich unbrauchbare Waffen im amerikanischen Arsenal, um mögliche Sicherheitsvorteile für das Land und

Prestige für sich selbst zu gewinnen«. Aus »wohlunterrichteten Quellen« verlaute, daß die chemischen Waffen, die Nixon aufgegeben habe, teuer und unzuverlässig gewesen seien. Und was die biologischen Waffen betreffe, hätten »Fachleute« erklärt, daß die USA nicht in der Lage gewesen wären, sie anzuwenden. »Zunächst einmal sind die Bakterien und Toxine (die giftigen Stoffwechselprodukte von Bakterien), die in Iglus im Arsenal von Pine Bluff in Arkansas tiefgekühlt lagerten, nie getestet worden; es ist auch nicht klar, welche Wirkung sie auf feindliche Streitkräfte oder auf die Zivilbevölkerung hätten.«

Natürlich irrten sich die Experten. Oder sie hatten die *Times* belogen. Gleichwohl galt ihre Meinung auch weiterhin. Die Vorstellung, Biowaffen seien nie umfassend getestet worden, hätten nie funktionieren sollen oder seien unbrauchbar, ist ein Mythos, der bis heute aufrechterhalten wird. Über die Feldversuche am Johnston-Atoll war nie öffentlich berichtet worden, und sie sind den meisten zivilen Wissenschaftlern nicht bekannt.

Die Versuche, die von 1964 bis 1969 durchgehend stattfanden, waren erfolgreich, und zwar weit über die Erwartungen selbst der beteiligten Wissenschaftler hinaus. Die Ergebnisse waren eindeutig. Biologische Waffen sind strategische Waffen, mit deren Hilfe eine Armee, eine Stadt oder ein Land zerstört werden kann. (Im Gegensatz zu strategischen Waffen werden »taktische« Waffen auf begrenztem Gebiet eingesetzt, etwa auf einem Schlachtfeld. Chemische Waffen sind taktische, nicht strategische Waffen, da eine große Menge chemischer Waffen erforderlich ist, um eine kleine Anzahl von Feinden zu vernichten. Es gibt nur zwei Arten von strategischen Waffen auf der Welt: Kernwaffen und Biowaffen.)

Die Gründe für Richard Nixons Entscheidung, das amerikanische Biowaffenprogramm zu beenden, waren komplexer Natur. Seine Geheimdienstleute erklärten ihm, die Russen seien soweit, ein biologisches Intensivprogramm zu starten, und er hoffte, sie dazu bewegen zu können, dies nicht zu tun. Die Demonstrationen gegen den Vietnamkrieg gingen weiter, und einige Demonstranten hatten sich auf chemische und biologische Waffen konzentriert. Sie waren nicht nur dagegen, daß die Waffen von ihrer Regierung gegen irgend jemanden eingesetzt wurden, sondern sie wollten auch nicht, daß sie in der Nähe ihrer Wohnorte gelagert oder quer durchs Land transportiert wurden. Nixon hatte anscheinend zwar den Einsatz biologischer Waffen in Vietnam in Erwägung gezogen, aber die Militärplaner konnten keine Möglichkeit finden, sie anzuwenden, ohne daß zahllose Zivilisten dabei erkrankten oder getötet wurden. Dennoch waren die Leute im Pentagon sauer auf Nixon, weil er ihnen eine neue strategische Waffe weggenommen hatte.

Auch der Erfolg der Pazifik-Versuche trug zu Nixons Entscheidung bei, denn er hatte alle überrascht. Das Problem der Biowaffen bestand gerade nicht darin, daß sie nicht funktionierten, sondern daß sie zu gut funktionierten. Sie waren ausgesprochen stark. Es war schwer oder unmöglich, sich dagegen zu verteidigen. Sie waren einfach und billig herzustellen, und sosehr ihre Effizienz auch vom Wetter abhing, waren sie doch eine gute oder sogar überlegene Alternative zu Kernwaffen, besonders für Länder, die sich Kernwaffen nicht leisten konnten.

Die Bedeutung der Pazifik-Versuche war dem obersten Führer der Sowjetunion, Leonid Breschnew, oder seinen Beratern nicht entgangen. Wie es hieß, soll Breschnew auf seine Wissenschaftler wütend gewesen sein, weil sie hinter den Amerikanern herhinkten. Die Sowjets glaubten, Nixon hätte gelogen, er hätte das amerikanische Biowaffenprogramm in Wirklichkeit nie gestoppt. Sie dachten, er würde es im verborgenen weiterbetreiben. Also tat Breschnew genau das, was Nixon abzuwenden versuchte: Als Reaktion auf eine erkannte Bedrohung von seiten der USA ordnete er eine geheime intensive Beschleunigung des sowjetischen Biowaffenprogramms an.

1972 unterzeichneten die USA die Konvention über das Verbot der Entwicklung, Herstellung und Lagerung von bakteriologischen (biologischen) und toxischen Waffen und über ihre Vernichtung, gemeinhin bekannt als Konvention über das Verbot bakteriologischer Waffen. Sowjetische Diplomaten hatten großen Anteil an der Formulierung des Vertrags, und die Sowjetunion wurde einer von drei sogenannten Depositarstaaten für den Vertrag; die anderen beiden waren die USA und Großbritannien. Indem sie sich zu Depositarstaaten machten, stellten sich die drei Nationen als ein Beispiel dar, dem andere folgen sollten. Man glaubte, daß die Mittel der Geheimdienste und die Wachsamkeit und Besorgnis der Wissenschaftsgemeinde schon dafür sorgen würden, bei allen Vertragsverletzungen Alarm zu schlagen.

Aber in den Jahren nach dem Vertrag stellte sich heraus, daß dies ein naiver Glaube war. Denn es gab keine Möglichkeit zu verifizieren, ob es zu derartigen Verletzungen kam oder nicht, und in Wahrheit machten Entwicklung und Bau von Biowaffen an verschiedenen Orten auf der Welt große Fortschritte. Lange Zeit wurde davon keine Notiz genommen. Es war eine unsichtbare Geschichte.

Dritter Teil

DIE DIAGNOSE

Der Affenraum

Centers for Disease Control,
Atlanta, Georgia,
Mittwoch nachmittag, 22. April 199–

Das Wetter in Atlanta war herrlich geworden. Die Luft war erfüllt vom Duft der Weihrauchkiefern. Nordöstlich vom Stadtzentrum windet sich die Clifton Road durch hügelige, baumbestandene Viertel, vorbei am Hauptquartier der Centers for Disease Control, der obersten Bundesbehörde für Epidemiologie, Seuchenkontrolle und -prävention, einem Labyrinth aus Backstein- und Betongebäuden. Einige der CDC-Gebäude sind neu, viele aber alt und vergammelt, ein sichtbarer Beweis dafür, daß die CDC jahrelang vom Kongreß und vom Weißen Haus vernachlässigt worden war.

Gebäude 6 ist ein stockfleckiger, fast fensterloser Backsteinmonolith, der die Mitte des CDC-Komplexes einnimmt. Früher war Gebäude 6 das Tierverwahrungszentrum gewesen. Hier wurden ganze Populationen von Mäusen, Kaninchen und Affen für medizinische Forschungszwecke gehalten. Die CDC wurden größer und litten so unter Raumnot, daß die Tiere schließlich anderswohin verlegt und die Tierräume in Büros umgewandelt wurden. Es sind die am wenigsten begehrten Büros der CDC, und darum werden hier die jüngsten Mitarbeiter untergebracht. Viele von diesen jungen Leuten sind im Epidemic Intelligence Service der CDC tätig, dem Epidemischen Aufklärungsdienst – kurz EIS, wie ihn jeder nennt. Jedes Jahr werden etwa siebzig Beamtenanwärter in den EIS aufgenommen. Im Rahmen eines zweijährigen Forschungsstipendiums untersuchen sie den Ausbruch von Krankheiten in den gesamten USA, ja, auf der ganzen Welt. Der Epidemic Intelligence Service

ist ein Ausbildungsprogramm für Leute, die eine Laufbahn im öffentlichen Gesundheitswesen einschlagen wollen.
Im dritten Stock von Gebäude 6, in einem fensterlosen ehemaligen Affenraum, hatte Alice Austen, eine neunundzwanzigjährige EIS-Mitarbeiterin, Telefondienst. Sie nahm Anrufe entgegen und hörte sich an, was die Leute über ihre Krankheiten zu berichten wußten.
»Ich hab was Schlimmes gekriegt«, sagte gerade ein Mann zu ihr. Er rief aus Baton Rouge in Louisiana an. »Und ich weiß auch, woher ich es hab. Von einer Pizza.«
»Wie kommen Sie darauf?« wollte sie wissen.
»Es war eine mit Schinken und Zwiebeln. Meine Freundin hat die Krankheit auch.«
»Und was haben Sie Ihrer Meinung nach?« fragte Austen weiter.
»Ich will da, äh, nicht zu sehr ins Detail gehen. Sagen wir einfach, ich hab 'ne Geschlechtskrankheit.«
Der Mann schilderte dann, wie er mit seiner Freundin in einem Restaurant Pizza gegessen hatte, als er merkte, daß er auf einem Stück Plastik herumkaute. Er holte es aus dem Mund und sah, daß es ein von Eiter übersäter Tampon war. Er war überzeugt, daß er und seine Freundin davon gewisse Symptome bekommen hätten, die er aber nicht näher beschreiben wollte.
»Sie können doch keine sexuell übertragbare Krankheit bekommen, wenn Sie auf einem Tampon herumkauen«, erklärte ihm Austen. »Sie sollten zu einer Ambulanz gehen und sich untersuchen lassen, Ihre Freundin auch. Falls sich herausstellt, daß Sie wirklich Gonorrhöe haben, empfehlen wir die Behandlung mit Cipro.«
Der Mann wollte reden, und Austen konnte ihn nicht abwimmeln. Sie war die Tochter eines pensionierten Polizeibeamten in Ashland, New Hampshire, eine mittelgroße, schlanke Frau mit welligem rotbraunem Haar und einem

feingeschnittenen Gesicht. Ihre Augen waren graublau und nachdenklich, sie schienen die Welt sorgfältig zu betrachten. Ihre Hände waren schmal, aber sehr kräftig. Von ihrer Ausbildung her war sie Pathologin – ihr Fachgebiet war der Tod.

»Wir haben uns einen Anwalt genommen. Wir werden wegen dieser Pizza klagen«, sagte der Mann am Telefon gerade.

»Der Tampon wäre von der Hitze im Backofen sterilisiert worden. Er hätte Sie nicht anstecken können«, erklärte ihm Austen geduldig.

»Na ja, aber wenn nun der Eiter nicht gekocht worden wäre?«

»Diese Öfen sind ziemlich heiß. Ich denke, der Eiter war wahrscheinlich gekocht«, erwiderte sie.

Ein älterer Mann mit einem Schnellhefter in der Hand kam in Austens Büro. Er hob die Augenbraue. »Seit wann beraten die CDC Leute, wie sie Eiter kochen sollen?«

Sie drückte die Stummtaste. »Nur eine Minute lang.«

»Eine Minute? Die CDC empfehlen, Eiter mindestens fünf Minuten zu kochen. Sagen Sie dem Kerl, er soll ein Fleischthermometer verwenden. Der Eiter ist fertig, wenn es bei ›Schwein‹ steht.«

Austen lächelte.

Der Mann setzte sich an einen leeren Schreibtisch. Sein Name war Walter Mellis. Er war Arzt im Gesundheitsdienst, Ende Fünfzig, und hatte den größten Teil seines Berufslebens bei den CDC verbracht.

Gerade sagte der Mann am Telefon: »Ich hab die Pizza in meinen Gefrierschrank getan. Wollt ihr sie nicht in eurer Hot Zone überprüfen?«

Als sie schließlich aufgelegt hatte, stöhnte Austen: »Wow.«

»Sie haben mit diesem Kerl viel Zeit verschwendet«, sagte Mellis.

Austen kannte Walter Mellis nicht sehr gut, aber sie spürte, daß irgendwas los war. Er wollte etwas von ihr.

»Na gut«, fuhr Mellis fort und klopfte mit dem Schnellhefter nervös auf seine Hand. »Ich suche jemanden, der bei einer Autopsie zusieht. Sie sind die einzige EIS-Mitarbeiterin, die in Pathologie ausgebildet ist.«

»Ich hab ziemlich viel aufzuarbeiten«, erwidert sie.

»Ich bin gerade von Lex Nathanson angerufen worden, dem Leichenbeschauer von New York«, fuhr er fort, ohne ihren Einwand zu beachten. »Ich kenne Lex von früher. Sie hatten zwei Fälle mit einer ziemlich ungewöhnlichen Sache. Er hat mich gefragt, ob wir ihm jemanden schicken könnten, um ihm zu helfen. Diskret.«

»Und warum wenden sie sich nicht ans städtische Gesundheitsamt?«

»Weiß ich nicht.« Er sah sie ein wenig verärgert an.

Walter Mellis hatte einen Spitzbauch, graues Kraushaar und einen Schnurrbart. Austen ertappte sich dabei, wie sie sich ihn als jungen Mann vorstellte, der die Konzerte von Peter, Paul and Mary toll fand und glaubte, die Welt sei dabei, sich zu verändern. Inzwischen näherte sich Mellis seiner Pensionierung. Er war ein alternder Bundesbeamter geworden, der für immer auf derselben staatlichen Gehaltsstufe stehenbleiben würde, während sich die Welt weit mehr verändert hatte, als es seine Generation erwartet hatte.

»Aber das könnte wirklich etwas Gutes sein«, sagte er. »Man kann nie wissen. Es könnte doch ein John-Snow-Fall sein.«

Dr. John Snow war einer der ersten großen Krankheitsentdecker gewesen, ein Begründer der modernen Epidemiologie. Er war Arzt in London, als dort 1853 die Cholera ausbrach. Snow bekam es mit einer Masse von Fällen in seiner Nachbarschaft zu tun. Er befragte die Opfer und ihre Familien und ging sorgfältig ihren Tätigkeiten in den Tagen nach, kurz bevor sie krank geworden waren. Er kam dahinter, daß die Kranken dieselbe öffentliche Wasserpumpe an der Broad Street benutzt hatten. Etwas im Wasser aus dieser Pumpe mußte die Krankheit hervorgerufen haben. Snow wußte zwar nicht, welche Substanz im Wasser die Menschen krank machte, weil die Mikroorganismen, die Cholera verursachen, noch nicht entdeckt waren, aber er entfernte den Griff der Wasserpumpe. Damit hörte die Ansteckung auf. Er mußte gar nicht wissen, was sich im Wasser befand. Dies ist die klassische Geschichte der Epidemiologie.

Die CDC verleihen eine begehrte Auszeichnung, den sogenannten John Snow Award. Jedes Jahr erhält ihn ein EIS-Mitarbeiter, der nach Meinung einer Jury die beste Fallermittlung geleistet hat. Walter Mellis wollte Alice Austen zu verstehen geben, es bestünde die Möglichkeit, daß der New Yorker Fall ihr einen John Snow Award einbringen könnte.

Sie nahm ihm das nicht ab. »Gehört dieser Fall zu Ihrem Projekt?« wollte sie wissen. Mellis beschäftigte sich mit irgend etwas Geheimnisvollen, mit dem niemand an den CDC etwas zu tun haben wollte, wie sie gehört hatte.

»Mein Projekt? Das Stealth-Virus-Projekt? Ja – tatsächlich. Meiner Meinung nach könnten da draußen unbekannte Viren sein. Sie führen nicht zu auffälligen Ausbrüchen. Sie schleichen herum. Sie sind nicht sehr ansteckend, erwischen einfach mal hier und mal da einen Menschen. Es sind Jack-the-Ripper-Viren, Serienkiller – eben Stealth-Viren. Lex Nathanson weiß ein bißchen Bescheid über das Stealth-Virus-Projekt, und ich habe ihn gebeten, auf alle derartigen Fälle zu achten.«

Sie bemerkte, daß er am Gürtel einen Piepser trug und sie fragte sich, warum er ihn benötigte.

»Das klingt ja nach einer – Geheimsache.«

Mellis hob resignierend die Hand und seufzte. Er war es gewöhnt, daß die Leute sich vor seinem Projekt drückten. »Hören Sie«, sagte er, »wenn Sie nicht wollen, dann ruf ich Lex an und sag ihm einfach, daß wir im Augenblick niemanden zur Verfügung haben. Er wird das schon verstehen. Das ist keine Affäre.«

»Nein. Ich werde hinfahren.«

Mellis sah sie ein wenig überrascht an. Er öffnete seinen Schnellhefter, holte ein Ticket der Delta Air Lines und ein Spesenformular heraus und legte beides auf ihren Schreibtisch. »Das ist sehr nett von Ihnen«, sagte er.

Die Vision

Alice Austen fuhr mit ihrem Volkswagen Jetta zu ihrer Mietwohnung in Decatur, ein paar Meilen von den CDC entfernt, und zog sich um.

In eine Reisetasche legte sie ein paar Sachen zum Wechseln, zusammen mit einem Buch, obwohl sie wußte, daß sie nicht zum Lesen kommen würde. Viel Platz in der Tasche nahmen ihre Lederarbeitsstiefel ein, die in einem verschnürten Plastikmüllsack steckten. Es waren Stiefel, wie sie Bauarbeiter tragen, mit Stahlkappen und rutschsicheren Waffelsohlen. Das waren ihre Autopsiestiefel. In die Aktentasche steckte sie ihren Laptop, ein Handy und ein grünes, leinenbezogenes amtliches Notizbuch – ein Epi-Notizbuch, wie sie es nannten. Darin würde sie alle Daten der Untersuchung notieren. Außerdem packte sie noch eine kleine elektronische Digitalkamera ein, mit der man Farbfotos machen konnte, die auf Speicherkarten festgehalten wurden. Die Speicherkarten konnte sie in ihren Laptop schieben und sich dann die Fotos auf dem Bildschirm ansehen.

Oben auf die Sachen in ihrer Reisetasche legte sie eine ledere Falttasche, die ihr Autopsiebesteck enthielt. Außerdem warf sie noch ein Pfadfinderset aus Messer, Gabel und Löffel hinein, damit sie ihre Mahlzeiten im gemieteten Zimmer essen konnte. Sie würde nicht in einem Hotel absteigen. Die CDC-Reisespesen betrugen neunzig Dollar pro Tag für eine Unterkunft in New York. Für neunzig Dollar bekam man in New York kein anständiges Hotelzimmer, also würde sie sich in einer Bed-and-Breakfast-Pension einquartieren.

Ihr Flugzeug hob bei klarem Himmel ab. Der Mond war untergegangen, und die Sterne leuchteten in der Dunkelheit. Da ihr nicht nach Lesen zumute war, beobachtete sie, wie Nordamerika langsam unter dem Flugzeug hinwegglitt, ein Spinnennetz aus Lichtern, das sich über den schwarzen Untergrund gelegt hatte. Städte näherten sich und versanken wieder: Charlotte, Richmond, dann Washington, D. C. Selbst aus neuntausend Meter Höhe war die Mall zu sehen, ein leuchtendes Rechteck am Potomac River. Die Gebäude der Bundesregierung sahen von hier oben klein und hilflos aus, wie etwas, auf das man den Fuß setzen konnte.

Dann gingen sie in eine Warteschleife um den Newark Airport, und als sie von Norden her zur Landung ansetzten, flogen sie dicht an Manhattan vorbei. Als Austen aus dem Fenster sah, erblickte sie unerwartet den Organismus, der New York hieß. Seine Schönheit nahm ihr fast den Atem. Der Stadtkern schien aus den schwarzen Gewässern, die ihn umgaben, in einem Filigran aus Licht und Strukturen aufzusteigen, wie ein leuchtendes Korallenriff. Sie sah, wie die Gebäude von Midtown Manhattan im Hudson River schimmerten, so fern und fremd, als wären sie imaginär. Das Empire State Building war ein in Flutlicht getauchter Stachel. Jenseits von Manhattan erstreckten sich Teile von Brooklyn und Queens. Im Süden erkannte sie die beleuchtete Silhouette von Staten Island, und die Lichter der Verrazano Bridge hingen wie an einer Kette aufgereiht. Näher am Flugzeug breitete sich das Wasser der Upper New York Bay wie ein tintenschwarzer Teppich aus, in dem die Rümpfe der vor Anker liegenden Schiffe aufblitzten.

Austen stellte sich eine Stadt wie einen Organismus vor. Die Zellen waren die Menschen. Die Metropole New York war jetzt Austens Patient. Zwei Zellen im Innern dieses Patienten waren auf mysteriöse Weise erloschen – vielleicht ein Krankheitszeichen, vielleicht aber auch bedeutungslos.

Das Bed-and-Breakfast-Apartment, in dem die CDC für Alice Austen ein Zimmer gemietet hatten, befand sich in Kips Bay, an der East Thirty-third Street, zwischen der Second und der First Avenue. Kips Bay ist eine in den siebziger Jahren errichtete Anlage von blockartigen Betongebäuden, die von Gärten umgeben sind und unmittelbar in der Nähe eines riesigen Komplexes von Krankenhäusern liegen. Ihre Wirtin war eine deutsche Witwe namens Gerda Heilig, die ein Zimmer vermietete, das auf das New York University Medical Center und den East River hinausging. Es war ein angenehmer Raum mit einem Schreibtisch und einem altdeutschen Bett, das quietschte, als Austen sich daraufsetzte.

Sie legte ihre Messertasche auf den Schreibtisch und öffnete sie. Darin befanden sich zwei kurze und ein langes Messer. Es waren ihre Autopsiemesser. Die kurzen sahen aus wie Fischfiletiermesser. Das lange war ein Pathologenmesser. Es hatte eine gerade, schwere Klinge aus Kohlenstoffstahl, die etwa fünfundsiebzig Zentimeter lang war – fast wie ein kurzes Schwert. Es hatte einen handlichen Griff aus Eschenholz, wie man es auch für Axtstiele verwendet. Zu ihrem Pathologenbesteck gehörten noch ein Diamantschleifstein und ein runder Wetzstahl. Falls man sie auffordern sollte, sich an der Autopsie zu beteiligen, wollte sie ihr eigenes Messer benutzen. Sie befeuchtete den Schleifstein unter dem Wasserhahn im Badezimmer, zog das Messer darauf ab und testete seine Schärfe an ihrem Daumennagel. Wenn man die Klinge eines Pathologenmessers über den Daumennagel zieht, soll sie dort haftenbleiben, den Nagel wie eine Rasierklinge fassen. Falls die Klinge über den Nagel gleitet oder springt, ist sie nicht scharf.

Das lange Messer gab einen schabenden Laut von sich, als er über den Diamantblock fuhr.

Westlich von Babylon

Irak, Donnerstag, 23. April

Der April ist im Irak normalerweise trocken und klar, aber eine Kaltfront war von Norden aufgezogen, so daß der Himmel bedeckt war. Das United Nations Special Commission Biological Weapons Inspection Team Nummer 247 – kurz UNSCOM 247 – fuhr auf einer schmalen asphaltierten Fernstraße am Rande der Wüste westlich vom Euphrat dahin, langsam, mit eingeschalteten Scheinwerfern. Der Konvoi bestand aus einem Dutzend allradgetriebener Fahrzeuge. Sie waren weiß lackiert, und auf ihren Türen stand in großen schwarzen Buchstaben »UN«, was man trotz einer dicken Staubschicht gut erkennen konnte.

Der Konvoi gelangte an eine Kreuzung und fuhr nur noch im Kriechtempo dahin. Gleichzeitig gingen die rechten Blinklichter an allen Fahrzeugen an. UNSCOM 247 bog nach Nordosten ab. Sein Ziel war der Luftwaffenstützpunkt Habbaniyah in der Nähe des Euphrat, wo ein UN-Transporter auf die Inspektoren wartete, um sie außer Landes nach Bahrain zu fliegen. Dort würden sie sich trennen, und jeder würde seiner eigenen Wege gehen.

Ein weißer Nissan Pathfinder 4 x 4 in der Mitte des Konvois verlangsamte die Fahrt, als er sich der Kreuzung näherte. Wie bei den anderen ging sein rechter Blinker an. Doch plötzlich brach der Nissan mit aufbrüllendem Motor und quietschenden Reifen aus dem Konvoi aus. Das Fahrzeug schwenkte nach links auf ein rissiges Asphaltband in Richtung Westen und verschwand mit hoher Geschwindigkeit in der Wüste.

Eine harte Stimme meldete sich über Funk: »Blitzinspektion!«

Die Stimme gehörte Commander Mark Littleberry, US-

Navy (a. D.). Littleberry war über sechzig, was nur die Goldrandlesebrille auf seiner Nase und seine silbergrauen Schläfen verrieten, denn »der unverwüstliche Littleberry«, wie ihn seine Kollegen nannten, hatte sehr straffe Gesichtszüge. Er arbeitete als Berater für verschiedene US-Regierungsbehörden, meist für die Navy. Dank dieser Verbindungen war er zum UNSCOM-Inspektor für biologische Waffen ernannt worden. Nun saß er auf dem Beifahrersitz des aus dem Konvoi ausgescherten Nissan.

Die irakischen Aufpasser waren hinter dem UNSCOM-Konvoi in einem bunt zusammengewürfelten Fahrzeugpark hergefahren: ramponierten Toyota-Pickups, rauchenden Renaults, die immer wieder Fehlzündungen hatten, Chevrolets ohne Radkappen und einer schwarzen Mercedes-Benz-Limousine mit getönten Fenstern und blitzenden Leichtmetallfelgen. Die meisten dieser Fahrzeuge waren von den Irakis während des Golfkriegs in Kuwait beschlagnahmt worden und in den Jahren danach im ständigen Einsatz der irakischen Regierung gewesen.

Als der Nissan aus dem Konvoi ausscherte und Mark Littleberrys Erklärung »Blitzinspektion« über Funk durchkam, gerieten die Irakis in helle Aufregung. Ihre Fahrzeuge kamen quietschend zum Stehen, sie begannen in Walkietalkies zu brüllen und meldeten das Ausscheren ihren Vorgesetzten am Nationalen Überwachungszentrum in Bagdad, der irakischen Geheimdienstbehörde, die die Aufpasser für die UN-Waffeninspektionsteams stellt. Eine Blitzinspektion ist eine überraschende Waffeninspektion. Die Inspektoren ändern plötzlich ihre Reiseroute und fahren ohne jede Vorwarnung irgendwohin. Aber diesmal gab es ein Problem. Commander Mark Littleberry hatte keine Erlaubnis vom Chefinspektor, einem französischen Biologen namens Pascal Arriet, eine Blitzinspektion durchzuführen. Dies war ein eigenmächtiger Alleingang.

Plötzlich lösten sich vier irakische Fahrzeuge aus der Kolonne und nahmen die Verfolgung des Nissan auf, der mit beträchtlichem Tempo auf der teilweise mit Sandverwehungen bedeckten Straße dahinraste.
»Verdammt noch mal, Hopkins! Wir werden uns noch überschlagen!« rief Mark Littleberry dem Fahrer zu, Spezialagent William Hopkins, Jr., vom FBI.
Hopkins war ein schlaksiger Mann Anfang Dreißig. Er hatte braunes Haar, ein kantiges Gesicht und einen Sieben-Tage-Bart und trug ausgebeulte Khakihosen, ein ehemals weißes Hemd sowie Sandalen mit grünen Socken. In seiner Hemdtasche befand sich ein Plastiketui, das mit Kugelschreibern und Bleistiften und allem möglichen Krimskrams vollgestopft war. Seine Hosen wurden von einem Stück Nylongurt gehalten. Daran hing ein Leatherman Super Tool, ein Kombiwerkzeug aus Zange, Schraubenzieher, Messer und verschiedenen anderen Werkzeugen. Der Leatherman am Gürtel wies Hopkins als »Tech-Agenten« aus – als FBI-Agenten, der sich mit allen möglichen Apparaten und Geräten befaßt.
Hopkins hatte in Molekularbiologie am California Institute of Technology promoviert, wo er ein Experte für Maschinen und Apparate geworden war, wie sie in der Biologie verwendet werden. Gegenwärtig arbeitete er als ein von der FBI-Zentrale in Quantico, Virginia, eingesetzter Manager für wissenschaftliche Operationen, der auf die Messung gefährlicher biologischer Materialien spezialisiert war.
Während das Fahrzeug dahinschlingerte und -sprang, beobachtete Littleberry einen kleinen, beleuchteten Bildschirm, den er in seinen Händen hielt, und verglich ihn mit der militärischen Karte des Irak, die er auf seinen Knien ausgebreitet hatte. Der Bildschirm zeigte die gegenwärtige Position des Wagens an.
Der Nissan fuhr in eine Querrinne in der Straße. Zwei

schwarze Halliburton-Metallkoffer, die auf der Rückbank lagen, tanzten gefährlich auf und ab.
»Passen Sie doch auf, Hopkins!« schrie Littleberry.
»Sind Sie sicher, daß das die richtige Straße ist?«
»Ich bin sicher.«
Hopkins trat das Gaspedal durch, der Nissan stöhnte auf, und die schweren Reifen donnerten über die Risse in der Straße hinweg. Hopkins blickte in den Rückspiegel. Hinter dem Nissan erstreckte sich eine lange Reihe von Fahrzeugen. Zuerst kamen die vier irakischen Verfolgerfahrzeuge, die bei jeder Unebenheit Radkappen und Metallteile zu verlieren schienen. Anschließend folgte der gesamte UNSCOM-Konvoi 247, der in gemessenerem Tempo dahinzockelte. Pascal Arriet hatte den Rest des Konvois angewiesen, Littleberry und Hopkins zu folgen. Hinter dem UN-Konvoi kamen noch weitere irakische Fahrzeuge. Insgesamt mußten es mindestens zwanzig sein.
Im Nissan piepste ein Kurzwellenhandfunkgerät, das auf dem Armaturenbrett herumrutschte.
Hopkins schnappte es sich. »Hallo?«
Eine quäkende Stimme erwiderte: »Hier spricht Arriet, Ihr Kommandeur! Kehren Sie um! Was machen Sie da eigentlich?«
»Wir nehmen eine Abkürzung zum Luftwaffenstützpunkt Habbaniyah«, sagte Hopkins.
»Ich befehle Ihnen umzukehren. Sie haben keine Erlaubnis, die Gruppe zu verlassen.«
»Wir verlassen sie nicht. Es ist ein vorübergehendes Entfernen.«
»Blödsinn! Drehen Sie um!« rief Arriet.
»Sagen Sie ihm, wir hätten uns verfahren«, sagte Littleberry, während er auf seinen Bildschirm starrte.
»Wir haben uns verfahren«, sprach Hopkins ins Funkgerät.
»Umdrehen!« schrie Pascal Arriet.

»Das geht unmöglich«, sagte Hopkins.

»Umdrehen!«

Während er mit einer Hand fuhr, schob Hopkins mit dem Daumen der anderen eine Abdeckplatte am Funkgerät beiseite und fummelte an ein paar Drähten herum. Seine Finger bewegten sich rasch und präzise. Abrupt waren einige schrille Töne zu hören.

»Die Verbindung ist unterbrochen«, sprach Hopkins in das Funkgerät. »Wir haben Probleme mit der Ionosphäre.«

»L'ionosphère? Crétin! Idiot!«

Hopkins legte das Gerät, aus dem Drähte heraushingen, aufs Armaturenbrett. Es kreischte und quietschte weiter. Er faßte mit den Fingerspitzen hinein und hebelte ein Teil von der Größe eines Sonnenblumenkerns heraus. Das war ein Widerstand. Das Schrillen ging in ein unheimliches Brummen über.

»Ich hoffe, Sie können das wieder richten«, sagte Littleberry.

Die französische Stimme klang immer hysterischer aus dem Kurzwellenfunkgerät.

»Unsere irakischen Freunde können unsere Funkgeräte nicht abhören«, sagte Littleberry zu Hopkins, »daher wissen sie auch nicht, daß Pascal uns befiehlt umzukehren. So wie ich Pascal kenne, wird er es nicht wagen, den Irakis zu erzählen, daß wir uns unerlaubt entfernt haben. Er wird uns folgen, weil er den Befehl hat, die Gruppe um jeden Preis zusammenzuhalten. Also werden die Irakis glauben, daß dies eine autorisierte Inspektion ist, da Arriet uns folgt. Vielleicht lassen sie uns rein.«

»Werden wir irgendeine Sicherheitsausrüstung tragen?«

Littleberry drehte sich um, griff auf die Rückbank, neben den schwarzen Koffern, holte eine mit purpurroten HEPA-Filtern ausgestattete Biogefahrenmaske heraus und gab sie Hopkins.

»Wir interessieren uns nicht für das ganze Gebäude«, fuhr Littleberry fort. »Da gibt es eine Tür, die ich mir mal kurz ansehen möchte. Die Jungs von der National Security Agency haben ein paar Informationen über diese Tür.«

»Wissen Sie denn auch, wie wir zu dieser Tür kommen?«

Littleberry drückte einen Knopf und hielt den Bildschirm hoch. Die detaillierte Zeichnung eines Gebäudes war darauf zu sehen.

»Wir tun so, als würden wir zufällig durch diese Tür stolpern. Folgen Sie mir da nicht rein, Will. Lassen Sie mir eine Minute Zeit, und dann komm ich wieder raus.«

»Und dann?«

»Dann entschuldigen wir uns vielmals. Wir stoßen wieder zu Pascal. Er wird zwar stocksauer sein, aber er muß so tun, als sei die Sache autorisiert. Und heute abend werden wir schon in Bahrain sein.«

Hopkins fragte Littleberry nicht, wonach sie suchten, aber er wußte, daß es sich nicht um eine chemische Waffe handelte. Er vermutete, daß es eine Bakterie oder ein Virus war. Eine bakteriologische Waffe wird in einem Fermentiertank gezüchtet, der einen hefeartigen Geruch absondert, etwa wie Bier, manchmal riecht es aber auch wie Fleischbrühe. Viruswaffen werden nicht in Fermentiertanks erzeugt, weil ein Virus außerhalb von Zellen nicht überleben oder sich vermehren kann. Ein Virus benötigt eine Population von lebenden Zellen, um sich zu replizieren, das heißt weitere Viren zu bilden. Das kann auch in einem Bioreaktor geschehen. Das ist ein ziemlich kleiner Tank mit einem manchmal sehr komplizierten Innenleben. Er enthält eine Nährlösung, in der sich lebende Zellen befinden, die mit einem Virus infiziert sind, das sich vermehrt. Aus den Zellen werden Virusteilchen freigesetzt. Ein solches Virusteilchen ist ein winziges Proteinkörnchen (manchmal mit einer Membran), das einen Kern von genetischem

Material aus DNA- oder RNA-Strängen umschließt, also die bandförmigen Molekülketten, die alle Informationen tragen, welche die Lebenstätigkeiten bestimmen. Ein typisches Virusteilchen ist tausendmal kleiner als eine Zelle. Wenn ein Virusteilchen einen Durchmesser von etwa einem Zentimeter hätte, wäre ein Menschenhaar ungefähr hundert Meter dick. Viren benutzen die Zellmaschinerie der Wirtszellen dazu, um Virusteilchen zu produzieren. Ein Virus hält eine Zelle so lange am Leben, bis die Zelle voller Kopien von Virusteilchen ist. Dann explodiert sie und setzt Hunderte oder gar Tausende von Kopien des Virus frei.

Eine große Vielfalt von Viren werden zu Waffen verarbeitet. Hopkins wußte, daß sie alles mögliche in dem Gebäude finden könnten, das sie ansteuerten, denn es war äußerst schwierig, sich darüber auf dem laufenden zu halten, mit welchen Waffenarten die Irakis in ihren Laboratorien arbeiteten. Es war möglich, daß man auf ein Virus stieß, von dem niemand gedacht hätte, daß man es als Waffe benutzen könnte. Ja, man konnte auch auf ein Virus stoßen, von dem man noch nie gehört hatte.

Der Nissan war ein sich schnell vorwärtsbewegender Fleck, der eine Staubwolke hinter sich herzog, auf einer Straße, die schnurgerade durch eine Landschaft aus Braun- und Grautönen führte. Nun bog sie nach Norden ab, passierte vereinzelte Gruppen von Wüstensträuchern und überquerte Becken aus kalkweißer Erde. Vor ihnen tauchte in der Ferne eine Reihe von Dattelpalmen auf und zog in einem Winkel vorüber. Hopkins sah im Rückspiegel Scheinwerfer durch die Staubfahne schimmern. Die irakischen Fahrzeuge waren ihnen auf den Fersen.

Er merkte, daß er gerade an einer einspurigen Zufahrtsstraße vorbeigefahren war, die keine Markierungen trug. Hopkins riß das Lenkrad herum und zog gleichzeitig die

Handbremse. Der Nissan rutschte von der Straße auf ein trockenes Flachstück und wirbelte in einer gewaltigen Staubwolke herum, in der er völlig verschwand. Plötzlich schoß er daraus hervor und fuhr in entgegengesetzter Richtung dahin, mit aufgeblendeten Scheinwerfern, die über unebenes Gelände tanzten. Schlingernd steuerte der Wagen auf die Zufahrtsstraße, die nach Osten führte. Hopkins ließ den Motor aufheulen.

»Fahren Sie nach links, Will, verdammt noch mal!«

Hopkins schwenkte in eine andere Straße ein, die zwischen Baumwollfeldern hindurchführte. Die Pflanzen waren noch grün, und die Baumwollkaspeln reiften in der grauen Wüstenluft heran. Am Ende der Straße ragte ein Fertigteilgebäude aus Wellblech auf. Es war fensterlos, etwa zwölf Meter hoch und sah wie ein Lagerhaus aus. Aus dem Dach ragten silbrig schimmernde Entlüftungsrohre. Das Gebäude war von einem Stacheldrahtzaun umgeben, und an der Einfahrt stand ein sehr kräftig aussehender Wachposten.

Hopkins nahm den Fuß vom Gaspedal und begann zu bremsen.

»Lassen Sie das!« sagte Littleberry scharf. »Fahren Sie auf den Zaun zu, als ob Sie nicht bereit wären anzuhalten.«

Hopkins drückte das Gaspedal durch. Plötzlich blitzte es bei der bewachten Einfahrt vor ihnen auf. Die Wachen hatten in ihre Richtung geschossen.

Hopkins hielt die Luft an. Er duckte sich zur Seite. Der Nissan schlingerte unkontrolliert die Straße hinunter. Littleberry starrte geradeaus ins Mündungsfeuer und hielt das Lenkrad für Hopkins. »Nehmen Sie Ihr Gesicht aus meinem Schoß. Die werden doch nicht auf ein UN-Fahrzeug ballern.« Hopkins linste über das Armaturenbrett und übernahm das Lenkrad wieder.

»Bremsen, Will!«

Er trat auf die Bremse. Zu spät. Der Nissan schleuderte

herum, rutschte rückwärts ins Zufahrtstor und drückte den Maschendraht ein, wobei die Rücklichter zu Bruch gingen. Das Tor stand sperrangelweit offen. Einen Augenblick später kamen die irakischen Verfolgerfahrzeuge quietschend und rutschend hinter dem Nissan zum Stehen.

Im Fond des Mercedes ging eine Tür auf, und ein dünner junger Mann in gebleichten Jeans und weißem, kurzärmeligem Polohemd stieg aus. Er trug eine protzige goldene Armbanduhr, und sein Gesicht hatte einen ängstlichen Ausdruck.

»Wow, Sie machen uns ja richtig angst, Mark«, sagte der junge Mann. Sein Name war Dr. Azri Fehdak, aber die UN-Inspektoren nannten ihn nur »the Kid«. Er war Molekularbiologe und hatte in Kalifornien studiert. Vermutlich war er einer der Topwissenschaftler im irakischen Biowaffenprogramm.

»Eine Blitzinspektion«, sagte Littleberry zu ihm. »Unser Chefinspektor hat sie angeordnet.«

»Aber hier gibt es nichts«, wandte Azri Fehdak ein.

»Was ist das für ein Gebäude?«

»Ich glaube, das ist die Landwirtschaftsfabrik Al Ghar.«

Eine Tür ins Gebäude stand weit offen. Im fahlen Dämmerlicht dahinter konnten die Inspektoren ultramoderne, blitzende Bioproduktionsgeräte aus Edelstahl erkennen.

Eine Frau in einem weißen Laborkittel eilte zur Tür heraus. Sie wurde von mehreren Männern begleitet. »Was ist hier los?« erkundigte sie sich scharf. Unter dem Kittel hatte sie ein teuer aussehendes Kleid an. Sie trug eine Designerbrille, und ihr welliges braunes Haar war in einer lockeren Rolle nach hinten gekämmt.

»Wir sind ein UN-Waffeninspektionsteam, Ma'am«, erklärte Will Hopkins.

»Wir befinden uns auf einer Blitzinspektion«, fügte Littleberry hinzu. »Wer sind Sie?«

»Ich bin Dr. Mariana Vestof, die technische Beraterin. Dies hier ist der *manager général*, Dr. Hamaq.«
Dr. Hamaq war ein untersetzter, stämmiger Mann. Seine Augen huschten forschend über ihre Gesichter, aber er sagte kein Wort.
Dr. Vestof protestierte: »Wir sind hier bereits inspiziert worden.«
»Wir machen bloß eine schnelle Nachuntersuchung«, erwiderte Littleberry. »Was machen Sie zur Zeit hier?«
»Dies sind Virusimpfstoffe«, sagte sie und deutete vage hinter sich.
»Aha, gut, okay. Welcher Art genau?«
»The Kid« sagte: »Ich werde das überprüfen.«
»Weiß es Dr. Vestof nicht?«
»Unsere Arbeit ist medizinischer Natur!« stieß sie hervor.
»Na, dann wollen wir mal!« sagte Littleberry. Er holte einen der schwarzen Metallkoffer aus dem Wagen und lief auf das Gebäude zu. Die Aufpasser ließen ihn durch. Alle schienen völlig verwirrt.
»Mark! Was ist mit unseren Biorisikoanzügen?« rief Hopkins hinter ihm her.
»Vergessen Sie die gottverdammten Schutzanzüge!« schrie Littleberry zurück. »Los, Will, sputen Sie sich! Kein Aufhebens!« Littleberry wollte herausbekommen, wonach er suchte, bevor die Aufpasser verrückt spielten und jemanden erschossen.
Hopkins schnappte sich seinen Koffer und das Funkgerät und lief hinter Littleberry her; um seinen Hals baumelte ein vollautomatische Nikon, an seinem Gürtel hing die Gesichtsmaske am Haken. Eine ganze Schar Menschen folgte ihnen in den Edelstahldschungel. Es lag kein spezifischer Geruch in der Luft.
Das fensterlose Gebäude wurde von Leuchtstoffröhren erhellt. Der Boden war mit Waschbetonplatten ausgelegt. Die

Edelstahltanks waren transportable Bioreaktoren auf Rädern, so daß die ganze Fabrik rasch verlegt werden konnte. Dutzende von Arbeitern bedienten die Geräte. Sie trugen Operationsmasken, weiße Mäntel und Latexhandschuhe, aber keine weitere Sicherheitsausrüstung. Als sie die Inspektoren erblickten, zogen sie sich zurück, standen in Gruppen beieinander und sahen zu.
Littleberry eilte auf einen der größeren Bioreaktoren zu. Er streifte sich ein paar Operationshandschuhe über. Auch Hopkins zog sich Gummihandschuhe an.
»Sind diese Geräte mit Etiketten versehen worden?« wollte Littleberry von Dr. Vestof wissen.
»Ja, natürlich!« Sie zeigte ihm die großen UN-Etiketten mit den entsprechenden Informationen. Die UNSCOM versuchte, alle biologischen Produktionsgeräte im Irak mit Etiketten zu versehen, damit man die Standorte und Bewegungen dieser Geräte kannte.
Littleberry studierte ein Etikett. »Interessant«, murmelte er. Die Tanks strahlten Wärme aus, eine Wärme, die etwa der menschlichen Körpertemperatur entsprach. »Hübsche Geräte haben Sie hier«, sagte er zu Dr. Vestof.
Sie stand kerzengerade da, die Füße dicht nebeneinander, das Haar wohlgeordnet. Ihre Gelassenheit bildete einen auffallenden Gegensatz zur Aufgeregtheit der irakischen Aufpasser.
»Wir werden bloß ein paar Proben nehmen, und dann sind wir schon wieder weg«, erklärte Littleberry beschwichtigend. Er öffnete eine Plastikbox, entnahm ihr ein etwa zehn Zentimeter langes Hölzchen mit einem Wattebausch an einem Ende und öffnete den Klappdeckel seines Plastikreagenzröhrchens, das zur Hälfte mit einer speziellen Pufferlösung gefüllt war. Er tunkte den Wattebausch des Tupfers ins Röhrchen, und dann rieb er ihn fest am Auslaßhahn eines der warmen Bioreaktoren herum, um Rück-

stände aufzunehmen. Anschließend stopfte er den Tupfer ins Reagenzröhrchen, brach das Stöckchen ab und verschloß den Klappdeckel. Er übergab Hopkins das Röhrchen »Das ist Probe Nummer eins aus dem großen Tank von Al Ghar.«

Mit einem Filzstift schrieb Hopkins »Al Ghar großer Tank #1« auf das Röhrchen. Er fügte das Datum und die Etikettennummer hinzu und fotografierte den Tank.

Leise sagte Littleberry zu ihm: »Bleiben Sie in der Nähe.«

Littleberry ging zügig voran. Er begab sich tiefer in das Gebäude hinein, rasch, gezielt. Er nahm nicht viele Proben, schien aber genau zu wissen, wohin er wollte.

»Wer hat dieses Werk gebaut?« fragte Hopkins Dr. Vestof.

»BioArk. Ein angesehener Konzern.«

»Ist das ein französisches Unternehmen?« wollte Hopkins wissen.

»Unsere Zentrale ist bei Genf.«

»Ich verstehe. Aber Sie selbst sind Französin?«

»Ich komme aus Genf.«

»Dann sind Sie also eine Schweizer Staatsbürgerin, Dr. Vestof, ist das korrekt?«

»Was sind Sie – ein Polizist? Ich bin in St. Petersburg geboren! Ich lebe in Genf.«

Während dieses Dialogs war Littleberrys Gestalt zwischen den Tanks und den Rohren fast nicht mehr zu sehen. Er bewegte sich inzwischen durch den Mittelteil des Gebäudes und steuerte auf irgend etwas zu. Vor einer Stahltür ohne jede Aufschrift blieb er stehen.

»Gehen Sie da nicht hinein!« rief Mariana Vestof.

Littleberry riß die Tür auf.

Alles geschah blitzschnell. Hopkins erblickte hinter Littleberry einen Korridor. Darin befanden sich Edelstahlduschkabinen – sie sahen wie die Duschen zur Dekontaminierung von Biorisikoschutzanzügen und -geräten aus, genau

wie in einem Vorraum der Klasse 3, einer Schleusenkammer, die zu einer Biosicherheitszone der Klasse 4 führt.
»Mark, nicht!« rief Hopkins.
Littleberry ignorierte ihn. Er hakte seine Maske vom Gürtel, streifte sie sich über den Kopf und war schon in der Schleusenkammer.
»Halt!« rief Dr. Mariana Vestof. »Das ist verboten!«
An der gegenüberliegenden Tür der Schleusenkammer befand sich ein Raddrehgriff, wie am Schott eines U-Boots. Littleberry erreichte die Tür und drehte am Griff. Ein schmatzendes Geräusch von nachgebenden Gummidichtungen war zu hören. Hinter der Tür waren einige dicht aneinandergereihte, mit Apparaturen vollgestopfte Räume zu erkennen, sowie zwei Menschen, die Biorisikoschutzanzüge trugen. Es war eine Hot Zone der Klasse 4.
»United Nations!« brüllte Littleberry. Er sprang auf die Hot Zone zu, einen Tupfer vor sich herhaltend, wie ein Terrier, der sich in ein Rattenloch wühlt.
In der Hot Zone brach fieberhafte Aktivität aus. Die Forscher in den Schutzanzügen mußten vorgewarnt worden sein, daß sich ein UN-Inspektionsteam in der Gegend befand, und gerade als Littleberry die Schwelle zur Zone überschreiten wollte, erklang ein nagelndes Dröhnen – das Geräusch eines auf Touren kommenden Dieselmotors.
Durch einen Spalt über Littleberrys Kopf war plötzlich der graue Wüstenhimmel zu sehen. Der Spalt weitete sich.
Das Sicherheitslabor befand sich in einem Lastwagen. Es war eine mobile Hot Zone, und sie begann sich von dem Gebäude zu entfernen.
Littleberry stolperte und fiel auf den Wüstenboden. Hopkins sah, wie er verschwand, und lief zu der Öffnung in der Wand, als befände er sich in einem Traum, während er die Koffer schleppte. Seine Kamera baumelte ihm wild um den Hals. Der Lastwagen begann sich zu entfernen, und am

Heck schwang eine offene Tür hin und her. Eine behandschuhte Hand wollte sie gerade zuziehen. Hopkins ließ die Koffer neben Littleberry fallen, streifte sich die Maske übers Gesicht und sprang in den dahinrollenden Lastwagen. Vor sich sah er matt leuchtende Apparate, gedämpftes Licht. Quietschend trafen Gummidichtungen aufeinander, die Hecktüren des Lastwagens wurden geschlossen.
Die beiden Männer in den Schutzanzügen wichen vor Hopkins zurück. Er konnte das verhaltene Zischen einer Belüftungsanlage hören. Der ältere der Männer hatte graues Kraushaar, ein faltiges Gesicht und blaue Augen. Der jüngere Mann – offenbar ein Iraki – begann Hopkins zu umkreisen, wobei sein Anzug schlurfende Geräusche von sich gab.
Hopkins mußte schnell eine Probe bekommen. Aus seinem Taschenetui holte er einen Tupfer, zog die Schutzfolie ab und sah sich nach einem geeigneten Objekt um. Er nahm Kontrollpulte wahr, Computerbildschirme. Am anderen Ende der Hot Zone befand sich ein etwa sechzig Zentimeter hohes zylindrisches Glasgefäß. Obenauf trug es eine schwere Edelstahlkappe, die wie ein Hut aussah. Aus diesem Metallhut liefen Stahl- und Plastikröhren in alle Richtungen. Hopkins sah, daß es ein kleiner Virusbioreaktor war. In seinem Innern befand sich ein durchsichtiger Kern, der wie ein Stundenglas geformt war.
Bis zum Bioreaktor würde er es nicht schaffen. Aber neben ihm stand eine Sicherheitsvitrine, wie sie zur Ausstattung jedes biologischen Laboratoriums gehört. Darin konnte man infektiöse Materialien aufbewahren. Die Vitrine besaß eine breite Öffnung. Dahinter sah er Schalen voller regelmäßiger Hexagone, sechsseitiger flacher Kristalle, die wie Münzen aussahen und in allen Regenbogenfarben schimmerten. Er berührte einen der Kristalle mit dem Tupfer.
Der jüngere Mann war von hinten an ihn herangetreten.

Er packte Hopkins und drückte ihm die Arme an den Körper.
Der ältere, blauäugige Mann drohte Hopkins mit dem Finger und sagte: »*Njet trogaitje!*« Plötzlich griff er mit einer Hand nach Hopkins' Maske und riß sie ab – und mit der anderen Hand schlug er ihm in den Bauch. Nicht sehr hart, aber hart genug, daß ihm die Luft wegblieb.
Hopkins riß sich los und warf sich gegen die Hecktüren des Lastwagens, während er mit einer Hand den Griff packte. Die Tür ging auf, die Sonne brach grell herein, und Hopkins flog ins Freie.
Keuchend blieb er auf dem Rücken liegen, den Körper um den Tupfer gekrümmt, um ihn zu schützen. Er hatte keine Zeit gehabt, ein Foto zu machen, aber der Tupfer könnte der Träger einer aufschlußreichen DNA-Sequenz sein. Die Türen des Lastwagens wurden zugeworfen, und das Fahrzeug donnerte davon.

Im Leichenschauhaus

Amtssitz des Chefleichenbeschauers,
New York, Donnerstag, 23. April

Die Sonne war aufgegangen, als Alice Austen in Gerda Heiligs Küche eine Tasse Kaffee getrunken und ein süßes Brötchen gegessen hatte. Sie steckte ihre Stiefel und ihre Messertasche in einen Rucksack, trat hinaus auf die First Avenue und ging mit raschen Schritten nach Süden. Sie betrat den Komplex von Krankenhäusern, der an der östlichen Seite von Manhattan stand und auf den East River hinausging, wie Schiffe in einem Trockendock: das New York University Medical Center, samt einer Reihe von Forschungsinstituten, das Bellevue Hospital und andere medizinische Einrichtungen. An der nordöstlichen Ecke First Avenue und Thirtieth Street lief sie die Treppe zu einem grauen Gebäude hinauf – Nummer 520. Es hatte sechs Stockwerke, war also klein für diesen Teil von Manhattan. Die schmutzigen Fenster saßen in Aluminiumrahmen. Das Erdgeschoß des Gebäudes war mit blauglasierten Backsteinen verkleidet, deren Lasur durch Schmutz und Staub stumpf geworden war. Das Gebäude war das Office of Chief Medical Examiner (OCME), der Amtssitz des Chefleichenbeschauers von New York. Die Eingangstür war verschlossen, und sie drückte auf die Nachtglocke.
Ein großer, etwas übergewichtiger Mann über Sechzig ließ sie ein. Sein Haar kräuselte sich weiß an den Schläfen und ging allmählich in eine Glatze über. Er trug die grüne Gummischutzkleidung eines Chirurgen. »Ich bin Lex Nathanson«, begrüßt er Alice Austen. »Willkommen im häßlichsten Gebäude von New York.« Die Marmorwände des Empfangs wiesen eigenartig bräunliche Farbsprenkel und -streifen auf. Sie erinnerten Austen an eine karzino-

matöse Leber, die zur Untersuchung aufgeschnitten ist. Auf der Leberwand stand ein lateinisches Motto in metallenen Lettern:

TACEANT COLLOQUIA EFFUGIAT RISUS HIC LOCUS
EST UBI MORS GAUDET SUCCURRERE VITAE

»Wie steht's denn mit Ihrem Latein, Dr. Austen?« erkundigte sich Nathanson.
»Hmm. Ich versuch's mal ... ›Die Rede bringt den Ort zum Schweigen, wo der Tod glücklich ist ...‹? Das kann wohl nicht stimmen.«
Er lächelte. »Es bedeutet: ›Das Reden verstumme, das Lächeln entfliehe, denn dies ist der Ort, wo der Tod sich erfreut, beizustehen dem Leben.‹«
»›Wo der Tod sich erfreut, beizustehen dem Leben‹«, murmelte sie vor sich hin, als sie Nathanson in sein Arbeitszimmer folgte, einen großen, schlichten Raum in der Nähe des Eingangs.
Ein Mann erhob sich, um sie zu begrüßen. »Glenn Dudley«, stellte er sich vor. »Stellvertretender Chefleichenbeschauer.« Er gab Austen die Hand. Dr. Dudley hatte einen festen Griff. Er war ein gutaussehender, muskulöser Mann um die Fünfzig, hatte schwarzes Haar, ein markiges Gesicht und trug eine schlichte Brille mit einer Metallfassung.
Austen öffnete ihr Notizbuch. Auf die erste Seite schrieb sie den Namen von Nathanson und Dudley. »Würden Sie mir bitte sagen, unter welchen Telefonnummern ich Sie erreichen könnte?«
»Sind Sie eine forensische Pathologin?« erkundigte sich Glenn Dudley.
»Nein. Ich bin medizinische Pathologin«, erwiderte sie.
»Sie sind also keine ausgebildete Gerichtsmedizinerin?«
»Ich habe aber schon bei forensischen Autopsien mitge-

arbeitet«, sagte sie. »Ich weiß im Prinzip, wie es funktioniert.«
»Wo?« wollte Dudley wissen.
»Beim Leichenbeschauer von Fulton County in Georgia. Die CDC arbeiten mit seiner Behörde zusammen.«
»Sind Sie approbiert?«
»Noch nicht«, sagte sie.
Dudley wandte sich an Nathanson und sagte brüsk: »Sie schicken uns nicht mal einen approbierten Pathologen.«
»Ich werde meine Approbation nächstes Jahr bekommen.« Sie konzentrierte sich auf ihr Notizbuch.
Nathanson meinte: »Na schön – ich denke, Dr. Mellis hat Ihnen gesagt, daß wir zwei ganz ungewöhnliche Todesfälle haben. Das Mädchen, das gestern starb, und ein ähnlicher Vorfall vor fünf Tagen. Der erste Fall, den wir entdeckten –«
»Ich habe ihn entdeckt«, warf Dudley ein.
»– den Dudley entdeckte, war ein nicht identifizierter Obdachloser. Man nannte ihn nur den Mundharmonikamann. Er war etwa sechzig Jahre alt und hat immer in U-Bahn-Waggons Mundharmonika gespielt und gebettelt. Er ist in der ganzen Stadt herumgefahren. Ich wohne auf der East Side und erinnere mich tatsächlich, ihn im Lexington Avenue Local gesehen zu haben. Er starb vor fünf Tagen in der U-Bahn-Station am Times Square, auf dem Bahnsteig der nach Süden fahrenden Züge der Broadway-Linie, wenn Sie wissen, wo das ist.«
»Ich kenne New York nicht sehr gut«, erwiderte Austen.
»Macht nichts. Er starb unter Grand-mal-Anfällen«, fuhr Nathanson fort.
»Es war ein spektakulärer Tod«, schaltete Dudley sich ein. »Der Kerl bekam seine Anfälle mitten unter den Leuten, er schrie, biß sich die Zunge ab, biß sich in die Hände und bekam eine Blutung. Bei der Einlieferung ins Bel-

levue war er bereits tot. Der Feuerwehrnotdienst berichtete, er habe sich aufgebäumt, sei dann erstarrt und in dieser Haltung auf dem Bahnsteig gestorben – er hatte seine Zunge verschluckt und blutete fürchterlich aus dem Mund …
Er war mit einem Freund zusammen – einem anderen Obdachlosen namens …«, er blätterte in der Fallakte herum, »… namens Lem. Gab keinen Nachnamen an. Als ich die Autopsie vornahm, entdeckte ich, daß dieser Mundharmonikaspieler ein Alkoholiker mit einer Leberzirrhose war und Krampfadern in der Speiseröhre hatte. Eine Ader in seiner Speiseröhre war geplatzt. Das war die Ursache für das aus dem Mund dringende Blut, plus der Blutung aus dem Zungenstummel. Er hatte eine Hirnschwellung und einen Hirnschaden, mit einer Blutung im Mittelhirn. Es könnte ein Gift, ein Toxin sein. Aber der toxikologische Befund ergab nichts dergleichen.«
»Was meine Aufmerksamkeit erregte«, schaltete Nathanson sich wieder ein, »war die Form des Anfalls – diese Krümmung des Rückgrats.«
»Ich glaube, das ist weniger wichtig, Lex«, sagte Dudley.
»Man nennt das einen Arc-de-cercle-Anfall«, fuhr Nathanson nachdenklich fort. »Ich hab das überprüft. Der Arc-de-cercle-Anfall wurde zum erstenmal im 19. Jahrhundert von dem französischen Neurologen Jean-Marie Charcot festgestellt. Es ist ein fingierter Anfall. Bei einem echten Anfall krümmt sich das Rückgrat nicht. Aber die beiden Verstorbenen fingierten keinen Anfall – sie starben.« Er wandte sich an Austen. »Dieser zweite Fall wurde von den Medien aufgegriffen, und wir stehen unter einem gewissen Druck, eine Erklärung zu liefern.«
»Also haben Sie die CDC angerufen, Lex – und Sie haben sich die Theorien von Walt Mellis angehört. Das ist doch ein Spinner«, sagte Dudley.

Nathanson zuckte mit den Schultern und lächelte Austen an. »Sie sind aber keine Spinnerin, Doktor, oder?«
»Ich hoffe nicht«, erwiderte sie.
Dudley stand abrupt auf. »Also gehen wir.« Er nahm einen Schnellhefter mit, der auf einem leeren Stuhl gelegen hatte. »Wir können uns ja im Leichenschauhaus weiter unterhalten.«
Sie betraten einen Lastenaufzug, der sie in den Keller brachte. Während der Fahrt fragte Nathanson Austen: »Wie alt sind Sie eigentlich?«
»Neunundzwanzig.«
»Bißchen jung für eine Beamtin«, bemerkte Dudley, der hinter ihnen stand.
»Es ist ein Ausbildungsjob«, gab sie zurück.

Das Leichenschauhaus befand sich im ersten Untergeschoß, neben der Einlieferungsgarage. Gerade war ein Wagen eingetroffen, und zwei Leichendiener luden einen Leichnam aus, der mit einer Bahn von blauem Papier bedeckt war. Die Diener betteten den Körper auf eine metallene Bahre mit Rollen, eine sogenannte Mulde. Sie hatte die Form eines Trogs, damit keine Körperflüssigkeiten aus den Leichen auf den Boden tropfen konnte.
Nathanson ging auf einen Mann in einem grünen Operationsanzug zu. »Wir sind soweit, Ben«, sagte er. »Ich möchte Sie mit unserer CDC-Untersuchungsbeamtin bekannt machen. Dr. Alice Austen – Ben Kly. Ben wird uns assistieren. Ben, es bleibt unter uns, daß Dr. Austen hier ist.«
»Sicher«, sagte Kly und lächelte. Er schüttelte Austen die Hand.
Ben Kly war ein schlanker, mittelgroßer Mann, ein asiatischer Amerikaner mit dunkler, zarter Haut. Er hatte eine ruhige Stimme. »Ich bin gleich wieder da«, sagte er und rollte die Mulde mit der Leiche in den Gang.

Durch eine ramponierte Schwingtüre betraten sie das Leichenschauhaus, wo sie sofort von einem penetranten, sauren Geruch empfangen wurden. Er hing in der Luft wie ein fließender Nebel und schien einem die Mundhöhle zu füllen. Es war der Geruch von Bakterien, die menschliches Fleisch verflüssigen und dabei Gase abgeben. Im Leichenschauhaus von Manhattan war dieser Geruch mal stärker und mal schwächer, aber er verzog sich nie, ein endloser gregorianischer Gestankgesang.

Das Leichenschauhaus war ringförmig, mit einem rechteckigen Kern im Zentrum, wo die Leichen in Grüften gelagert wurden. Man mußte den Kern umkreisen, um Zugang zu einer bestimmten Gruft zu erlangen. Die Wände waren aus hellgrün gestrichenen Ziegeln. Die Grufttüren bestanden aus Edelstahl.

»Dort ist die Damentoilette«, sagte Nathanson und wies auf eine Tür vor dem Leichenschauhaus. »Da können Sie sich umziehen.«

Die Toilette war sauberer als die meisten Toiletten in Leichenschauhäusern. Austen erblickte ein Regal, auf dem frische Operationsanzüge lagen. Sie streifte ihre Straßenschuhe ab, zog Bluse und Rock aus und stieg in einen passenden Anzug. Dann schlüpfte sie in ihre Autopsie-Stiefel und schnürte sie zu.

Sie gesellte sich zu Nathanson, Dudley und Kly in einem Lagerraum auf der anderen Seite des Leichenschauhauses, wo sie die nächste Kleidungsschicht anlegten. In diesem Raum standen Metallregale mit Biosicherheitsausrüstung. Sie streiften Wegwerfkittel über ihre Operationsanzüge. Dann gürteten sie sich mit schweren, wasserdichten Plastikschürzen. Über ihre Schuhe stülpten sie Plastikbezüge, und schließlich setzten sie sich Operationshauben auf und streiften Masken über Nase und Mund. »He, Dr. Austen, wo ist denn Ihr Raumanzug? Ich dachte immer, ihr von den

CDC müßtet in Raumanzügen arbeiten«, rief Dudley lachend hinter seiner Maske.
»Ich hab noch nie einen getragen«, erwiderte sie.
Sie setzten sich Kunststoffsicherheitsbrillen auf, um zu verhindern, daß ihnen Blut oder Flüssigkeit in die Augen spritzte. Dudley begnügte sich mit seiner eigenen Brille.
Sie streiften sich Operationshandschuhe über und Dudley stülpte sich zusätzlich einen Handschuh aus Edelstahlkettengliedern über die linke Hand. Dieser Kettenhandschuh wies Dudley als Prosektor aus, als Leiter der Autopsie, der das Sezieren durchführen würde. Der Metallhandschuh war aber nicht nur ein Zeichen medizinischer Autorität, sondern vor allem eine Sicherheitsmaßnahme: Die unabsichtlichen Messerschnitte während einer Autopsie bringt sich der Pathologe gewöhnlich nicht an der Führungshand bei, sondern an der nichtdominierenden Hand. Bei den meisten Menschen ist das die linke, diese schützt man mit einem Kettenhandschuh.
Zuletzt zogen alle noch schwere gelbe Gummihandschuhe über.
»Die Verstorbene ist in 102«, sagte Ben Kly.
Sie folgten ihm durch die Leichenhalle, während er eine leere Mulde durch den ringförmigen Raum zur Edelstahltür vor der Gruft 102 rollte. Darin lag auf einer Schale ein weißer Leichensack. Ein muffiger Geruch drang aus der Gruft. »Dr. Austen, der Geruch stört Sie hoffentlich nicht?« erkundigte sich Nathanson.
»Er ist ein wenig strenger, als ich ihn gewohnt bin.«
»In Krankenhäusern werden die Leichen frisch gemacht«, bemerkte Ben Kly trocken, während er die Schale herausrollte. Eine menschliche Gestalt zeichnete sich unter dem weißen Sack ab.
»Manhattan ist nun einmal anders als andere Orte«, sagte Nathanson. »Die Leute kommen nach Manhattan, um al-

lein zu leben. Und das bedeutet, daß sie oft allein sterben. Wir bekommen es mit erstaunlich vielen verwesten Leichen zu tun. Was Sie da riechen, Dr. Austen, ist der Gestank der Einsamkeit.«

Kly ergriff die Schultern durch den Sack, während Dudley die Füße nahm. Mit einer fachgerechten Bewegung hoben sie den Leichnam hoch und schwenkten ihn auf die Mulde. Kly rollte sie hinüber zu einer Bodenwaage und las das Ergebnis ab. »Einhundertacht Pfund«, sagte er laut und notierte das Gewicht auf einem Klemmbrett.

Dann stieß er die Bahre durch eine Klapptür in den Autospieraum und sagte: »Willkommen in der Grube.«

Der Autopsieraum war rund zwanzig Meter lang und teilweise unterirdisch. Darin standen acht Edelstahlautopsietische in einer Reihe hintereinander. Dies war die Autopsiezentrale von Manhattan, eine der betriebsamsten der Welt. An vier Tischen arbeiteten bereits andere Pathologen. Zwei waren gerade dabei, die Leichen hinzulegen, die anderen hatten schon mit dem Schneiden begonnen. Die Grube war eine Grauzone, ein Ort, der weder eindeutig gefährlich noch eindeutig sicher war – er war irgendwo dazwischen. Am Boden surrten Filtermaschinen und reinigten die Luft von infektiösen Teilchen, die in die Lungen der Pathologen gelangen könnten.

Ben Kly stellte die Mulde neben einem Autopsietisch ab und zog die Bremse an. Dann begann er den Reißverschluß des weißen Sacks zu öffnen.

Autopsie

Ihre Augen waren geschlossen, ihre Augenlider geschwollen. Das Blut war ihr aus der Nase geströmt, über das Kinn gelaufen und hatte sich in der Kuhle ihrer Kehle gesammelt. Jemand, vermutlich eine vielbeschäftigte Krankenschwester, hatte versucht, ihr das Gesicht zu waschen, dies aber nicht gründlich genug getan.

Die meisten Menschen sind von Natur aus gewissenhaft, sie hegen und pflegen ihren Körper auf hunderterlei Arten und halten sich in Ordnung. Das erste, was einem an einem toten Menschen auffällt, ist die Unordnung: ungekämmte Haare, nachlässig herumliegende Glieder, fleckige feuchte Haut mit Schmutzpunkten darauf, ein schwach fleischiger Geruch von Ungewaschensein.

Hinter den zerfetzten Lippen waren ihre Zähne grimassierend sichtbar. Bräunliches Blut war darauf fleckig erstarrt. Sie hatte wunderschönes glänzendes, welliges, rotbraunes Haar. Erschrocken bemerkte Austen, daß es die gleiche Farbe und Beschaffenheit hatte wie ihres. Im linken Ohr des Mädchens befanden sich zwei Ringe.

»Sie heißt Catherine Moran«, erklärte Nathanson. »Unser Untersuchungsbeamter hat sich gestern mit einigen ihrer Lehrer unterhalten. Sie nannten sie Kate.«

Ben Kly zog den Reißverschluß des Sacks ganz auf. Das tote Mädchen trug ein kurzes Krankenhausnachthemd, als gälte es, den Anstand zu wahren.

Dudley schlug den Schnellhefter auf. Es war der Bericht des Untersuchungsbeamten.

»Fall Nummer 98-M-12698«, verlas Dudley. »Sie brach in einem Schulzimmer zusammen.« Seine Augen überflogen den Bericht.

»Mater School, an der Seventy-ninth Street. Sie wurde während des Unterrichts extrem krank. Gestern. Gegen zehn Uhr dreißig. Sie fiel auf den Boden. Sie schnitt Grimassen und biß sich in die Lippen – biß sich selbst, kaute ihre Lippen und verschlang sie – Grand-mal-Anfälle – starkes Nasenbluten – plötzlich und unerklärlich eintretender Tod. Ach ja, da steht, daß sie am Ende einen schweren tonischen Anfall hatte. Oberflächlich betrachtet, sieht der Fall genauso aus wie beim Mundharmonikaspieler: Da sind die wilden Anfälle, die harten Verkrampfungen des Rückgrats, das Blut, das Kauen. Sie traf tot im New York Hospital ein. Gestern abend kam es in den Nachrichten.«

»Wir haben es mit einem Obdachlosen und einer jungen Frau aus wohlhabender Familie zu tun«, bemerkte Nathanson. »Das fällt sofort auf. Zwischen beiden gibt es keinen offenkundigen Zusammenhang.«

»Drogen«, meinte Dudley.

»Das ist ja fast so, als ob sie von einem Dämon besessen gewesen wären«, flüsterte Ben Kly.

»Wollen Sie einen Priester rufen?« fragte Dudley sarkastisch.

»Ich bin Presbyterianer«, gab Kly zurück.

»Hat das Krankenhaus eine Blut- und Rückenmarkanalyse vorgenommen?« wollte Austen wissen.

»Sie haben überhaupt keine Tests gemacht – sie war eindeutig tot«, erwiderte Dudley.

Dudley und Kly hoben das Mädchen aus dem Sack und legten es auf den Autopsietisch. An den Innenseiten des Sacks glitzerten Tröpfchen schwarzen Bluts. Sie streckten sie rücklings auf der schwarzen Stahlmatte des Tisches aus, unter der Wasser lief, und entfernten das Hemd.

Der Anblick von Kates Körper beunruhigte Austen. Tatsächlich sah ihr das Mädchen sehr ähnlich. Sie könnte meine jüngere Schwester sein, dachte Austen, wenn ich eine hätte. Sie ergriff die linke Hand der Leiche. Sacht hob sie sie hoch und betrachtete sie. Die Fingernägel waren fein geformt.

»Vielleicht hat ihr jemand eine heiße Ladung verpaßt, Lex«, meinte Dudley.

Austen runzelte verwirrt die Brauen.

»Eine tödliche Dosis schlechter Drogen, Dr. Austen«, erklärte Nathanson. »Eine heiße Ladung. Dealer machen das, wenn sie einen Kunden loswerden wollen.«

»Das wäre Mord, aber schwer zu beweisen«, meinte Dudley.

Plötzlich sagte Nathanson: »Dr. Austen – ich möchte, daß Sie hier Prosektorin sind. Sie können die Autopsie machen.«

»Aber ich bin doch nur als Beobachterin hergekommen«, wandte Austen ein.

»Ich denke, Ihre Ansichten über diesen Fall könnten interessant sein«, sagte Nathanson. »Ben, sie braucht einen Kettenhandschuh. Ich nehme an, Sie verwenden Ihr eigenes Messer.«

Sie nickte.

Kly brachte ihr einen Kettenhandschuh. Sie stülpte ihn über ihre linke Hand und zog den gelben Gummihandschuh wieder darüber. Dann öffnete sie ihre Seziertasche und holte das Stahlmesser heraus.

»Glenn wird Ihnen bei den forensischen Dingen behilflich sein und die Dokumente unterzeichnen«, sagte Nathanson.

Dann verließ er sie, um seine Runde in der Grube zu machen. Während Austen ihm hinterhersah, hatte sie das Gefühl, als ob er sie seit dem Augenblick, da sie sich kennengelernt hatten, taxiert hätte. Von Anfang an hatte er daran gedacht, ihr die Autopsie anzuvertrauen, aber er hatte sich die Entscheidung bis zum letzten Augenblick vorbehalten. Dudley sagte mit verhaltener Stimme zu Austen: »Ich habe nie einen Sinn darin gesehen, daß Lex die CDC hinzuzog. Er wollte das unbedingt tun, nicht ich. Sie werden meinen Anweisungen folgen, ist das klar?«

»Ja.«

»Das letzte, was wir hier gebrauchen können, ist eine CDC-Auszubildende, die ihre Ausbildung in aller Öffentlichkeit absolviert.«

Ben Kly tat so, als ob er kein Wort mitbekommen hätte, nahm einen Gummischlauch und benetzte den Körper des Mädchens sacht mit fließendem Wasser.

An den Tischen war die alltägliche Arbeit in vollem Gange. Auf der anderen Seite des Raums blitzte es auf. Ein Fotograf stand auf einer Leiter und machte Bilder von einem Erschossenen, einem jungen Latino, der in einen Streit bei einem Heroindeal verwickelt gewesen war. Sie hatten ihm die blutigen Kleidungsstücke ausgezogen und auf einen Garderobenhaken zum Trocknen gehängt. Ein Pathologe beschriftete Anhänger mit einem Filzstift und band sie an die Kleider, während ein Detective vom New Yorker Morddezernat danebenstand und zusah. Ein anderer Tisch zog viel Aufmerksamkeit auf sich. Darauf lag eine nackte Frau. Sie hatte Blutergüsse an Brust und Kopf, schien eine Schädelfraktur zu haben, und tiefe Stichwunden befanden sich in ihrem Bauch, der sehr groß war. Im achten Schwangerschaftsmonat war sie von ihrem Mann geschlagen und erstochen worden. Offensichtlich war der Fetus in ihr an den Verletzungen gestorben.

Dudley zitierte den Fotografen herbei, der ein paar Aufnahmen von Kate Moran machte.

Im hellen fluoreszierenden Licht betrachteten Austen und Dudley zunächst die Haut des Mädchens. Sie rollten es auf die Seite, untersuchten den Rücken und rollten den Leichnam wieder zurück. Austen schob die Beine des Mädchens auseinander und sah sich ihre Scham genau an. Sie erblickte einen Faden und etwas Blut. Das Mädchen hatte seine Periode gehabt. Austen zog den Tampon am Faden heraus und betrachtete ihn, wobei sie ihn hin und her drehte. Er wies ein paar hellrote Blutflecken auf.

Ben Kly deutete auf die Nase des Mädchens. »Da ist 'ne Menge Schleim.«

Austen sah hin. Aus der Nase war zusammen mit dem Blut eine glatte wäßrige Flüssigkeit geströmt, und zwar eine ganze Menge. »Sie haben recht«, sagte sie. »Sieht so aus, als ob sie eine Erkältung gehabt hätte.«

»Sie *hat* eine Erkältung«, korrigierte Kly sie.

»Wie?« sagte Austen und sah ihn an.

»Wissen Sie nicht, daß eine Erkältung in einem toten Körper überlebt?« sagte Kly. »Ich hab mich jedenfalls schon an Leichen erkältet. Kadavererkältungen sind die schlimmsten. Ich glaube, so eine Erkältung wird richtig gemein, wenn sie in einer Leiche sitzt, und dann sagt sie: ›Dieser Bursche hier ist tot. Hol mich hier raus.‹«

»Ich möchte nicht wissen, was ihr Burschen euch sonst noch holt«, sagte Dudley zu ihm.

»He, ich arbeite seit sieben Jahren im Leichenschauhaus«, erwiderte Kly, »und mein Immunsystem ist inzwischen beinhart. Daran kommt nichts vorbei. Außer daß ich jeden Oktober meine Kadavererkältung kriege, da können Sie die Uhr nach stellen.«

Austen wollte Mund und Zunge des Mädchens inspizieren. Sie öffnete den Mund, packte die Zunge fest mit einer Zange und zog sie ein Stück weit heraus.

Der Mund war mit teilweise geronnenem Blut befleckt. Austen schob die Zunge beiseite. »Sie hat sich in die Zunge und in die Lippen gebissen«, sagte sie. »Am Zungenrücken gibt es Backenzahnschnitte.« Anscheinend hatte sie die Lippen mit den Schneidezähnen zerfetzt; ein Stück von der Lippe fehlte. Aber das war noch nicht alles. Irgend etwas stimmte mit dem Gewebe und der Farbe der Mundhöhle nicht, aber wegen des Bluts war es nicht zu erkennen. Austen beugte sich vor und schaute es sich ganz genau an, und dann sah sie es. Die Mundhöhle war voller dunkler glänzender Bläschen. Anscheinend Blutbläschen.

Als nächstes erfolgte die Untersuchung der Augen. Austen erfaßte die Augenlider vorsichtig mit einer kleinen Zange und rollte eins nach dem andern zurück.

Die Innenseiten der Lider waren mit kleinen roten Punkten übersät. »Sie hat eine Bindehautentzündung gehabt«, sagte Austen. Nun betrachtete sie das Auge. Die Iris war blaugrau, mit einem Stich Goldgelb. Austen beugte sich hinunter, bis ihr Gesicht nur Zentimeter von dem Kates entfernt war, und starrte in die Pupillen, erst links, dann rechts. Ihre Augen hatten eine anormale Farbe, dachte sie. In jeder Iris hatte sich eine Art schillernder Kreis mit flammenartigen Ausläufern gebildet, der den schwarzen Punkt der Pupille umsäumte. Der Ring wies einen metallischen Glanz auf, wie der Flügel eines tropischen Schmetterlings, mit einem überwiegend gelblichen Schimmer – es sah aus, als hätte die Pupille Feuer gefangen.

»Diese Augen wirken ungewöhnlich, Dr. Dudley. Was halten Sie von der Farbe der Iris?«

»Hm.« Dudley beugte sich vor, um es sich anzusehen. »Es ist eine natürliche Färbung. Die Bindehaut ist entzündet.«

»Aber sie hat Pupillenringe in der Iris. Wie eine Art von kristalliner oder metallischer Ablagerung. Ob das vielleicht Kupfer ist? Sie könnte eine Kupfervergiftung haben. Diese Ringe in der Iris könnten Kayser-Fleischer-Kornealringe sein. Das ist eine Kupferablagerung in den Augen. Ein Zeichen von Wilson-Krankheit, eine hepatolentikuläre Degeneration –«

»Ich *weiß,* was das ist«, unterbrach Dudley sie schroff und sah sie an. »Nee – bestimmt nicht. Ringe aufgrund einer

Kupfervergiftung, Dr. Austen, würden am *Außenrand* der Iris auftauchen. Diese Goldfärbung befindet sich aber am *Innenrand* der Iris, neben der Pupille, eine normale Augenfarbe.«

Austen wollte einen Blick in die Nase werfen. »Kann ich eine Untersuchungslampe haben?«

Kly holte eine Standarduntersuchungslampe und gab sie Austen. Sie leuchtete in Kates Nasenlöcher hinein.

Der Nasen-Rachen-Raum war mit geronnenem Blut verstopft. Dann sah Austen sie: Blutbläschen in der Höhlung. Sie glänzten im Licht.

»Wow«, sagte Austen. »Das ist ja eine richtige Bläschenbildung.« Das Nasenbluten könnte von einem geplatzten Bläschen herrühren, dachte sie.

»Lassen Sie mich mal sehen«, sagte Dudley. Er nahm die Lampe. »O ja. Was, zum Teufel, ist das denn?«

»Die gleichen Bläschen hat sie im Mund. Das sieht wie ein Infektionskrankheitsverlauf aus, glaube ich.«

»Ja. Oder Blutungen. Dies könnte ein Toxin sein, irgendeine Art von Gift. Also los, machen Sie sie auf«, wies Dudley Austen an.

Ben Kly bereitete ein frisches Skalpell vor, indem er eine saubere Klinge im Griff einrasten ließ, und reichte es Austen. Sie setzte das Skalpell an Kate Morans rechter Schulter an. Mit einer raschen, geschickten Bewegung führte sie es von der Schulter hinunter, unter der Brust der jungen Frau entlang, über ihren Brustkorb, erreichte den Punkt des Brustbeins, wo die Rippen über dem Bauch zusammenkommen, und schnitt dann in Richtung Nabel weiter. Sie machte einen Bogen um den Nabel und hielt inne, als sie das Schambein über dem Schamhaar erreichte. Als sich die Bauchhaut löste, erfüllte ein strenger Kotgeruch die Luft.

Nun vollführte Austen einen zweiten Schnitt, wobei sie an

Kates anderer Schulter begann und hinunter und über die Brust bis zum Brustbein fuhr, wo sich der Schnitt mit dem ersten vereinte. Sie bildeten somit ein Y. Die Spitzen des Y befanden sich in den Schultern, der Schnittpunkt lag am unteren Ende des Brustkorbs. Der Schaft des Y lief über den Bauch zum Schambein hinunter. Die Haut klaffte auf, und das gelbe Körperfett wurde sichtbar.

»*Hephata*«, sagte Ben Kly sanft.

»Was haben Sie gesagt?« fragte Austen und sah ihn an.

»*Hephata.* Es ist ein Glückswort. Jesus hat es ausgesprochen, als er einen Dämon aus einem Taubstummen austrieb. Er steckte dem Kerl die Finger in die Ohren und berührte seine Zunge mit Speichel. Dann sagte er: ›*Hephata.*‹ Es bedeutet: ›Tu dich auf.‹ Und dann fuhr der Dämon heraus.«

»Der Herr leite die Hand unseres Dieners«, bemerkte Dudley.

»Er leite die Hand unserer Prosektorin«, gab Kly ruhig zurück.

Alice Austen entfernte Fett und Gewebe und klappte die großen Hautlappen beiseite. Der Brustkorb des Mädchens war jetzt freigelegt, das milchigweiße Brustgewebe war von innen zu sehen, während die Außenseite von Kates Brüsten auf ihrem Gesicht lag.

Kly reichte Austen eine Schere, mit der sie die Rippen des Mädchens durchschnitt. Es knackte, als die Rippen brachen. Dann hob sie das Brustbein ab und legte es auf den Tisch.

Austen griff in die Brusthöhle und zog sachte die Lunge vom Herzen weg, das in einer Membran eingeschlossen war. »Ich möchte eine Blutprobe machen«, sagte sie.

»Sie wollen eine Blutprobe vom Herzen machen?« sagte Dudley scharf. »Wenn Sie die Infektionsursache ermitteln wollen, müssen Sie schon Blut aus dem Bein nehmen, nicht aus dem Herzen. Wissen Sie das denn nicht?« Er fuhr fort, das Herz sei doch von vielen Bakterienarten kontaminiert, und damit gäbe es hier keine verläßliche biologische Blutprobe.

Austen wurde rot. »Okay«, sagte sie.

Dudleys Gesicht drückte Genugtuung aus. Er reichte Austen eine Spritze. Sie schob sie in die Oberschenkelvene des Mädchens in der Leistengegend, zog eine kleine Menge Blut ab und spritzte es in zwei Becher mit flüssigem Kulturmedium, das die Farbe von Bier hat. Alle Bakterien in Kates Blut würden in der Flüssigkeit gedeihen und konnten so beobachtet und getestet werden.

Dann hob sie Herz und Lunge heraus, legte sie auf ein weißes Plastikschneidebrett und schnitt mit ihrem Messer beide Lungenflügel auf. Sie waren schwer und dunkel. Kate hatte aus ihrer blutenden Nase Blut eingeatmet. Aber das Blut in der Lunge hatte nicht ausgereicht, um ihren Tod zu verursachen, dachte Austen. Die Lunge war nicht in Blut erstickt.

Mit einer stumpfen Schere schnitt sie das Herz und die Koronararterien auf. Kate Morans Koronarien und Herz waren normal, ohne auffällige Veränderungen.

Austen schnitt je ein Stück Herz- und Lungengewebe ab und gab sie in einen großen Glasbecher, der mit dem Konservierungsmittel Formalin gefüllt war, einer klaren, giftigen Flüssigkeit, die wie Wasser aussieht. Dieser Becher hieß Stammbecher. Er würde ans histologische Labor des OCME geschickt werden, wo man Abschnitte des Gewebes für eine mikroskopische Betrachtung präparieren würde. Austen legte auch einen getrennten toxikologischen Behälter an, einen Plastikbehälter ohne Konservierungsmittel. Das toxikologische Labor würde die Proben in diesem Behälter auf Toxine und Drogen testen. In den Toxbehälter gab sie grobe Stücke der Lunge.

Nun griff Austen in die Bauchhöhle und tastete zwischen den Eingeweiden herum. Sie entfernte den Dünndarm, indem sie ihn wie ein Seil herauszog, Meter um Meter, und dabei schnitt sie die Membranen ab, die die Darmmassen zusammenhielten. Ein saurer Gestank stieg auf, und eine geringe Menge Chymus wurde aus dem Dünndarm gedrückt, wie Zahnpasta aus einer Tube.

Chymus ist eine weiche, graue Paste, die wie Hafergrütze aussieht. Es handelt sich um halbverdaute Nahrung aus dem oberen Verdauungstrakt, Nahrung, die noch nicht mit der Galle zusammengekommen und dunkel geworden ist.

Austen legte den Dünndarm in einen zylindrischen Stahlwaschtank voll laufendem Wasser, der sich am Ende des Autopsietischs befand. Das Gewebe schien gesund und normal zu sein.

Sie entdeckte die Leber und zog sie hoch, um sie zu betrachten. Die Farbe war normal – ein dunkles Rotbraun. Sie entfernte das Organ und wog es auf einer Waage über dem Tisch. »Gewicht der Leber dreizehnhundertfünfzig Gramm.« Sie legte sie aufs Schneidbrett, schnitt sie rasch auf und gab dann eine Leberprobe in den Stammbecher sowie ein weiteres Stück in den Toxbehälter. Anschließend schnitt sie den Magen auf und betrachtete seinen Inhalt. Kate Moran hatte seit einiger Zeit nichts gegessen.

Austen hob den Dickdarm heraus und hielt ihn in beiden Händen, lose gefaltet. So übergab sie ihn Ben Kly, der ihn in den Waschbehälter legte und wie Handwäsche wrang und spülte. Eine Menge Kot trieb im Waschwasser davon und verschwand im Ausguß. Kotgestank erfüllte die Luft.

Nun war die Körperhöhle offen und fast leer. Kly stand dicht neben Austen und sah hinein.

»Suchen Sie ihre Seele, Ben?« fragte Dudley.

»Sie hat sich an einen besseren Ort begeben, Doktor«, erwiderte Kly.

Nun mußten die Beckenorgane entfernt werden. Austen langte durch die Bauchhöhle nach unten, tief hinein in das Becken des Mädchens, und ergriff die Vagina und den Mastdarm mit ihrer linken Hand. Mit der rechten führte sie ein Skalpell ein. Indem sie sich behutsam vortastete, schnitt sie durch das untere Ende des Mastdarms und durch die Vagina hindurch und entfernte die Blase an der Basis der Harnröhre. Während sie schnitt, zog sie gleichmäßig. Nichts geschah. Sie zog stärker. Plötzlich war das Organbündel freigelegt und kam mit einem glucksenden Geräusch aus dem Leichnam.

Austen hob den Block der Beckenorgane heraus: Mastdarm, Vagina, die Gebärmutter mit den Eierstöcken und die Blase. Sie bildeten eine einzige taschenartige Einheit, einen Organsack, der etwa fünf Pfund wog und in Austens behandschuhter Hand wabbelte und schaukelte. Sie legte die Masse auf das Schneidbrett. Sie war weich und breitete sich wie Gallerte aus. Zuletzt entnahm Austen die Nieren. Sie fröstelte und wünschte, man würde die Luft in der Grube nicht ganz so kalt halten. Sie trennte die Beckenorgane mit der Schere voneinander und öffnete die Blase. Sie war leer. Dann wandte sie sich den Nieren zu. Sie entfernte das Nierenfett und sezierte dann eine Niere.

Sie fiel in zwei Hälften auseinander.

Das war ungewöhnlich.

Sie erblickte anormale goldgelbe Farbstreifen in der Pyramide im Zentrum der Niere. Die Niere sollte dunkelrotbraun gefärbt sein, nicht golden und gestreift.

»Sehen Sie sich das an, Dr. Dudley.«

Die beiden Pathologen beugten sich über die Niere. Austen sezierte die andere Niere und fand auch darin goldene Streifen. Sie schnitt von beiden Nieren Stücke ab und gab sie in den Stammbecher und in den Toxbehälter.

»Das gelbe Gewebe ist tot«, erklärte Dudley. »Für mich sieht das nach Harnsäureinfarkten aus. Dieses Gewebe wurde von Ablagerungen von Harnsäurekristallen abgetötet.«

»Sie scheint doch gesund zu sein. Warum sollte sie eine Menge Harnsäure in ihrem Blut haben?«

»Vielleicht ist es nicht Harnsäure. Es könnte ein Toxin sein. Das hätte die Bläschenbildung im Mund der Kleinen ausgelöst. Vielleicht bekam sie eine Chemotherapie gegen Krebs. Die würde die Nieren zerstören.«

»Aber es gibt kein Anzeichen von Krebs.«

Austen wandte sich den übrigen Beckenorganen zu. Sie trennte den Mastdarm vom Uterus ab, indem Sie die Membran durchschnitt, die beide verband. Sie schnitt den Mastdarm auf und breitete ihn aus, wobei sie ihn mit den Fingern glättete.

Dann zerlegte sie die Vagina mit einem Messer. Die Innenseite war mit ein paar Blutbläschen gesprenkelt.

Mehrere waren aufgeplatzt – vielleicht hatte dies die Flecken auf dem Tampon hervorgerufen. Sie schnitt den Uterus mit einer Schere auf. Die Gewebe befanden sich in einem frühen Menstruationsstadium. Schließlich sezierte Austen einen Eierstock mit einem Skalpell. Er zerfiel unter der Klinge. Seine Gewebe waren unauffällig. Austens Blick begegnete dem von Ben Kly. »Schädelinhalt«, sagte sie.

»Okay.« Er hob den Kopf des Mädchens an und legte ihn auf ein H-förmiges Stück schwarzen Hartgummi, der den Kopf über dem Autopsietisch hielt. Kly entfernte die Brusthaut von Kates Gesicht.

Austen nahm ein Skalpell in die Hand. Sie beugte sich auf Tischhöhe hinunter, sah sich den Kopf des Mädchens von der Seite her an und überlegte, wo sie den Schnitt am besten ansetzen sollte. Mit einer Hand hob sie das rotbraune Haar hoch und setzte das Skalpell auf der Haut direkt über dem Ohr auf. Sie drückte die Spitze gerade hinein, bis sie auf Knochen stieß. Mit einer raschen Bewegung machte sie einen Kranzschnitt, der von einem Ohr zum andern verlief und die Kopfhaut durchtrennte. Das Kopfhautgewebe teilte sich mit einem schlürfenden Geräusch, wie die Lippen eines Mundes, der sich auf dem Kopf öffnete. Ein wenig Blut tropfte auf den Tisch und sammelte sich zu roten Pfützen.

Nun zog Austen die Kopfhaut und das Haar nach vorn und dann über das Gesicht nach unten. Kates Gesicht fiel in sich zusammen und nahm einen Ausdruck an, als würde sie den tiefsten Schmerz der Welt erleiden. Die Kopfhaut war nun umgestülpt, hing von Kates nacktem Stirnknochen nach unten und bedeckte ihre Augen wie ein tief in die Stirn gezogener Hut. Nur ein Büschel verfilzter Haare sah darunter hervor und verhüllte Nase und Mund. Dann zog Austen die Kopfhaut vom hinteren Teil des Schädels nach unten, fast bis zur Oberkante des Nackens. Nun war die feuchtglänzende, elfenbeinfarbene Wölbung des Schädels sichtbar.

Die Öffnung des Schädels ist Aufgabe des Leichendieners. Ben Kly ergriff eine Stryker-Säge und schloß sie an einer Steckdose unter dem Tisch an. Eine Stryker-Säge ist ein Elektrowerkzeug mit einem Sägeblatt, das sich nicht dreht, sondern hin und her bewegt. Kly schaltete die Säge ein, die ein knatterndes Heulen von sich gab, und rückte seine Sicherheitsbrille zurecht. Die Stryker-Säge fräste sich in den Schädel hinein.

Ein Nebel aus Knochenstaub bildete sich in der Luft um den Kopf des Mädchens. Er stieg schlängelnd vom Sägeblatt auf und kräuselte sich wie Zigarettenrauch. Es stank durchdringend und unangenehm, wie der Geruch in einer Zahnarztpraxis, der entsteht, wenn ein Hochgeschwindigkeitsbohrer in einen Zahn eindringt.

Kly schnitt eine Grimasse und drückte hart auf die Stryker-Säge. Der Schnitt umkreiste den Kopf. Er beendete ihn in einem Winkel und brachte eine V-förmige Kerbe in der

Stirn an. Dadurch ließ sich der Schädelknochen anschließend wieder richtig einpassen.
Dann griff er nach einem T-förmigen Knochenmeißel, schob ihn in den Sägeschnitt und drehte ihn. Es gab ein knackendes Geräusch. Kly setzte den Meißel an einer anderen Stelle an und hebelte erneut. Wieder knackte es, und Kly wiederholte den Vorgang mehrmals. Schließlich hob er den Oberteil des Schädels ab. Dieser Knochenabschnitt heißt Calvaria oder Schädeldach. Kly hielt ihn verkehrt herum in den Händen. Das Schädeldach war eine Knochenschale, die die Größe und Form einer Suppenschüssel aufwies. Eine Blutlache hatte sich darin gesammelt. Es war eine Blutschüssel.
»Kalvarienberg«, sagte Kly wie im Traum. »Die Schädelstätte.«
Er legte den Knochen auf den Autopsietisch, wo er sich langsam um sich selbst drehte.
»Sie lesen zuviel in der Bibel«, bemerkte Dudley.
»Zuwenig«, erwiderte Kly.
Er hatte eine graue, lederartige Membran freigelegt, die das Gehirn bedeckt, die sogenannte Dura mater oder harte Hirnhaut.
Nun übernahm Austen wieder. Sie befühlte die Dura mit der Hand. Das Gewebe kam ihr straff und geschwollen vor. Sie nahm eine stumpfe Schere und schnitt die Dura sorgfältig ab. Dann pellte sie sie zurück. Die Falten des Gehirns wurden sichtbar. Das Organ war geschwollen und wölbte sich wie ein seltsamer Waldpilz auf. Es hatte eine unheimliche, anormale Perlmuttfarbe.
»Mann!« rief Dudley.
Austens Herz schlug heftig. Dies ist ein zerstörtes Gehirn, dachte sie. Sie empfand eine Mischung von Angst und Erregung.
»Abgeflachte Falten«, bemerkte Dudley.

Normalerweise sind die Falten des menschlichen Gehirns tief und scharf eingekerbt. Dieses Gehirn hatte eine silbrige Farbe angenommen und war wie ein Ballon aufgeblasen. Die Falten des Gehirns waren zerdrückt und flach in die Dura mater gepreßt worden. Es war fast so, als sei das Gehirn explodiert, gegen die Innenseite des Schädels geplatzt.

Austen berührte die Gehirnoberfläche. Sie war ganz weich, wie Gelatine, die nicht richtig erstarrt war. Das Nervengewebe hatte sich fast verflüssigt. Wie sollte man es entfernen?

Sacht schob Austen die Finger ihrer linken Hand im Kettenhandschuh um die Stirnlappen von Kate Morans explodiertem Gehirn. Sie tastete sich hinter den Stirnknochen vor und bemühte sich dabei, das Gehirn nicht zu zerreißen. Vorsichtig zog sie es mit der linken Hand zurück, und dann schob sie, ausschließlich ihrem Tastgefühl folgend, mit ihrer Rechten ein Skalpell tief unter die Vorderseite des Schädels. Mit der Klinge begann sie nach den Sehnerven zu sondieren, den Nerven, die das Gehirn mit den Augen verbanden. Als sie auf die Sehnerven stieß, durchtrennte sie sie und rüttelte leicht am Gehirn, bis es sich lockerte.

Die Entfernung eines menschlichen Gehirns erschien Austen als eine stärkere Verletzung der menschlichen Würde und Intimsphäre als jede andere Prozedur bei der Autopsie, weil sie das Gehirn als den persönlichsten Teil des Körpers empfand.

Vorsichtig zog sie das Gehirn zurück, rollte es ab und hob es an. Dieses Gehirn ist so unglaublich weich, dachte sie. Endlich hatte sie es so weit angehoben, daß sie Zugang zum oberen Ende des Rückenmarks erlangte. Mit einem raschen Winkelschnitt durchtrennte sie das Rückenmark, und das Gehirn fiel in ihre Hände.

Das Organ war riesig, abnorm schwer, von Flüssigkeit auf-

geschwollen und so gallertartig, daß es zu zerfließen drohte. Austen legte es auf die Waagschale.
»Wow – sechzehnhundertundfünfundzwanzig Gramm«, sagte sie. Es war ein überschweres Gehirn.
Während sie die Hände um das Gehirn geschlossen hielt, senkte sie es auf das Schneidbrett. Dann drehte sie es um und ließ es los. Unter seinem eigenen Gewicht lief es auseinander, wie ein großer Klecks.
Es war ein getüpfelter Klecks.
Die Unterseite des Gehirns war mit winzigen roten Tüpfelchen gesprenkelt.
Austen starrte die Tüpfelchen an. Ihr Durchmesser betrug weniger als einen Millimeter. Es waren sternförmige Blutungen. Doch es hatte keine allgemeine Blutung in diesem Gehirn gegeben, keine massive Blutung. Es war ein glasiges, geschwollenes, mit roten Tüpfelchen übersätes Gehirn.
Wenn ein Mensch Masern bekommt, bilden sich rote Flecken auf der Haut. Wenn das Gehirn von einem Virus infiziert wird, kann es ebenfalls fleckig werden.
Austen wurde sich des Umstands bewußt, daß sie am Leben war und dieses Gehirn nicht. Aber es konnte etwas Lebendiges in sich haben. »Ich sehe da eine Menge kleiner Blutungen«, sagte sie zu Dudley.
Sie bewegte sich um den Tisch herum, um die richtige Position für die weitere Untersuchung des Gehirns zu finden. Dabei stieß sie gegen das Schädeldach, das verkehrt herum auf dem Tisch lag, mit der Blutpfütze darin. Es war ihr im Weg, also hob sie es auf, um es woanders hinzulegen. Dabei entglitt es ihren bereits schlüpfrigen Fingern, schlug scheppernd auf das blutbedeckte Metall des Tisches auf, und ein feiner Sprühnebel aus Bluttröpfchen stob in die Luft.
»Verdammt!« rief Dudley und wich zurück.
Auf seiner Brille befanden sich winzige Blutflecken.

»Gute Technik«, sagte er sarkastisch.
»Es tut mir leid. Es tut mir wirklich leid.« Eine Woge von Nervosität rollte über sie hinweg, und ihr Magen verkrampfte sich. »Haben Sie was in die Augen bekommen?«
»Nein, zum Glück nicht. Dafür tragen wir schließlich einen Augenschutz.« Ein kalter Blick traf sie.
Es blieb ihr nichts anderes übrig, als weiterzumachen.
Als sie das Gehirn betrachtete, erkannte sie die Auswirkungen der Hirnschwellung. Das Gehirn sitzt in einem harten Schädel, und wenn es anschwillt, infolge einer Verletzung oder Infektion, kann es nirgendwohin ausweichen. Also zerstört es sich selbst.
Das anschwellende Großhirn drückt nach unten auf die tiefer gelegenen Strukturen – besonders auf das Mittelhirn. Das Mittelhirn ist ein alter Teil des Hirns, ein primitives Hirn. Es enthält Nervenzweige, die Grundfunktionen wie das Atmen und den Herzschlag steuern, und es enthält die Gesichtsnerven und die Nerven, die die Tätigkeit der Iris steuern, wenn sie auf Licht reagiert. Wenn man das Mittelhirn zerdrückt, werden diese Nerven zerstört. Die Pupillen erweitern sich und werden starr, das Atmen hört auf, und das Herz bleibt stehen.
Austen erblickte tiefe Rillen in der Unterseite des Gehirns, ein Zeichen dafür, daß das Gehirn buchstäblich geborsten war. Kate Moran hätte durch kein medizinisches Verfahren gerettet werden können. Dies war ein hoffnungsloser Fall. Als das Mädchen zusammenbrach, war sie dem Tod geweiht.
Während sich das Gehirn selbst zerdrückt, kann der Blutdruck in die Höhe schnellen. Dies ist eine Schockreaktion, die man Cushing-Reflex nennt. Dazu kommt es in den Augenblicken, bevor der Tod eintritt. Das Gehirn muß mit Blut versorgt werden, und wenn die Schwellung die Arterien zu schließen beginnt, die Blut zum Gehirn transportie-

ren, und der Druck im Gehirn steigt, treibt der Körper den Blutdruck hoch, um dem Ansteigen des Gehirndrucks entgegenzuwirken. Er versucht um jeden Preis, Blut ins Gehirn zu treiben, denn wenn die Blutzufuhr zum Gehirn unterdrückt wird, hört das Gehirn in wenigen Sekunden auf zu funktionieren. Daher kann der Blutdruck vorübergehend ungeheure Spitzenwerte erreichen. Wenn sich der Patient dem Tod nähert, steigt der systolische Blutdruck bis auf 300. Normalerweise liegt er bei 120. Der plötzliche Spitzenwert des Blutdrucks während eines Cushing-Reflexes kann Blutungen auslösen, und zwar überall im Körper. Der Druck nimmt zu, und die Adern platzen. Das, dachte Austen, war die Ursache für die blutige Nase des Mädchens. Ihr Blutdruck hatte einen Spitzenwert erreicht und zum Zeitpunkt des Todes ein Nasenbluten ausgelöst.

»Dies könnte eine Virusinfektion des Gehirns sein. Sie führte zur Hirnschwellung, die die unmittelbare Todesursache war«, sagte Austen. »Sie hat einen Cushing-Reflex mit einer Blutung aus der Nasenhöhle ausgelöst.«

Dudley sah sie an. »Fein. Wir haben also ein unbekanntes Gehirnvirus, das ein Nasenbluten verursacht hat. Wollen Sie mir das damit sagen?«

»Es macht mir angst. Ich habe so was noch nie gesehen. Ich möchte dieses Gehirn sezieren«, erwiderte sie.

»Das Gehirn ist doch ein einziger Brei«, sagte Dudley.

»Ich will's versuchen.«

»Na, dann los.«

Sie tauchte ihr Messer ins Wasser des Spülbeckens, setzte die Klinge seitlich am Gehirn an und schnitt zügig glatt nach unten. Sie wollte Scheiben von der Stärke einer Brotscheibe abschneiden. Doch das Gehirn lief zu einer Art glasigem, rotgrauem Brei auseinander, der sich suppig auf dem Schneidbrett ausbreitete.

»Sie haben es versaut!« rief Dudley.

Austen schwieg. Am liebsten hätte sie ihm gesagt, er solle abhauen.
»Sie haben das Hirn der Kleinen völlig zermatscht!«
»Tut mir leid, ich tu, was ich kann.« Sie schnitt durch die tiefen Hirnstrukturen. Wieder schmolz das Gewebe unter dem Messer dahin. Im Mittelhirn des Mädchens fand sie, wonach sie Ausschau hielt: kleine nässende Blutungen.
Ben Kly brachte einen mit Formalin gefüllten Glasbecher an den Tisch. Mit Hilfe ihres Messers schabte und schaufelte Austen das breiige Hirn vom Schneidbrett, während Kly den Becher darunterhielt. Der Hirnmatsch platschte in die Flüssigkeit und schwamm darin herum.
»Irgend etwas hat das Zentralnervensystem des Mädchens zerstört«, sagte sie.

Der Chef

Na, wie war's?« erkundigte sich Lex Nathanson eine halbe Stunde später. Austen hatte ihn in der Registraturabteilung angetroffen, wo er einige neue Fälle inspizierte.
»Es war schlimm«, sagte sie. Sie hatte zwar wieder ihre Privatkleidung an, aber vage bemerkte sie, daß sie wie Kate Moran roch. Das würde stundenlang anhalten, wenn sie sich nicht duschte, aber sie hatte keine Zeit für eine Dusche.
Sie gingen in Nathansons Büro. Er zog eine Schreibtischschublade auf, holte eine Zigarre aus einer Kiste und steckte sie in den Mund. Dann hielt er eine zweite Zigarre hoch. »Wollen Sie auch eine?«
Austen lächelte. »Nein, danke.«
»Wirklich nicht? Das sind immerhin Zwanzig-Dollar-Zigarren. Wenn Sie mein Laster stört, sagen Sie es bitte, okay?«
»Kein Problem.«
»Ich fürchte, ich bin für junge Leute nicht gerade ein Vorbild. Diese Zigarren sind nicht mein einziges Laster – ich habe auch zuviel gelbes Bauchfett. Wenn sie mich obduzieren – und ich werde darauf bestehen –, dann werden sie ganz bestimmt ein Rattennest von Problemen finden. Es stimmt, daß Pathologen nicht immer aus den katastrophalen Lebensweisen lernen, deren Folgen sie auf dem Autopsietisch sehen.« Ein weicher und milder Tabakrauch erfüllte den Raum. »Na, jedenfalls hat Winston Churchill annähernd sechzigtausend Zigarren während seines Lebens geraucht, und er ist immerhin einundneunzig geworden. Sagen Sie mir, was Sie gefunden haben.«
Austen schilderte die Befunde: Blutbläschen in den äußeren Körperöffnungen, auch im Mund, im Nasen-Rachen-Raum und unter den Augenlidern. Eine sich in goldenen

Streifen äußernde Schädigung der Nieren. Eine tödliche Gehirnschwellung.

Nathanson sah sie fragend an. »Fahren Sie fort. Erzählen Sie mir, was mit dem zentralen Nervensystem los war.«

»Die Zerstörung war gewaltig.«

»Wie denn?« fragte er.

Sie bemühte sich, die Befunde zusammenzufassen. »Das Hirn war aufgebläht und geschwollen und hatte seinen physischen Zusammenhalt verloren. Es ist fast buchstäblich in sich zusammengefallen, als ich es sezieren wollte. Es besaß eine leuchtende, glasige, spiegelnde Färbung, wie ich sie noch nie gesehen habe. Das Hirn hatte sich in eine Art – wie soll ich sagen? –, in irgendeine Art glasigen Pudding verwandelt. Sie hatte starkes Nasenbluten und hat sich ganz heftig in die Zunge, die Mundhöhle und in die Lippen gebissen. Sie wies auch Anzeichen einer gewöhnlichen Erkältung auf – aus den Nebenhöhlen strömte Schleim. Um die Iris lagen goldene Pupillenringe, mit flammenförmigen Spitzen. Es sah aus, als ob die Pupillen brennen würden. Der Gesamteindruck war – äh – entsetzlich. Ich glaube, es war eine Virusinfektion, die das Zentralnervensystem und möglicherweise das Gewebe des Mundes, der Augen und anderer Körperöffnungen befallen hatte.«

»Wir sind hier nicht für Virustests eingerichtet.«

»Sie haben kein Labor dafür?« fragte Austen erstaunt.

»Nein. Wir schicken Bioproben zum Labor des städtischen Gesundheitsamts. Die machen dort *Bakterien*tests, aber keine Virustests.«

»Wir können sie machen«, sagte Austen. »Darf ich ein paar Proben an die CDC schicken?«

»Sicher. Schicken Sie sie Walt, mit den besten Grüßen von mir.« Er sah sie scharf an. »Wie kommen Sie mit Glenn zurecht?«

Austen ließ sich einen Augenblick Zeit mit ihrer Antwort

und formulierte sie sorgfältig. »Er äußert seine Ansichten sehr direkt.«

»Mann – Sie sind vielleicht 'ne Diplomatin.« Nathanson zog an seiner Zigarre. »Glenn kann einem ganz schön auf den Geist gehen. Wenn er Ihnen zu sehr auf den Geist geht, dann lassen Sie es mich wissen, und ich werde ihn für Sie in den Hintern treten. Aber ich kann mir vorstellen, daß Sie damit selbst klarkommen, Dr. Austen.«

Sie nickte nur.

»Glenn hat zur Zeit private Probleme«, erklärte er. »Seine Frau hat ihn vor kurzem verlassen. Sie hat die Kinder mitgenommen. Er hatte eine Affäre mit einer jüngeren Frau gehabt. Aber Glenn ist ein Kollege und ein geschätzter Mitarbeiter von mir.«

»Natürlich.«

»Wollen Sie die Untersuchung weiterführen?«

»Ja, das möchte ich.«

»Ich will Sie wirklich nicht ausnützen. Ich könnte den Fall ans Gesundheitsamt weiterleiten.«

»Sie nützen mich nicht aus, Dr. Nathanson.«

Er lächelte breit. »Okay, Schluß mit dem Getue. Was brauchen Sie?«

»Nun – ich würde mir gern all Ihre jüngeren Fallberichte ansehen.«

»Sicher. Was noch?«

»Ich brauche ein Telefon. Außerdem einen Stadtplan von New York City.«

Es entstand eine Pause, während der Nathanson an seiner Zigarre zog. »Ist das alles, was Sie brauchen?«

»Epi-Arbeit ist ziemlich simpel«, erwiderte sie. Sie blickte aus dem Fenster. Es gab nicht viel zu sehen, nur die Backsteinwand des nächsten Gebäudes, aber sie bemerkte, daß es zu regnen begonnen hatte. »Ich hab vergessen, einen Regenmantel mitzunehmen.«

»Ich besorg Ihnen eine unserer Regenjacken. Und ein Büro brauchen Sie ja auch noch, nicht wahr?«
»Ich denke schon.«

Sie gaben ihr ein winziges Büro, fast einen Verschlag, im zweiten Stock. Jemand brachte ihr einen leuchtendgelben Regenmantel, auf dessen Rücken in schwarzen Lettern OFFICE OF CHIEF MEDICAL EXAMINER stand. Er roch nach Schweiß.
Das einzige Fenster ihres Büros ging auf die nackte Wand einer nur wenige Meter entfernten Parkgarage hinaus. An die Wand klebte sie einen Stadtplan von New York und machte mit einem Bleistift ein Kreuz an der Stelle, wo sich die Mater School an der Seventy-ninth-Street befand – der Ort, an dem Kate Moran gestorben war. Dann machte sie ein weiteres Kreuz am Times Square, wo der Mundharmonikamann zusammengebrochen war. Die Kreuze markierten den *Schauplatz* des Todes. Sie zeigten nicht an, wo sich die Opfer angesteckt hatten – falls sie sich an irgend etwas angesteckt hatten. Wenn dies der Ausbruch einer ansteckenden Krankheit oder eine Vergiftungsserie war, dann war der Mundharmonikaspieler der erste infizierte Fall. Er war somit der sogenannte Referenzfall. Kate Moran, die knapp eine Woche später gestorben war, war der zweite Fall.
Zwischen den beiden Fällen gab es keine erkennbare Verbindung. Austen mußte nicht unbedingt wissen, woran sie gestorben waren, um eine Untersuchung zu beginnen. Wie schon Dr. John Snow gewußt hatte, kann die Epidemiologie ans Werk gehen, ohne über die Natur des Krankheitserregers Bescheid zu wissen.

Tiefer

Kate Morans Gewebe würden im histologischen Labor des OCME bearbeitet werden, und es würde etwa einen Tag dauern, bevor sie genauer zu betrachten waren. Inzwischen konnte Austen ja die Gewebe vom Mundharmonikaspieler untersuchen. Sie forderte die Proben an, indem sie einem Techniker die Fallnummer angab. »Diese Präparate werden von Dr. Dudley überprüft«, erklärte der Techniker. Also begab sie sich zu Glenn Dudleys Büro und traf ihn an einem kleinen Tisch sitzend an, wo er durch ein Doppelbinokularmikroskop sah, durch das zwei Menschen gleichzeitig ein Präparat betrachten können.

»Was wollen Sie denn?« fragte Dudley, ohne aufzuschauen.

»Ich möchte einen Blick auf die Gewebe des ersten Falls werfen.«

Er seufzte nur und starrte weiterhin ins Mikroskop.

Austen setzte sich Dudley gegenüber und schaute in das freie Binokular. Sie sah ein Feld von Hirnzellen, einen dünnen Querschnitt durch das Hirngewebe des Mundharmonikamannes.

»Es ist aus der Unterseite des Temporallappens«, erklärte Dudley. »Der Bereich des Hippocampus. Anscheinend geschädigt.«

Sie sah fadenförmige Neuronen, die Nervenzellen, die Signale ins Gehirn senden, und andere Typen von Hirnzellen. Sie erblickte Substantia alba, die weiße Marksubstanz des Gehirns. Dann gelangte sie an einen geschädigten Bereich, wo sie rote Blutkörperchen entdeckte.

»Ich glaube, ich hab hier einen Blutfleck vor mir.«

»Sonst nichts? Okay, ich zoome.«

Das Bild sprang. Die Zellen wurden stärker vergrößert.

»Sehen Sie sich diese Zellen an«, sagte er. »Ich zoome wieder.« Das Bild sprang erneut. Sie waren auf einer Reise, die sie tief ins Gehirn des Mundharmonikaspielers führte. Irgend etwas stimmte mit den Zellen nicht. Ein Neuron ist ein langer Faden mit Verzweigungen. Irgendwo in der Mitte des Fadens gibt es eine Wulst. In dieser befindet sich der Zellkern, in dem das genetische Material der Zelle gespeichert ist, ihre DNA. Der Zellkern sieht wie der Dotter eines Spiegeleis aus. Er enthält die Chromosomen, Hülsen von aufgewickelten Proteinsträngen, welche die DNA der Zelle stützen. Austen gefiel es nicht, wie diese Hirnzellkerne aussahen.

»Die Zellkerne sind anormal«, sagte sie. »Würden Sie bitte noch mal zoomen?«

Das Bild sprang. Die Kerne wurden größer.

»Das ist die stärkste Vergrößerung«, sagte Dudley.

Es war schwer zu sagen, was man da vor sich sah. In den Zellkernen schien es eine Struktur zu geben – eine Struktur, die da nicht hingehörte. Dann sah sie etwas, was sie noch nie gesehen hatte, nicht einmal in einem Lehrbuch. Im Zellkern saßen *Objekte. Dinge.* Vielleicht war das ja etwas Normales. Vielleicht hatte der Farbstoff in den Zellen irgendein Merkmal erzeugt, für das es eine Erklärung gab. Schwer zu sagen.

»Was ist das denn, Dr. Dudley?«

Er seufzte nur. Auch er konnte darauf keine Antwort geben. Die Objekte im Kern waren leuchtende, glitzernde, regelmäßig geformte Kristalle. Sie hatten eine mathematisch exakte Form und wiesen zahlreiche Facetten auf. Sie waren viel zu groß, um Virusteilchen zu sein.

Virusteilchen sind in einem normalen Mikroskop nicht sichtbar.

Das Licht wurde in den Kristallen gebrochen und schien zu schimmern.

»So etwas habe ich noch nie gesehen, Dr. Dudley«, sagte Austen.

»Es ist unheimlich«, erwiderte Dudley, und zum erstenmal schwang Unsicherheit in seiner Stimme mit. »Das muß irgendeine chemische Verbindung sein. Vielleicht eine neue Droge.«

»Vielleicht sind diese Kristalle Klumpen von Viren in kristalliner Form«, meinte Austen.

»Klumpen! *Klumpen von Viren.* Spielen Sie doch nicht verrückt«, sagte er schroff. Und dann starrte er wieder ins Mikroskop.

Union Square

Ein sanfter, kalter Aprilregen ging auf New York nieder. Alice Austen starrte aus dem Fenster ihres Büros im OCME und sah zu, wie das Wasser die nackte Wand hinunterlief. Dann zog sie den Regenmantel an, schulterte ihren Rucksack und nahm ein Taxi zum Union Square.

Ein Übertragungswagen vom Fernsehsender Fox Channel 5 parkte in zweiter Reihe auf der Straße vor dem Haus der Morans. Als Austen auf die Klingel drückte, entdeckte eine junge Reporterin ihren Regenmantel. »Sie sind von der Behörde des Leichenbeschauers? Was ist mit Kate Moran passiert? Wurde sie vergiftet? War es Mord? Können Sie uns irgendwas sagen?« Die Reporterin hatte einen Mann mit einer Videokamera im Schlepptau.

»Tut mir leid, aber da müssen Sie schon mit dem Chefleichenbeschauer reden«, erwiderte Austen. Der Türsummer ertönte, und sie schlüpfte hinein.

Die Eltern des Mädchens, Jim und Eunice Moran, saßen auf einer Couch im Wohnbereich und hielten sich an den Händen. Sie waren offensichtlich völlig verzweifelt. Ein großes Schwarzweißfoto in einem Stahlrahmen – ein Porträt von Eunice Moran von Robert Mapplethorpe – hing gegenüber der Couch an der Wand. Auf dem Foto trug Mrs. Moran einen flauschigen weißen Sweater mit Stehkragen und wirkte nachdenklich und elegant. Im wirklichen Leben sah sie verhärmt aus, und ihre Augen waren vom Weinen gerötet. Die Haushälterin, eine ältere Dame, zog sich in die Küche zurück, wobei ihre Schritte auf dem Eichenboden widerhallten. Austen hörte, wie sie weinte. Sie wußte, daß Menschen in tiefer Trauer auf die Fragen eines Epidemiologen unerwartet reagieren können, und so stellte sie sich ganz sanft als Ärztin der CDC in Atlanta vor und erklärte, daß sie zur Zeit bei der Behörde des städtischen Leichenbeschauers tätig sei. Als Kates Eltern verstanden, daß Austen nach New York geschickt worden war, um den Tod ihrer Tochter zu untersuchen, sprachen sie frei und ungezwungen mit ihr. Dennoch war die Unterhaltung schwierig, weil Jim und Eunice Moran hin und wieder die Stimme versagte. Kate war ihr einziges Kind gewesen.

Sie wußten, daß eine Autopsie stattgefunden hatte – im Falle eines unerwartet plötzlichen Todes verlangt das Gesetz eine Autopsie, und sie waren davon verständigt worden. Austen entschied sich, ihnen nicht zu sagen, daß sie die Autopsie vorgenommen hatte. »Der Leichnam Ihrer Tochter ist vor einer Stunde für die Leichenhalle freigegeben worden«, sagte sie. »Allerdings haben die städtischen Behörden aufgrund des Risikos einer möglichen Infektion eine Verbrennung angeordnet. Die Leichenhalle wurde angewiesen, umfassende Vorsichtsmaßnahmen gegen ein Biorisiko zu ergreifen. Ich hab die dort Zuständigen selbst angerufen und mit ihnen gesprochen, und sie wissen, wie sie das machen müssen.«

»Was meinen Sie mit Vorsichtsmaßnahmen gegen ein Biorisiko?« wollte Eunice Moran wissen. Ihre Stimme klang wie zerbrechendes Glas.

»Es tut mir leid. Möglicherweise hat Ihre Tochter eine ansteckende Krankheit gehabt.«

»Was für eine Krankheit?« fragte Mr. Moran.

»Wir wissen es nicht. Wir wissen nicht einmal, ob sie ansteckend war. Ich bin hier – und ich weiß, wie schwer das für Sie ist –, um Ihnen einige Fragen darüber zu stellen, was Ihre Tochter in den letzten Tagen, vielleicht Wochen getan hat und wohin sie gegangen ist, und das geht nur, so lange Ihre Erinnerung noch frisch ist. Wir möchten herausfinden, ob sie sich irgendwie angesteckt hat.«

Mrs. Moran klammerte sich fester an ihren Mann. Schließlich sagte sie: »Wir wollen versuchen, Ihnen zu helfen.« Sie nickte zu einem Stuhl hin. »Bitte, setzen Sie sich doch.«
Austen setzte sich auf die Stuhlkante. »Fällt Ihnen irgend etwas ein, was Kate in letzter Zeit gemacht hat und wobei sie sich irgend etwas Ansteckendem oder Giftigem hätte aussetzen können? Ist sie vor kurzem ins Ausland gefahren?«
»Nein«, sagte Mrs. Moran.
»Hat sie sich einer Chemotherapie gegen Krebs unterzogen?«
»Kate? Aber nein!«
»Nahm sie irgendwelche starken oder potentiell giftigen Medikamente?«
»Nein«, sagte Mrs. Moran.
»Ist sie vor kurzem gegen irgend etwas geimpft worden?«
»Nein.«
»Hat sie irgendwelche Meeresfrüchte oder sonst etwas Ungewöhnliches gegessen? Irgendwelche ungewöhnlichen Orte aufgesucht?«
»Nicht daß ich wüßte«, erwiderte Mrs. Moran.
Es herrschte kurzes Schweigen.
»Hat sie sich im Freien im Wald aufgehalten, beim Wandern oder Campen, wo sie von einer Zecke hätte gebissen werden können?«
»Nein.«
»Hatte Kate einen Freund?«
Sie wußten es nicht. Sie sagten, Kate sei mit einem Jungen ihres Alters ausgegangen, einem Jungen namens Ter Salmonson. Austen notierte sich den Namen und ließ sich Ters Telefonnummer geben.
»Ich glaube, sie hat mit Ter Schluß gemacht«, fügte Kates Mutter hinzu.
Austen bat sie, sich möglichst genau an Kates Bewegungen

in den vergangenen zwei Wochen zu erinnern. Die Eltern wußten es nur ungefähr. Kate hatte ein ruhiges Leben geführt. Sie hatte Freundinnen, war aber nicht übermäßig gesellig. Sie war ein Fan von Rockmusik, und ihre Eltern hatten ihr verboten, in gewisse Musikclubs zu gehen, aber deswegen hatte es keine ernsten Probleme gegeben.

»Ich muß Ihnen noch eine Frage stellen, und das fällt mir nicht leicht. Wissen Sie, ob Kate Drogen genommen hat?«

»Absolut nicht«, erwiderte Mr. Moran.

»Sie hat nicht Marihuana oder sonstwas geraucht?«

»Ich weiß es nicht – ich denke nicht, nein«, meinte Eunice Moran.

Kate war jeden Tag mit der U-Bahn zur Schule gefahren. Am späten Nachmittag kam sie nach Hause. Sie ging gleich in ihr Zimmer, hörte Musik, telefonierte mit Freundinnen, machte ihre Hausaufgaben, kam zum Abendessen, machte noch mal Hausaufgaben, surfte gelegentlich im Internet und verschickte ein E-Mail, ging dann zu Bett.

»Meine Arbeit nimmt mich sehr in Anspruch«, erklärte Jim Moran. »Wir haben in letzter Zeit nicht viel zusammen gemacht.«

»Ist sie in letzter Zeit *irgendwo* hingegangen?«

»Das einzige, was mir einfällt, ist ihr Kunstprojekt für Mr. Talides, ihren Lehrer«, erwiderte Mrs. Moran. »Es ist irgendeine Collage oder so was, und Kate war unterwegs, um sich ihre Schachteln und Sachen zu kaufen – wann?« wandte sie sich an ihren Mann.

»Ich weiß es nicht«, erwiderte Mr. Moran.

»Ich glaube, letztes Wochenende. Sie kaufte sich Sachen in SoHo und am Broadway und auf dem Flohmarkt an der Sixth Avenue, vermute ich. Mr. Talides wollte –« Mrs. Morans Stimme brach. »Es geht mir immer wieder im Kopf herum – es tut mir leid – er hat versucht, sie zu retten.«

»Wissen Sie, ob er es mit Herz-Lungen-Wiederbelebung versucht hat?«

»Es war ihm nicht eingefallen, was er hätte tun müssen, das – das hat er mir gesagt, als er angerufen hat. Er war sehr aufgeregt.«

Austen nahm sich vor, den Kunstlehrer gleich anschließend zu befragen. Möglicherweise hatte er sich angesteckt. Andererseits überkam sie allmählich das unangenehme Gefühl, daß dies alles für die Katz war, daß sie von Walt Mellis auf ein hoffnungsloses Problem gestoßen worden war. Ein ungelöster Ausbruch. Eines dieser unerklärlichen Phänomene. Das Telefon klingelte. Die Haushälterin, die Nanette hieß, nahm ab. Ein Priester rief wegen der Bestattungsfeierlichkeiten an. Austen hörte, wie Nanette sagte: »Es wird keine Totenwache geben, Pater, nein, nein, das Gesundheitsamt hat es verboten …«

»Haben Sie etwas dagegen, wenn ich mich ein wenig umsehe?« fragte Austen behutsam.

Die Eltern schwiegen.

»Manchmal kann es hilfreich sein, sich die Dinge anzusehen. Haben Sie auch nichts dagegen, daß ich ein paar Fotos mache?«

Sie holte ihre elektronische Kamera aus dem Rucksack. »Darf ich einen Blick in die Küche und in Kates Zimmer werfen?«

Sie nickten ein wenig widerstrebend.

Zuerst ging sie in die Küche. Nanette eilte hinaus, sobald Austen eintrat, und verbarg fast ihr Gesicht vor ihr. Es war eine hübsche Küche, mit grauen Granitarbeitsflächen und einem großen Herd. Sie öffnete den Kühlschrank.

Austen glaubte nicht, daß es sich hier um eine durch Nahrung übertragene Krankheit handelte, aber sie wußte es eben nicht genau, und außerdem war noch zu klären, ob Kate irgendein Gift zu sich genommen hatte. Sie kramte ein wenig im Kühlschrank herum und machte möglichst viele Fotos von den Sachen darin. Milch, ein Stück Fisch in Papier. Sie entfaltete das Papier. Es war Lachs, er roch frisch. Lollorosso-Salat. Eine halbvolle Flasche französischer Weißwein. Sie roch daran. Er schien okay zu sein. Dann betrat sie einen Korridor. Am Ende des Gangs stand eine Tür halb offen, die in Kates Zimmer führte.

Es war ein schöner Raum mit nackten Ziegelwänden, der durch ein Oberlicht erhellt wurde. Das Bett war ungemacht, an der Wand hing ein Poster von Phish, dem Schlagzeuger Jon Fishman, der in einem Kleid auf der Bühne herumstolzierte. Dann ein Poster von einem Vermeer-Gemälde: eine junge Frau, die Klavichord spielte. Im Kleiderschrank entdeckte sie ausgebeulte Jeans, enge Seidentops, Kleider mit Spaghettiträgern, eine kurze Lederjacke. Kate mußte sensibel und hip gewesen sein, mit einem Hang zum Künstlerischen. Ein alter Sekretär. Ein Kästchen aus Ahornholz, das Einzelstücke von falschem Schmuck enthielt. Ein Schreibtisch mit einem Computer und ein Tisch, auf dem sich Nippes türmte: Schlümpfe, eine Reihe Blockflöten und Kinderpfeifen aus Holz, Kunststoff, Rohr und Stahl. In der Mitte des Tisches stand ein Puppenhaus. Das mußte wohl Kates Kunsttisch sein. Es gab kleine alte Schachteln, große neue Blechboxen. Kleine Blechdosen und Röhrchen. Auf einer Büchse stand »Twinings Earl Grey Tea«. Plastikbehälter in allen Formen und Farben. Feine Kästchen aus Holz. Es herrschte eine erstaunliche Ordnung.

Austen zog die Schreibtischschubladen auf, öffnete einige Schachteln und sah sich nach Drogenutensilien um. Nichts dergleichen. Sie begann Dr. Dudleys Hypothese abzuhaken, daß Kate eine Drogenkonsumentin gewesen sein könnte. Das war nicht das Zimmer eines Junkies.

Austen schaltete ihre elektronische Kamera ein und begann das Zimmer zu fotografieren. Einen Augenblick lang hatte sie das Gefühl, als ob Kate neben ihr im Raum stünde – sie war anwesend in der Anordnung der Gegenstände, die seit ihrem Tod nicht mehr berührt worden waren. Austen öffnete eine Schachtel. Darin lag ein mechanischer Spielzeugkäfer. Er starrte sie aus traurigen grünen Smaragdaugen an. Sie legte ihn wieder an die Stelle, an der er zuvor gelegen hatte, weil sie Kates Arrangements nicht zerstören wollte. In einer anderen Schachtel befand sich ein Matchboxauto. Die Kamera stellte sich automatisch scharf. Sie begann alles zu knipsen. Da war eine Schachtel voller Vogelfedern. Daneben stand ein Kästchen aus Holz, auf das ein Polygon gemalt war. Sie versuchte es zu öffnen, aber es hatte einen Trickverschluß, den sie nicht aufbekam, also machte sie nur ein Foto davon. Sie fotografierte eine scharf aussehende schartige Metallfeder. Einen grünen Malachitbrocken. Einen alten Dietrich in einem Vorhängeschloß. Den Schädel irgendeines kleinen Vogels. Eine Amethystdruse. Und dann noch das Puppenhaus. Kate hatte es anscheinend auseinandernehmen wollen. Sie trat zurück und machte ein Bild vom Puppenhaus. Sie fotografierte das ganze Zimmer. Und dann fragte Austen sich, ob sie sich diese Bilder je wieder ansehen würde. Sie könnten eine Information enthalten. Oder vielleicht auch nicht.

Spurensuche

Austen folgte der gleichen Route, die Kate jeden Morgen zur Schule genommen hatte: Sie ging zum Union Square und nahm dann die U-Bahn zur Upper East Side, wobei sie sich in Kates Welt hineinzuversetzen versuchte. Die Mater School lag in einem ruhigen, wohlhabenden Viertel zwischen Stadthäusern. Austen traf dort um drei Uhr nachmittags ein. Die Leiterin, Schwester Anne Threader, hatte eine Morgenandacht in der Kapelle angeordnet und dann den Unterricht ausfallen lassen, die Schülerinnen aber für einen Tag der Besinnung und des Gebets in der Schule behalten. Sie hatte den Kreis kurz vor Austens Ankunft aufgelöst, doch einige Schülerinnen wollten noch bleiben, und Schwester Threader hatte nichts dagegen einzuwenden. Sie war eine kleine Frau Ende Fünfzig mit straff nach hinten gekämmtem Haar und durchdringenden Augen. Statt der Nonnentracht trug sie ein hellblaues Kleid. »Kate war sehr beliebt hier«, erklärte sie Austen. Sie führte sie in den Kunstraum. Drei Schülerinnen waren noch da und saßen untätig herum. Sie waren bedrückt, standen noch unter Schock und hatten geweint.

»Wo ist Mr. Talides?« fragte Schwester Anne sie.

»Er ist heimgegangen«, erwiderte eine der Schülerinnen. »Es ging ihm wirklich schlecht.«

»Ich bin so zornig, Schwester Anne«, sagte eine andere junge Frau zur Direktorin. Es war Jennifer Ramosa. Sie hatte geweint aus Zorn über das, was sie nicht ändern konnte.

»Gott versteht deine Gefühle«, sagte Schwester Anne. »Er liebt Kate genauso wie du, und er versteht, daß du zornig bist.«

»Ich hab sie sterben sehen«, rief Jennifer. Ihre Stimme bebte.

Schwester Anne ergriff Jennifers Hände. »Das Leben ist ein Geheimnis, und der Tod ist ein Geheimnis, wenn er kommt. Wenn du mit Kate wiedervereint bist, wirst du auf alles eine Antwort bekommen.

»Kate hat überhaupt keine Chance gehabt«, sagte Jennifer.

»Das wissen wir nicht«, erwiderte Schwester Anne. Sie schlug ein Gebet vor, und alle beteten stumm.

Schließlich sagte die Schulleiterin: »Das ist Dr. Alice Austen. Sie ist hier, um herauszufinden, was mit Kate passiert ist.«

»Ich bin Ärztin und arbeite zur Zeit mit dem Gesundheitsamt von New York zusammen«, stellte Austen sich vor. »Darf ich mich ein wenig umsehen?«

Systematisch untersuchte sie den Kunstraum, während die Mädchen sie beobachteten und Schwester Anne leise mit ihnen sprach. Nichts schien ungewöhnlich. Da gab es Kaffeebüchsen, die mit Farbe beschmiert waren. Tuben mit Kreidegrund, Leinwände auf Rahmen. Kates Projektbereich war ein Tisch in der Ecke am Fenster gewesen. Darauf standen noch mehr Sachen von Kate und eine sehr große Konstruktion, die wie ein Haus aussah, eine Art Puppenhaus, aber größer und komplizierter. Austen wandte sich an die Schülerinnen. »Ist der Kunstlehrer, Mr. Talides, nahe an Kate herangekommen, als sie krank war?«

Zwei Mädchen nickten.

Sie wandte sich an die Schulleiterin. »Könnten Sie mir bitte seine Telefonnummer geben?«

Inzwischen war es später Nachmittag an diesem ersten Tag von Austens Untersuchung geworden, und die Rush-hour hatte eingesetzt. Etwa dreißig Stunden waren seit Kate Morans Tod vergangen, dreißig Stunden, seit Peter Talides

Kate während ihrer Sterbephase ganz nahe gewesen war. Falls Talides sich mit irgend etwas infiziert hatte, befände er sich wahrscheinlich noch in der Inkubationszeit und würde keine Anzeichen der Krankheit aufweisen. Austen glaubte zwar nicht, daß ein Krankheitserreger im Laufe von rund dreißig Stunden mehr als die unauffälligsten Symptome hervorrufen würde, trotzdem wollte sie mit Talides Kontakt aufnehmen, sich ihn ansehen und ihn im Auge behalten.

Sie nahm den N-Train nach Queens. Zwanzig Minuten später verließ sie den Zug an der Hochbahnstation Grand Avenue. Eine Reihe rostiger Eisentreppen führte in ein belebtes Viertel mit kleinen Supermärkten, Reinigungen, Friseursalons, einem griechischen Restaurant, einer Tankstelle. Sie versuchte herauszufinden, wohin sie gehen mußte, lief ein paar Blocks weiter in ein ruhigeres Viertel und befand sich in einem kleinen Park. Da standen ein paar dorische Säulen und die Bronzestatue eines Mannes in einer Robe. Neugierig trat sie an die Statue heran. Es war Sokrates, mit seinem mißgebildeten Gesicht und dem buschigen Bart. Darunter standen die Worte »Erkenne dich selbst«. Der Name Talides – sie merkte, daß dies ein griechisches Viertel sein mußte.

Sie ging weiter und bog in eine Seitenstraße ein. Peter Talides wohnte in einer kleinen Doppelhaushälfte aus braunem Backstein. Sie läutete an der Eingangstür.

Talides öffnete gleich darauf. Er war ein pummeliger Mann mit einem freundlichen, traurigen Gesicht. Sein Wohnzimmer diente ihm auch als Atelier. Da standen auf Rahmen gespannte Leinwände herum, Kaffeebüchsen mit Farbe und Wasser, Stapel von Bildern lehnten an der Wand.

»Bitte entschuldigen Sie dieses Durcheinander«, sagte er. »Setzen Sie sich doch.«

Sie ließ sich auf einen abgewetzten Sessel nieder. Er setzte sich auf einen Drehstuhl und seufzte tief auf. Offenbar war er den Tränen nahe.

»Es tut mir so leid, daß das geschehen ist«, sagte sie.

Peter Talides dankte ihr für ihre Anteilnahme. »Mein Leben ist die Schule und meine Malerei. Ich lebe allein. Ich mache mir keine Illusionen, was mein Talent betrifft. Aber –« Er schneuzte sich. »Ich versuche, den Kindern ein bißchen was zu vermitteln.«

»Können Sie mir schildern, was Sie getan haben, um Kate eventuell zu retten?«

»Ich –« Er seufzte. Es entstand eine längere Pause. »Ich hab versucht, mich zu erinnern, wie man jemanden beamtet. Es ist mir nicht eingefallen … wie … ich hab das mal gelernt, aber es ist mir nicht mehr eingefallen – es tut mir leid, das ist sehr schwer für mich.«

»Haben Sie Ihren Mund auf ihren Mund gelegt?«

»Ganz kurz, ja.«

»Gab es da Blut?«

»Sie hatte – Nasenbluten.«

»Haben Sie etwas von dem Blut abbekommen.«

Seine Stimme bebte. »Ich mußte mein Hemd wegwerfen.«

»Könnte ich mir mal Ihr Gesicht näher ansehen?«

Er saß unbehaglich und verlegen auf seinem Stuhl. Sie betrachtete ihn eingehend.

»Haben Sie eine Erkältung?« erkundigte sie sich.

»Ja. Die Nase läuft. Verstopfte Nebenhöhlen.«

Austen holte tief Luft »Verspüren Sie ein Jucken an den Augen?«

»Ja. Sie jucken immer, wenn ich eine Erkältung oder eine Allergie habe. Ich habe häufig Allergien.«

»Können Sie die Empfindungen in Ihren Augen beschreiben?«

»Nichts Besonderes. Sie jucken halt und laufen. Wie bei einer Allergie eben.«

»Ich bin besorgt.«
»Meinetwegen? Ich fühle mich okay.«
»Ich möchte gern, daß Sie mich zur Notaufnahme eines Krankenhauses begleiten. Dort wird sich ein Ärzteteam um Sie kümmern.«
Er sah sie erschrocken an.
»Aber wahrscheinlich ist es nichts«, beruhigte sie ihn.
»Ich möchte wirklich nicht ins Krankenhaus gehen. Ich fühle mich okay.«
»Wenn Sie nichts dagegen haben – darf ich mir bloß mal Ihre Zunge ansehen?«
Sie hatte keinen Zungenspatel dabei, aber eine Stablampe aus ihrem Rucksack und bat Talides »Ah« zu sagen.
»Tja, Ihre Mandeln sind ein bißchen gerötet. Es sieht ganz so aus, als ob Sie eine Erkältung haben«, erklärte sie. »Entschuldigen Sie, könnte ich mir mal kurz Ihre Augen ansehen?«
Er willigte widerstrebend ein. Inzwischen schien er sehr nervös zu sein.
Sie ging zu den Fenstern und schloß die Jalousien. Dann machte sie einen Lichttest, indem sie den Strahl der Lampe zuerst in die eine, dann in die andere Pupille richtete. Die Farbe der Iris schien völlig normal. Talides hatte dunkelbraune Augen. Sie beobachtete, wie die Pupillen auf den Lichtstrahl reagierten, und glaubte, eine verzögerte Reaktion bemerkt zu haben. Das *könnte* ein schwaches Anzeichen einer Hirnschädigung sein. Das ist doch lächerlich. Jetzt übertreibst du aber, schalt sie sich selbst. Es gibt keinen eindeutigen Beweis dafür, daß Kate eine ansteckende Krankheit hatte.
»Falls sich an Ihrer Erkältung irgend etwas ändert, würden Sie mich dann bitte anrufen?« sagte sie zu ihm und gab ihm die Nummer ihres Handys und die Nummer ihrer Wirtin in Kips Bay. »Sie können mich jederzeit anrufen, zu jeder

Tages- und Nachtstunde. Ich bin Ärztin. Ich rechne mit Anrufen.«

Auf dem Weg zur U-Bahn-Station fragte sie sich, ob sie richtig gehandelt hatte. Als Lieutenant Commander im US-Gesundheitsdienst hatte Alice Austen die gesetzliche Befugnis, einen Menschen in Quarantäne einzuweisen. Dennoch machen Beamte bei den CDC praktisch nie von dieser Befugnis Gebrauch. Die Politik der CDC zielt darauf ab, daß fachmedizinische Beamte im stillen arbeiten, es vermeiden, Aufmerksamkeit auf sich zu lenken, und alles unterlassen, was ein Klima der Angst in der Öffentlichkeit erzeugen könnte. Sie sah zu Sokrates auf. Er konnte ihr nichts anderes raten, als sich selbst zu erkennen.

Das Unbekannte

Als sie an diesem Abend in Kips Bay ankam, war Alice Austen erschöpft und hatte einen Bärenhunger. Bei Ermittlungen vergißt man zu essen. Sie entdeckte einen Thai-Imbiß und nahm sich ein paar Schachteln mit Essen aufs Zimmer. Mrs. Heilig warf ihr einen mißbilligenden Blick zu. Austen setzte sich an den Schreibtisch und aß Nudeln und Zitronengrashühnchen mit ihrem Pfadfinderbesteck. Während sie aß, rief sie Walter Mellis zu Hause an, von ihrem Handy aus. Sie wollte nicht, daß Mrs. Heilig die Unterhaltung am Telefon auf dem Gang mithörte. »Was gibt's denn?« fragte Mellis.

»Walt – diese Geschichte macht mir angst. Es könnte ein unbekannter Krankheitserreger sein, der das Gehirn zerstört. Dann wäre es ein Virus, keine bakterielle Infektion. Ich glaube –« Sie hielt inne und faßte sich an ihre Stirn, die schweißnaß war.

Am anderen Ende der Leitung blieb es still.

»Ich glaube, wir haben heute vormittag möglicherweise eine heiße Autopsie gemacht. Ohne strenge Biosicherheitsvorkehrungen.«

Walt schwieg. Dann sagte er: »Mein Gott!« Das hatte er wirklich nicht erwartet.

»Ich werde den Fall observieren, Walt.« Sie erläuterte ihm ihre Befunde und erwähnte die nicht zu identifizierenden Klumpen, die in den Gehirnzellen des Referenzfalls, des Mundharmonikaspielers, zu sehen waren. »Es ist ein Krankheitserreger, und zwar ein ganz schlimmer«, sagte sie.

»Noch keine Laborbefunde vom zweiten Fall, diesem Mädchen?« wollte er wissen.

»Das wird noch einen Tag dauern.«

»Welches Labor befaßt sich damit?« fragte er.
»Darüber wollte ich mit Ihnen reden. Das Labor des städtischen Gesundheitsamts untersucht die Proben auf Bakterien. Aber es kann nicht auf Viren untersuchen – sie sind einfach nicht dafür ausgestattet.«
»Hören Sie, wenn Sie glauben, das sei ein ernster Fall, dann müssen wir Proben hier an die CDC bekommen, damit wir einige Tests machen können.«
»Das wollte ich mit Ihnen besprechen.«
»Ich werde Lex bitten, sich darum zu kümmern. Wann können Sie wieder zurückkommen?«
»Ich weiß nicht. Ich muß noch ein paar Feldarbeiten machen.«
»Was für Feldarbeiten?«
»Sie haben mir doch schließlich von John Snow gepredigt.«
Es trat eine Pause ein, während der sie eine Gabel voll Thainudeln in den Mund schob.
»Okay«, sagte er.
Sie duschte ausgiebig, fiel in das geschnitzte Bett und zog sich die Decke bis zum Kinn hoch.
Mrs. Heilig tapste in der Küche herum, dann ging ein Fernseher an. Lange konnte Austen nicht einschlafen. Verkehrsgeräusche drangen herein, das Rumpeln von Lastwagen, das Hupen von Taxis, hin und wieder hörte sie einen Krankenwagen rasen. Die normalen Geräusche der Stadt. Sie dachte, das kann doch nicht so schlimm sein, wie es scheint. Ich habe keine Verbindung zwischen diesen beiden Fällen nachweisen können. Der Tod der kleinen Moran muß nicht unbedingt etwas mit dem Mundharmonikamann zu tun haben.

Die Damentoilette

Al Ghar, Irak, Donnerstag

Mark Littleberry und William Hopkins standen in der Staubwolke, die der Lastwagen hinterlassen hatte, als er mit dem fahrbaren Labor davongerast war. Littleberry hielt ein Plastikprobenröhrchen in der Hand. Ohne ein Wort zu Hopkins zu sagen, schnappte er sich den Tupfer aus dessen Hand, stopfte ihn ins Röhrchen und verschloß es. »Lastwagenprobe Nummer eins!« Er schob das Röhrchen in seine Hemdtasche.

Hopkins klopfte sich den Staub ab.

»Haben Sie was sehen können, Will?«

»Klar.«

»Was denn?«

»Es war –«

In diesem Augenblick waren die Aufpasser bei ihnen und umringten sie. Sie schienen fast hysterisch vor Aufregung zu sein.

»Was war in diesem Lastwagen?« wollte Littleberry wissen.

»Ich werde mich erkundigen«, erwiderte Dr. Fehdak.

Littleberry gab ein paar nicht gerade druckreife Flüche von sich.

Das Gesicht von The Kid verdunkelte sich. Er sagte etwas auf arabisch.

»Das war nichts Besonderes«, sagte Dr. Mariana Vestof beschwichtigend. »Die Routinelieferung eines Impfstoffs.«

»Ich werde versuchen, nähere Informationen darüber zu bekommen«, sagte Dr. Fehdak.

»Warum hat einer der Männer im Lastwagen russisch mit mir gesprochen?« wollte Hopkins wissen.

»Sie müssen sich irren«, sagte Dr. Fehdak.

Hopkins und Littleberry sahen sich an.

»Die Inspektoren benötigen eine Toilette!« schrie Littleberry plötzlich. »Laut den Vereinbarungen des Sicherheitsrats steht den Inspektoren die private Benutzung von Toiletten zu, wann immer sie dies wünschen.«
Hopkins und Littleberry wurden ins Gebäude zurückgebracht. Als sie vor der Tür der Toilette standen, bemerkten sie, daß einige der Aufpasser kicherten. Andere quasselten in ihre Funkgeräte hinein.
»Ich glaube, das ist eine Damentoilette«, sagte Littleberry zu Hopkins. »Gehen wir einfach rein.«

Dr. Azri Fehdak stand unter Schock. Er sah sein Leben dahinschwinden. Hopkins hatte einen der ausländischen Berater gesehen. Fehdak war sich zwar nicht sicher, aber er glaubte beobachtet zu haben, daß Hopkins einen Tupfer in der Hand gehabt hatte. Er fragte sich, ob Hopkins ein Foto gemacht hatte. Es war praktisch unmöglich, daß diese beiden Inspektoren die UNO davon überzeugen konnten, sie hätten irgendeine militärische Einrichtung gesehen. Aber der Tupfer ... falls es irgendeinen Beweis gäbe, würde Dr. Fehdak wahrscheinlich von seinen Leuten erschossen werden, weil er es zugelassen hatte, daß UN-Inspektoren einen Tupfer dort hineingebracht hatten. Dr. Mariana Vestof machte ein grimmiges Gesicht. »Diese Toilette ist für die technischen Mitarbeiterinnen«, sagte sie. »Diese Männer haben nichts darin zu suchen.«
»Vielleicht sind sie nervös«, meinte Dr. Fehdak.
Einer der Aufpasser, ein Geheimdienstmann namens Hussein Al-Sawiri, klopfte an die Tür. »Alles in Ordnung?« erkundigte er sich.
Keine Antwort.
The Kid rüttelte an der Tür. »Sie ist verriegelt«, rief er. »Sie haben die Tür verriegelt.«

Die mit grünen und weißen Kacheln ausgelegte Damentoilette war blitzsauber und antiseptisch.
»Die Lage spitzt sich zu«, sagte Littleberry. »Ich habe nicht damit gerechnet, einen *Lastwagen* zu entdecken. Wir müssen schnell handeln.«
Hopkins streifte die Gummihandschuhe ab und zog ein Paar saubere an. Dann stellte er den Halliburton-Koffer auf ein Waschbecken und bückte sich, bis er auf Augenhöhe mit dem Koffergriff war, neben dem sich eine kleine optische Linse befand. Er brachte sein rechtes Auge dicht an die Linse. Das System erkannte das Muster der Blutgefäße in seiner Netzhaut als das von »Hopkins, William, Jr., Reachdeep«. Jeder Versuch, den Koffer ohne den Augenschlüssel zu öffnen, würde den Selbstzerstörungsmechanismus in Gang setzen.
Die Riegel im Koffer glitten auf, und Hopkins hob den Deckel hoch. Inzwischen hatte auch Littleberry seinen Halliburton-Koffer auf ein Waschbecken gestellt und ihn gleichfalls geöffnet.
Die beiden Koffer enthielten Biosensoren. Die US-Navy spürte damit biologische Waffen auf und analysierte sie. Ein normales Labor benötigte dafür mehrere Räume mit einem ganzen Maschinenpark.
»Ich werde ein Ping aus der Hand machen, ganz schnell«, sagte Littleberry. Er hob ein elektronisches Gerät aus dem Koffer, das etwa so groß wie ein Taschenbuch war. Sie nannten es Ping, weil es einen angenehmen hellen Ton von sich gab, wenn es eine Biowaffe aufspürte. Das Ping besaß einen Bildschirm und einige Knöpfe sowie einen Probenport – ein kleines Loch. Es konnte die Anwesenheit von fünfundzwanzig verschiedenen bekannten Biowaffen feststellen. Littleberry holte das Röhrchen mit der Lastwagenprobe aus seiner Hemdtasche. Aus einem Fach nahm er eine Wegwerfplastikpipette, sog ein Tröpfchen der Proben-

flüssigkeit auf und ließ es direkt in den Probenport des Pings fallen.

Er starrte auf den Bildschirm. »Keine Anzeige. Es hat nicht Ping gemacht. Der Bildschirm ist leer.«

»Okay, Commander. Soll ich Felix anwerfen?«

»Klar. Aber fix.«

Jemand klopfte an die Tür. »Alles in Ordnung?«

»Es dauert ein bißchen«, erwiderte Hopkins. Er brachte das Röhrchen mit der Lastwagenprobe zu seinem Halliburton-Koffer, der ein Gerät namens Felix enthielt, einen schwarzen Kasten, der etwa so groß wie das Telefonbuch einer Großstadt war. Ein Biosensor, ein sogenannter Genscanner. Er wurde von einem Laptop gesteuert und konnte den genetischen Code eines Organismus sehr schnell lesen.

Hopkins hob den Laptop aus dem Halliburton-Koffer und stellte ihn auf eine Ablage. Mit flinken Fingern verband er den Computer und Felix mit einem Datenübertragungskabel und startete den Computer. Der Bildschirm begann zu leuchten.

Darauf stand:

```
Felix Gen-Scanner
Beta 0.9
Lawrence Livermore National Laboratory
Paßwort eingeben:
..............................
```

Hopkins tippte sein Paßwort ein. »Los, mach schon«, sagte er ungeduldig.

Mit Hilfe einer Pipette gab er ein Tröpfchen der Flüssigkeit aus dem Röhrchen in den Probenport von Felix und betätigte einige Computertasten.

Er starrte auf den Bildschirm.

Wieder wurde an die Tür gehämmert.

»Bin noch nicht fertig!« brüllte Littleberry.
»Die DNA wird auf dem Chip durchgezogen«, flüsterte Hopkins.
Die Tür begann zu beben. »Aufmachen!« brüllte Hussein Al-Sawari.
»Dies ist eine UN-Toilette!« schrie Littleberry über die Schulter zurück.
Hopkins gestikulierte aufgeregt herum. »Wir sollten jetzt senden«, zischte er.
Littleberry holte aus seinem Koffer eine schwarze Konsole, die etwa so groß wie ein Notizbuch war. Ein Kabel hing daran. Das war eine spezielle Satellitensendeantenne. Er steckte das Kabel in den Laptop, während Hopkins die Tasten betätigte.
»Wir kriegen Sequenzen!« flüsterte Hopkins erregt.
Endlose Buchstabenkaskaden liefen über den Bildschirm von Felix.
»Senden Sie's Scotty!« flüsterte Hopkins.
Felix sendete die Datenmengen des DNA-Codes durch die Antennenkonsole gen Himmel. Über ihnen empfing ein von der National Security Agency der USA betriebener Nachrichtensatellit den genetischen Code des Organismus, was auch immer das sein mochte.
»Ich glaube, wir kriegen hier gleich ein paar Übereinstimmungen«, sagte Hopkins. »Senden Sie weiter.« Felix verglich die DNA-Sequenzen mit einigen auf seiner Festplatte gespeicherten Sequenzen und versuchte, den Organismus zu identifizieren. Die Namen von Viren, die Felix in der Lastwagenprobe zu »sehen« glaubte, begannen auf dem Bildschirm des Laptops aufzutauchen:

```
VORLÄUFIGE SEQUENZÜBEREINSTIMMUNGEN:
Goldfisch-Virusgruppe
reproduktiver Schweinepestvirus
```

```
Hepatitis D Waldmurmeltier
Bracovirus
Spumavirus
Microvirus
Nichtklassifizierter Erreger vom Thogoto-Typ
virusartiges Partikel Cak-1
Humpty-Doo-Virus
```

»Humpty-Doo-Virus? Was ist das denn?« murmelte Hopkins.
Dann las er auf dem Bildschirm:

```
Felix kann diese Probe nicht bearbeiten.
```

Der Bildschirm wurde leer. Ein Systemabsturz.
»Was ist passiert?« flüsterte Littleberry.
»Ich glaube, das war irgendein Kauderwelsch.«
Das Hämmern an der Tür setzte wieder ein. Sehr nachdrücklich. Will Hopkins langte an seinen Gürtel und holte seinen Leatherman aus dem Etui. Er klappte eine kleine Zange und einen Schraubenzieher heraus. Aus seinem Taschenschutz zog er eine Ministablampe. Er beugte sich über Felix und hob den glatten schwarzen Deckel ab. Dahinter wurde ein Gewirr von winzigen fadenförmigen Röhrchen und Drähten sichtbar. Er begann einige Drähte herauszuziehen, leuchtete mit der Lampe hinein, betätigte flink den Schraubenzieher.
»Will –«, sagte Littleberry.
»Das System arbeitet nicht jedesmal perfekt.«
»Packen Sie alles wieder in den Koffer, Will. Wir müssen über Funk Hilfe herbeiholen.«
Hopkins hielt einen metallenen Gegenstand von der Größe einer Erdnuß hoch. »Das ist eine Pumpe. Ich glaube, sie funktioniert nicht richtig.«

»Genug. Machen Sie den Koffer zu.«
»Mark – das war ein Bioreaktor in dem Lastwagen. Und da waren auch einige Kristalle. Davon hab ich mit dem Tupfer eine Probe genommen.«
»Wirklich? Was meinen Sie mit Kristallen?«
»Nun, sie waren irgendwie flach, saßen in Schalen, klar ...«
»Mist. Hört sich an wie eine Art Virusglas. Diese Bastarde machen Virusglas.«
»In einem Lastwagen?«
»Das ist ja das Problem.«
»Wo ist er hingefahren?«
»Wer weiß? Die UNO wird ihn nie wiedersehen.«

Vor der Al-Ghar-Fabrik war mittlerweile der UNSCOM-Konvoi eingetroffen. Die Fahrzeuge standen aufgereiht auf der Zufahrtsstraße zum Werk. Im führenden Fahrzeug sprach Dr. Pascal Arriet, der Chefinspektor, gleichzeitig über zwei Funkgeräte. Die irakischen Wachen hatten das Tor geschlossen. Sie richteten ihre Waffen auf den UNSCOM-Konvoi.
»Diese Leute! Sie haben sich nicht an meine Anweisungen gehalten. Sie haben sich meinen direkten Befehlen widersetzt!« schrie Arriet in seine Funkgeräte.
Plötzlich war die Verbindung weg. Die irakischen Sicherheitsleute wollten die Tür aufbrechen und die beiden UN-Inspektoren verhaften. Nur der Umstand, daß die irakische Regierung die UNO nicht noch mehr verärgern wollte, als dies ohnehin schon der Fall war, hielt sie davon ab, auch wenn sich alle darin einig waren, daß die beiden Inspektoren auf eine Art und Weise gehandelt hatten, die nach dem internationalen Verhaltenskodex nicht akzeptabel war.
Der Tag ging in den Abend, der Abend in die Nacht über. Der UNSCOM-Konvoi blieb auf der Straße vor dem Werk stehen. Die Inspektoren hatten Lebensmittel und Wasser

dabei, aber sie waren wütend und erschöpft, und vor allem wollten sie heim. Die Vorschriften verboten ihnen, ohne Hopkins und Littleberry wegzufahren, und die Irakis waren entschlossen, die Inspektoren nicht ziehen zu lassen. Sie verkündeten, daß alle Proben und alle Geräte, die den Inspektoren gehörten, dem Irak ausgehändigt werden müßten.

»Hören Sie doch auf, an Ihrer Maschine herumzufummeln«, sagte Littleberry zu Hopkins. »Sie brauchen ein bißchen Schlaf.«

Littleberry hatte sich auf den Fußboden gelegt, wobei er seinen Halliburton-Koffer als Kopfkissen benutzte. Jeder Muskel in seinem Rücken tat ihm weh. Hopkins saß mit untergeschlagenen Beinen gegen die Wand gelehnt da. Vor ihm lag Felix zerlegt auf dem Boden. Hopkins hielt die Lampe zwischen den Zähnen. »Ich bin überzeugt, daß das Problem mit dieser Pumpe zusammenhängt«, sagte er verbissen.

»Herrgott noch mal«, knurrte Littleberry. Er konnte nicht einschlafen. Spätnachts, als die irakischen Sicherheitsleute in unregelmäßigen Abständen gegen die Toilettentür klopften, starrte er an die Decke und dachte an seine Frau und das Boot, das er sich gerade in Florida gekauft hatte. »Das ist das letzte Mal, daß ich meine Nase in eine Waffenfabrik stecke«, murmelte er.

Ein paar Stunden später, am frühen Freitag morgen, sprach Littleberry über den Kurzwellensender, der nicht mehr sehr gut funktionierte, seit Hopkins ein Teil daraus entfernt hatte. »Ein Deal zeichnet sich ab, Will.« Die Bedingungen waren von Verhandlungsteams erarbeitet worden. Die beiden amerikanischen Inspektoren würden den Irak verlassen dürfen, aber die UNO würde ihnen ihren UN-Sta-

tus aberkennen. Pascal Arriet freute sich schon darauf. Sie würden all ihre biologischen Proben und Geräte dem Irak ausliefern müssen. Und alle Transaktionen würden mit der Videokamera aufgezeichnet werden.
Littleberry und Hopkins waren mit den Bedingungen des Deals einverstanden, und bei Sonnenaufgang waren zwei Helikopter von Kuwait losgeschickt worden, um sie abzuholen. Die unehrenhaft entlassenen Inspektoren verließen die Toilette und wurden mit vorgehaltener Waffe ins Freie geführt, vor das Werk. Sie standen in Sichtweite des UN-Konvois, wurden aber innerhalb des Sicherheitszauns festgehalten. Und während sie dort von den UN-Leuten wie von den irakischen Aufpassern gefilmt wurden, übergaben sie beide Halliburton-Koffer sowie ihre Tupfer und Proben.
Am Himmel war ein ratterndes Geräusch zu hören. Zwei altgediente weiße Helikopter näherten sich von Süden. Es waren Hueys mit UN-Abzeichen. Sie landeten neben den UNSCOM-Fahrzeugen. Staub erfüllte die Luft.
»Wir haben einen Fehler gemacht. Es tut uns sehr leid«, sagte Littleberry zu Hussein Al-Sawiri.
The Kid hielt eines der Probenröhrchen hoch. »Ist das eine Probe aus dem Lastwagen?« wollte er wissen.
»Ja. Die einzige.«
Fehdaks Gesicht blieb ausdruckslos, aber es fiel ihm ein Stein vom Herzen. Vielleicht rettet das mein Leben, dachte er.
Die Wachen klopften Littleberry und Hopkins ausgiebig ab. Schließlich hatten sie sich davon überzeugt, daß die beiden UN-Inspektoren kein Probenmaterial mehr besaßen. Keine Tupfer, keine Röhrchen, keine Beweise. Die Wachen öffneten das Tor. Littleberry und Hopkins traten hindurch.
Pascal Arriet sprang aus seinem Wagen. Er zitterte vor Wut.

»Idioten! Sie sind erledigt! Sie sind im Namen des Generalsekretärs entlassen.«
»Es tut mir leid, Pascal«, sagte Littleberry. »Wir haben Pech gehabt. Wir haben nichts gefunden.«
»Ihr Amerikaner seid wahnsinnig!« rief Arriet. »Ihr bedroht den Irak *continuellement*. Ihr macht alles kaputt. Raus hier. Hauen Sie bloß ab!«
»Wir möchten uns entschuldigen«, sagte Hopkins. »Es tut uns sehr leid.« Er und Littleberry kletterten in einen der wartenden Hubschrauber.
Sie stiegen direkt über Al Ghar auf. Einige der irakischen Wachen richteten ihre Waffen auf den Hubschrauber, aber nichts geschah. Hopkins und Littleberry sahen hinunter auf die lange Reihe weißer Fahrzeuge vor dem Werk, auf das graue Dach mit seinen dichtgedrängten Ventilatorschächten, auf weites braunes Land, auf Abschnitte von grünen bewässerten Feldern, während sich in der Ferne der braune Bogen des Euphrat abzeichnete.
»Florida, ich komme«, murmelte Littleberry vor sich hin. Neben ihnen saß ein Mann in khakifarbener Zivilkleidung, der ein Kopfhörermikrophon aufhatte. Er gab Hopkins die Hand. »Major David Saintsbury, US-Army. Ich bin von USAMRIID. Fort Detrick, Maryland.« Er wandte sich an Littleberry. »Also, Mark«, brüllte er. »Was ist passiert?«
»Wir waren so verdammt dicht dran«, sprach Littleberry in sein Kopfhörermikrophon.
»Wir glauben, daß wir eine ganz heiße Virusprobe bekommen haben«, sagte Hopkins. »Wir waren gerade dabei, die DNA zu entschlüsseln und sie zu senden, aber Felix ist abgestürzt.«
»Jammerschade«, erwiderte Major Saintsbury. »Ihr habt natürlich Navy-Geräte gehabt. Was kann man da schon verlangen.«

Der Hubschrauber schwankte, die Rotorblätter gaben das charakteristische *Flapp-flapp* des Huey von sich.
»Aber immerhin haben wir ein paar Teile von DNA-Sequenzen bekommen«, fuhr Hopkins fort. »Mann, diese irakischen Biologen machen vielleicht schlimme Sachen.«
»Das sind nicht die einzigen Biologen, die schlimme Sachen machen«, erwiderte Major Saintsbury.

Am Boden vor dem Werk von Al Ghar nahmen Hussein Al-Sawiri und Dr. Azri Fehdak die beiden Halliburton-Koffer und trugen sie ins Gebäude. Sie wollten sie an einem sicheren Ort unterstellen, wo sie vom irakischen Geheimdienst abgeholt werden konnten. Irgend etwas stimmte hier nicht. Fehdak legte seine Handfläche auf das Gehäuse des Koffers. »Au!« schrie er, riß die Hand weg und stellte den Koffer auf den Boden. »Das ist ja heiß!«
»Au!« Al-Sawiri ließ seinen Koffer fallen.
Rauch begann aufzusteigen.
Und dann konnten Fehdak und Al-Sawiri nur noch zusehen, wie die Koffer schmolzen und sich selbst zerstörten. Die beiden Irakis spürten die Wärme auf ihren Gesichtern.

Unsichtbare Geschichte (II)

Während des Golfkriegs von 1991 soll der Irak dicht davor gewesen sein, Anthrax gegen seine Feinde, die alliierten Streitkräfte, einzusetzen. Anthrax oder Milzbrand ist eine Bakterie, ein einzelliger Organismus, der Fleisch zersetzen kann. Anthrax gedeiht explosionsartig in warmer Fleischbrühe oder lebendem Fleisch.

Zu Waffen umgewandelte Anthrax wird aus Anthrax-Sporen hergestellt. Die Sporen werden zu einem Pulver getrocknet oder zu einem braunen flüssigen Konzentrat verarbeitet. Bis heute weiß niemand (außer der irakischen Regierung), welche spezielle für die Waffenproduktion bestimmte Anthrax-Art der Irak zur Zeit des Golfskriegs besaß. Man glaubt, daß es die Vollum-Art gewesen ist. Sie wurde vor dem Zweiten Weltkrieg aus einer Kuh bei Oxford in England isoliert. Die US-Army verwendete sie in den sechziger Jahren für ihre Anthrax-Sprengköpfe, bevor die USA 1969 ihr offensives Biowaffenprogramm beendeten.

Der Irak unterzeichnete 1972 die Konvention zur Abrüstung biologischer Waffen, aber in Gesprächen mit UN-Abrüstungsinspektoren nach dem Golfkrieg haben hohe irakische Regierungsbeamte erklärt, sie wüßten nicht, ob ihr Land das Abkommen tatsächlich unterzeichnet habe. Sie meinten, es sei nicht wichtig gewesen, hätte nicht zur Debatte gestanden.

Hätte der Irak während des Golfkriegs Vollum-Anthrax abgeworfen, wäre die Zahl der Toten unter den Alliierten die größte innerhalb des kürzesten Zeitraums gewesen, die eine Armee jemals hätte verzeichnen müssen. Andererseits weiß niemand, was die irakische Anthrax genau hätte anrichten können. Einige amerikanische Truppenteile waren gegen Anthrax geimpft, mit einem Impfstoff, von dem man nicht weiß, ob er tatsächlich gewirkt hätte. Die meisten Soldaten nahmen vorsorglich Antibiotika, von denen man allerdings auch nicht wußte, ob sie geholfen hätten. Viele waren außerdem mit Atemmasken ausgerüstet, die Schutz gegen biologische Kampfstoffe bieten – vorausgesetzt; der Kampfstoff befindet sich in der Luft. Vollum-Anthrax ist empfindlich gegen Antibiotika, und es gibt wirksame Impfstoffe dagegen. Andere Anthrax-Arten sind brisanter. Eine gentechnisch veränderte Anthrax-Art könnte so konstruiert werden, daß Impfstoffe nicht wirksam sind und sie sich sogar in Anwesenheit von Antibiotika explosionsartig vermehren kann. Zu Waffen umgewandelte Anthrax-Sporen sitzen am Ende auf der größten Feuchtmembram im Körper: der Lunge. Die Sporen landen auf der Lungenoberfläche, und die ausgeschlüpften Organismen dringen rasch in den Blutkreislauf ein. Menschen, die von Anthrax infiziert worden sind, husten einen dicken, gelblichroten, schäumenden Auswurf aus, der Anthrax-Sputumexsudat heißt. Man ist sich noch nicht einig darüber, wie genau Anthrax-Sputumexsudat aussieht, wenn es von einer waffenfähigen Form von Anthrax ausgelöst wird. Fachleute betonen, daß eine von einer Biowaffe verursachte Krankheit sich erheblich von einer natürlichen Krankheit unterscheiden kann, die vom gleichen Organismus verursacht worden ist. Bei Tieren ist Anthrax-Sputumexsudat blutig und wäßrig und von eher goldgelber Farbe. Es läuft den Tieren aus Mund und Nase. Viele Experten erklären, daß Anthrax-Sputumexsudat bei Menschen einen dicken, klumpigen, schaumigen Blutbrei bildet, der in der Lunge wie Kleister klebt. Anthrax-Sputum ist mit hellrotem Blut aus der Lunge gestreift und marmoriert. Jemand, der von waffenfähigem Anthrax befallen wäre, hätte wahrscheinlich zunächst das Gefühl, eine Erkältung sei im Anzug. Man bekommt Schnupfen und Husten. Der Husten wird schlimmer. Dann folgt eine Art Pause, ein Abklingen der Symptome. Das ist die Anthrax-Eklipse, eine Phase, in der die Symptome für eine Weile verschwunden zu sein scheinen. Dann bricht das Opfer abrupt zusammen und stirbt an einer tödlichen Lungenentzündung und nach einem blutigen Sputumexsudat.

Die Experten nennen Anthrax eine »klassische« Waffe. Anthrax ist stark, aber weitaus weniger effizient als viele andere Biowaffen. Anscheinend müssen etwa zehntausend Anthrax-Sporen in die Lunge gelangen, damit ein Mensch stirbt. Das ist eine sehr große Anzahl. Bei anderen biologischen Kampfstoffen kann bereits durch eine einzige Spore oder durch nur drei Virusteilchen in der Lunge ein tödlicher biologischer Zusammenbruch im Opfer herbeigeführt werden.

1979 gab es in der russischen Stadt Jekaterinburg (dem damaligen Swerdlowsk) einen Unfall in einer sowjetischen Biowaffenproduktionsstätte, der sogenannten Militäreinrichtung Nummer 19. Die Sowjets stellten dort massenhaft waffenfähige Anthrax her. Es war ein rund um die Uhr arbeitender Rüstungsbetrieb, in dem Sprengköpfe und Bomben gefüllt wurden. Niemand weiß zwar genau, was passiert ist, aber einer glaubwürdigen Geschichte zufolge waren die Arbeiter dabei, Anthrax zu trocknen und in Mahlmaschinen zu Pulver zu verarbeiten. Eine Tagschicht an den Mahlmaschinen entdeckte, daß die Sicherheitsluftfilter (die ein Austreten von Anthrax-Pulver in die Luft verhinderten) verstopft waren. Die Arbeiter entfernten die Filter am Ende der Schicht und hinterließen eine Notiz für die Nachtschicht, die frische Filter installieren sollte. Die Nachtschichtarbeiter kamen, übersahen aber die Notiz. Sie ließen die Anthrax-Mahlmaschinen die ganze Nacht ohne Sicherheitsfilter laufen. Während der Nachtschicht gelangte etwa ein Kilogramm waffenfähiger trockener Anthrax-Sporen in die Luft über Swerdlowsk. Sie bildeten eine Wolke, die in südöstlicher Richtung über die Stadt hinwegzog.

Sechsundsechzig Menschen brachen zusammen und starben an Milzbrand – viele erst Wochen nach dem Unfall. Die Todeszone erstreckte sich knapp sieben Kilometer weit in Windrichtung. Die meisten toten Zivilisten arbeiteten oder wohnten innerhalb eines Kilometers von der Fabrik entfernt. Das legt die Vermutung nahe, daß Anthrax als Biowaffe nicht sehr effizient ist, da eine relativ große Menge trockener Sporen erforderlich ist, um eine relativ kleine Zahl von Menschen zu töten. Ein Kilogramm einer moderneren biologischen Waffe, die in die Luft gelangt, sollte eine Wolke erzeugen können, die über siebzig Kilometer lang ist. Falls diese Wolke eine Stadt überquert, müßte die Zahl der Toten in die Tausende oder Millionen gehen. Eine weitaus größere Zahl von Toten wird es geben, wenn die Waffe übertragbar ist – das heißt, wenn sie ansteckend und in der Lage ist, in einer Infektionskette von einem Menschen zu anderen Menschen zu springen. Aller Wahrscheinlichkeit nach bekommt man keinen Milzbrand, wenn man in Kontakt mit einem Anthrax-Opfer gerät. Anthrax breitet sich nicht von Mensch zu Mensch in einer Infektionskette aus. Andere Waffen – das heißt, ansteckende Waffen – sind daher stärker, wenngleich sie außer Kontrolle geraten können. Im Zeitalter der Molekularbiologie nimmt sich Anthrax wie eine Schwarzpulverkanone aus.

Nach der Niederlage des Irak im Golfkrieg schwärmten Inspektionsteams der United Nation Special Commission – UNSCOM – im Irak aus. Sie entdeckten und vernichteten die meisten irakischen Kernwaffenprogramme und einige chemische Waffen des Irak. Das Biowaffenprogramm des Irak löste sich in Luft auf.

Offizielle Stellen im Irak haben ihr Biowaffenprogramm stets als das »ehemalige« Programm bezeichnet. Doch nach einiger Zeit wurde klar, daß ein Programm zur Herstellung biologischer Waffen im Irak weiterlief. Und zwar unter der Nase der UN-Inspektoren. So inspizierten die Teams beispielsweise ein biologisches Produktionswerk namens Al Hakam, eine Fabrik, die in einem Wüstengebiet in der Nähe des Euphrat lag. Irakische Wissenschaftler erklärten den UN-Leuten, dieses Werk würde »natürliche« Pestizide zur Tötung von Insekten herstellen. Die UNSCOM-Experten besichtigten das Werk und glaubten den Irakis. Nach der sorgfältigen Inspektion der Anlagen gab es für sie keinen Grund, den Irak aufzufordern, die Produktion in diesem Werk einzustellen.
Ein älterer amerikanischer Abrüstungsinspektor, ein Mann weit jenseits der üblichen Altersgrenze, der einmal ein führender Wissenschaftler im Biowaffenprogramm der US-Army gewesen war, besichtigte Al Hakam als Angehöriger eines UNSCOM-Teams. Er war mächtig beeindruckt. Er sagte: »Sie haben hier in Al Hakam ein verdammt gutes Biowaffen-Werk. Wie kann ich das beweisen? Ich habe nur so ein Gefühl, das ist alles.« Er konnte es nicht beweisen, und die meisten UN-Experten haben seine Behauptung offen angezweifelt, obwohl er einer der ganz wenigen Leute in der gesamten UNSCOM-Organisation war, der einschlägige Berufserfahrung als Biowaffenentwickler vorweisen konnte. Mittlerweile stellte der Irak in diesem Werk massenweise ein braunes Flüssigkonzentrat her.

Babrak Kamal, einer der führenden Köpfe des irakischen Biowaffenprogramms, lief 1995 plötzlich nach Jordanien über. Diverse Geheimdienste beeilten sich, Kamal zu befragen, und Kamal packte aus. Weil man befürchtete, daß Kamal das gesamte irakische Biowaffenprogramm verraten würde, und weil man den UN-Sicherheitsrat beschwichtigen wollte, enthüllten offizielle irakische Stellen plötzlich, daß Al Hakam tatsächlich eine Anthrax-Waffenfabrik gewesen sei. Die braune Flüssigkeit war Anthrax. Die UNSCOM-Inspektoren hatten sich im Hinblick auf Al Hakam geirrt. Der alte Army-Wissenschaftler hatte recht gehabt. Im Juni 1996, nachdem sich die Angelegenheit aus bürokratischen Gründen ein Jahr lang hingezogen hatte – während der Irak teilweise das Werk weiterbetreiben durfte –, ließ die UNO Al Hakam endlich sprengen. Es ist mittlerweile dem Erdboden gleichgemacht – rund dreißig Quadratkilometer Brachland. Die vielen Tonnen Anthrax, die das Werk produziert hat, sind nie gefunden worden. Anders als viele Biowaffen läßt sich Anthrax unbegrenzt lagern.

Es gab noch eine weitere Enthüllung, und die war unangenehmer. In der panischen Stimmung nach Kamals Überlaufen gestand der Irak auf einmal auch ein, daß ein von Franzosen erbautes Tierimpfstoffwerk namens Al Manal in eine Waffenfabrik umgewandelt worden sei, die sich der Herstellung von Toxinen und Viruswaffen gewidmet habe. Al Manal ist ein moderner virologischer Komplex der Biosicherheitsstufe 3 am südlichen Stadtrand von Bagdad. Die Irakis erklärten, dieses Werk habe einem gentechnischen Frühphaseprogramm in der Viruswaffenforschung gedient und sei dann, während des Golfkriegs, zur Produktion großer Mengen von Botulinumtoxin angehalten worden – Bot-Tox, wie die Militärs es nennen. Bot-Tox ist eines der stärksten bekannten Toxine. Eine Menge Bot-Tox von der Größe des Punkts über diesem »i« würde ausreichen, um zehn Menschen zu töten. Der Nervenkampfstoff ist hunderttausendmal toxischer als Sarin, das Nervengas, das die Aum-Shinrikyo-Sekte in der Tokioter U-Bahn freigesetzt hatte. Der Irak gestand, in Al Manal seien rund *siebentausend Kubikmeter* waffenfähiges Bot-Tox hergestellt worden. Das

Bot-Tox sei dabei um das Zwanzigfache konzentriert worden. Theoretisch wären das mehr als genug Biowaffen, um damit jeden Menschen auf Erden tausendmal töten zu können. In einem praktischen militärischen Sinne hätte das ausgereicht, jedes menschliche Leben in Kuwait zu eliminieren.

Die Bioproduktionsanlagen in Al Manal waren 1980 von einem französischen Impfstoffunternehmen namens Mérieux erbaut worden, dessen Zentrale sich in Lyon befindet. Mérieux gehört zum Pharmagiganten Rhône-Poulenc. Die Firma bekam von der irakischen Regierung viel Geld für den Bau der betriebsbereiten Produktionsstätte in Al Manal sowie für die Ausbildung der Mitarbeiter zur Bedienung der Anlage.

Zweck des Werks war die Herstellung von Impfstoffen gegen die Maul- und Klauenseuche, die durch ein Virus verursacht wird. Das Werk war ungeheuer kostspielig. Einige Experten behaupten, eine effiziente Tierimpfstofffabrik hätte für ein Zehntel der Kosten gebaut werden können.

Zu der Zeit, als Mérieux in Al Manal verwickelt war, führte der Irak einen furchtbaren Krieg mit dem Iran. Das war der Irakisch-Iranische Krieg (1980–1988), in dem der Irak 1984 erstmals chemische Waffen einsetzte. 1985, als der Einsatz dieser Waffen durch den Irak weltweit bekannt war, arbeiteten französische Berater von Mérieux in Al Manal und bildeten die irakischen Mitarbeiter in der Herstellung von Virusimpfstoffen aus. Dafür werden bestimmte Virusarten in Bioreaktoren gezüchtet. Mit dem gleichen Produktionsanlagen und -verfahren kann man brisante waffenähnliche Viren erzeugen. Wenn das Werk mit einer Bioschutzzone der Hochsicherheitsstufe 3 ausgestattet ist, lassen sich Viruswaffen ohne allzu große Schwierigkeiten oder Gefahren für die Mitarbeiter herstellen. UN-Inspektoren ent-

deckten, daß die Gebäude in Al Manal aus bombensicherem Beton bestehen, der mit zahlreichen Stahlträgern verstärkt ist. Diese Armierungen reichen bis weit ins Innere der Gebäude hinein. Al Manal besitzt eine Art von Doppelschalenkonstruktion, wobei einige der inneren Bioschutzzonen wiederum mit Stahl verstärkt sind. Hatten die Mérieux-Ingenieure nicht bemerkt, daß sie die Produktionsstätten in einer »armierten« Einrichtung bauten? Stellten sie Spekulationen darüber an, daß der Irak das Werk als potentielle Waffenfabrik betrachten könnte? Ein Großteil der Produktionsanlagen in Al Manal stammt aus europäischen Biotechnik- und Pharmafirmen: aus Frankreich, Spanien, Deutschland und der Schweiz. Was haben diese Firmen gewußt oder geahnt? Die Chance, daß die Öffentlichkeit dies je erfährt, ist praktisch gleich Null.
Bis 1990, fünf Jahre nachdem die französischen Berater abgezogen waren, diente Al Manal offenbar der Herstellung von Tierimpfstoffen, und seine Belegschaft bestand aus zivilen Wissenschaftlern. Im Herbst 1990 allerdings, als der Golfkrieg unmittelbar bevorstand, übernahm plötzlich ein Militärstab den Betrieb in Al Manal. Damals wurde das Werk fast augenblicklich in eine Biowaffenfabrik umgewandelt. Die gesamte Produktionsanlage des Werks wurde zur Herstellung von Bot-Tox eingesetzt, und die Irakis ließen doppelte Produktionsbänder laufen. In kurzer Zeit gab es hier einen Massenausstoß von Bot-Tox. Den irakischen Militärwissenschaftlern bereitete die Herstellung des Toxins keine Probleme. Sie wußten genau darüber Bescheid. Sie hatten ihr Botulinumtoxin per Post aus den USA erhalten. Sie hatten es bei der American Type Culture Collection bestellt, einer Nonprofitorganisation in Rockville, Maryland, die Mikroorganismen an Industrie und Wissenschaft liefert. Die Sporenkultur kostete den Irak fünfunddreißig Dollar.

Ein UNSCOM-Inspektor, der ein aufmerksamer Beobachter des Verhaltens der Franzosen im Irak ist, hat seine Ansichten über die Motive des Institut Mérieux folgendermaßen zusammengefaßt: »In Wirklichkeit merken die Leute einfach nicht, was sich damit machen läßt [mit Bioproduktionsanlagen]. Damals war das Engagement in Al Manal für Mérieux ein erfolgreiches kommerzielles Unternehmen. He, dachten sie, wenn sie zehn zusätzliche Fermentiertanks verkaufen konnten, machten sie noch eine Flasche Champagner auf. Entscheidend ist der kommerzielle Einsatz, und was danach passiert, dafür ist jemand anderes verantwortlich.«

Inzwischen ist die UNO für Al Manal verantwortlich. Während dieses Buch entsteht, existiert das Werk zwar noch, aber ein Großteil seiner Anlagen ist vernichtet worden. Die Gebäude und die Infrastruktur, einschließlich der bombensicheren Bioschutzzonen der Sicherheitsstufe 3, wurden allerdings nicht zerstört. Al Manal befindet sich in ausgezeichnetem Zustand. Der Entscheidungsfindungsprozeß in der UNO ist so mangelhaft, daß eine erklärtermaßen der Herstellung von Virus- und Toxinwaffen dienende Einrichtung nicht demontiert werden kann.

Die Inspektoren haben bemerkt, daß die Irakis sich mittlerweile auf kleine, transportable Bioreaktoren verlegt haben. Binnen weniger Tage könnte die Biowaffenfabrik Al Manal ihre brisante Tätigkeit aufnehmen. Sie braucht nur noch ein paar zusätzliche Geräte. Gleichwohl ist kein einziger Tropfen der in Al Manal produzierten siebentausend Kubikmeter Bot-Tox bislang gefunden worden.

Ja, es heißt sogar, daß kein westlicher Geheimdienst jemals eine Probe einer waffentauglichen Virusart für irgendeine irakische Biowaffe entdeckt hat. Die UN-Inspektoren haben leere Behälter für biologische Bomben im Irak gefunden, und sie haben Videobänder erhalten, die irakische

Wissenschaftler von Biowaffentests in Wüstengebieten aufgenommen haben – diese Bänder zeigen den Abwurf biologischer Bomben, das Ausbringen brisanter Kampfstoffe in die Luft, einen Düsenjäger, der gerade eine Linienablage macht. Aus diesem Filmmaterial und aus den Bombenkonstruktionen geht eindeutig hervor, daß die Irakis wissen, was sie da tun. Die Leute von der UNO haben bloß noch nicht das Herzstück irgendeines irakischen Biowaffensystems gefunden: die Lebensform selbst.

In den Jahren nach dem Golfkrieg ging die Inspektion biologischer Waffen im Irak weiter, aber wichtige Fragen blieben unbeantwortet. Die UN-Teams überwachten und durchsuchten den Irak zwar weiterhin, doch einzelne Teamangehörige bezeichneten ihre Bemühungen als Farce oder sahen darin nur irgendeinen Job, für den sie zumindest einen gewissen Risikozuschlag bekamen. Andere Personen sollen persönliche Gefahren auf sich genommen haben, um an Informationen zu gelangen. Es gab Hinweise darauf, daß das irakische Biowaffenprogramm voll im Gang war und sich zunehmend auf Viren konzentrierte, auf gentechnische Verfahren und auf die Miniaturisierung der Forschungs- und Produktionsprozesse – mit Hilfe kleiner Bioreaktoren, die sich in kleinen Räumen verstecken lassen.

Die französischen UNSCOM-Inspektoren und -Funktionäre hatten anscheinend stets heftige Konflikte mit anderen UNSCOM-Teams. Es war ziemlich klar, daß die Franzosen kein Interesse mehr daran hatten, weitere Biowaffeneinrichtungen im Irak ausfindig zu machen. Einige der anderen Inspektoren haben inoffiziell erklärt, die leitenden französischen UNSCOM-Inspektoren hätten sich anscheinend an direkte Anweisungen ihrer Regierung gehalten, die Suche nach irgendwelchen verbotenen Sachen im Irak abzubrechen. Die französische Regierung schien keinen

Durchblick zu haben. Die meisten politischen Führer Frankreichs waren Männer mittleren Alters, relativ unbeleckt in moderner Biologie und außerstande zu begreifen, wie ernst biologische Waffen zu nehmen sind. Die französischen Führer konnten sich offensichtlich nicht vorstellen, daß die verstärkte Produktion biologischer Waffen im Nahen Osten eine direkte Gefährdung der Sicherheit des französischen Volkes darstellen könnte. Über diese Situation wußte das französische Volk mit Sicherheit nicht Bescheid. Wenn eine Bombe in einer Pariser Mülltonne explodiert und ein Dutzend Menschen tötet, dann ist das ein Problem. Falls diese Bombe ein militärisches Virus enthielte, wäre das Problem vielleicht nicht mehr in den Griff zu bekommen.

Aber kommerzielle Interessen sind in Frankreich genauso wichtig wie anderswo. Vor nicht allzu langer Zeit war der Irak ein Kunde und Freund Frankreichs gewesen. Der Irak könnte erneut ein Kunde und Freund werden. Es ist wichtig, zu seinen Kunden und Freunden gute Beziehungen zu haben. Geld macht Freunde. Geld hält die Welt in Gang.

Der dritte Fall

New York, Freitag, 24. April

Alice Austen hatte vor sich auf dem Schreibtisch eine frisch ausgedruckte Liste der New Yorker Krankenhäuser mit ihren Telefonnummern liegen. Nun rief sie eines nach dem andern an und verlangte stets einen Arzt oder eine Ärztin von der Notaufnahme. »Hatten Sie vor kurzem irgendwelche Notfälle, bei denen die Patienten einen heftigen, mit dem Tod endenden Anfall hatten?« lautete ihre entscheidende Frage. »Wir suchen Menschen, die zuvor ganz gesund waren und plötzlich Krampfanfälle bekommen, die tödlich enden können. Diese Patienten weisen eventuell eine Verfärbung der Iris auf. Es kann auch zu einer ganz starken Muskelstarre kommen. Das Rückgrat krümmt sich in Form eines C nach hinten.«

Ihre Gesprächspartner reagierten in unterschiedlichster Weise auf diese Frage. Ein Arzt meinte, sie müsse eine paranoide Schizophrene sein. Er weigerte sich, mit ihr zu sprechen, wenn sie nicht beweisen könne, daß sie wirklich eine CDC-Ärztin sei. Eine andere Ärztin erzählte ihr, sie habe eine Menge Patienten mit fleischzersetzenden Bakterien der Streptokokken-Gruppe A erlebt – »Fälle, bei denen die Gesichter, die Arme und die Beine der Leute dahinschmolzen. Das sind meist Obdachlose. Wer weiß, wo sie ihre Infektionen aufschnappen.«

»Haben Sie krampfartige Anfälle bei irgendeinem dieser Patienten gesehen?« erkundigte sich Austen.

»Nein. Nicht solche, wie Sie sie beschrieben haben.«

Nach stundenlangem Telefonieren hatte sie nichts erfahren. Sie schien in einer Sackgasse zu stecken.

Schließlich rief sie das St. George Hospital auf Staten Island an. Es war ein kleines Krankenhaus in einem Außenbezirk

von New York. Sie bekam einen Notaufnahmearzt namens Tom d'Angelo an den Hörer.
»Ja«, erwiderte er auf ihre Frage, »ich glaube, so was hab ich gesehen.«
»Können Sie mir den Fall beschreiben?« fragte Austen aufgeregt.
»Es war eine Frau namens – wie hieß sie noch mal … Bleiben Sie dran, ich hol nur die Krankenunterlagen.« Nach einer Weile hörte sie, wie er »okay« sagte, während im Hintergrund das Rascheln von Papier zu vernehmen war. »Sie hieß Penelope Zecker. Sie ist am Dienstag hier in der Notaufnahme gestorben.«
»Wer war der behandelnde Arzt?« wollte Austen wissen.
»Ich. Ich hab auch den Totenschein unterschrieben. Offenbar hatte sie Schwindelanfälle. Laut Anamnese litt sie unter Bluthochdruck und bekam entsprechende Medikamente. Alter dreiundfünfzig. Raucherin. Jemand hat den Notarzt angerufen – ihre Mutter. Penny lebte bei ihrer Mutter. Sie hat einen Krampfanfall gehabt. Der medizinisch-technische Notfallassistent hat sie hergebracht. Sie hatte einen Herzstillstand, und wir konnten sie nicht wiederbeleben. Bei ihrem Bluthochdruck mußte sie unserer Meinung nach eine intrakranielle Blutung oder einen Infarkt gehabt haben. Ich glaube, es war eine Gehirnblutung. Ihre Pupillen waren enorm vergrößert und starr. Ihr Blut muß geradezu gekocht haben.«
»Haben Sie ihr Gehirn gescannt?«
»Nein. Wir konnten sie nicht stabilisieren. Sie hatte doch diesen dramatischen qualvollen Krampfanfall. Ihr Rückgrat bog sich extrem nach hinten und erstarrte. Es war schon eindrucksvoll. Die Schwestern waren zu Tode erschrocken. Selbst ich war erschrocken. So was hab ich noch nie gesehen. Ihr Gesicht verzog sich, es veränderte richtig

seine Form. Sie fiel von der Rollbahre und landete auf dem Fußboden. Ihre Beine streckten sich. Ihr Kopf ging ganz weit nach hinten. Im Rückgrat war eine unglaubliche Muskelspannung. Sie fing an, um sich zu beißen. Die Schwestern hatten richtig Angst, von ihr gebissen zu werden. Sie biß sich in die Zunge und trennte sie fast durch. Anscheinend hatte sie sich auch mehrere Finger ihrer rechten Hand abgebissen.«

»Mein Gott. Wann hat sie das denn getan?«

»Bevor sie eingeliefert wurde. Die alte Mutter war – äh – wirr. Eine Patientin, die sich die eigenen Finger abbeißt. So was hab ich noch nie gesehen.«

»Wurde eine Autopsie vorgenommen?«

»Nein.«

»Wieso nicht, in so einem Fall?«

Er hielt kurz inne. »Das ist eine Privatklinik«, sagte er.

»Wie meinen Sie das?« fragte sie verwirrt.

»Eine *Autopsie?* In einem Privatkrankenhaus? Wer soll das denn bezahlen? Die Versicherung wird mit Sicherheit keine Autopsie bezahlen. Wir versuchen, Obduktionen zu vermeiden.«

»Sie meinen, Sie vermeiden, zu wissen, was mit einem Patienten geschehen ist, Dr. d'Angelo?« sagte Austen ironisch.

»Darüber werde ich mit Ihnen nicht diskutieren, Dr. Austen. Wir haben jedenfalls keine Autopsie vorgenommen, okay?«

»Ich wollte, ich hätte mir ihr Hirngewebe ansehen können. Haben Sie Proben?«

»Blut und Rückenmark und ein paar Labortests. Wir haben keine Gewebeproben, weil wir keine Autopsie vorgenommen haben, wie ich Ihnen schon gesagt habe.«

»Können Sie mir die Ergebnisse bis morgen liefern?«

»Selbstverständlich. Ich freue mich, Ihnen helfen zu können.«

»Was haben Sie auf dem Totenschein als Todesursache angegeben?«

»Apoplektischer Insult. Gehirnschlag.« Er schwieg einen Augenblick. »Glauben Sie, das ist etwas Ansteckendes?«

»Ich weiß eigentlich nicht, was es ist. Wie lautet die Adresse der Mutter und ihre Telefonnummer?«

Zellen

Mit einem Bleistift zeichnete Austen ein weiteres X auf ihrem Stadtplan ein, diesmal am St. George Hospital auf Staten Island. Inzwischen gab es drei Todespunkte:

1. Times Square. 16. April. Mundharmonikamann. Der Referenzfall.
2. St. George Hospital, Staten Island. 21. April. Penelope Zecker.
3. East Seventy-ninth Street. 22. April. Kate Moran.

Noch immer gab es keinen offensichtlichen Zusammenhang zwischen diesen Fällen. Womit waren sie in Kontakt geraten? Wie hingen diese Menschen in einem biologischen Sinne miteinander zusammen? Der Begriff Stealth-Virus fiel ihr ein, aber sie schob ihn beiseite.

Sie rief Walter Mellis an. »Walt, ich bin auf einen möglichen dritten Fall gestoßen.« Sie schilderte ihn ihm. »Aber ich denke, irgend etwas Wichtiges fehlt mir hier. Ein Muster, das ich noch nicht erkennen kann.«

»Und was sagt Ihnen Ihr Instinkt?«

»Es ist irgend etwas, was ich gesehen habe, Walt. Ein visueller Hinweis. Es starrt mich an, und ich seh es nicht.«

Inzwischen mußten Kate Morans Gewebeproben bearbeitet und für die mikroskopische Untersuchung präpariert worden sein. Austen begab sich ins histologische Labor des OCME und holte eine Reihe von Objektträgern ab. In ihrem Büro gab es kein Mikroskop, also ging sie mit den Glasplättchen in Glenn Dudleys Büro.

»Wie läuft's denn, Dr. Austen?« Haben Sie das Geheimnis

schon gelöst?« Er hatte gerade sein Tagespensum abgeschlossen, saß im Operationsanzug an einem Computer, und gab seine Berichte ein. Sie bemerkte, daß er müde aussah. Sein gewöhnlich ordentlich gekämmtes Haar war zerzaust, sein Gesicht bleich.

Sie schilderte ihm den Fall Zecker.

»Interessant«, sagte er. »Ich hab hier ein paar Laborergebnisse über das Moran-Mädchen.« Er zog einen Krankenbericht aus der Ablage. »Ihr Blut hatte einen hohen Harnsäuregehalt.« Er las vor: »Das Blutbild der Rückenmarksflüssigkeit wies einen leicht erhöhten Bestand an weißen Blutkörperchen auf.«

»Irgendwelche Toxine?« wollte sie wissen.

»Wenn wir irgendwelche Toxine in ihrem Blut gefunden hätten, dann hätte ich es Ihnen doch gesagt«, blaffte er. Er wandte sich ab, schneuzte sich in ein steriles Taschentuch und warf es mit einer ärgerlichen Geste in den Papierkorb. Dann setzten sie sich einander gegenüber, vor die beiden Binokulare des Mikroskops. Dudley wählte die Glasplättchen aus. Zuerst sahen sie sich die Proben von der Leber und der Lunge des Mädchens an. Alles schien normal. Dann betrachteten sie Proben vom Vaginalgewebe. Austen entdeckte einen Bereich mit etwas, das wie Bläschen aussah, und untersuchte die Zellen dort. Einige schienen im Zentrum kantige Schatten oder kristalline Objekte zu haben, aber sie war sich nicht sicher. Dann wollte sie sich Hirnzellen ansehen.

»Tja, das Hirn war verdammt schwer zu präparieren, nachdem Sie es zermanscht hatten, Doktor«, versetzte Dudley sarkastisch.

Gleichwohl durchforschten sie Felder von Kate Morans Hirnzellen. Wieder enthielten einige der Zellen – im Kern – die klumpigen Formen.

»Lassen Sie uns etwas von der Niere ansehen«, schlug

Austen vor. Sie dachte an die goldenen Streifen in Kates Nieren. Gemeinsam betrachteten sie einen Objektträger mit Nierengewebe. Die Schädigung war eindeutig durch Harnsäure hervorgerufen worden. Austen erblickte nadelähnliche Formen.

»Klar«, sagte Dudley, »das sind Harnsäureablagerungen. Die Kleine hatte einen sehr hohen Harnsäurespiegel.« Der Befund stimmte mit dem Blutbild überein. Sie hatte eine Art von Nierenversagen erlitten, als sie starb.

»Ich würde mir gern ein bißchen von diesem Gewebe unter einem Elektronenmikroskop ansehen«, erklärte Austen. »Ich möchte ein besseres Bild von den Objekten im Zellkern haben.«

»Nehmen Sie sich doch einfach was von dem Zeug mit nach Atlanta«, schlug er vor.

»Das werd ich auch. Aber erst will ich noch ein paar Dingen hier in der Stadt nachgehen.«

Houston Street

Inzwischen war Austen sich sicher, daß es sich um den Ausbruch einer infektiösen Krankheit handelte. Die Formen in den Zellkernen gehörten dazu. Als sie wieder in ihrem Büro war, starrte sie eine Weile auf den Stadtplan und überlegte, was sie tun sollte. Sie schlug die Krankenberichte auf und vertiefte sich darin, hielt nach Details Ausschau. Sie war sicher, daß es irgendeine Einzelheit gab, die sie übersehen hatte. Den Mundharmonikamann mußte sie sich noch genauer ansehen, obwohl das OCME nicht einmal zu ermitteln vermocht hatte, wo er gelebt hatte, von seinem richtigen Namen ganz zu schweigen.

Es klopfte an der Tür. »Herein«, sagte sie.

Es war Ben Kly. »Wie geht's Ihnen, Dr. Austen? Ich wollte bloß mal bei Ihnen vorbeischauen. Sie sehen nicht gerade gut aus.«

»Ich bin okay. Und wie geht's Ihnen, Ben?«

»Glauben Sie, daß dieses Ding existiert?«

»Ich weiß, daß es existiert. Können Sie mir bei etwas behilflich sein? Sie kennen sich doch sicher in der Stadt aus?«

»Ganz gut. Ich hab früher mal einen Leichenwagen gefahren.«

»Der erste Fall war ein Obdachloser, Ben. Man nannte ihn Mundharmonikaspieler. Man weiß nicht, wo er gewohnt hat, aber er hatte einen Freund, der bei ihm war, als er starb, ein Mann namens Lem. In dem Bericht steht, daß Lem ›unter East Houston Street‹ lebt. Können Sie mir sagen, was das heißt?«

»Sicher. Er lebt unter East Houston Street. Genau, wie's da steht.« Kly lächelte.

»Können Sie mich dorthin bringen?«

»Jetzt?«

Sie nickte.

Er zuckte mit den Schultern. »Ich werd mal den Chef fragen.«

»Bitte nicht, Ben. Vielleicht sagt er nein. Wenn Sie mich einfach bloß dorthin bringen –«

»Wir werden einen Transportcop brauchen, der mit uns hinfährt, okay?«

»Ich hab schon in der ganzen Stadt Leichen abgeholt«, erzählte Kly. »Eine Menge toter Obdachloser. Die sterben in jeder Ritze.«

Er und Austen saßen an einem Tisch in Katz's Delicatessen an der East Houston Street, am Rande der Lower East Side. Katz's Delicatessen war 1888 gegründet worden, als die Lower East Side ein von jüdischen Emigranten aus Osteuropa bevölkertes Slumviertel gewesen war. Das Lokal gehört noch immer der Familie Katz.

Austen und Kly aßen Kartoffelauflauf, warme Pastramisandwiches und tranken Kaffee dazu. Auf dem Tisch lagen zwei Taschenlampen.

Wieder hatte Austen den ganzen Tag noch nichts gegessen und war fast ohnmächtig vor Hunger. Die Mahlzeit tat ihr gut.

Nachdem sie ihren Kaffee ausgetrunken und bezahlt hatten, traten sie auf die Houston Street hinaus, wo sie sich nach Westen wandten. Die Houston Street ist eine breite, baumlose Verkehrsader. Es war früher Nachmittag, und der Verkehr nahm zu. Unterwegs rief Kly über Austens Handy die Transportpolizei an. Er brachte Austen in einen U-Bahn-Eingang an der Ecke Second Avenue, wo der F-Train hielt. Sobald sie in der Station waren, warteten sie, bis ein Beamter der Transportpolizei erschien.

Der Bahnsteig war etwa hundertfünfzig Meter lang, und

außer ihnen waren nur noch drei oder vier Menschen hier.

Ben Kly sah zur Decke hoch. »Wir folgen der Houston Street«, bemerkte er. »Wir gehen nach Osten.« In der Luft hing ein starker Uringestank. Kly sagte, sie würden in Richtung East River schauen. »Die Gleise der Linie F biegen von hier nach Süden ab«, erklärte er.

»Dorthin werden wir nicht gehen. Es gibt einen aufgelassenen Tunnel in Richtung Osten.« Kly wandte sich an den Transportbeamten. »Wie weit geht der?«

Der Beamte war ein stämmiger Mann mit einem Schnurrbart. Er hatte eine Taschenlampe dabei. »Ein ganzes Stück«, erwiderte er kurz angebunden.

Am Ende des Bahnsteigs befand sich eine kleine Pendeltür. Sie schalteten ihre Taschenlampen an und gingen durch die Tür und dann ein paar Stufen zu den Gleisen hinunter. Kly wies mit dem Strahl seiner Taschenlampe auf ein dunkles Metallband, das parallel zu den Gleisen verlief. »Das ist die dritte Spur, Dr. Austen. Sie steht unter Strom. Berühren Sie sie nicht.« Der Beamte wandte sich ihr zu. »Falls ein Zug kommt, drücken Sie sich an die Wand, okay? In diese kleinen Nischen. Das sind Sicherheitsnischen. Aber ich werde den Zug mit meiner Lampe anhalten.«

Sie gingen ein Stück neben den Gleisen dahin. Zu ihrer Linken befand sich eine Wand aus Walzblech. Kly leuchtete an ihr entlang. Schließlich fand er, wonach er Ausschau hielt: ein Loch in der Wand, und sie kletterten hindurch. Auf der anderen Seite verlief ein aufgelassenes Gleis nach Osten. Die Schienen waren verrostet und die Schwellen mit Zeitungspapier und Abfällen übersät. Unter ihnen donnerte ein Zug dahin und erfüllte die Tunnel mit seinem Getöse.

»Das ist der Uptown F-Train«, schrie Kly über den Lärm hinweg. »Wir befinden uns auf einer Brücke.«

Die Gleise und der Boden waren mit schwarzem Staub bedeckt. »Wirbeln Sie das Zeug nicht auf«, riet Kly.
»Was ist das?« wollte Austen wissen.
»Stahlstaub. Der Abrieb von den Schienen. Er türmt sich in diesen unbenutzten Tunnels auf.«
Überall waren Stahlsäulen zu erkennen sowie eine gewölbte Decke. Hinter offenen Türen lagen leere schwarze Räume. Ihre Füße bewegten sich durch den schwarzen Staub, ein feines Pulver, das das Geräusch ihrer Schritte dämpfte. Die Wände waren mit Graffiti bemalt. Auf dem Boden lagen hier und da Berge von Kartons und getrocknete Kothaufen. Sie stiegen über einen Anorak, der zerrissen und geschwärzt zwischen den Schienen lag, und über eine pelzartige Matte. Austen richtete den Strahl ihrer Lampe auf die Matte. Es war ein zerquetschter, mumifizierter Hund. Ein übler, beißender Gestank lag in der Luft, der von dem Hundekadaver auszugehen schien. Austen vernahm ein schnappendes Geräusch. Sie blickte zu dem Polizisten hinüber und sah, daß er die Lederlasche an seiner Pistolentasche geöffnet hatte.
»Lem?« schrie Kly. »He, Lem!« Das Echo seiner Stimme hallte im Tunnel wider.
Keine Antwort.
»Ist jemand da?« rief Kly.
»Lem!« schrie Austen.
Eine ganze Weile gingen sie hin und her und leuchteten in düster aussehende Räume. Bei einer der Öffnungen in der Wand vernahmen Austen und Kly das Summen vieler Fliegen. Das überraschte Austen. Sie hätte nicht gedacht, daß Fliegen sich im Untergrund aufhielten.
Er lag auf einem Liegestuhl aus Aluminium und Plastik. Sein Alter lag irgendwo zwischen dreißig und sechzig. Sein Körper war in Form einer Mondsichel gebogen. Der Unterleib war zu ungeheurer Größe aufgeschwollen, als ob er von

etwas schwanger wäre, und hatte sich im unteren Bereich über den Eingeweiden in eine leuchtendgrüne schleimige Masse verwandelt. Verwesungsgase hatten sich im Mund gebildet und ihn aufschwellen lassen. Mund und Bart waren von einer grünen und schwarzen Flüssigkeit benetzt. Zwischen den Beinen waren Kadaverflüssigkeiten ausgeströmt und hatten seine Hosen befleckt. Fliegen stiegen auf und surrten durch die Luft. Er schien seine Augen verloren zu haben.
Der Cop nahm sein Walkie-talkie und schaltete den Unterbrecherkanal ein. Er trat zurück, wandte sich dann ab und würgte. Ein Platschen war zu hören und noch mehr Würgen in der Dunkelheit. »Das sind die Fälle, die ich hasse«, sagte er schließlich und wischte sich den Mund ab.
Austen atmete flach. Sie spürte, wie der Gestank sie berührte, wie ihre Haut einen öligen Überzug von den Gasen bekam, und ein metallischer Geschmack stellte sich in ihrem Mund ein.
Sie kniete neben dem Verstorbenen nieder, öffnete ihren Rucksack und holte eine Schutzmaske heraus. Eine weitere Maske gab sie Kly. Der Gestank schien ihm nicht besonders viel auszumachen. Sie zog sich Latexhandschuhe über. Ganz vorsichtig hob sie die rechte Hand des Mannes hoch. Seine Finger waren intakt, aber die Haut hing lose um die Finger, wie weiches, halbdurchsichtiges Pergament. Behutsam öffnete sie die Finger. Sie umschlossen einen Augapfel.
»Er hat sie sich selbst ausgeschält, Ben. Er hat sich die Augen ausgerissen.«

Nach einer kurzen Untersuchung des Toten stand Austen auf und sah sich im Tunnel um. Lem und der Mundharmonikamann waren Freunde gewesen. Der Mundharmonikamann hatte Lem manchmal als Bodyguard angeheuert,

hieß es im Bericht. Waren sie nicht nur Freunde, sondern auch Nachbarn gewesen?«
Der Transportbeamte sprach in sein Walkie-talkie und meldete den Leichenfund.
Ein Stück weiter unten im Tunnel entdeckte Austen eine stählerne Falttür. Ein Vorhängeschloß hing daran, und um die Tür lagen Haufen von anscheinend frischen Müll- und Essensbehältern. »Ben«, sagte sie.
Kly kam herüber und rüttelte am Vorhängeschloß. Es ging auf. Der Stahlbügel war zersägt worden.
»Das ist ein Trick der Obdachlosen«, erklärte er und zog die Tür auf.
Dahinter befand sich ein enger Raum voller Elektrokabel, die größtenteils über einen Mauervorsprung über dem Boden liefen. »Sie schlafen da oben auf dem Vorsprung«, bemerkte Kly und ließ den Strahl seiner Lampe herumwandern. »Da ist's wärmer.«
Austen stellte sich auf einen Klotz Schlacke und sah sich um. Auf dem Vorsprung waren mehrere leere Flaschen und Plastikessensbehälter aufgereiht. Daneben lag ein schwarzer Müllsack, der etwas Weiches enthielt.
»Passen Sie auf Ratten auf, Dr. Austen, ja?«
Sie tastete mit ihren behandschuhten Händen nach dem Sack und zog ihn herunter. Er enthielt ein zusammengeknülltes schwarzes Sweatshirt mit Kapuze, eine Rolle silberfarbenes Isolierband und einen durchsichtigen Plastikbeutel. Darin befanden sich zwei Hohner-Mundharmonikas.

Die Transportpolizei brachte die Leiche in einem Sack mit Hilfe von städtischen Leichenwagenfahrern hinaus. Austen hatte die Anweisung erteilt, besondere Schutzvorkehrungen zu treffen und die Leiche in einen doppelwandigen Leichensack zu stecken. Dann rief sie Nathanson an.

»Sie können die Autopsie morgen machen«, schlug Nathanson vor. »Andererseits ist der Kerl schon so stark verwest, daß Sie auch bis Montag warten können, denke ich.«
»Ich möchte sie gern sofort vornehmen«, erwiderte Austen.
Nathanson seufzte. »Es ist Freitag, mitten in der Rushhour.« Aber dann bat er Glenn Dudley doch zu bleiben, weil Austen den Totenschein nicht unterzeichnen durfte.

Austen, Dudley und Kly waren die einzigen in der Grube. Sie schnitten Lems Kleidungsstücke auseinander und entdeckten, daß Ratten seine Genitalien gefressen hatten.
»Darauf stürzen sie sich zuerst«, bemerkte Dudley.
In der linken Augenhöhle schien es von Maden zu wimmeln. Austen holte kurz Atem und war fast außerstande, Luft in ihre Lungen zu ziehen. Der Gestank war atemberaubend. Sie mußte ihre Hände förmlich zwingen, den Y-Schnitt zur Öffnung der Leiche anzubringen.
Dudley stand auf der anderen Seite, die Arme über der Brust verschränkt.
Als ihr Skalpell den Bauch durchquerte, entwich zischend Gas. Das Bauchfett hatte sich verflüssigt, quoll ölig heraus und stank.
Austen wich benommen zurück.
»Arbeiten Sie außen herum«, befahl ihr Dudley.
Er entfernte die Haut, die von Lems rechter Hand hing. Sie ließ sich leicht lösen. Dann schob er seine Hand im Gummihandschuh in den Hauthandschuh, drückte die Fingerspitzen in Stempelfarbe und machte einen Satz Fingerabdrücke. Sie bemerkte, daß Dudleys Hände in Lems Haut zitterten, und fragte sich, ob er ein Alkoholproblem hatte.
Die inneren Organe waren eine übelriechende Masse. Austen nahm Proben und ließ sie in den Stammbecher

fallen. Sorgfältig inspizierte sie den Mund. Er schien dunkle Punkte aufzuweisen, möglicherweise Bläschen.

»Wenn Sie sich das Zeug unter einem Mikroskop ansehen, werden Sie gar nichts feststellen«, meinte Dudley. Die Zellen waren schon lange tot – sie hatten keine Struktur mehr.

Staten Island

Samstag morgen

Die Staten Island Ferry verließ den South Ferry Terminal an der Südspitze von Manhattan und stampfte durch das pflasterfarbene Wasser der Upper New York Bay. Es war ein grauer, nebliger Samstagmorgen. Alice Austen stand draußen auf dem Vorderdeck, hinter einer Klappreling, und sah zu, wie Governors Island auf der linken Seite vorübertrieb, ein niedriges Stück Land mit Bäumen und Backsteingebäuden. Die Bäume auf der Insel schlugen gerade aus und ließen einen diffusen Schleier rötlichbrauner und blaßgrüner Blüten erkennen. An gelben Farbspritzern im Nebel erkannte sie, daß die Forsythien erblüht waren. Der Wind zauste an ihrem Haar. Sie sah in die andere Richtung, zur Freiheitsstatue hinüber, die verschwommen vorbeizog. Auf der Fähre befanden sich nur wenig Menschen. Zierliche kleine Seeschwalben mit schwarzen Köpfen hüpften und kreiselten über dem Wasser, während das Schiff an einer Glockenboje vorbeifuhr.
Die Fähre dockte am Terminal von St. George an der Nordspitze von Staten Island an. Hier erstreckten sich aufgelassene Piers in der Bucht. Austen ging durch das Terminalgebäude, beladen mit ihrem Rucksack, in dem sich ihr Laptop, ihre Kamera und ihr Notizbuch befanden, und konsultierte einen Lageplan. Sie entdeckte den Bahnsteig des Staten Island Rapid Transit, nahm einen Zug nach Stapleton und ging dort bis zur Bay Street. Sie sah nach links und rechts und bemerkte ein viktorianisches Haus mit gelber Aluminiumverkleidung. Auf einem Schild am Erdgeschoß stand »Island Antiques«. Das Haus befand sich gleich neben einem Hundesalon. Salzgeruch erfüllte die Luft.

Austen entdeckte einen Eingang mit einer Gegensprechanlage und drückte auf den Klingelknopf.
Es dauerte eine ganze Weile, bis sich jemand meldete: »Wer ist da?«
»Hier ist Dr. Alice Austen. Wir haben miteinander telefoniert.«
Der Summer erklang, und die Tür ließ sich öffnen. Austen stieg eine Treppe zu einer weiteren Treppe auf einem Absatz hinauf.
»Kommen Sie ruhig rein«, krächzte eine Stimme.
Als Austen die Tür aufdrückte, schlug ihr Katzengeruch entgegen.
Vor einem Panoramafenster, das auf Lagerhäuser und die dahinterliegende Bucht hinausging, saß eine füllige, runzlige Frau um die Achtzig in einem Ruhesessel. Sie trug ein Nachthemd mit einem Bademantel darüber und Pantoffeln. Ihre Knöchel waren von Ödemen dick und blau angeschwollen. »Ich kann nicht mehr gut laufen. Sie müssen schon hier rüberkommen.«
Das war Mrs. Helen Zecker, die Mutter der toten Penelope Zecker.
»Ich arbeite beim städtischen Gesundheitsamt«, erklärte Austen. »Wir wollen herausfinden, was mit Ihrer Tochter Penny passiert ist. Wir fürchten, daß es sich um eine ansteckende Krankheit handeln könnte. Dem wollen wir nachgehen.«
Es entstand eine lange Pause. Mrs. Zecker schwenkte ihren massigen Leib herum und sah Austen mit entsetzten Augen an.
»Es hat meine Penny erwischt.«
»Was denn?«
»Das Monsterding, von dem ich den Ärzten erzählt hab! Sie wollten nicht auf mich hören.« Sie begann zu weinen.
Austen setzte sich auf einen Stuhl neben sie.

»Es hat meine Penny erwischt. Als nächstes wird es mich erwischen.« Sie machte eine abwinkende Geste, als wollte sie sagen: Ich bin erledigt.

»Darf ich Ihnen einige Fragen stellen?«

Helen Zecker rollte sich in ihrem Sessel herum und sah Austen aus einem tränenüberströmten Gesicht an. »Seien Sie so lieb und füttern Sie die Katzen.«

Die Küche war schmutzig und unordentlich. In dem Augenblick, da Austen eine Dose Futter öffnete, eilten vier Katzen herein. Sie füllte zwei Untertassen mit gehackter Hühnerleber, und die Katzen drängten sich darum. Dann spülte sie die Wasserschale der Katzen aus und füllte sie.

Sie ging wieder ins Wohnzimmer und sagte: »Mich interessiert, was Penny gemacht hat, bevor sie starb. Können Sie mir da weiterhelfen?«

»Es hat sie erwischt. Mehr weiß ich nicht. Es hat sie erwischt.«

»Lassen Sie uns mal herausfinden, was sie erwischt hat.«

»Da passieren all diese Sachen, und nie sagen sie einem was davon.«

Mrs. Zeckers Kurzzeitgedächtnis war nicht gut. Aber an frühere Zeiten konnte sie sich sehr gut erinnern. »Ich bin in diesem Haus aufgewachsen«, erzählte sie. »Es war hübsch, bevor die Stadt zum Teufel ging. An Silvester haben Papa und Mama uns auf den Dachboden mitgenommen.« Sie wies zur Decke. »Papa hat das Fenster da oben aufgemacht. Es war so kalt. Wir haben uns in Decken gehüllt.«

»Nun zu Ihrer Tochter Penny –«

»Man konnte den Rauch der Frachter riechen, der durchs Fenster hereinkam. An Silvester konnte man die Matrosen auf den Schiffen singen hören. Genau um Mitternacht hob Papa die Hand und sagte: ›Still! Hört zu!‹ Und wir waren still und hörten zu. Und dann fing es an. Da drüben …«

Austen folgte ihrem Blick dorthin, wo die silbergrauen Türme von Manhattan in der Ferne zu schwimmen schienen.
»Es rauschte wie der Wind«, sagte sie. »Es hörte gar nicht mehr auf.« Das waren die Geräusche von Manhattan zur Jahreswende. »Heute höre ich es gar nicht mehr.«
Austen setzte sich wieder auf den Stuhl neben ihr. Sie berührte Mrs. Zeckers Hand. »Können Sie sich erinnern? Ist Penny irgendwo hingegangen, hat sie irgendwas Ungewöhnliches getan? Irgendwas, woran Sie sich erinnern können?«
»Ich weiß nicht. Ich weiß nicht ...«
»Wo hat sie denn die Sachen für den Laden gekauft?« erkundigte sich Austen.
»Überall. Ich weiß es nicht. Sie hat immer die Steuern bezahlt. Einmal ist sie nach Atlantic City gefahren. Mit einem Reisebus ... Meine Penny ist weg.«
»Haben Sie was dagegen, wenn ich mir mal den Laden ansehe?«
»Ich kann nicht mit Ihnen gehen.«
»Das macht doch nichts.«
Mrs. Zecker zog an einem Griff an der Seite ihres Ruhesessels. Die Lehne ging hoch und richtete sie auf. Sie setzte die Füße auf den Boden und ächzte. Austen nahm ihre Hände und half ihr auf die Beine, und dann schlurfte sie durchs Zimmer. Aus einem Bücherregal nahm sie eine Kaffeetasse und drehte sie um. Ein Schlüssel fiel heraus.
Austen ging die Treppe hinunter, trat auf den Gehsteig hinaus und schloß die Eingangstür des Antiquitätenladens auf. Sie schaltete eine Leuchtstoffröhre an. Es war kalt, die Heizung war abgestellt. Die Wände waren zitronengelb gestrichen, und ein Panoramafenster war von einer schmuddeligen Spitzengardine eingefaßt. In einer Reihe von Glaskästen und -vitrinen standen billig aussehende »Antiquitäten«. Eigentlich handelte es sich um einen

Trödelladen. Auf einem Gestell hingen muffig riechende Kleider, und auf einem metallenen Schreibtisch lagen die getrockneten Überreste eines Sandwichs auf einem Stück Wachspapier. Daneben stand ein Glasaschenbecher voller Zigarettenkippen. Penny Zecker war eine starke Raucherin gewesen. Auf Bücherregalen standen Taschenbuchausgaben längst vergessener Bestseller. In einem Schaukasten aus Eichenholz befanden sich Modeschmuckstücke. Am Kasten selbst hing ein Schild: »Kasten unverkäuflich. Fragen zwecklos.« Ein Rohrschaukelstuhl sollte fünfundsiebzig Dollar kosten, ein stolzer Preis, eine abgegriffene Truhe aus fleckigem Kiefernholz fünfundvierzig Dollar. Sie öffnete die Truhe. Ein Stapel *National-Geographic*-Hefte befand sich darin.

Das sah gut aus. Irgendwo in diesem Raum gab es einen Hinweis. Penny Zecker hortete Sachen – wie Kate Moran. Ihr Verhalten war ähnlich.

Austen begann Aufnahmen mit ihrer elektronischen Kamera zu machen.

Sorgfältig durchkämmte sie den Raum. Da gab es Tabletts und Schachteln mit Küchengeräten. Einen Fleischwolf. Kinderspielzeug aus Plastik und einen furnierten Couchtisch. Eine hübsche Schiffslampe aus Messing für dreißig Dollar. Ein Chromosamowar, eine Boje in Form eines Hummers. An den Wänden hingen Reproduktionen von Schneebildern in Rahmen, alle mit Preisschildchen versehen.

Irgend etwas ließ ihr keine Ruhe. Sie öffnete die Schreibtischschublade. Ein paar Schnellhefter lagen darin. Sie holte sie heraus und entdeckte eine Mappe mit der Aufschrift »Gewinne«. Darin befand sich eine handgeschriebene Liste auf liniertem Papier. Auf ihr hatte Penny ihre Ausgaben und Einnahmen beim An- und Verkauf des Trödels festgehalten.

Auf dem Blatt standen Daten und Namen. Austen überflog sie rasch. »18. 4. – kleiner Stuhl – 59 $ Kosten 5 $« stand da beispielsweise. Anscheinend hatte Penny den Stuhl für fünf Dollar gekauft und am 18. April an jemanden für neunundfünfzig Dollar verkauft. Penny Zecker war nicht dumm. Sie hatte sich und ihre Mutter mit ihrem Geschäft am Leben erhalten.

18. 4. – 6 Ave. Flohm. – schwarzes Kleid –
Frau – 32 $ Kosten 0 $ Sperrmüll
18. 4. – scharfes Knochenmesser – Mr.? Clow –
18 $ Kosten 1 $
19. 4. – 6 Ave. Flohm. – Kästchen (Scherzartikel) –
6 $ gegen Postkarten getauscht
19. 4. – Schmuckbrosche (grün) – 22 $ Eink. 5 $

Austen fotografierte die Seite, verabschiedete sich von Mrs. Zecker und versprach, ihr sofort Bescheid zu geben, falls sich etwas Neues hinsichtlich der Todesursache ihrer Tochter ergäbe.

Als sie wieder auf der Fähre war, stellte sie sich aufs Achterdeck ins Freie und schaute nach Bayonne hinüber und in den Schlund des Kill van Kull hinein. Dann begab sie sich zum Bug des Schiffs und sah zu, wie sich die Steinkristalle der Wall Street näherten. Die Wolkendecke begann aufzureißen und enthüllte ein bräunliches Blau über der Stadt. Die Stadt sah krank aus.

Austen beschloß, Walt Mellis an den CDC anzurufen. Im Passagierraum unter Deck holte sie ihr Handy heraus und tippte Mellis' Privatnummer ein. Das Telefon gab einen schwachen Piepton von sich. Die Batterie war leer.

»Verdammt«, flüsterte sie und lehnte sich erschöpft in ihrem Sitz zurück. Die Fahrt dauert fast eine halbe Stunde, Zeit genug zum Nachdenken. Austen hatte das Gefühl, daß es irgendwo in ihren Daten einen verborgenen Schlüssel gab. Wenn sie ihn fand, würde sie in ein Labyrinth von biologischen Systemen und Beziehungen gelangen, zum inneren Wirken der Natur, wie sie ihre Milliarden Jahre alten Spiele mit der menschlichen Spezies spielte.

Sie klappte ihren Laptop auf und startete ihn. Inzwischen hatte sie drei Speicherkarten voller Bilder, die sie mit der elektronischen Kamera aufgenommen hatte. Sie schob die Speicherkarten in den Computer, eine nach der anderen, und betrachtete alle Fotos auf dem Bildschirm.

Zwei von den vier Fällen waren Menschen gewesen, die Sachen sammelten, nämlich Kate Moran und Penny Zecker. Und was war mit dem Mundharmonikamann? Er war ja schließlich auch ein Sammler gewesen. Er hatte Geld in seiner Tasse gesammelt, Geld, das durch viele Hände gegangen war. Über Lem wußte sie nicht viel.

Sie hackte auf der Tastatur des Computers herum und holte die Bilder von Kate Morans Kunstsammlung auf den Bildschirm. Es waren ein paar Nahaufnahmen dabei. Da war doch eine Amethystdruse gewesen, erinnerte sie sich. Austen betätigte eine Taste und zoomte das Bild, bis es nur noch ein Schachbrett von Pixelpunkten war. Sie konnte nichts sehen. Steine trugen keine Krankheiten. Sie zoomte das Bild des Kästchens, das den kleinen Käfer mit den grünen Augen enthielt. Nein. Das Bild des Puppenhauses. War irgendwas Ungewöhnliches darin? Sie vergrößerte die Bilder von den Behältnissen, die Kate gesammelt hatte. Eine Blechschachtel. Was befand sich darin? Sie hatte keine Fotos von den Sachen des Mundharmonikamanns gemacht. Sie und Kly hatten es eilig gehabt, aus dem Tunnel rauszukommen.

Die Buchhaltungsliste. Zeckers Buchführung. Sie rief die Bilder ab und studierte sie. Etwas fiel ihr ins Auge und rüttelte ihre Erinnerung wach:

18. 4. – 6 Ave. Flohm. – schwarzes Kleid – Frau – 32 $
Kosten 0 $ Sperrmüll

Vielleicht war das die Art von Kleid, die Kate gern getragen hatte. Aber dann erregte etwas anderes ihre Aufmerksamkeit: 6 Ave. – also Sixth Avenue. Kates Mutter hatte erwähnt, daß Kate Sachen auf den Flohmärkten gekauft hatte, und Austen war sich ziemlich sicher, daß sie von der Sixth Avenue gesprochen hatte. Hatte Kate dort Kleider gekauft? Ihr Blick wanderte weiter auf der Liste:

19. 4. – 6 Ave. Flohm. – Kästchen (Scherzartikel) – 6 $
gegen Postkarten getauscht

Kate hatte Kästchen gemocht.
Austen überlief es eiskalt. Was zum Teufel …
Sie sah sich noch einmal die Fotos von Kates Zimmer auf dem Bildschirm an.
Und dann fand sie es. Ein graues Holzkästchen neben dem Puppenhaus. Es war klein, rechteckig, unscheinbar. Bis auf eines: Auf der Seite war eine Figur aufgemalt, ein Polygon, eine kantige, kristalline Form. Sie hatte sie schon mal gesehen.
Sie vergrößerte das Bild, bis es nur noch ein Labyrinth von Pixelpunkten war und starrte das Muster auf dem Kästchen an. Wo hab ich das bloß schon mal gesehen?
Es war die Form der Kristalle, die sie in Kate Morans Gehirn gesehen hatte. Die Diagnose rastete wie ein Mechanismus ein. *Kate hatte dieses Kästchen von Penny Zecker gekauft, auf einem Flohmarkt.*
Das Kästchen war John Snows Pumpengriff. Sie dachte: Jetzt befindet er sich in Kates Zimmer.

Wirbelwind

Samstag morgen

Hirnviren handeln schnell. Ein Hirnvirus kann einen scheinbar gesunden Menschen binnen Stunden in ein tödliches Koma versetzen. Viruserreger, die im Zentralnervensystem heranwachsen, breiten sich entlang der Nervenzellen aus. Man geht gesund zu Bett und wacht vielleicht nie wieder auf. Am nächsten Morgen hat sich der Krankheitserreger entlang der Fasern des Zentralnervensystems repliziert.

Das Virus hatte die Nacht damit verbracht, sich in Peter Talides zu vermehren. Er war geistig verwirrt. Es war Samstag morgen, also mußte er nicht zum Unterricht, aber er zog sich für die Schule an und ging zur Hochbahnstation. Er nahm den N-Train nach Manhattan, der ihn zur Mater School bringen würde. Wie immer setzte er sich möglichst nahe der Mitte des Zugs. Die Bahn ratterte über die Hochgleise durch Queens, fuhr um eine Kurve und verschwand im Tunnel unter dem East River.

Wie üblich verließ er die Bahn an der Haltestelle Fifty-ninth Street, um in den Uptown-Zug der Lexington Avenue Line umzusteigen. Die Lexington Avenue Line verkehrt auf einer tieferen Ebene, und so ging er eine Treppe hinunter ins Zwischengeschoß. Dieses Mezzanin ist mit farbigen Mosaiken bedeckt, und man kann sich hier leicht verirren, weil alle Ausgänge gleich aussehen. Die Mosaiken stellen Bäume und Büsche dar. An den Wänden stehen Verse von Delmore Schwartz und Gwendolyn Brooks.

Peter Talides hätte auf die Tür zusteuern müssen, die zum Uptown-Zug führt. Aber das tat er nicht. Er versäumte es, die Schilder zu lesen. Die farbigen Mosaiken verwirrten ihn. Er ging weiter, vorbei an einer Wand, auf der die Worte

»Erblühe im Rauschen und Peitschen des Wirbelwinds« standen.
Er passierte einen Durchgang, um den eine riesige gelbe Sonne aus Mosaikkacheln erstrahlte. Dann ging er eine Treppe zur Downtown-Seite der Lexington Avenue Line hinunter. Ein Zug hielt, und Talides stieg ein. Er nahm Platz und wurde von der Mater School weggefahren, weg von seinem Ziel. Er saß vorgebeugt da, den Kopf fast zwischen den Knien, die Hände vor den Mund gepreßt. Seiner Nase entströmte unablässig klarer Schleim.
Der Zug brachte ihn nach Süden, quer durch Manhattan. Er fuhr unter dem East River durch und tauchte in Brooklyn wieder auf. An der Station Borough Hall in Downtown Brooklyn bemerkte Talides anscheinend, daß er sich verfahren hatte. »Ich hab 'n verpaßt«, sagte er mit schwerer Zunge.
Er stieg aus, ging die Treppe hoch und auf der anderen Seite wieder hinunter, wobei er die Schilder betrachtete. Während er sie zu lesen und zu verstehen versuchte, krümmte sich sein Körper vor Schmerzen. Talides' Mittelhirn war im Begriff abzusterben. Er setzte sich auf eine Bank, beugte sich vor, legte den Kopf zwischen die Knie und blieb eine Zeitlang sitzen. Er stöhnte. Schließlich erschien ein Transportbeamter namens James Lindle und berührte Talides an der Schulter.
Talides gab einen spitzen Schrei von sich, fast wie ein Baby, wenn es das Licht der Welt erblickt. Er hatte sich erschreckt, fiel von der Bank auf den Bahnsteig, rollte auf die Seite und streckte sich krampfartig aus.
Ein paar Menschen blieben stehen und scharten sich um Peter Talides, andere gingen vorbei.
»Zurücktreten, bitte. Fassen Sie ihn nicht an«, sagte Officer Lindle. Über Funk rief er einen Notarzt von der New Yorker Feuerwehr herbei.

Talides lag neben der gelben Linie am Rande des Bahnsteigs. Plötzlich krümmte er sich und rollte vom Bahnsteig auf das anderthalb Meter tiefer gelegene Gleis hinunter. Platschend landete er in den Wasserpfützen zwischen den Schienen.

In diesem Augenblick wurde die Station vom Grollen eines einfahrenden Zugs erfüllt.

»O nein!« schrie Officer Lindle. Er rannte den Bahnsteig entlang und winkte dem Zug entgegen.

Leute schrien den Mann auf dem Gleis an: »Steh auf! Los, hoch!«

Talides schien die Menschen zu hören, die ihn riefen. Seine Augen waren halb offen. Er lag im Wasser, rollte sich auf den Bauch und begann über die Gleise zu kriechen – weg von den Helfern, auf die dritte Schiene zu, den Stromleiter. Der Zug näherte sich rasch.

Der Zugführer sah, wie der Mann über die Gleise kroch, und riß die Notbremse voll durch. Bei einem Nothalt kann ein U-Bahn-Zug hundertfünfzig Meter über die Gleise rutschen.

Unten auf den Schienen wurde Talides von einem Tremor erschüttert, er fiel um und krümmte sich. Seine Kleidung war völlig durchnäßt. Dann rappelte er sich wieder auf, überquerte die Fahrschienen, und sein Kopf stieß gegen die stromführende dritte Schiene. Es blitzte zischend auf. Sein Körper erstarrte schlagartig, steinhart gemacht durch zehntausend Ampere Gleichstrom, der durch Talides' Kopf und sein Rückgrat raste. Die Stromkreisunterbrecher wurden nicht ausgelöst – sie werden fast nie ausgelöst, wenn ein Körper die New Yorker U-Bahn kurzschließt. Der Stromschlag hätte ausgereicht, zwanzig U-Bahn-Waggons auf Höchstgeschwindigkeit zu beschleunigen. Talides' Gesichtshaut kochte augenblicklich. Eine Welle weißer Bläschen fuhr über sein Gesicht. Sie platzten und wurden schwarz. Ein Summen und Knacken erklang, und schon kochte sein Schädelinhalt. Der Schädel zerplatzte mit einem dumpfen Knall. Hirngewebe schoß in die Luft und ging in einem Schauer über den Bahnsteig nieder. Ein Mann wischte sich die Augen mit den Händen ab und studierte dann seine verschmierte Brille, verwirrt über die grauroten Spritzer, die aus dem Nichts gekommen zu sein schienen.

Einen Augenblick später rumpelte der Zug mit kreischenden Bremsen über den Leichnam, zerschnitt ihn in zwei Teile und kam zum Stehen. Unter dem Wagen begann Rauch aufzusteigen.

Cobra

Union Square

Die Haushälterin Nanette öffnete die Tür. Sie sagte, Mr. und Mrs. Moran seien bei Verwandten.

»In Kates Zimmer könnte etwas Gefährliches sein. Ist irgendwer drin gewesen?« erkundigte sich Austen.

Niemand sei in Kates Zimmer gewesen. Ihre Eltern hätten es nicht über sich gebracht hineinzugehen. Ihre Großmutter würde sich ihre Sachen vornehmen, sobald sie über den Berg wären. Mr. und Mrs. Moran würden sich um das Begräbnis kümmern, das für Sonntag angesetzt sei.

Austen hatte fast jeden Gegenstand in Kates Zimmer vor ihrem inneren Auge Revue passieren lassen. Nun setzte sie sich an den Arbeitstisch. Vor ihr stand das Kästchen mit dem aufgemalten Kristall. Sie streckte die Hand danach aus und zögerte. Dann öffnete sie ihren Rucksack und holte eine Pappschachtel mit Latexuntersuchungshandschuhen heraus. Sie entdeckte noch eine Gesichtsmaske, die sie über Mund und Nase schob. Dann nahm sie eine Schutzbrille aus dem Rucksack und setzte sie auf. Sie schaltete die Schreibtischlampe an.

Ganz vorsichtig hob sie nun das Kästchen hoch. Es war seitlich etwa acht Zentimeter lang und bestand aus irgendeinem sehr harten, dichten Holz. Es mußte einen Trickverschluß haben. Irgendwo befand sich ein Schieber oder Mechanismus, mit dem sich das Kästchen öffnen ließ. Eine Seite war locker. Das könnte der Öffnungsmechanismus sein.

Soll ich versuchen, es zu öffnen? fragte sie sich. Was wird dann passieren? Vier Menschen sind tot, vielleicht wegen dieses Dings da. Vielleicht bin ich sowieso schon angesteckt. Ich werde es öffnen. »*Hephata*«, flüsterte sie. Tu dich

auf. Sie ließ ihre Finger behutsam über das Kästchen gleiten, und plötzlich klickte es. Das Kästchen öffnete sich, und etwas fuhr rasch heraus.
Austen schrie auf und ließ das Kästchen los. Klappernd fiel es auf den Schreibtisch.
Eine Schlange war herausgesprungen. Der Kopf und Hals einer kleinen Holzschlange. Wie ein Schachtelteufel. Die Schlange hatte nach ihren Fingern geschnappt, sie aber verfehlt. Es war eine Kobra, deren Nacken in der Angriffshaltung gespreizt war. Eine rote Brillenzeichnung verlief über die Rückseite der Nackenhaut. Die Augen waren hellgelbe Punkte, auf die die Schlitze der Iris gemalt waren. Die Zunge war rot und gespalten und stand heraus.
Das Reptil war mit einem Federmechanismus verbunden. Wenn man den Deckel schloß und den Trickverschluß zuschob, war die Feder gespannt. Zog man an der richtigen Stelle, wurde die Feder ausgelöst, und die Schlange sprang heraus und schnappte nach den Fingern. Ein Kinderspielzeug. Es war handgearbeitet, stammte vielleicht aus Indien oder China, dachte sie.
Noch etwas anderes war aus dem Kästchen herausgekommen. Sie konnte es gerade noch im Schein des Oberlichts erkennen. Es war grauer Staub.
Sie schloß die Augen, riß den Kopf zurück, hielt sich die Maske fest vors Gesicht und trat hastig zurück. Sie zitterte und war schweißbedeckt. Was war das für ein Staub?
Austen atmete so flach sie konnte und hob das Kästchen auf. Der Deckel war offen. Sie sah hinein. Nichts war darin, außer dem Mechanismus und ein bißchen Staub. Das Ding war eine Zerstäubervorrichtung. Nicht sehr effizient. Es gab nur ein bißchen Staub in die Luft um die Person ab, die das Kästchen öffnete.
»O mein Gott. Mein Gott!« sagte sie leise. »Es ist eine Bombe. Eine biologische Bombe.«

Sie preßte die Hand auf die Maske und hoffte, daß der Filter dicht war. Welche Porengröße hatte er? Würde er diese Staubteilchen abhalten? Allerdings kannte sie die Größe der Staubteilchen nicht. Also entweder drang der Staub durch die Maske oder nicht. Wenn ja, war es jetzt sowieso schon zu spät.
Sie drehte das Kästchen mit den Fingerspitzen um, ganz langsam, damit kein Staub herausfiel. Auf dem Boden befand sich ein kleiner Papierstreifen, der beschriftet war. Die Wörter waren sehr klein.
Kate hatte hier sicher irgendwo eine Lupe. Austen öffnete eine Schublade unter dem Tisch. Nichts. Dann zog sie die nächste auf. Da – ein Vergrößerungsglas.
Sie hielt das Kästchen unter die Schreibtischlampe und betrachtete die Wörter durch die Lupe. Sie entzifferte feine schwarze Buchstaben, die offenbar von einem hochauflösenden Laserdrucker erzeugt worden waren.

Menschenversuch Nr. 2, 12. April
ARCHIMEDES FECIT

Sie stellte das Kästchen wieder auf den Tisch und sah sich im Zimmer um. Die Twinings-Teebüchse würde genügen. Sie holte sich die Kleenex-Schachtel von Kates Nachttisch. Da bemerkte sie zusammengeknüllte Tücher auf dem Fußboden neben dem Bett. Sie hätte beinahe aufgeschrien. Wenn sich Kate darein geschneuzt hatte, wären sie brisant. Sie faßte sie nicht an. Dann stopfte sie eine Lage frischer Kleenex-Tücher in die Büchse und legte die Schlangenbombe behutsam in ein Nest aus Tüchern. Sie drückte den Büchsendeckel fest zu. So bald wie möglich würde sie sie in einen Biorisikosack oder -behälter geben müssen.
Sie sah sich im Zimmer um. Wie funktionierte die Luftumwälzung in diesem Raum? Sie bemerkte einen Dampfhei-

zungskörper. Gut. Denn Umluftwärmerohre könnten die Raumluft über das ganze Gebäude verteilen. Sie entdeckte den Abzug einer Klimaanlage an der Decke. Sie würde dafür sorgen müssen, daß die Morans die Klimaanlage nicht anstellten.

Austen stopfte die Büchse und Kates Lupe in ihren Rucksack, arretierte den Riegel an der Tür, ging dann hinaus und ließ die Tür hinter sich ins Schloß fallen. Sie zog die Maske und die Handschuhe aus, wußte aber nicht, was sie damit machen sollte. Schließlich steckte sie sie einfach in eine Tasche ihres Rucksacks.

Dann ging sie zu Nanette in die Küche und ermahnte sie dringend, ja niemanden in Kates Zimmer zu lassen. »Ich glaube, ich habe da drinnen etwas gefunden, was äußerst gefährlich sein kann. Ich hab die Tür verriegelt. Das Gesundheitsamt wird eine Untersuchung vornehmen. Lassen Sie bitte die Tür geschlossen, bis die Beamten hier sind.«

Nanette versprach, sie würde das Zimmer nicht betreten und andere davon abhalten hineinzugehen. »Mr. und Mrs. Moran werden nicht vor morgen zu Hause sein«, sagte sie.

»Und auf keinen Fall dürfen Sie die Klimaanlage anstellen«, legte Austen ihr eindringlich nahe.

Sie trat auf die Straße hinaus und nahm sich ein Taxi. Als sie wieder in ihrem Büro im OCME war, sah sie neben ihrem Schreibtisch den Sack mit der Habe des Mundharmonikamannes stehen, den sie dort abgestellt hatte. Sie zog sich ein sauberes Paar Operationshandschuhe an und stülpte eine frische Maske über. Dann öffnete sie den Müllsack und holte das schwarze Sweatshirt heraus. Die Brusttasche wies eine Wölbung auf. Sie langte hinein und zog ein kleines Kästchen heraus. Es war fast identisch mit dem aus Kates Zimmer. Sie untersuchte es im Licht der

Leuchtstoffröhre. Am Boden des Kästchens klebte ebenfalls ein kleiner Papierstreifen. Sie betrachtete ihn mit der Lupe. Dieser Streifen enthielt ein Bild. Es war eine winzige technische Zeichnung, wie sie sie noch nie gesehen hatte. Es sah wie eine Art Becher aus. In diesem Becher war etwas, das einer Hantel oder einer Sanduhr ähnelte. Unter dem Bild stand in winzigen Druckbuchstaben:

Menschenversuch Nr. 1, 12. April
ARCHIMEDES FECIT

Hinter der Sache mit den Kästchen steckte offenbar ein Plan – und ein präzise arbeitender Kopf.
Sie verschloß ihr Büro, begab sich ins histologische Labor und bat um mehrere versiegelbare Biorisikosäcke aus Plastik. Sie sagte niemandem, wofür sie sie brauchte, kehrte in ihr Büro zurück und verstaute die beiden Kobrakästchen in den Säcken. Dann ging sie in den Keller, besorgte sich einige große Plastiksäcke und stopfte Lems Kleidung in drei Lagen von Säcken. Ihr war klar, daß ihr Rucksack hoffnungslos von den Gummihandschuhen und der Maske kontaminiert war, und so steckte sie auch diese Sachen in drei Säcke und versiegelte sie.
Sie ging in die Damentoilette und schaute in den Spiegel über dem Waschbecken. Sie hatte Angst, sie würde irgend etwas in ihren Augen sehen. Ihre Augen starrten sie an, graublau. Keine farbliche Veränderung. Kein Pupillenring.

Dr. Nathanson wohnte auf der Upper East Side in einer der Fünfziger-Straßen. Austen fuhr mit einem Taxi hin, und nach fünf Minuten stand sie vor der Tür seiner Wohnung. Sie läutete, und seine Frau Cora machte ihr auf. »Ach ja, Sie sind die Ärztin von den CDC«, sagte sie, als Austen sich vorgestellt hatte. »Kommen Sie doch herein.«

Nathanson hatte ein kleines Arbeitszimmer in seiner Wohnung. Auf dem Schreibtisch stapelten sich Papiere. Die Bücherregale enthielten philosophische und medizinische Werke. Es roch nach Zigarren. Sie schloß die Tür hinter sich.

»Ich habe die Quelle gefunden«, sagte sie.

Nathanson sah sie verständnislos an. »Ich glaube, ich kann Ihnen nicht folgen.«

»Die Quelle«, wiederholte Austen. »Die Todesursache. Es ist ein Mensch. Das ist kein natürlicher Ausbruch. Das ist das Werk eines Killers.«

Nathanson sah sie lange und nachdenklich an. »Wie kommen Sie darauf?«

Sie legte die Plastikbiorisikosäcke, die die Teebüchse und das Kästchen des Mundharmonikamannes enthielten, auf seinen Schreibtisch.

»Ich habe die beiden Vorrichtungen gefunden. Es sind biologische Dispersionsvorrichtungen – Bomben, Dr. Nathanson. Die eine habe ich in der Kleidung des Mundharmonikamannes entdeckt, die andere in Kate Morans Zimmer. Penny Zecker war eine Trödelhändlerin. Sie hat die Vorrichtung an Kate verkauft. Aus ihren Unterlagen geht hervor, daß sie das Kästchen von jemanden im Tausch gegen ein paar Postkarten bekommen hat. Dieser Jemand ist ein Mörder.«

Sie stellte ihren Laptop auf den Schreibtisch und schaltete ihn an. »Sehen Sie sich diese Bilder an.«

Der Chefleichenbeschauer beugte sich vor und starrte das Foto an, das sie von dem Zecker-Moran-Kästchen gemacht hatte.

»Das ist die Vorrichtung, an der sich Penny Zecker angesteckt hat. Sie hat sie Kate Moran verkauft.« Dann hielt Austen einen der Plastikbioriskosäcke hoch. »Und hier ist die andere Vorrichtung – Sie können sie hier drinnen sehen. Es ist die Vorrichtung, die beim Mundharmonikamann gelandet ist. Ich glaube, jemand hat sie ihm vielleicht in der U-Bahn gegeben. Diese Kästchen sind so konstruiert, daß eine geringe Menge Staub an die Luft gelangt, wenn der Deckel aufspringt. Ich glaube, der Staub ist ein getrockneter biologischer Erreger. Wer weiß, vielleicht kristallisierte Virusteilchen.«

Nathanson schwieg lange. Er hob den Plastiksack hoch und betrachtete das Kästchen darin, den aufgemalten Kristall, das unscheinbare graue Holz. Plötzlich sah er wie ein alter Mann aus. Er legte den Sack wieder hin.

»Das ist ein Beweisstück für ein Verbrechen. Sie hätten es dort liegenlassen sollen, wo Sie es gefunden haben.«

»Ich – ich habe nicht daran gedacht, daß es ein Beweisstück ist. Das ist eine Bombe. Ich wollte sie entfernen.«

»Sie sind ihr ausgesetzt gewesen.«

»Glenn Dudley und Ben Kly ebenfalls. Sie auch. Sie waren ja bei der Moran-Autopsie zugegen.«

»Mein Gott! Da fällt mir ein, daß sie sich gerade den Lehrer vornehmen!«

»Was?«

»Den Kunstlehrer. Er ist auf den U-Bahn-Gleisen umgekommen.«

»O mein Gott! Wie denn?«

»Wir wissen nicht, was passiert ist. Ich hab Sie zu erreichen versucht. Ihr Telefon hat nicht funktioniert. Ich hab Glenn angerufen und ihn gebeten, ins Leichenschauhaus zu kommen. Er ist jetzt mit Kly im Autopsieraum.«

Nathanson rief im OCME an und erreichte einen Leichendiener, den er bat, Dudley ans Telefon zu holen. Gleich darauf kam der Mann zurück und erklärte, Dr. Dudley sei beschäftigt und werde später zurückrufen.

Das Messer

OCME, Leichenhalle

Glenn Dudley und Kly waren allein in der Grube, als Austen atemlos dort eintraf. Sie blieb an der Tür des großen Autopsiesaals stehen und rief ihnen zu: »Warten Sie! Die Leiche ist mit einem gefährlichen Erreger infiziert.« Ben Kly trat einen Schritt zurück.

»Er ist sehr gefährlich, Dr. Dudley!« rief Austen.

»Dann ziehen Sie sich entsprechend an, bevor Sie hier hereinkommen«, erwiderte er barsch. »Beachten Sie meine Befunde.« Sein behandschuhter Finger wies auf Talides' Kopf. »Die Gesichtshaut ist übersät mit geschwärzten Grübchen im Springbogenmuster, wie wir es bei tödlichen Elektroschocks bei U-Bahn-Unfällen beobachten. Die Augen stehen offen und sind aufgrund der Erhitzung milchig weiß. Die rechte Schläfe wölbt sich nach außen, wo wir eine Austerrißfraktur bemerken, und hier sehen wir Spuren von gekochtem Hirnmaterial austreten. Der Geruch von gekochtem Hirn ist unverwechselbar. Warum kann ich ihn nicht riechen?« Nun sah er zu ihr auf. Aus seiner Nase lief klarer Schleim, der über seine Atemmaske rann.

»Ben!« sagte sie, während sie zurückwich.

Kly hatte den Stammbecher gehalten. Er sah Dudley an, und der Becher entglitt seinen Händen und zerbrach klirrend auf dem Fußboden.

Das Geräusch des zerbrechenden Glases mochte Dudley irritiert haben. Ein epileptisches Zucken huschte über sein Gesicht. Er stöhnte und öffnete den Mund.

Dudley hob sein Prosektorenmesser mit fachmännischem Griff. Er wandte sich Austen zu und visierte sie entlang der Klinge, mit glänzenden, hellwachen Augen.

Die Klinge bestand aus geschmiedetem Kohlenstoffstahl,

sie war über sechzig Zentimeter lang, rasiermesserscharf, mit einem Holzgriff versehen. In der Hand eines Mannes, der sie zu gebrauchen wußte, war sie eine wirklich mächtige Waffe. Sie war mit infiziertem Blut beschmiert.
Austen bewegte sich rückwärts, den Blick auf die Klinge gerichtet. Ganz langsam hob sie die Hände schützend vor ihren Hals und ihr Gesicht. »Dr. Dudley, bitte legen Sie das Messer hin. Bitte«, sagte sie ruhig.
Langsam, sachte bewegte Dudley das Messer auf sie zu. Sie schrie und sprang zurück, und das Messer schwang unter ihrem Arm vorbei. Anscheinend spielte er mit ihr.
»Hierher!« rief Kly.
Dudley wandte sich um und fixierte Kly.
»Gehen Sie!« zischte Kly ihr zu.
Sie rührte sich nicht. Sie wollte eine Chirurgenschere vom Tisch nehmen, aber Dudley wirbelte herum und wischte die Schere mit seiner Klinge beiseite. Klappernd fiel die Schere auf den Boden.
Dudley wandte sich wieder Kly zu, der zurückwich, die Augen auf Dudleys Gesicht gerichtet, und auf ihn einredend.
»Beruhigen Sie sich, Doktor. Legen Sie das Messer hin. Schon gut, Doktor. Lassen Sie uns zusammen beten, Doktor.«
Dudley drängte ihn in eine Ecke. Kly war jeder Fluchtweg versperrt.
»Wir wollen nicht beten«, sagte Dudley, während er das Messer mit aller Kraft schwang. Mit einem glitschenden Zischen fuhr es durch Klys Hals und enthauptete ihn fast. Ein Blutstrahl schoß aus seinem Hals zur Decke hoch. Sein Kopf kippte seitlich ab, da die Muskeln durchtrennt waren. Mit einem Plumpsen sackte Kly zusammen.
Austen rannte schreiend aus dem Raum.

Dudley sah auf Kly hinunter und schaute sich dann ruhig um. Sein Nacken bog sich. Sein Rücken krümmte sich, er schwankte. Dann trat er an einen Instrumententisch und nahm eine sterile Skalpellklinge, die in einer Papierhülle steckte. Er streifte die Hülle ab und befestigte die kleine Klinge in einem Griff. Anschließend setzte er das Skalpell an seinem Kopf über dem linken Ohr an, stieß es in die Haut, bis die Spitze auf den Knochen traf, und zog die Klinge geschwind um seinen Kopf in einem Kranzschnitt von Ohr zu Ohr.

Danach stieß er das Skalpell in seinen Oberschenkel und ließ es zitternd im Muskel stecken. Mit beiden Händen griff er nach oben und packte den Hautlappen, der sich über seinem Kopf geöffnet hatte. Mit einem Ruck riß er ihn nach vorn. Seine Augen sackten nach unten. Wie eine schlüpfrige rote Decke fiel seine Kopfhaut über sein Gesicht und enthüllte die elfenbeinfarbene, rote und feuchte Kuppel seines Schädeldachs, während sein Haar fransig vor seinem Mund hing. Die Lippen bewegten sich dahinter. Er schrie und fraß seine Kopfhaut. Es gab keinen Krampfanfall am Ende.

Vierter Teil

DIE ENTSCHEIDUNG

Masaccio

Das Jacob K. Javits Federal Building an der Federal Plaza 26 in Lower Manhattan thront am Broadway über einem Komplex von Gerichtsgebäuden und Häusern der Stadtverwaltung um den Foley Square, mit einem Ausblick auf die Brooklyn Bridge. Die Fassade des Federal Building ist mit dunklen grauen Steinplatten verkleidet. In dem Gebäude befinden sich unter anderem die Büros des New Yorker Field Office des FBI, der größten FBI-Behörde in den USA nach der FBI-Zentrale in Washington. Achtzehnhundert Spezialagenten und andere Mitarbeiter operieren von hier aus. Diese Büros beanspruchen acht Etagen des Federal Building.

Alice Austen und der Chefleichenbeschauer von New York betraten einen abgedunkelten Konferenzraum im sechsundzwanzigsten Stockwerk. Der Raum war voller Schreibtische, die in konzentrischen Halbkreisen gegenüber einer Wand von Videobildschirmen standen. Das war die Kommandozentrale des New Yorker Field Office. Zahlreiche Agenten, Manager und Techniker standen herum oder saßen an den Schreibtischen, und in der Luft hing der unverwechselbare Mief von saurem Behördenkaffee.

Ein stämmiger Mann über vierzig kam zu ihnen herüber. Er hatte braunes Kraushaar und dunkle, intelligente Augen. Er trug ein blaues Oxfordhemd unter einer grauen Sweaterweste mit V-Ausschnitt sowie Khakihosen und Slipper.

»Hallo, Lex«, sagte er, dann gab er Austen die Hand. »Frank Masaccio. Freut mich, Sie kennenzulernen, Doktor. Wir reden in meinem Büro.«

Frank Masaccio war der Leiter des New Yorker Field Office

und ein stellvertretender FBI-Direktor. Als sie sein Büro drei Stockwerke höher betraten, sagte er zu ihnen: »Okay, erzählen Sie mir das noch mal.«

Nathansons Stimme bebte. »Mein Stellvertreter ist tot, hatte sich an irgendwas im Autopsiesaal infiziert gehabt. Er hat unseren besten Leichendiener mit seinem Messer getötet und sich dann selbst auf eine Weise umgebracht, die schwer zu beschreiben ist.«

Austen stellte ihren Laptop auf einen Couchtisch. »Irgendwas scheint die Menschen dazu zu bringen, sich oder andere anzugreifen. Inzwischen gibt es sechs Tote, und es sieht ganz danach aus, als ob jemand den Erreger vorsätzlich ausbringt.«

Masaccio sagte nichts. Er erhob sich, durchquerte das Zimmer und setzte sich auf die Couch vor ihren Computer, so daß er den Bildschirm sehen konnte. Dann blickte er sie scharf an. »Zunächst einmal muß ich Sie fragen: Ist das FBI dafür zuständig?«

»Das ist Mord«, erwiderte sie. Sie hielt seinem neutralen Blick stand, während sie die bisherigen Geschehnisse und ihre Befunde zusammenfassend darstellte.

Masaccio hörte kommentarlos zu, doch plötzlich hob er die Hand. »Moment mal. Haben Sie schon jemanden an den CDC unterrichtet?«

»Noch nicht«, sagte Nathanson.

»Dann will ich gleich mal mit den CDC telefonieren«, erklärte Masaccio. Er trat an seinen Schreibtisch heran. Ohne sich zu setzen, betätigte er die Tastatur an seinem Bildschirm und starrte dann auf eine Liste mit Nummern und Namen. »Da ist ja unser Kontakt in Atlanta.« Er gab eine Telefonnummer ein und dann eine Reihe von Ziffern. »Skypager.«

Nach zwei Minuten kam der Rückruf. Masaccio verlegte das Gespräch auf den Lautsprecher und fragte: »Ist dort Dr.

Walter Mellis? Hier ist Frank Masaccio. Ich bin der Direktor des New Yorker Field Office des FBI. Ich weiß nicht, ob wir uns schon mal kennengelernt haben. Tut mir leid, daß ich Sie am Samstag belästige. Wir haben da ein kleines Problem. Wo sind Sie denn gerade?«

»Ich spiele Golf und bin gerade im Clubhaus«, erwiderte Mellis keuchend. Es hörte sich an, als sei er ans Telefon gerannt.

»Walt? Hier ist Alice Austen.«

»Alice! Was ist denn los?«

Für einen Moment gab es eine kleine Verwirrung darüber, wer wen kannte, doch Mellis klärte die Situation auf und Masaccio übernahm wieder das Gespräch. »Dr. Mellis, es sieht so aus, als ob wir mitten in einer – einer Art biologischem Zwischenfall stecken. Ihre Mitarbeiterin hat da anscheinend etwas aufgedeckt.«

»Moment mal – was hat Walt denn mit Ihnen zu tun?« wollte Austen wissen.

»Er ist Berater einer unserer Spezialeinheiten. Sie heißt Reachdeep«, erklärte Masaccio. Reachdeep sei eine Geheimoperation, und er werde dafür sorgen, daß sie ihre Sicherheitsunbedenklichkeitserklärung bekomme.

Austen sah ihn noch immer verständnislos an.

»Reachdeep ist eine forensische Spezialeinheit des FBI«, fuhr Masaccio fort. »Sie befaßt sich mit nuklearem, chemischem und biologischem Terrorismus. Dr. Mellis ist der CDC-Kontaktmann für Reachdeep.«

»Haben Sie davon gewußt?« fragte Austen Lex Nathanson. Nathanson sah sie verlegen an. »Walt hat mich ein bißchen eingeweiht«, sagte er.

»Er hat Sie mit einbezogen, Lex?« fragte Masaccio.

»Er hat mich gebeten, nach ungewöhnlichen Fällen Ausschau zu halten. Und dieser hier kam mir ungewöhnlich vor.«

Austen ärgerte sich über diese Geheimniskrämerei, bemühte sich aber, sich wieder zu fangen. Ausführlich schilderte sie Masaccio, was sie entdeckt hatte. Hin und wieder stellte er ihr gezielte Fragen. Sie erkannte, daß sie ihm nichts zweimal würde erklären müssen.

»Warum wurde Dr. Dudley so gewalttätig?« wollte Masaccio wissen. »Dieses High-School-Mädchen wurde es doch nicht.«

»Der Erreger scheint die Neigung zur Aggression zu verstärken«, erwiderte Austen. »Kate Moran war ein friedfertiger Mensch, und so zerbiß sie sich ihre eigenen Lippen. Glenn Dudley war –«

»Zunächst einmal ein sehr unglücklicher Mensch«, warf Nathanson ein.

»Der Erreger beschädigt primitive Teile des Gehirns«, fuhr Austen fort. »Falls dies ein ansteckender Erreger ist, dann ist er einer der gefährlichsten infektiösen Organismen, von denen ich je gehört habe.«

Masaccio sah Austen scharf an. »Wie infektiös? Stark oder ein bißchen?«

Er stellte die richtigen Fragen, dachte sie. »Die Bläschenbildung in Mund und Nase ist ein wichtiges Detail und besonders erschreckend«, erklärte sie. »Bläschen bekommen Sie bei stark infektiösen Erregern wie Pocken oder Masern. Dieser Erreger ist nicht so ansteckend wie das Grippevirus, aber ansteckender als das AIDS-Virus. Ich vermute, er ist so ansteckend wie ein Schnupfen. Es fängt auch wie ein Schnupfen an, aber dann wird das Nervensystem befallen.«

»Und was ist das für ein Bazillus?« wollte Masaccio wissen.

»Unbekannt«, erwiderte Austen.

»Dafür ist der Bund zuständig«, warf Nathanson ein. »Die Stadt New York kann damit unmöglich fertig werden.«

»Okay«, sagte Masaccio. »Wir haben es also offenbar mit einer Reihe von Morden zu tun, für die ein unbekannter biologischer Erreger verwendet wird. Dafür ist das FBI zuständig. Können die CDC dieses Ding für uns identifizieren?«

»Das könnte schwierig sein«, meinte Mellis.

»Wie steht's mit Heilung?«

»Heilung?« erwiderte Mellis. »Wie können wir etwas heilen, wenn wir nicht mal wissen, was es ist, Mr. Masaccio? Wenn es ein Virus ist, gibt es wahrscheinlich keine Heilung. Die meisten Viruserkrankungen sind nicht zu behandeln und unheilbar. Normalerweise ist die einzige Abwehrmaßnahme gegen ein Virus eine Schutzimpfung. Es erfordert jahrelange Forschung und kostet etwa hundert Millionen Dollar, um einen Impfstoff gegen ein neues Virus zu entwickeln. Wir haben ja noch immer keinen Impfstoff gegen AIDS.«

»Okay«, sagte Masaccio, »aber wie lange wird es dauern, bis dieses Ding identifiziert ist?«

»Wochen, Monate«, erklärte Mellis.

Masaccio starrte den Lautsprecher an, als wollte er mit den Augen ein Loch hineinbrennen. »Wir haben nur Stunden oder Tage, um damit fertig zu werden.« Er wandte sich zu seinen Besuchern um. »Na schön – sagen Sie mir, was für ein Virus das Ihrer Meinung nach ist, Dr. Austen.«

»Ich weiß es nicht. Wir wissen ja noch nicht einmal, ob es ein Virus ist.«

Masaccio fixierte sie eine Weile schweigend, dann sagte er: »Ich habe das sichere Gefühl, daß in Ihrem Kopf eine Menge vorgeht, was Sie mir nicht sagen, Dr. Austen.«

»Ich habe nicht genügend Beweise.«

»Quatsch. Sie haben da im Alleingang eine ganz komplexe kriminalpolizeiliche Untersuchung abgezogen. Gibt es in

Ihrer Familie irgendwelche Cops? Ist Ihr Dad zufällig ein Cop?«
Sie schwieg.
»Nun sagen Sie schon«, redete er ihr zu.
»Ja, mein Vater. Er ist pensionierter Polizeichef – aber das sagt doch gar nichts.«
Masaccio kicherte selbstgefällig. »Na schön – gute Cops gehen ihren Vermutungen nach. Erzählen Sie mir von Ihren Vermutungen. Unter uns Cops.«
»Es ist ein Virus«, sagte sie. »Es breitet sich wie eine normale Erkältung aus: durch Kontakt mit winzigen Schleimtröpfchen, die in der Luft schweben, oder durch Berührung der Augenlider oder durch Kontakt mit infektiösem Blut. Es läßt sich zu einem Pulver trocknen und kann so in die Luft gelangen, kann also auch über die Lunge anstecken. Es ist neuroinvasiv – das heißt, es bewegt sich an den Nervenfasern entlang und befällt das Zentralnervensystem. Es repliziert sich explosionsartig im Gehirn. Es tötet in etwa zwei Tagen, hat also eine sehr rasche Replikationsphase – so rasch, wie ich sie noch nie erlebt habe. Das Virus bildet in Gehirnzellen Kristalle. Diese Kristalle bilden sich im Zentrum der Zelle, im Zellkern. Es schädigt den Hirnstamm, die Bereiche also, die Gefühle, Gewaltbereitschaft und Nahrungsaufnahme steuern. Das Virus bewirkt, daß Menschen sich selbst angreifen und ihr eigenes Fleisch essen. Es ist nicht ... natürlich.«
»Das ist doch wilde Spekulation«, protestierte Mellis.
»Na, hören Sie mal, Walt, Sie haben doch damit angefangen, als Sie mir von Ihren Stealth-Viren erzählt haben«, gab Austen zurück.
»Ich muß gerade an das Unsub denken«, warf Masaccio ein. Unsub steht im FBI-Jargon für »Unknown Subject« – den unbekannten Täter bei einem Verbrechen. »Haben wir

es mit einer Gruppe oder einem Einzelgänger zu tun?«
Niemand konnte diese Frage beantworten.
»Dr. Austen, eins muß ich Sie noch fragen: Sind Sie selbst angesteckt?«
»Bitte ziehen Sie mich nicht von diesem Fall ab«, bat Austen.
Masaccio knurrte. »Hm … es könnte uns also auch erwischen, während wir mit Ihnen plaudern? Was für ein Gedanke.« Er drehte an einem protzigen Goldring an seinem Finger und zog die Luft schlürfend ein. Dann erhob er sich und trat ans Fenster, das nach Norden, Richtung Midtown Manhattan und Empire State Building hinausging. Er schob die Hände in die Hosentaschen. »Selbstkannibalismus, der sich in New York wie ein Schnupfen ausbreitet.« Er drehte sich um und sah seine Besucher an. »Und ich hab in diesem Büro keinen einzigen gottverdammten Raumanzug!«
»Die Feuerwehr hat Schutzanzüge«, meinte Lex Nathanson.
»Was soll die New Yorker Feuerwehr gegen ein Gehirnvirus tun, Lex? Ein bißchen Wasser draufgießen?«
»Ich muß die Direktorin der CDC informieren«, sagte Mellis.
Frank Masaccio legte auf und wandte sich an Nathanson und Austen. »Ich werde das unserer National Security Division übertragen. Der Leiter der NSD ist ein Typ namens Steven Wyzinski.« Er gab eine Reihe von Ziffern ein. Wyzinski meldete sich sofort, und dann unterhielten sie sich leise ein oder zwei Minuten lang.
»Steve will einen SIOC-Calldown starten«, erklärte Masaccio dann. »Kann mir mal jemand sagen, warum schlimme Dinge immer am Samstagabend passieren müssen? An einem Samstagabend kann man in Washington niemanden auftreiben.«

»Was ist ein – Calldown?« wollte Austen wissen.
»Ein SIOC-Calldown. Das ist eine Konferenz von Experten und Bundesbeamten in der FBI-Zentrale. SIOC bedeutet Strategic – äh – Strategic – verdammt, es fällt mir einfach nicht ein. Früher Alzheimer. Jedenfalls ist es die FBI-Kommandozentrale in Washington. Sie werden hinfliegen. Lex und ich werden hier in New York bleiben und den Ball vor Ort am Laufen halten. Das Büro des Bürgermeisters muß verständigt werden. Ich werde eine gemeinsame Sondereinheit mit der Polizei aufstellen – das wäre ein Punkt. Die Feuerwehr könnte ein weiterer Punkt sein – ich versuch mir gerade das Ende von dieser Geschichte vorzustellen ...«
Austen beobachtete ihn. Sie sah, wie ein sehr intelligenter Mann die Eröffnungszüge einer Schachverteidigung ausarbeitete. Das Problem war nur, daß der unbekannte Gegner das Spiel allein beherrschte.

Archimedes

Samstag nachmittag, 25. April

Archimedes von Syrakus, der bedeutende Mathematiker und Waffenerfinder, der 212 v. Chr. starb, konstruierte Brennspiegel, die das Sonnenlicht gebündelt auf feindliche Schiffe lenkten und sie in Brand setzten. Er kannte das Prinzip von Hebel und Drehpunkt, also die Vorstellung, daß man einen langen Hebel auf einen Drehpunkt plazieren und damit eine große Masse bewegen kann. »Gebt mir nur einen Punkt, an dem ich stehen kann, und ich werde die Welt aus den Angeln heben«, soll er gesagt haben.

Archimedes fuhr gern U-Bahn. Er konnte stundenlang U-Bahn fahren und dabei über Dinge und Pläne nachdenken. Er saß in einem der Wagen und sah sich durch seine Brille mit dem Metallgestell die Leute an, wobei hin und wieder ein flüchtiges Lächeln über sein Gesicht huschte. Er war ein früh zur Glatzenbildung neigender Mann mittlerer Größe. Gewöhnlich trug er ein hellbraunes Baumwollhemd, Schlabberhosen aus Naturfasern und Slipper aus Leinwand und Gummi. Seine Kleidung sah schlicht aus, war aber in Wirklichkeit ziemlich teuer. Den meisten Menschen gegenüber hegte er ganz freundliche Gefühle, und so war ihm gar nicht wohl bei dem Gedanken, daß einige von ihnen würden sterben müssen.

Die U-Bahn war für ihn der Blutkreislauf der Stadt, mit Verbindungen, die überall hinliefen. Archimedes mochte es, Verbindungen zu studieren. Er stand auf einem Bahnsteig an der Station Times Square und sah zu, wie die Züge vorbeifuhren. Dann nahm er den Zubringer quer durch Midtown Manhattan zum Grand Central Terminal. Mit flinken Schritten lief er durch die Station, bewegte sich zwischen den Menschenmassen hindurch, lauschte auf ihre

Schritte und sah zu den goldenen Sternbildern hoch im Gewölbe über ihm, dem wunderschönen Jäger Orion. Er dachte an die Gleise, die aus dem Grand Central Terminal hinaus in die Welt führen. Immer wieder hieß es, Viren würden aus dem Regenwald in moderne Großstädte gelangen und die Bewohner infizieren. Aber es funktioniert auch andersherum, dachte er. Krankheiten, die von New York ausgehen, können sich ausbreiten und die Menschen erreichen, die im Regenwald leben. Von New York aus gibt es mehr Verbindungen zur übrigen Welt als von jeder anderen Großstadt der Erde. Hier kann etwas explodieren, um überallhin auf dem Planeten zu gelangen.

Er lief ein paar Blocks nach Westen zur New York Public Library, umrundete sie und setzte sich auf die Bank im Bryant Park, zwischen Rasenflächen und Platanen und natürlich unter Menschen. Es waren zu viele. Er saß auf seiner Bank und sah sie vor seinen Augen vorbeigehen, diese vergänglichen biologischen Wesen, an deren Leben sich niemand erinnern und die in den Tiefen der Zeit verschwinden würden. Er schaute zur Bibliothek hoch, dem Magazin des menschlichen Wissens. Sie werden meinen Optimismus und meine Hoffnung nicht verstehen, dachte er. Aber ich glaube, wir können gerettet werden. Ich halte den Hebel in meinen Händen.

Sonderflug

Sonntag, 26. April

Noch vor Tagesanbruch brachte ein Streifenwagen der New Yorker Polizei Alice Austen von Kips Bay zum East Side Heliport an der Thirty-fourth Street. Er parkte neben der Landeplattform, als ein Helikopter des FBI mit Höchstgeschwindigkeit über den East River hereinflog. Der Hubschrauber zog scharf hoch und landete auf der Plattform. Austen lief zu ihm hinüber.

An Bord waren zwei FBI-Piloten und eine Tech-Agentin. »Frank ist wegen irgendeiner Sache ja mächtig aufgeregt«, bemerkte die Frau.

»So daneben hab ich ihn noch nie erlebt«, sagte einer der Piloten.

Die Frau gab Austen die Hand. »Spezialagentin Caroline Landau.«

Der Hubschrauber war mit elektronischen Geräten vollgepackt. Caroline fummelte an irgendwelchen Drähten herum und bog einen Kabelbaum zurecht. »Dieses verdammte Gerät wird uns noch unseren Fall vermasseln«, bemerkte sie.

Sie flogen quer über Manhattan und den Hudson River hinauf, drehten nach Westen ab über New Jersey und landeten schließlich auf dem Teterboro Airport, neben einem zweimotorigen Turboprop-Passagierflugzeug.

»Viel Glück, wofür auch immer«, sagte Spezialagentin Landau zu Austen. Dann hob der Hubschrauber wieder ab, um erneut seinen Dienst über der Stadt zu tun.

Die Turboprob-Maschine war eine Dash 8, die dem FBI gehörte. An Bord befanden sich ein Pilot und ein Kopilot, die ihre Instrumente überprüften. Austen ging die heruntergelassene Treppe hoch, und die Turbinen sprangen an.

Die Dash 8 scherte in die Schlange der rollenden Flugzeuge ein und erhielt die sofortige Starterlaubnis. Rasch erreichte sie ihre Flughöhe und ließ New York hinter sich. Austen sah aus dem Fenster und versuchte den kranken Organismus zu sehen, aber die Stadt lag hinter Wolken verborgen.

Sie war der einzige Passagier.

»Wenn Sie irgendwas brauchen, Dr. Austen, sagen Sie es uns bitte«, wandte sich der Pilot über den Lautsprecher an sie.

»Ich hätte gern ein Telefon«, sagte sie.

Der Kopilot kam zu ihr und zeigte ihr eine Kommunikationskonsole gegenüber einem Sitz. Er nahm ein Kopfhörermikrophon und reichte es ihr. »Es ist sicher. Sie können überallhin auf der Welt telefonieren.«

Sie setzte den Kopfhörer auf, rückte das Mikrophon zurecht und rief ihren Vater in New Hampshire an. Sie riß ihn aus tiefstem Schlaf. »Mein Gott. Es ist erst fünf, Allie«, brummte er. »Wo hast du gesteckt? Ich hab in ganz Atlanta herumtelefoniert. Niemand wußte, wo du warst.«

»Tut mir leid, Dad. Ich muß auswärts recherchieren.«

»Hab ich mir gedacht. Wo bist du?«

»Darf ich nicht sagen. Es ist eine Art Notfall.«

»Was ist das für ein Geräusch?«

»Das hat nichts zu bedeuten.«

»Oje!« Er hörte sich noch immer benommen an. »Wo bist du – in einer Fabrik oder so?«

Ihr Vater lebte in einem kleinen Haus in den Wäldern bei Ashland, New Hampshire. Ihre Mutter war vor drei Jahren gestorben. Wie aufgeregt wäre er, wenn er wüßte, daß sie ihn aus einem FBI-Flugzeug auf dem Flug nach Washington anrief. »Dad, ich wollte dir nur sagen, wie sehr ich dich bewundere«, sagte sie.

»Und dafür weckst du mich in aller Frühe?« Er kicherte. »Ich werd's überleben.«

»Ich werde dich vielleicht eine Zeitlang nicht anrufen können.«
»He, ich werd ein bißchen angeln gehen. Nachdem du mich schon mal geweckt hast.«
»Wonach angelst du, Dad?«
»Süßwasserlachse. Sie beißen noch an.«
»Klar. Petri Heil.«
»Laß wieder von dir hören, Liebes.«
»Mach's gut, Dad. Ich liebe dich.« Sie lehnte sich in ihrem Sitz zurück und schloß die Augen. Das war kein richtiger Abschied. Wenn ich wie Kate Moran ende … Sie stand auf und ging in die Toilette des Flugzeugs. Im Spiegel sah sie sich in die Augen, zum zweitenmal an diesem Tag. Sie konnte keine Anzeichen eines Farbwechsels erkennen.

Andrews

Washington, D.C.

Will Hopkins, Jr., und Mark Littleberry hatten am Flughafen von Bahrain am Persischen Golf einen mehrstündigen Zwischenaufenthalt gehabt und sich endlich rasieren können. Aber sie hatten keine saubere Kleidung zum Wechseln, und als sie sich an zwei Notsitzen an Bord eines US-Militärtransporters 707 auf dem Flug zur Andrews Air Force Base festschnallten, sahen sie ein wenig ramponiert aus.

Die Maschine landete am Sonntag frühmorgens auf Andrews.

Littleberry sollte nach Bethesda, Maryland, weiterfliegen, wo er Bericht darüber erstatten sollte, daß er versucht hatte, in den Besitz einer Probe einer irakischen Biowaffe zu gelangen. Hopkins würde sich zur FBI-Akademie in Quantico begeben müssen. Beide waren von den Vereinten Nationen entlassen worden, sie hatten einen diplomatischen Zwischenfall verursacht, und sie würden eine Menge erklären müssen. Doch noch war es ein schöner Sonntagmorgen in Washington, und Hopkins war glücklich, daß er am Leben war.

»Lassen Sie uns doch nach Georgetown rüberfahren und uns in ein Café setzen«, schlug er vor. »Ein bißchen Kaffee trinken, frühstücken, die Sonne genießen. Sie und ich könnten ein bißchen Entspannung vertragen.«

»Da mach ich gern mit«, sagte Littleberry.

Er rief seine Frau Annie an, um ihr mitzuteilen, daß er in Sicherheit sei und in ein paar Tagen wieder in Boston sein werde, sobald er Bericht erstattet habe. »Pack schon mal die Badesachen, Liebling, wir fahren nach Florida.«

Sie suchten nach einem Zubringerbus nach Washington.

Als sie sich gerade der Haltestelle näherten, piepste Will Hopkins' Skypager, der sich in seiner Reisetasche befand. Er zog den Reißverschluß auf und sah sich die Nummer auf dem Piepser an. Er kannte sie nicht. Also holte er sein Handy aus der Jackentasche, rief zurück, und hörte sich an, was man ihm zu sagen hatte. »SIOC? Was? O Mann. Wann trifft sie ein? Ich soll auf sie warten?«

Plötzlich sah Littleberry nach unten und runzelte die Stirn. Der Piepser in seiner Tasche hatte sich auch gemeldet.

»Es ist ein Calldown«, sagte Hopkins zu ihm.

Littleberry holte sein Handy heraus und schaltete es ein. Er ging beiseite. Eine Minute später kam er zurück und sagte: »Können Sie mich zur Konferenz mitnehmen? Nachdem Sie die Ärztin abgeholt haben?«

Hopkins und Littleberry warteten auf dem Rollfeld von Andrews, als Alice Austen aus der Dash 8 stieg.

Hopkins begrüßte sie. »Hi. Leitender Spezialagent William Hopkins, Jr.« Er gab Austen die Hand. »Das ist Dr. Mark Littleberry. Er ist Berater des FBI in allen Angelegenheiten im Zusammenhang mit biologischem Terrorismus. Wir werden Sie zur Konferenz begleiten.«

Austen dachte, daß der Leitende Spezialagent Hopkins nicht gerade angemessen angezogen war. Das Wort *Penner* kam ihr in den Sinn.

Sie stiegen in einen FBI-Wagen und fuhren sehr schnell Richtung Downtown Washington. Der Wagen schlängelte sich durch den spärlichen Verkehr auf dem Beltway und bog dann nach Westen auf die Pennsylvania Avenue ab.

Hopkins räusperte sich. »Ich bin der Typ beim FBI, der sich mit einem Bioterrorzwischenfall befassen soll. Können Sie uns sagen, was los ist, Doktor?«

Sie unterrichtete sie in aller Kürze. »Es hat mehrere Todesfälle gegeben. Es sieht nach einem Serienmord mit Hilfe eines Virus aus, aber wir haben nicht die geringste Ahnung, was das für ein Virus ist.«

»Miniterrorteilchen, wie?«

»Wenn Sie es so nennen wollen«, erwiderte sie.

»Wir hatten eher an eine Bombe gedacht«, sagte er.

»Das sind Bomben.«

»Das sind aber zwei verschiedene Dinge.«

»Es ist Mord mit Hilfe einer ansteckenden Krankheit«, sagte sie.

»Damit werden wir schon fertig«, erwiderte er.

Austen sah ihn skeptisch an. »Glauben Sie?«

Der Wagen umrundete das Capitol und fuhr auf die Pennsylvania Avenue zurück. Die Kirschbäume waren zwar schon verblüht, aber die Stadt war noch immer ein leuchtendes Blütenmeer. Neben einem Restaurant stocherte ein Obdachloser in einem Stapel Müllsäcken herum. Ihr Wagen bog auf die Nordseite der Mall ein und fuhr in Richtung Ninth Street.

»Darf ich auch mal was sagen?« meldete sich Mark Littleberry zu Wort.

»Nur zu«, sagte sie.

»Wir werden gleich eine Live-Talkshow erleben, mit der gesamten Bundesregierung. Habt ihr beide so was schon mal erlebt?«

»Nee«, sagte Hopkins.

»Na, da könnt ihr euch auf was gefaßt machen«, erklärte Littleberry.

Austen und Hopkins schwiegen.

Ein ausgesprochen häßliches Gebäude mit monströsen Proportionen ragte über der Pennsylvania Avenue auf. Es bestand aus unverputztem, gelblichgrauem Beton und hatte tief eingelassene, schußsichere Rauchglasfenster. Das war das J. Edgar Hoover Building, die nationale Zentrale des FBI. Diese Festung war oben breiter als unten, wie ein umgedrehter Eisberg. Der Dienstwagen bog in die Ninth Street ab und fuhr durch eine Sicherheitsschleuse ins Hoover Building, um eine Explosionsbarriere herum, eine Rampe hinunter und in eine Tiefgarage hinein. Mit dem Fahrstuhl fuhren sie bis zur fünften Etage und gingen zu einer Stahlkammertür mit einem Kombinationsschloß. Darauf befanden sich ein Zahlenblock und ein rotes Schild mit der Aufschrift »Beschränkter Zugang – IN BETRIEB«.

»Sieht so aus, als hätten sie schon angefangen«, meinte Will Hopkins. Er tippte einen Zugangscode ein. Ein Schloß klickte, und er zog die Tür auf. Es war der Zugang zum Strategic Informations Operations Center (SIOC).

SIOC

Der SIOC-Raum in der FBI-Zentrale war eine fensterlose, abhörsichere Kammer. Sie war mit Kupfer und Stahl ausgekleidet, so daß keine Streusignale hinausgelangen und von unbefugten Lauschern abgefangen werden konnten. Der Innenraum der SIOC-Kammer war in Abschnitte eingeteilt, die durch Glasscheiben eingesehen werden konnten. Eine Reihe von Menschen saß um einen Konferenztisch in einem der kleineren Abschnitte.

Ein großer, silberhaariger Mann in einem dunklen Anzug kam heraus, um sie zu empfangen. Das war Steven Wyzinski, der Leiter der National Security Division des FBI. »Sie sind William Hopkins? Ist jeder von Ihnen für unbedenklich erklärt?«

»Diese Leute gehören sozusagen zu meiner Gruppe«, sagte Hopkins.

»Wir werden in zwanzig Minuten auf Sendung sein«, erklärte Wyzinski, während er auf eine Wanduhr sah. »Wir haben nicht viel Zeit. Das Ganze muß schnell und zügig ablaufen. Bitte geben Sie uns alle Informationen, die Sie haben, Dr. Austen.«

Austen öffnete ihren Laptop, zeigte ihnen die Bilder und schilderte die Lage. Viele Fragen prasselten auf sie ein. Sie wollten absolut sichergehen, daß es sich um einen echten Fall handelte, bevor sie die Regierung zusammenriefen.

»Die Satellitenübertragung beginnt in vier Minuten«, verkündete jemand.

»Wir gehen auf Livesendung«, sagte Steven Wyzinski und erhob sich. »Wir danken Ihnen, Dr. Austen.«

Sie begaben sich alle in den Videokonferenz-Lageraum und setzten sich an einen Tisch, wo ein Tontechniker sie

an Ansteckmikrophone anschloß. An den Wänden befanden sich eine Reihe großer Videobildschirme. Sie waren eingeschaltet, aber leer. Auf dem Tisch standen mehrere Lautsprecher-Mikrophon-Einheiten.
Steven Wyzinski rückte sich die Krawatte zurecht und räusperte sich nervös.
Nun tauchten auf den Videoschirmen nacheinander Gesichter auf. Aus den Tischlautsprechern waren Stimmen zu vernehmen. Der Raum füllte sich mit Macht, echter Macht – man konnte sie in der Luft spüren.
»Hiermit eröffne ich die Sitzung«, erklärte Wyzinski. »Willkommen bei SIOC. Bei dieser Sitzung geht es darum, die Bedrohung einzuschätzen, die das Cobra Event darstellt. Das FBI gibt für alle wichtigen Verbrechensermittlungen einen Codenamen aus, und dieses Verbrechen erhält den Codenamen Cobra. Sie werden gleich die Bedeutung dieses Begriffs verstehen. Diese Sitzung ist vom FBI einberufen worden unter dem Mandat der Presidential Decision Directive neununddreißig und der National Security Directive sieben …«
Austen spürte, daß sie ein wenig zitterte, und hoffte, es würde nicht auffallen. Sie hatte seit Tagen nicht richtig geschlafen. Hopkins saß neben ihr.
Auf zwei nebeneinander hängenden Bildschirmen waren die Gesichter von Walter Mellis und der Direktorin der CDC, Helen Lane, zu sehen. Auf einem weiteren Bildschirm erschien das Gesicht von Frank Masaccio. Neben ihm war Ellen Latkins zu sehen, die Vertreterin des Bürgermeisters von New York.
Steven Wyzinski stellte Austen vor, und die Calldown-Mitglieder nannten selbst ihre Namen. Viele von ihnen waren hochrangige Militärs. Auch ein Mann aus dem Amt des Generalstaatsanwalts im Justizministerium war zugegen.

»Wird das Weiße Haus zugeschaltet?« erkundigte sich Wyzinski.
»Das Weiße Haus ist jetzt auf Sendung!« sagte ein Techniker im Hintergrund.
Auf einem in beherrschender Position stehenden Großbildschirm tauchte das Gesicht eines wuschelhaarigen Mannes mittleren Alters mit zerfurchten Zügen auf. Seine Attitüde zeigte, daß er es gewohnt war, Konferenzen beizuwohnen, die sorgfältig choreographiert waren. »Hallo. Hier Jack Hertog. Ich bin beim National Security Council des Weißen Hauses. Ich denke nicht, daß dieser Vorfall zu diesem Zeitpunkt eine Reaktion von unserer Seite erfordert.«
Wyzinski erteilte Austen das Wort.
Sie erhob sich und holte tief Luft. Ihre Fotos tauchten auf den Bildschirmen auf. Sie verlas die Worte, die auf den Kobrakästchen aufgedruckt waren. »Die Lage ist sehr beängstigend«, erklärte sie. »Innerhalb kurzer Zeit hat es sechs Todesfälle gegeben, die mit einer Krankheit in Verbindung stehen.«
»Können wir sicher sein, daß wir es mit einem biologischen Erreger zu tun haben?« wollte ein Oberst von USAMRIID in Fort Detrick wissen.
»Ich bin ziemlich sicher«, erwiderte Austen. Sie erklärte, es habe in mindestens zwei Fällen eine infektiöse Übertragung des unbekannten Krankheitserregers gegeben. Ihrer Meinung nach bestehe der Verdacht, daß es sich um ein Virus handle.
»Wenn dem so ist«, sagte der Oberst, »dann handelt es sich um einen brisanten Erreger der Stufe vier. Aber man hat ihn noch nicht identifiziert, richtig?«
»Korrekt«, sagte Austen.
»Wie können Sie eine Bedrohung einschätzen, wenn Sie nicht wissen, um was für einen Erreger es sich handelt?«

»Gutes Argument«, sagte Wyzinski.
»Will, sagen Sie es uns – wie schlimm ist diese Bedrohung wirklich?« schaltete sich Frank Masaccio ein.
»Dr. Littleberry sollte darauf antworten«, erwiderte Will Hopkins.
Littleberry beugte sich über den Tisch. Die Kameras folgten ihm. »Hier gibt es eine Menge Unbekannte«, sagte er. »Die Identität des Erregers ist unbekannt, auch die Identität dessen, der ihn verbreitet. Die Bedrohung ist zwar schwer einzuschätzen, doch wir wissen, daß die Zahl der Toten bei einem biologischen Angriff der Bevölkerung beträchtlich sein kann. Wenn ein paar Pfund dieses trockenen brisanten Erregers in die Luft von New York gelangen, könnte es zehntausend Tote geben. Die Spitzenwerte wären zwei Millionen, vielleicht drei Millionen Todesfälle.«
»Ihre Spitzenwerte kommen mir übertrieben vor«, schaltete sich Jack Hertog ein. »Mir sind andere Schätzungen aus anderen taktischen Berichten bekannt.«
»Ich hoffe wirklich, daß sie übertrieben sind, mein Sohn«, sagte Littleberry.
Hertog schaute pikiert drein – Angehörige des inneren Stabs des Weißen Hauses nannte man im allgemeinen nicht »mein Sohn«.
Ellen Latkins aus dem Büro des Bürgermeisters mischte sich ein. Sie war verärgert. »Hören Sie mal, wenn Sie wirklich glauben, daß dies auch nur annähernd zu dem von Ihnen geschilderten Szenario eskalieren könnte, dann würde ich zu gern wissen, wie Sie das in den Griff bekommen wollen.«
»Ich teile Ihre Besorgnis«, sagte Jack Hertog. »Doch Sie müssen wissen, wir haben keinen Grund zu der Annahme, daß wir es hier mit einem bedeutenden terroristischen Anschlag zu tun haben.«
»Moment mal«, sagte Austen. »Die Todesfälle haben sich

sehr rasch ereignet. Die Krankheit ist unbekannt. Sie wirkt sich explosionsartig auf Menschen aus. Ich glaube, daß wir in New York ein Problem haben. Da draußen gibt es irgendeinen Mörder.«

Hertog lächelte. »Dort draußen gibt es immer Mörder, Doktor.«

»Sie haben diese Krankheit nicht erlebt!« gab sie zurück.

Steven Wyzinski beschloß, die Wogen zu glätten. »Wir müssen eine Einschätzung der Bedrohung vornehmen«, erklärte er. »Die Bedrohung geht nicht nur von der Krankheit aus, sondern auch von der Person oder Gruppe, die dahintersteht. Die Person oder Gruppe, die sich – wie nennt sie sich?«

»Archimedes«, sagte Austen. »Die Worte ›Archimedes fecit‹ sind lateinisch. Sie bedeuten ›von Archimedes gemacht‹ und beziehen sich auf die Kobrakästchen. Das Datum auf dem Kästchen könnte das Datum sein, an dem Archimedes das Kästchen präpariert hat. Der Ausdruck ›Menschenversuch‹ bezieht sich wahrscheinlich auf medizinische Experimente mit Menschen.«

Daran schloß sich eine ausgiebige Diskussion über die Motive von Archimedes an. Das Cobra Event schien nicht dem Muster klassischer Terroranschläge zu entsprechen, bei denen eine Gruppe nach einem festgelegten Schema vorgeht. Und wenn es doch ein Schema gab, dann war es zu diesem Zeitpunkt noch nicht ersichtlich.

Jack Hertog ärgerte sich über die Konferenz. Das Weiße Haus hatte sich mit bedeutenderen Problemen zu befassen als einem Killer, der in New York frei herumlief. »Es hat doch keine explizite Drohung gegeben, daß ein großangelegter Terroranschlag verübt werden soll«, sagte er. »Dr. – äh – Littleberrys Projektionen hören sich also irgendwie akademisch an.«

Littleberry erhob sich. »He! Auf einem der Fotos, die Dr.

Austen von den Kobrakästchen gemacht hat, ist eine technische Zeichnung zu erkennen«, klärte er Hertog verärgert auf. »Es handelt sich dabei um eine Art Bioreaktor. Ein Bioreaktor kann in Null Komma nichts einen ganzen Misthaufen von Viren herstellen –«

»Wir danken Ihnen, Dr. Littleberry«, unterbrach Hertog ihn eisig.

Hopkins hatte die ganze Zeit dagesessen und überlegt, wann er sprechen sollte. Er trug noch immer Sachen, die dringendst einer Reinigung bedurften. »Es sieht ganz so aus, als ob wir vor einer sehr ernsten Situation stehen könnten«, sagte er schließlich. »Ich meine –«

»Wer sind Sie gleich wieder?« fragte Hertog spitz.

Hopkins stellte sich vor und spürte, das Hertog das Interesse verlor. »Ich meine, wir erkennen da ein Muster«, fuhr er ruhig fort. »Wir sehen, daß ein biologischer Terrorist gerade eine Testphase absolviert. Das bedeutet der Ausdruck ›Menschenversuch‹. Aus irgendeinem Grund testen Bioterroristen gern ihr Zeug. Das hat beispielsweise die Aum-Shinrikyo-Sekte in Japan getan, bevor sie Nervengas in der Tokioter U-Bahn austreten ließ. Sie haben nämlich zwei- oder dreimal Milzbrand getestet, und da das nicht funktioniert hat, sind sie auf Nervengas umgeschwenkt. Das gleiche passierte 1984 in The Dalles, einer Kleinstadt in Oregon. Die Rajneeshee-Sekte tat Salmonellen in Salatbüffets in Restaurants der Stadt, und daran erkrankten siebenhundertfünfzig Menschen. Es war ein Test. Sie hatten einen großangelegten Angriff geplant, der später stattfinden sollte. Was in New York passiert, könnte die Testphase für die Ausbringung einer gewaltigen biologischen Waffe sein.«

»Das ist doch reine Spekulation«, wehrte Hertog ab.

»Aber wir können das mit Hilfe der Forensik aufhalten«, fuhr Hopkins unbeirrt fort. »Die normale forensische Wissenschaft versucht nur Beweismaterial zu ermitteln, *nach-*

dem ein Verbrechen begangen worden ist. Hier können wir ein im Gang befindliches terroristisches Verbrechen aufklären. Wir haben die unglaubliche Möglichkeit, einem Verbrechen Einhalt zu gebieten, bevor es verübt wird. Und zwar mit Hilfe von Reachdeep.«

»Diese Einheit existiert doch gar nicht«, sagte Hertog.

Hopkins zog einen Tupfer aus seinem Hemdtaschenetui. »Das ist das Herz von Reachdeep«, erklärte er und stand auf.

»Was?« rief Hertog.

»Dieser kleine Tupfer. Unser Beweismaterial ist hauptsächlich biologischer Natur. Alle terroristischen Waffen enthalten Signaturen – forensische Signaturen –, die auf den Täter verweisen. Wenn jemand eine Bombe bastelt, hinterläßt er überall darauf Abdrücke und Hinweise. Wir können den Erreger analysieren, und er wird uns zu seinem Erzeuger führen.«

»Das hört sich ja völlig irre an«, sagte Hertog.

Hopkins gestikulierte mit seinem Tupfer herum, während er sprach. »Hinter Reachdeep steht die Idee einer universalen Forensik. Man benutzt all seine Instrumente, alles, was man hat, und nimmt damit das Verbrechen auseinander. Man erforscht das Verbrechen im Rahmen seines Intellekts. Die Erforschung eines großen Verbrechens ist wie die Erforschung des Universums. Wenn Astronomen den Nachthimmel mit ihren Teleskopen absuchen oder wenn Biologen eine Zelle mit ihren optischen Instrumenten durchkämmen, ist das genau dasselbe. Man fängt damit an, daß man die Sprache übersetzt, und dann offenbaren sich nach und nach die Struktur des Verbrechens und die Identität des Täters, wie die Struktur eines Universums.«

»Um Himmels willen, Hopkins!« rief Steven Wyzinski peinlich berührt.

Hopkins steckte den Tupfer wieder in sein Etui zurück und

setzte sich abrupt. Sein Gesicht war gerötet. Er warf Austen einen Blick von der Seite zu und starrte dann auf den Tisch.
»Darüber hab ich noch nie einen Bericht gesehen«, murrte Hertog.
Hopkins hatte sich wieder gefaßt. »Wir müssen unsichtbar bleiben«, erklärte er. »Der Täter könnte das Töten beschleunigen, falls er – oder sie – weiß, daß wir ihm oder ihnen auf der Spur sind. Wir müssen einen geheimen Feldeinsatz mit einem Reachdeep-Labor einleiten.«
»Augenblick mal«, warf der Oberst von Fort Detrick ein. »Dieser Mann hier redet davon, daß man einen brisanten Erreger mit Hilfe eines tragbaren Feldlaboratoriums isolieren soll. Das ist Wahnsinn. Sie brauchen dazu eine vollausgestattete Biosicherheitseinrichtung der Stufe vier.«
»Wir befinden uns mitten im Ablauf eines kriminellen Vorgangs«, erwiderte Hopkins. »Wir haben keine Zeit, Beweismittel nach Fort Detrick zu fliegen und sie dann dort zu untersuchen. Also müssen wir das Labor zum Beweismaterial bringen. Ich schlage vor, wir errichten um ein Reachdeep-Labor einen Ring von Ermittlungskräften. Ich meine damit, daß wir ein zentrales wissenschaftliches Labor mit einem forensischen Team haben. Um dieses Team bilden wir noch eine gemeinsame Sondereinheit aus Agenten und Polizeibeamten. Das Wissenschaftlerteam wird Hinweise erarbeiten, aber wir werden Hunderte von Ermittlungsbeamten benötigen, die diesen Hinweisen nachgehen. Wir müssen also gute, klassische Ermittlungsarbeit leisten und sie in eine forensische Operation von Reachdeep einbinden.«
Jack Hertog schaltete sich ein. »Das geht doch zu weit. Sie verlangen da verdammt viel Geld und Bundespersonal, und wofür?«
Hopkins sah sich im Raum nach Unterstützung um.
Mark Littleberry erhob sich langsam von seinem Sitz. »Ich

glaube, ich muß hier etwas einflechten, was die Diskussion versachlichen kann. Wir haben in diesem Land nie eine Situation gehabt, in der eine Bevölkerung durch eine biologische Waffe in großem Maßstab bedroht worden ist. Aber wir fürchten uns vor einem derartigen Zwischenfall schon seit langer Zeit, und die Technik zur Entwicklung und Anwendung biologischer Waffen wird ständig von Leuten weiter vorangetrieben, über die wir keine Kontrolle haben und denen die Folgen egal sind. Wir haben eine Menge darüber erfahren, wie diese Waffen funktionieren, nämlich bei Tests im Pazifik Ende der sechziger Jahre –«

»Verzeihung«, mischte sich Jack Hertog ein, »ich glaube nicht, daß eine Erörterung dieser Tests hier von Belang ist.«

Littleberry starrte den Bildschirm an, aus dem Hertog kühl und gelassen zurückblickte. »Ich weiß nicht, ob das *von Belang* ist, aber Sie sollten es verdammt ernst nehmen.«

»Natürlich nimmt der Präsident das ernst«, lenkte Hertog ein.

»Mit einer biologischen Waffe«, fuhr Littleberry unbeirrt fort, »können Sie Menschen wie Fliegen sterben lassen, wobei das ganz von Wind und Wetter abhängt, von der Tageszeit, der Art und Weise, wie der Erreger getrocknet und präpariert ist, von der exakten Ausbringungsmethode und von der Beschaffenheit des Erregers selbst. Bei zehntausend Todesfällen innerhalb von ein paar Tagen wären die Krankenhäuser der Stadt völlig überfordert. Sie hätten keine freien Betten und keine ausreichende medizinische Versorgung mehr. Falls der Erreger von Mensch zu Mensch übertragbar wäre, würden zunächst das medizinische Personal und die Erstüberträger sterben. Die Ärzte, Krankenschwestern, Feuerwehrleute, Krankenwagenbesatzungen und Polizisten – sie würden blitzschnell von der Bildfläche verschwinden. Niemand würde die Opfer zu einem Krankenhaus transportieren, und in den Krankenhäusern würde kein medizinisches Personal sie mehr behandeln. Ein relativ niedriger Wert an möglichen Todesfällen aufgrund einer biologischen Waffe könnte zur Folge haben, daß die Stadt überhaupt kein medizinisches Versorgungssystem mehr besitzt, abgesehen von dem, was vom Militär eingeflogen werden könnte. Der Spitzenwert ist unvorstellbar – aber technisch machbar. Und das könnte jeder Großstadt der Welt passieren. Tokio, London, Moskau, Singapur, wo auch immer. Sie haben es hier mit einer Situation zu tun, in der jeder Irre mit einer brisanten Virusart und ein bißchen biologischem Wissen eine große Anzahl von Menschen umbringen kann.«

Alles schwieg im Raum und auf den Bildschirmen. Sogar Jack Hertog schien von der Gewichtigkeit dessen, was Littleberry gesagt hatte, beeindruckt zu sein.

Schließlich ergriff Steven Wyzinski das Wort. Er erklärte, auch wenn es hinreichende Zweifel am Ausmaß der Bedrohung gebe, zumal kein bestimmtes Ziel genannt und keine Forderungen erhoben worden seien, bleibe ihnen anscheinend keine andere Wahl, als eine großangelegte Ermittlung in Gang zu setzen. Er verspreche sich am meisten von Will Hopkins' Reachdeep-Team.

Alle waren sich mehr oder weniger darin einig. »Ich kann mir vorstellen, daß sich das Ganze als Riesenwindei erweist«, meinte Hertog. »Aber ich meine, uns bleibt kaum eine andere Wahl. Letztlich dürfen wir nicht das Risiko eines großen Ausbruchs an einem Ort wie New York eingehen.«

Frank Masaccio hatte schließlich die Idee, die die Operation in Gang setzte. »Ich hab da ein Plätzchen für euch Reachdeep-Typen«, sagte er zu Hopkins. »Kennen Sie Governors Island?«

»Nie davon gehört«, gestand Hopkins.

»Sie liegt mitten in der New York Bay, südlich von der Wall

Street. Sie gehört dem Staat. Ganz sicher. Keine Medien, keine Leute, die Ihnen auf die Pelle rücken. Früher hat die Insel mal der Küstenwache gehört, aber die sind abgezogen und haben ihre gesamte Infrastruktur zurückgelassen.«
»Okay«, schaltete sich Hertog ein. »Hopkins, Sie bringen Ihre Wissenschaftstruppe auf die Insel. Und vermasseln Sie das Ganze nicht. Und was USAMRIID und CDC betrifft, möchte ich, daß ihr parallel arbeitet. Ihr beide seid ja nationale Labors. Ihr bekommt jeweils Proben zur Analyse. Falls die FBI-Kiste den Bach runtergeht, werden beide Labors die Krankheit analysieren. Sind wir uns da einig?«
Die Direktorin der CDC und der Oberst von USAMRIID waren einverstanden.
»Sir«, wandte sich der Oberst an Hertog, »darf ich einen Vorschlag machen? Es muß vor Ort eine Art Bioabwehr-Feldlazarett geben. Man könnte es auf der Insel einrichten. Sie werden doch bestimmt nicht wollen, daß mögliche menschliche Opfer, die von einer unbekannten biologischen Waffe infiziert sind, in irgendein Krankenhaus im Stadtgebiet von New York verbracht werden. Das birgt einfach ein unglaubliches Risiko. Ich schlage daher vor, die zerlegbaren TAML-Einheiten, über die die Army verfügt, zu –«
»Tut mir leid«, unterbrach ihn Hertog, »aber ich weiß nicht, was ein TAML ist.«
»Gewiß – das ist ein Theater Army Medical Lab, ein medizinisches Feldlabor der Army. Es ist ein Bioabwehr-Lazarett in einer Kiste, nach der Biosicherheitsstufe drei eingerichtet. Man hängt es unter einen Hubschrauber und kann es überallhin fliegen.«
»Gut.«
»Noch eine Kleinigkeit«, meldete Frank Masaccio sich zu Wort. »Dr. Alice Austen hier hat den Cobra-Fall aufgerollt. Wir würden sie die Fall-Agentin nennen. Ich möchte, daß

sie als Hilfssheriff vereidigt wird, mit allen gesetzlichen Befugnissen. Jemand vom Justizministerium sollte sie vereidigen, okay?«

»Ich danke Ihnen allen. Damit ist die erste Cobra-Konferenz beendet«, erklärte Wyzinski.

Alles erhob sich. Die Techniker liefen herum, entfernten die Ansteckmikrophone, stellten die Videokameras beiseite, und nacheinander erloschen die Bildschirme.

Fünfter Teil

REACHDEEP

Quantico

Unmittelbar nach der Konferenz fuhren Austen und Hopkins in einem Dienstwagen zur FBI-Akademie in Quantico, Virginia, etwa eine Autostunde südlich von Washington. Mark Littleberry rief seine Frau in Boston an und fuhr dann nach Bethesda, Maryland, um in den Laboratorien der Navy, von denen das FBI seine Felix- und Ping-Sensoren bekam, einige zusätzliche Biosensorgeräte abzuholen.
Auf der Fahrt nach Quantico telefonierte Hopkins die meiste Zeit. Er »bastle ein Team zusammen«, wie er es formulierte. Er und Austen sprachen kaum ein Wort miteinander. Irgendwann schaute er zu ihr hinüber und sah, daß sie schlief. Ihr Gesicht sah zart und müde aus, und er entdeckte feine Ringe unter ihren geschlossenen Augen.
Quantico ist ein Stützpunkt des Marine Corps, und das FBI besitzt innerhalb des Stützpunkts ein eigenes Areal. Hopkins fuhr von der Interstate 95 ab und folgte einer Straße nach Westen durch bewaldete Hügel. Er passierte einen FBI-Kontrollpunkt und parkte vor einer Gruppe heller Backsteinbauten, die durch verglaste Passagen miteinander verbunden waren. Das war die FBI-Akademie, wo neue Agenten ausgebildet, und eine Reihe von Einheiten unterhalten wurden, unter anderem auch Hopkins' Gruppe, die Hazardous Materials Response Unit (HMRU), die auf gefährliche Materialien spezialisiert war.
»Wir sind da, Dr. Austen«, sagte er. Seine Stimme weckte sie.

Austen bekam ein Gästezimmer in der FBI-Akademie zugewiesen, wo sie in Operationskleidung schlüpfte – Uniformhose und eine blaue Bluse –, und schließlich gesellte sie sich zu Hopkins in einem großen grauen Gebäude, der sogenannten Engineering Reserach Facility, kurz ERF. Dieses Gebäude beherbergt die supergeheime elektronische Forschungsstätte des FBI. Es ist ein unauffälliger Komplex mit Rauchglasfenstern, die nichts vom Innern preisgeben. Auf dem Dach steht ein ganzer Antennenwald.

In der Lobby der ERF ließ Hopkins sich eine Plastikdienstmarke für Austen geben. Sie tippte ihre Sozialversicherungsnummer in ein Tastenfeld ein, und auf dem Bildschirm erschien die nationale Sicherheitsunbedenklichkeitserklärung – Frank Masaccio hatte sich also darum gekümmert.

Sie folgte Hopkins in einen Korridor, der durch die Mitte des Gebäudes verlief. Er war zwei Stockwerke hoch und wies links und rechts Fenster auf. Die Fenster waren freilich mit schwarzen Blenden verkleidet, so daß man vom Gang aus nicht sehen konnte, was in den angrenzenden Räumen geschah. »Viele dieser Räume sind Maschinensäle«, erklärte Hopkins, während sie den Korridor entlanggingen. »Wir können hier alles machen. Zum Beispiel eine Videokamera in einer Eistüte verstecken und ein Bild von den Mandeln eines Gangsters aufnehmen«, alberte er herum.

Sie kamen an ein Drehkreuz und eine computergesteuerte Sicherheitstür. Beide mußten ihre Dienstmarken durch das Drehkreuz ziehen.

»Die ERF ist in Sicherheitszellen eingeteilt«, erläuterte Hopkins. »Die Hazardous Materials Response Unit ist auf zwei Zellen verteilt. Wir sind zellenlos, weil wir was Neues sind. Wir suchen noch nach einer Zelle, die wir unser eigen nennen können.«

Sie betraten eine riesige Kammer, die fünf Stockwerke hoch war und Zelle D hieß. Die Kammer war von hellen Deckenstrahlern ausgeleuchtet, und die Innenwände waren mit glänzender Aluminiumfolie und Kupfermaschendraht verkleidet. Auf dem Boden von Zelle D stapelten sich Geräte in Boxen.

»Ist das Reachdeep?« erkundigte sich Austen. »Es ist riesig.«

»O nein. Das meiste gehört anderen FBI-Abteilungen. Uns gehört nur eine kleine Ecke von Zelle D.«

Hopkins führte sie durch ein Labyrinth von provisorischen Gängen, die sich durch Stapel von Schachteln und an Metallregalen vorbeischlängelten.

Sie tauchten mitten in einem von Kisten umstandenen Areal auf, wo hektische Betriebsamkeit herrschte.

»Will! He, Will ist da!« Ein Mann kam herüber, um sie zu begrüßen. Er war um die Fünfzig, sah sehr fit aus und hatte ein zerfurchtes Gesicht und breite Schultern. Das war Spezialagent Oscar Wirtz, der für taktische Operationen zuständige Reachdeep-Agent. In einem Schulterhalfter trug er eine großkalibrige schwarze Waffe. Sein Händedruck verriet Austen, daß er gnadenlos zupacken konnte. »Willkommen bei Reachdeep«, sagte er zu ihr.

Austen lernte auch die anderen Teammitglieder kennen. Das waren die Leute, die Hopkins auf der Herfahrt für die Operation zusammengestellt hatte, während sie geschlafen hatte.

Die Bildsynthesespezialistin und Mikrobiologin des Teams war eine nette Frau Ende Zwanzig namens Suzanne Tanaka. Sie war keine FBI-Agentin, sondern eine zivile Labortechnikerin. Bislang hatte sie für die US-Navy gearbeitet.

»Suzanne hat uns damit genervt, sie einzustellen«, erklärte Hopkins, »und schließlich haben wir sie der Navy weggeschnappt.«

»Soll ich die Mäuse holen, Will?« fragte sie.

»Klar, aber nur ein paar«, erwiderte er.

Tanaka machte sich an einigen Plastikboxen zu schaffen, die Labormäuse enthielten.

»Wissen Sie, wie man mit einem Elektronenmikroskop umgeht?« wollte Austen von ihr wissen. »Wir müssen uns nämlich gleich ein paar Gewebeproben ansehen.«
»Sicher«, erwiderte Tanaka, »das ist meine Spezialität.«
»Suzanne, wissen wir schon, woher wir ein Elektronenmikroskop kriegen?« fragte Hopkins.
»Die Army schickt uns eins in einem Lastwagen. Sie schikken auch jemanden mit, der uns seine Macken zeigt.«
»Gut«, sagte Hopkins. »Diese Dinger haben alle Macken.« Er sah auf seine Armbanduhr. »Wo ist eigentlich Jimmy Lesdiu? Unser Werkstoffgenie.«
»Hier bin ich!«
Ein Riese von Mann erhob sich hinter einem Turm von Boxen. Spezialagent James Lesdiu war forensischer Werkstoffanalytiker. Er analysierte Haare und Fasern, Oberflächen und Chemikalien. Während der Operation würde er sich mit der forensischen Gruppe des FBI in Washington per Videokonferenzschaltung koordinieren.
»Ich weiß nicht, ob ich diesen Mann in einem Hubschrauber unterbringen kann – er ist einfach zu groß«, flachste Oscar Wirtz.
»Bring mich lieber unter, Wirtzy, weil Will diesen Fall nicht ohne mich schafft«, erwiderte Lesdiu.
»Ich brauche einen Infrarotlaser, Jimmy«, sagte Hopkins zu Lesdiu, »ein klitzekleines Desktopgerät.«
»Hab ich schon.« Lesdiu wies mit einem langen, dürren Finger auf eine graue Militärtransportkiste.
»Dann einen Massenspektrographen«, fuhr Hopkins fort, »zum Identifizieren von Werkstoffen.«
»Hab ich auch. Einen kleinen. Was noch?«
»Einen Röntgengitterspektrographen. Klein. Tragbar.«
»Hab ich. Ich hab alles, was du brauchst.«
In einer Ecke ordnete ein halbes Dutzend männlicher und weiblicher Spezialagenten ihre Biorisikoschutzanzüge und

schußsicheren Westen. Außerdem kontrollierten sie ein Arsenal verschiedener Waffen, Lampen und Spezialatemmasken. Oscar Wirtz rief sie herbei und machte sie mit Austen bekannt. Sie gehörten alle zum Hostage Rescue Team, kurz HRT, dem Geiselrettungsteam des FBI, das in Quantico stationiert ist. »Sie werden sich um die Einsatzseite bei dieser Mission kümmern«, erklärte Wirtz, »falls wir einen Einsatz haben.«

Beim FBI hießen diese Leute Ninjas.

»Du weißt doch, daß wir keine Ninjas brauchen«, protestierte Hopkins, ging um das Waffenarsenal herum und betrachtete es eingehend. »Wenn ich euch Typen brauche, werde ich euch rufen.«

»Sei doch realistisch, Will«, sagte Wirtz und wandte sich dann an Austen. »Es geht doch darum, falls Will es Ihnen noch nicht erklärt hat, daß ihr Wissenschaftler das Beweismaterial einsammelt. Falls eine Terrorwaffe losgeht, müssen Sie sich in eine Hot Zone begeben, um das Material rasch einzusammeln. Dann sollten Sie vielleicht Ninjas dabei haben, die Sie beschützen.«

Austen lag es auf der Zunge zu sagen, sie könnte selbst auf sich aufpassen, aber sie sagte gar nichts.

Schließlich betrat Mark Littleberry in Begleitung von zwei FBI-Agenten Zelle D. Sie hatten insgesamt fünf Halliburton-Koffer dabei. Er hatte aus Bethesda zwei Felix-Maschinen und drei Pings mitgebracht.

Das Reachdeep-Team arbeitete etwa eine Stunde, stellte Kisten zusammen und kontrollierte die Geräte. Dann verfrachteten Oscar Wirtz und seine Leute alles durch eine Tür in Zelle D auf einen Lastwagen, der die Sachen zum Hubschrauberlandeplatz brachte.

Austen nahm Littleberry beiseite. »Unter uns, Dr. Littleberry – wozu müssen wir all die Waffen dabeihaben?«

»Gute Frage. He, Will – kommen Sie doch bitte mal kurz

her. Brauchen wir wirklich all diese bewaffneten Leute? Ich meine diese Frage ernst, Will.«

Hopkins sah ihn nachdenklich an. »Hoffentlich brauchen wir sie nicht.«

»Falls wir in New York in Schießereien geraten, verlasse ich das Team«, erklärte Littleberry. »Ich will keine Schießereien. Dr. Austen ist da ganz meiner Meinung, glaube ich.«

Hopkins war verärgert. Er trug selbst eine Waffe. »Schauen Sie, Mark, ich leite dieses Team. Wir werden dies nach den Vorschriften durchziehen.«

»Nach den Vorschriften, Will?« rief Littleberry. »Es gibt keine Vorschriften.«

Ein Mann kam herein und sah überrascht auf die Ausrüstung. Er war ein Sheriff vom Justizministerium. »Wo ist Dr. Austen? Man hat mich hergeschickt, um sie zum Hilfssheriff zu ernennen.«

»Ich will gar kein Sheriff sein«, widersprach sie.

»Die Regierung verlangt es«, sagte er.

»Ich kann aber nicht mit einer Waffe umgehen.«

»Sie dürfen auch gar nicht mit einer Waffe umgehen«, erklärte Hopkins.

Der Mann vom Justizministerium vereidigte Austen sowie Littleberry als Hilfssheriffs.

Der Hot Core

Die Hubschrauber flogen hintereinander nach Norden, mit einer gleichmäßigen Geschwindigkeit von 110 Knoten. Das Operationsteam folgte dem Wissenschaftlerteam in zwei eigenen Hubschraubern.

Am späten Nachmittag erreichten sie die New York Bay über der Verrazano Bridge. Als Austen die Stadt am frühen Morgen in dem FBI-Flugzeug verlassen hatte, war sie noch in Wolken gehüllt gewesen. Nun hingen nur noch bauschige Wattewölkchen mit grauer Unterseite am Himmel, wechselhafte Frühlingswolken, die Schattenflecke auf die Gebäude unter ihnen warfen.

Die Landezone in der Mitte von Governors Island war einmal ein Baseballfeld gewesen. Zwei Black-Hawk-Helikopter der Army waren hier schon gelandet, und ein dritter Black Hawk verharrte in der Luft, um den Reachdeep-Hubschraubern den Vortritt zu lassen. Unter den Black Hawks hingen Paletten, die die Ausstattung für das Feldlabor enthielten. Nacheinander gingen die Reachdeep-Hubschrauber auf dem Landeplatz nieder.

Governors Island ist etwa eineinhalb Kilometer lang. Über die Insel verstreut befinden sich verlassene Gebäude aus verschiedenen Epochen: zwei Forts aus dem Krieg von 1812 sowie andere Gebäude, die erst in den siebziger Jahren errichtet worden waren. Vor der amerikanischen Revolution war Governors Island der Sitz der britischen Kolonialherren von New York gewesen, die lieber auf der Insel lebten, weil sie die Distanz zum Lärm und Trubel der kleinen Stadt schätzten. In neuerer Zeit gehörte die Insel der US-Küstenwache, die aber ihre Zentrale verlegt und ihre Einrichtungen eingemottet zurückgelassen hatte.

Die Ostseite der Insel ist von Brooklyn durch den Buttermilk Channel getrennt, in den drei Piers hineinragen. Governors Island befindet sich so nahe an Lower Manhattan, daß die Hochhäuser der Wall Street unmittelbar dahinter aufzuragen scheinen.

Das Reachdeep-Team brachte seine Ausrüstung auf den Landeplatz hinaus, wo es bereits von Frank Masaccio und einer Gruppe seiner leitenden Ermittler erwartet wurde.

»Ist das nicht großartig hier?« sagte Masaccio und steckte die Hände in die Taschen seines schwarzen Trenchcoats. »Nun gehört das euch. Laßt die New Yorker Behörde nicht hängen. Ich werde für euch dasein.«

Möwen kreisten über ihnen im klaren Spätnachmittagslicht, und eine Meeresbrise fächelte über die Insel. Aus der Bucht wurde der Geruch von Salzwasser herübergeweht.

Neben Masaccio stand Walter Mellis. Er war nach der SIOC-Konferenz von Atlanta eingeflogen worden. Mellis gab Alice Austen die Hand. Er sah beklommen aus.

»Endlich kann ich Ihnen persönlich gratulieren.«

»Ich wünschte, Sie hätten mir Bescheid gesagt.«

»Sie hatten keine Unbedenklichkeitserklärung.«

»Jetzt haben Sie mich ins FBI gesteckt.«

»Sie gehören noch immer zu den CDC, Alice. Wir schicken eine epidemiologische Sondereinheit her. Und unsere Labors sind bereit, euch zu unterstützen«, erklärte Mellis. »Ich werde Proben nach Atlanta runterfliegen lassen.«

Die FBI-Helikopter waren mittlerweile entladen worden. Zwei blieben auf der Insel, um einen Pendelverkehr zur Stadt aufrechtzuerhalten, während der dritte Hubschrauber nach Quantico zurückkehrte.

Am Westufer der Insel, gegenüber Lower Manhattan und der Freiheitsstatue, stand das ehemalige Krankenhaus des

Küstenwachen-Stützpunkts, ein altes Backsteingebäude. Hier herrschte bereits reges Treiben – Army-Soldaten und -Offiziere in grüner Arbeitsuniform trugen Geräte und Vorräte die Stufen zum Haupteingang hoch. Man wollte das Krankenhaus auf den Standard eines Biosicherheits-Feldlazaretts bringen.

Ein Army-Oberst erwartete das Reachdeep-Team auf der Treppe. »Sie müssen Dr. Austen sein«, sagte er. »Ich bin Dr. Ernesto Aguilar, der Chef der TAML-Einheit.«

»Wie ist das Krankenhaus, Sir?« erkundigte sie sich.

»Es hat Zimmer mit Betten. Mehr brauchen wir nicht«, erwiderte er. »In ein paar Stunden wird das ein richtiges Lazarett sein.«

Das Krankenhaus war spartanisch eingerichtet und verströmte den durchdringenden Geruch von gewachstem Linoleum. Mark Littleberry und Hopkins begaben sich auf eine Inspektionsrunde. Dabei entdeckte Littleberry eine Gruppe von Räumen auf der Rückseite des Gebäudes, die ihm gefielen – eine Ansammlung miteinander verbundener Kammern, die bis auf ein paar Holztische und einige Metallklappstühle leer waren. Dieser Bereich würde das Reachdeep-Labor werden, der Biosicherheits-Core. Daneben lag ein großer Konferenzraum, dessen Fensterreihe auf die Bucht gegenüber von Lower Manhattan und die Freiheitsstatue hinausging. Außerhalb des Konferenzraums befand sich eine Beobachtungsplattform mit einem Eisengeländer.

»Das macht einen guten Eindruck, Will«, meinte Littleberry.

»Besser als im Irak«, erwiderte Hopkins.

Inzwischen war die Elektronikspezialistin, die Austen auf dem Flug zu SIOC kennengelernt hatte, Spezialagentin Caroline Landau, eingeflogen worden und brachte verschiedene Kommunikationsgeräte mit. Man kombinierte sie mit den Apparaten, die Oscar Wirtz von Quantico hergeschafft hatte. Auf der Plattform außerhalb des Konferenzraums errichteten die Agenten eine Reihe von Satellitenschüsseln. Drinnen stellte Landau Videobildschirme und Regale voller codierter Handys und abhörsicherer Funkgeräte auf. So ließ sich im Konferenzraum sofort ein visueller Kontakt mit der Kommandozentrale in der New Yorker Behörde oder der FBI-Zentrale in Washington herstellen. Es gab auch Hochgeschwindigkeits-Satellitenanschlüsse zum Internet und zum World Wide Web.

Das Reachdeep-Team wurde in einem Backsteingebäude neben dem Krankenhaus untergebracht, einem ehemaligen Küstenwachen-Wohnheim. Es stand inmitten von Ulmen und Platanen und ging wie das Krankenhaus auf die New York Bay gegenüber der Freiheitsstatue und Lower Manhattan hinaus. Jedes Teammitglied hatte ein eigenes Zimmer, das nichts weiter als ein Eisenbett mit Decken und Tüchern enthielt. »Die forensische Ermittlung wird rund um die Uhr laufen. Wenn ihr schlafen müßt, sagt den anderen, wo ihr seid, und versucht eine Schlafphase auf vier Stunden oder weniger zu beschränken«, hatte Hopkins dem Team erklärt.

Er machte sich nun gemeinsam mit Littleberry daran, die Zusammenstellung des Biosicherheits-Core zu entwerfen. Sie nannten ihn den Evidence-Core. Das war ein hochbrisanter Bereich, der aus drei miteinander verbundenen Räumen bestand. Der erste diente als Werkstoffraum zur Aufbewahrung und Analyse des physischen Beweismaterials. Hier würde es eine ganze Reihe von Geräten geben. Die zweite Kammer war der Biologieraum, wo Kulturen in Glaskolben angesetzt sowie Gewebeproben präpariert und unter normalen optischen Mikroskopen betrachtet werden konnten. Der dritte Raum, der Bildsyntheseraum, sollte das

Elektronenmikroskop und die damit verbundenen Apparaturen aufnehmen.

Durch ein Glasfenster konnte man vom Core in den Konferenzraum hineinsehen. Der Zugang zum Core erfolgte durch einen Sicherheitsvorraum, der als Dekontaminierkammer dienen sollte.

Der Evidence-Core würde auf der Biosicherheitsstufe 3 Plus gehalten werden, also bei Unterdruck. Littleberry fand heraus, wie sie das bewerkstelligen konnten. Er und Hopkins schlugen abwechselnd mit einem Vorschlaghammer ein Loch in eine der Außenwände des Core. Dann befestigten sie ein biegsames Plastikgebläserohr am Loch und dichteten alle Risse mit Isolierband ab. Sie leiteten das Rohr in eine tragbare HEPA-Filtereinheit, die die Army zur Verfügung gestellt hatte. Im Prinzip war das ein Staubsauger, der am Core befestigt war. Er saugte kontaminierte Luft aus dem Core und filterte sie, bevor er die Luft durch ein weiteres Plastikrohr aus dem Fenster leitete. Dieses System hielt im Core einen Unterdruck aufrecht. Alle gefährlichen Partikel in der Luft würden nicht aus dem Core hinausdringen, sondern nach innen strömen und in den Absauger gelangen, wo sie von den HEPA-Filtern festgehalten würden.

»Wenn ich das jetzt mal sagen darf – wir haben hier eine Hot Zone mit allen Schikanen«, meinte Hopkins zu Littleberry.

Mittlerweile war auch das tragbare Elektronenmikroskop der Army eingetroffen und im Bildsyntheseraum des Core zusammengesetzt worden.

Hopkins überlegte noch, wo er die Felix-Geräte aufstellen könnte. Brisante biologische Proben konnten vor der DNA-Analyse durch Felix mit Chemikalien sterilisiert werden, die das Virus töten würden, ohne sein genetisches Material zu zerstören. Die Felix-Geräte mußten daher nicht im Inneren des Core betrieben werden.

Hopkins holte sich ein paar Tische und begann die Maschinen im Konferenzraum zu installieren. Er stellte einige Stühle um die Tische und verlegte Datenkabel von den Felix-Geräten zur Kommunikationszentrale, um sie mit dem World Wide Web zu verbinden.
Um neun Uhr abends, vier Stunden nach der Landung der Hubschrauber auf Governors Island, war alles fertig.

Um neunzehn Uhr hatte eine Fähre der Küstenwache einen Kühlleichenwagen zur Insel befördert, der in dreischichtigen Leichensäcken die sterblichen Überreste von Peter Talides, Glenn Dudley und Ben Kly enthielt.
Auf dieser Fähre befanden sich auch Dr. Lex Nathanson und ein FBI-Beweisermittlungsspezialist. Nathanson würde bei allen Autopsien zugegen sein, den Totenschein ausstellen und das Beweismaterial sichern und versiegeln. Der FBI-Mann hatte einen großen NATO-Biorisikosicherheitsbehälter mit den beiden Kobrakästchen dabei. Außerdem brachten sie eine Biorisikotonne mit den Sachen des Mundharmonikamannes mit.

»Ich denke, wir können unsere Hot Zone nun eröffnen«, sagte Hopkins zu dem im Konferenzraum versammelten Team. Vor den Fenstern sahen sie Hubschrauber ein und aus fliegen, die die Lazarettausrüstung herbeischafften, und sie vernahmen die Stimmen von Army-Ärzten und -Sanitätern, die durch die Gänge des Krankenhauses liefen und Zimmer für noch unbekannte Patienten einrichteten. Die Teammitglieder schlüpften in Operationsanzüge, begaben sich in den Vorraum zum Core und zogen sich ihre Schutzausrüstung an.
»Wir sollten die komplette Schutzkleidung in maximal vier Minuten anlegen können«, erklärte Hopkins. »Es wird wichtig sein, daß wir rasch in den Core hinein- und wieder

hinausgelangen.« Er zeigte auf seinen Schutzanzug und wandte sich an Austen. »Die sind viel leichter und einfacher als diese Dinosaurier-Dinger für Stufe vier, die ihr an den CDC habt.«

»Die Dinosaurier funktionieren«, erwiderte Austen.

»Reachdeep ist ein kleines Pelzsäugetier«, sagte er. »Es bewegt sich rasch auf leisen Sohlen und hat scharfe Zähne.«

»Und wird leicht zertreten, Hopkins?« scherzte sie.

Littleberry stieß die Tür auf, und das Team betrat den Core. Hopkins stellte den NATO-Behälter auf den Tisch, öffnete ihn, holte einen Plastikzylinder heraus und öffnete auch diesen. Er entfernte das Füllmaterial aus Papiertüchern und zog dann die beiden Kobrakästchen heraus. Sie sahen genau gleich aus. Der einzig sichtbare Unterschied zwischen ihnen waren die verschieden beschrifteten Papieraufkleber auf den Böden. Sobald die Kästchen an die Luft gelangt waren, war der Core offiziell zur Hot Zone geworden.

Hopkins stellte die Kästchen auf den Tisch und schrieb das Wort Cobra auf zwei Beweismittelschildchen. Dann datierte er die Schildchen und versah sie mit der Laborkontrollnummer des Reachdeep-Labors und den Probenummern 1 und 2.

»Mir fällt da was ein, Will«, sagte Littleberry. »Wer auch immer diese Kästchen gebastelt hat, muß ein Labor benutzt haben, das wie dieses eingerichtet ist. Irgendwo in dieser Stadt gibt es ein weiteres Labor, einen weiteren Core. Und er ist genauso hot wie dieser hier.«

»Mir gefällt Ihre Idee, Commander Littleberry«, erwiderte Hopkins. »Nennen wir es einen Anti-Core. Der Anti-Core ist da draußen. Und diese kleinen Dinger« – er wies auf die Kobrakästchen – »werden uns zu ihm hinführen.«

Das Insektarium

Manhattan, Sonntag

Archimedes lebte in einer Zweizimmerwohnung im zweiten Stock. Er ließ die Rollos die ganze Zeit unten. Sie waren mit Alufolie beschichtet, um das Sonnenlicht abzuhalten und neugierige Augen daran zu hindern, mit wärmeempfindlichen Kameras in sein Laboratorium einzudringen. Manchmal fühlte er sich beobachtet. Und dann wieder dachte er, er müsse paranoid sein.

Gerade aß er zu Mittag in der Küche. Sein Essen bestand aus einem tiefgekühlten vegetarischen Burrito und einer Tortilla, die frei von tierischen Fetten war. Er aß kein Fleisch. Er war ein Parasit im Pflanzenreich, aber jeder muß schließlich essen. Das Problem war nur, daß zu viele Menschen essen müssen. Er stand auf und öffnete eine Tür, die auf einen Flur hinausging. Der Flur war sein Bioschutzvorraum der Stufe 2.

Hier bewahrte er eine Plastikwanne voll Wasser und Bleichlösung auf. Darin wurden Objekte gewaschen, die kontaminiert waren. Außerdem gab es ein paar Pappkartons mit Biosicherheitsausrüstung, die er telefonisch bei einem Versand bestellt hatte. Er hatte sich die Ausrüstung zu einem Mail Service in New Jersey schicken lassen, war dann hingefahren und hatte sie abgeholt.

Aus einem Karton nahm er einen sauberen Schutzanzug und schlüpfte hinein. In der Nähe des Hirnpockenvirus mußte man so etwas tragen, sonst wurde man ziemlich schnell infiziert. Er hielt sich schon seit langem in der Nähe des Virus auf und war noch nie infiziert worden. Er war vorsichtig. Zudem glaubte er inzwischen, daß er durchaus einer von den Menschen sein könnte, die aus irgendeinem Grund weniger anfällig für eine Hirnpockeninfektion wa-

ren. Er zog doppelte Latexhandschuhe an, einen Kopfschutz, Operationsstiefel und eine Atemmaske. Dann öffnete er die Tür zur Schutzzone 3.
Er betrat das Zimmer und schloß die Tür hinter sich.
Sein Waffenlabor war ein angenehmer Arbeitsplatz. Es gab ein paar alte Resopaltische, die er auf einem Flohmarkt erstanden hatte. Dort hatte er auch der Frau, die ihn hatte reinlegen wollen, das Kästchen verkauft und in den darauffolgenden Tagen in den Zeitungen nachgesehen und die Fernsehnachrichten verfolgt. Aber nirgendwo war von ihr die Rede gewesen. In seinem Labor befanden sich noch ein Bioreaktor, der leise vor sich hin summte, die Virentrockenschalen und das Insektarium.
Das Laboratorium lag an der Rückseite des Wohnhauses. Er hatte ein Luftfiltersystem installiert, einen geräuscharmen kleinen Ventilator, den er in ein Fenster eingesetzt hatte und der mit einem HEPA-Filter ausgerüstet war. Die Luft wurde aus dem Laboratorium herausgezogen, durch Filter geleitet und sauber und sicher nach draußen abgelassen. Dadurch entstand im Labor ein Unterdruck, so daß keine infektiösen Partikel entweichen konnten. Durch einen weiteren kleinen Ventilator in einem anderen Fenster wurde Frischluft hereingesogen. Er hatte die Fenster mit Isolierband versiegelt. Einfach, aber wirkungsvoll.
Das Insektarium, das auf einem Tisch stand, enthielt eine Kolonie von Nachtfaltern. Für seine Arbeit brauchte er die Kolonie eigentlich nicht, aber sie machte ihm Spaß. Das Insektarium war eine Ansammlung von durchsichtigen Plastikkästen, in denen die Falter lebten. Er zog den Deckel eines Kastens auf und inspizierte die grünen Raupen darin. Dann ließ er ein paar Stückchen Salat hineinfallen. Sie fraßen Gemüse. Er hatte ein paar Luzernen im Garten neben seinem Wohnhaus angebaut, die für die Raupen

gedacht waren – doch sie schienen nicht einmal Notiz davon zu nehmen.

Die natürliche Art seiner Hirnpockenviren lebte in Nachtfaltern und Schmetterlingen. Die Falterraupen krochen in den Kästen herum und fraßen Blätter. Sie fraßen, bis sie starben. Sie wurden von der Insektenart seines Hirnpockenvirus paralysiert – nicht von der Menschenart; Menschenhirnpocken würden nicht in Insekten gedeihen. Die Falterraupen wurden zwar teilnahmslos, fraßen aber weiter. Dann kam es plötzlich zur Schmelze. Das war ein Fachausdruck für die von Viren ausgelöste Zerstörung eines Lebewesens. Sie vollzog sich in einer explosiven letzten Welle der Virenreplikation, und in weniger als zwei Stunden bestand die Raupe größtenteils aus Viren.

Er griff ins Insektarium hinein und hob eine tote Raupe von einem Blatt. Sie hatte sich in einen Flüssigkeitsbeutel voller glasigem, milchigem Schlamm verwandelt, dessen Trockengewicht fast zur Hälfte aus reinen Viren bestand. Er zerquetschte die Raupe, und der kristalline Schlamm quoll heraus. Diese Schmelze war schon ein faszinierender Anblick. Die Verwandlungskraft eines Virus vermochte ihn immer wieder zu beeindrucken, selbst wenn sie im Innern von Raupen am Werk war.

Die Spezies Mensch ist hungriger als ein hungriges Insekt. Mit ihrem monströsen, außer Kontrolle geratenen Appetit ruiniert sie die Erde, sagte er sich. Wenn eine Spezies ihr natürliches Habitat übervölkert, verschlingt sie ihre vorhandenen Ressourcen. Sie wird geschwächt, anfällig für Infektionskrankheiten. Der plötzliche Ausbruch eines infektiösen Killers reduziert die Spezies wieder auf ein nachhaltiges Niveau. Zu einem solchen Massensterben kommt es in der Natur ständig. Zum Beispiel übervölkern Raupen des Großen Schwammspinners gelegentlich Wälder im Nordosten der USA und fressen die Bäume kahl.

Schließlich wird die Raupenpopulation so groß, daß die Raupen ihre Nahrungsvorräte verbrauchen, und dann brechen alle möglichen Arten von Viren unter den Raupen aus. Früher oder später vernichtet irgendein Virus die Population von Schwammspinnern, und danach sind die Bäume jahrelang relativ frei von Raupen. Viren spielen eine wichtige Rolle in der Natur: Sie halten Populationen in Schach.

Und jetzt kommen wir zum Menschen, dachte er.

Schauen wir uns nur das AIDS-Virus an. Immer wieder reden die Leute von der Dezimierung der Bevölkerung aufgrund von AIDS, sie sagen, was für eine Katastrophe dies doch sei, aber im nächsten Augenblick heißt es dann, die Umwelt werde durch Überbevölkerung geschädigt. Tatsächlich ist AIDS ein Beispiel für eine Art Seuchenkorrektiv, das immer dann auftritt, wenn eine Population außer Kontrolle boomt. Es ist notwendig. Das eigentliche Problem ist nur, daß AIDS seine Arbeit nicht gut genug verrichtet. Und was noch schlimmer ist: Die Ärzte versuchen, einen Impfstoff zu entwickeln.

Kein Mensch ist so gefährlich wie ein Arzt, dachte er. Die Ärzte sind zum großen Teil verantwortlich für den unkontrollierten Boom der menschlichen Bevölkerung, der dazu führt, daß die Erde vernichtet wird. Die Ärzte sind im höchsten Grade Umweltverbrecher. Selbst jetzt noch versuchen sie die Ausrottung einer natürlichen Spezies herbeizuführen, die Ausrottung des Pockenvirus. Die Pocken sind ein wunderschöner weißer Tiger, und sie haben ihren Stellenwert in der Natur. Wer sind wir denn, daß wir uns anmaßen, einen weißen Tiger zu vernichten? Wir müßten uns für seine Erhaltung einsetzen!

Natürliche Ausdünnungsvorgänge sind doch positiv. Die Geschichte beweist, was ich meine, dozierte er gern in Gedanken. Um das Jahr 1348 herum hat der Schwarze Tod, ein infektiöser bakterieller Organismus in der Luft namens *Yersinia pestis,* mindestens ein Drittel der Bevölkerung von Europa ausgelöscht. Für Europa war das doch sehr gut. Auf den Schwarzen Tod folgte ein großartiger wirtschaftlicher Aufschwung, der in der Renaissance seinen Höhepunkt erreichte. Nach dem Massensterben wurden die Überlebenden reicher und hatten mehr zu essen. In den Städten drängten sich weniger arme Menschen, weil so viele Arme gestorben waren. Nachdem die Zahl der Armen reduziert worden war, kam es in den Jahren nach dem Schwarzen Tod zu einem Arbeitskräftemangel in den Städten. Neue Maschinen und Herstellungsverfahren wurden erfunden, um den Verlust an ungelernten Arbeitskräften auszugleichen. Das führte zu einem zunehmend freien Kapitalfluß, zur Errichtung der ersten echten Investmentbanken, in Florenz und in anderen großen Städten, und der große neue Reichtum brachte auch neue Ideen hervor und ließ die Kunst erblühen. Man könnte sagen, die Deckenmalereien der Sixtinischen Kapelle verdankte man dem Schwarzen Tod.

Für Historiker ist der Schwarze Tod einfach etwas, was am Ende des Mittelalters »passiert« ist. Sie erkennen nicht den Zusammenhang: Der Schwarze Tod ist nicht einfach bloß »passiert«, sondern er war das biologische Ereignis, das das Mittelalter *beendete.* Und heute ist die Welt überreif für ein weiteres biologisches Ereignis.

Die Hirnpocken waren wunderbar – eine biologische Rakete, die das Zentralnervensystem zerstörte. Angetrieben von ihren rasanten Proteinen, rasten die Hirnpocken entlang der Nervenfasern im Schädel und verwandelten das Gehirn in einen Virusbioreaktor. Das Gehirn wurde brisant. Die Hirnpocken schmolzen das Gehirn auf die gleiche Weise, wie die natürliche Form des Virus Insekten schmolz.

Er stellte sich vor, wie die Hirnpocken New York in einen

heißen Bioreaktor verwandelten, in einen kochenden Kessel von replizierenden Viren. Von dort aus würden sich die Hirnpocken nach außen entlang unsichtbarer Linien vermehren, die den Luftfahrtrouten folgten und den Globus umspannten. New York wäre der Saatbioreaktor, der Kocher, der Auslöser für die anderen Großstädte. Von New York aus würden die Hirnpocken nach London und Tokio jagen, nach Lagos in Nigeria fliegen, in Shanghai und Singapur landen und zu allen anderen Supergroßstädten der Erde gelangen. Diese Metropolen würden eine Zeitlang brisant werden. Aber das wäre nicht das Ende der Spezies Mensch, nicht im geringsten. Damit würde nur jeder zweite oder dritte eliminiert werden. Vielleicht sogar noch weniger. Er wußte es nicht genau. Eine biologische Waffe löscht nie eine ganze Population aus – sie dünnt sie nur aus. Je größer die Ausdünnung, desto gesünder der Effekt auf die ausgedünnte Spezies.

Sein Bioreaktor summte leise, während er die konzentrierten Hirnpockenviren herstellte. Es war ein kleiner Reaktor, ein sogenannter Biozan. Daneben standen die Trockenschalen. In ihnen mischte er den weißen Virusschlamm, den sein Reaktor produzierte, mit geschmolzenem Spezialglas. Das Glas trocknete und härtete zu münzengroßen Sechsecken aus Virusglas aus. Es war so ähnlich wie die Herstellung von Bonbons.

Er hatte die Virusglasmischung über einen Versand bezogen. Es war ein großartiges Zeug. Ein wenig kostspielig, aber es schien zu funktionieren.

Mit seinen doppelt geschützten Fingerspitzen nahm er sacht ein Glassechseck auf. Er hielt Virusglas gern in den Händen. Sein grüblerisches Träumen wurde von einem Quietschen unterbrochen, einem trockenen, metallischen Kreischen. Er hörte Stimmen und dann ein Krachen. Schon wieder diese Kinder!

Er legte den Kristall in die Schale zurück und schob das Rollo ein paar Zentimeter beiseite. Sein Laboratorium ging auf ein unbebautes Grundstück hinaus, das von einem Maschendrahtzaun umgeben war. Leute aus der Nachbarschaft hatten dort einen Garten angelegt, eine alte Schaukel, eine Kinderrutsche und ein kleines Karussell aus Eisen aufgestellt. Die größeren Jungen standen auf dem Karussell, schoben es an und schrien. Sie waren zehn oder zwölf Jahre alt, grob aussehende Stadtjungen. Einer von ihnen schleuderte plötzlich einen Stein in den Zaun. Nun sprangen die anderen ab, suchten nach Steinen und warfen sie in dieselbe Richtung – nach einer Katze!
Es war eine braun und weiß getigerte Streunerkatze, eines der Tiere, für die die Leute Büchsen mit Futter in dem provisorischen Park unter seinem Fenster aufstellten. Die Katze versuchte am Zaun hochzuklettern, und als sie von einem der Steine getroffen wurde, jaulte sie auf und rannte durch ein Loch unter dem Zaun davon.
Er war wütend, konnte aber nichts machen, da er so schnell nicht aus der Sicherheitsstufe 3 herauskam.

Die Proben

Governors Island

Der städtische Leichenwagen stand hinter dem Krankenhaus der Küstenwache mit dem Heck an einer Laderampe. Im Wagen befand sich eine Bank mit tiefgekühlten Leichenkammern. Daneben stand eine Bahre auf Rädern – eine Mulde. Die Säcke mit den Leichen von Peter Talides, Glenn Dudley und Ben Kly waren mit Biorisikosymbolen bedeckt.

Am OCME hatte man große Mengen Bleichlösung in den Säcken und um die Leichen herum verteilt, um den brisanten Erreger an der Körperoberfläche abzutöten.

Lex Nathanson und Austen zogen sich in einem Lagerraum neben der Rampe ihre Schutzanzüge an und streiften Kettenhandschuhe über beide Hände.

Zuerst nahmen sie sich Glenn Dudley vor. Ohne ihn aus den Biorisikosäcken herauszuholen, hoben sie ihn an den Schultern und Füßen aus der Kammer heraus. Es war mühsam, denn er war ein schwerer, muskulöser Mann. Dann legten sie den verpackten Leichnam auf die Mulde. Nathanson zog die Reißverschlüsse an den Säcken auf, ließ aber die Leiche darin.

Austen hob seine Kopfhaut an, und Dudleys Augen wurden sichtbar. In der Iris hatten sich goldene Ringe mit flammenförmigen Zacken gebildet. Sie öffnete seinen Mund und entdeckte ein halbes Dutzend Blutbläschen, vorwiegend in den oberen Backentaschen. Austen schnitt seinen Anzug mit einer stumpfen Schere auf, schob das Hemd beiseite und öffnete die Hose.

»Ich habe mit Glenns Frau gesprochen«, sagte Nathanson. »Sie haben drei Kinder, das älteste ist fünfzehn. Ich muß gerade an die Kinder denken.«

»Wissen sie denn, was passiert ist?« fragte Austen.
»Ich glaube, sie hat ihnen ein bißchen was erzählt, aber nicht alles.«
Er nahm den Y-Schnitt an Dudleys Brust und Unterleib vor, öffnete die Brust, durchtrennte die Rippen und entfernte die Brustbeinplatte.
Nathanson und Austen untersuchten Dudleys Organe an Ort und Stelle in der Bauchhöhle und nahmen Bioproben davon, weil das Herausnehmen der Organe und ihre Sektion eine Menge Blut und Flüssigkeit verspritzen würden, und Nathanson war der Meinung, daß das Sicherheitsrisiko ein solches Verfahren verbot.
Nathanson wickelte Dudleys Kopf in einen durchsichtigen Plastiksack. Er schloß eine Strykersäge an, steckte die Säge in den Sack und zurrte diesen mit einer Schnur um Dudleys Kehle fest. Die Säge fraß sich voran, bis der Oberteil des Schädels entfernt werden konnte. Nathansons Maske war inzwischen völlig von Schweißkondensat beschlagen.
Austen beobachtete ihn aufmerksam. Er schien sich einigermaßen im Griff zu haben, aber plötzlich sagte er: »Würden Sie jetzt übernehmen, Dr. Austen?«
Sie nickte und schnitt die Dura mater auf.
Dudleys Gehirn ähnelte dem von Kate Moran – es war glasig, gallertartig, geschwollen und aufgebläht.
»Ich hab einen Blutstropfen in seine Augen spritzen lassen. Es war meine Schuld.«
»Das sollten Sie ein für allemal vergessen«, ermahnte Nathanson sie.
Was sie nicht vergessen konnte, war der letzte Anblick von Ben Kly, als er noch lebte. Kly hatte ihr die Chance gegeben zu entkommen, und er hatte es getan, obwohl er wußte, daß ihm das durchaus sein Leben kosten könnte. Er hatte sie auch in den Tunnel unter der Houston Street begleitet und sie beschützt. Ein städtischer Leichendiener, einer aus der

anonymen Schar derer, die sich um die Toten kümmerten, doch sie sah in Ben Kly einen Mann mit großem Mut. Die Ermittlung verdankte ihm viel. Er hinterließ eine Frau und ein kleines Kind. Austen empfand die Unwürdigkeit der Überlebenden. Sie konnte hören, wie Dudley sagte: »Arbeiten Sie außen herum.«

Sie entfernte Glenn Dudleys Gehirn, wobei sie die Nerven besonders sorgfältig mit dem Skalpell durchtrennte. Das Gehirn breitete sich auf dem Schneidbrett aus und ähnelte einer silbrigen Qualle. Sie berührte es mit den Fingerspitzen. Vom Kettenhandschuh geschützt konnte sie die Feinheiten des Gewebes nicht spüren, aber das Gehirn schmolz beinahe unter ihrer Berührung dahin.

Mit dem Skalpell entfernte sie kleine Brocken von der Unterseite des Gehirns und verstaute sie in Bioprobengläsern.

»Ich werde jetzt sein Auge herausnehmen, Dr. Nathanson«, sagte sie.

Er nickte.

Mit Hilfe von Zange und Skalpell hob sie Dudleys Augenlid hoch und zwickte und schnitt den Knochen um die rechte Augenhöhle ab. Schließlich befreite sie den Augapfel und hob ihn aus der Höhle. Ein Stück Sehnerv baumelte daran. Sie tat alles ins Probenbecherglas.

Austen legte drei Probensets an. Das eine würde Walter Mellis in die Sicherheitslabors der Stufe 4 an den CDC bringen; ein weiteres war für USAMRIID in Fort Detrick bestimmt, und das dritte Set bekam Reachdeep.

Als sie mit dem Einsammeln der Proben fertig waren und die obduzierten Leichen wieder in ihren Säcken in den Kammern verstaut hatten, verließen die beiden Pathologen den Leichenlastwagen und begaben sich in den Dekontaminationsraum, wo sie ihre Anzüge von oben bis unten mit Bleichlösung absprühten und anschließend in Biorisikosäcke stopften. Dann kehrte Dr. Nathanson per Hubschrauber zum OCME zurück. Die obduzierten Leichen von Peter Talides und Glenn Dudley würden vorläufig im Kühlraum des Lastwagens bleiben müssen. Eine Beerdigung oder Einäscherung kam nicht in Frage. Sie waren Beweismaterial des FBI geworden. Die Mordwaffe befand sich in ihnen.

Alice Austen trug einen Karton mit Probengläsern zum Reachdeep-Laboratorium. Sie ging in den Dekontaminierungsvorraum der Stufe 2, wo sie wieder in Schutzkleidung schlüpften mußte. Dann betrat sie den Evidence-Core. Hopkins und Lesdiu beugten sich gerade über die beiden Kobrakästchen, die auf einem Tisch unter Deckenstrahlern standen.

Austens Probengläser enthielten frisches Hirngewebe, Lebergewebe, Rückenmarksflüssigkeit, den Glaskörper des Auges und Blut. Sie übergab die Proben an Suzanne Tanaka, die sie zur Anfertigung von Kulturen und für eine Untersuchung unter dem Elektronenmikroskop in den Biologieraum brachte. Austen folgte ihr.

Mit Hilfe eines einfachen Mörsers und eines Stößels zerrieb Tanaka ein Klümpchen von Glenn Dudleys Gehirn und verteilte den Brei dann auf eine Reihe von Plastikröhrchen, die lebende menschliche Zellen enthielten. Darin wurden die Viruskulturen gezüchtet. Wenn das Virus in Dudleys Hirngewebe die Zellen der Kultur infizierte, würde es sich darin vermehren, bis das Röhrchen mit Virusteilchen angereichert war. Dann könnte sie eine Probe davon ins Elektronenmikroskop geben und die Teilchen betrachten. Form und Struktur der Teilchen könnten zur Identifikation des Virus beitragen.

Tanaka vermischte Dudleys Hirngewebe mit Wasser

und injizierte die Flüssigkeit mehreren weißen Labormäusen, die sie in einigen durchsichtigen Kunststoffkästen hielt. »Das ist unser Mäuse-Biodetektorsystem«, erklärte sie Austen. Mäuse werden in Virenlabors etwa so eingesetzt wie Kanarienvögel in Kohlebergwerken. Wenn man ein Virus zu identifizieren versucht, injiziert man es Mäusen. Werden die Mäuse krank, tötet man sie, schneidet sie auf und betrachtet das Mausgewebe unterm Mikroskop.

Dann präparierte Tanaka einige Proben für das Elektronenmikroskop. Sie wollte ein Direktbild der Virusteilchen in Glenn Dudleys Gehirn anfertigen. Mit einem Skalpell schnitt sie stecknadelkopfgroße Proben Hirngewebe ab, gab sie in kleine Teströhrchen und füllte diese mit schnelltrocknendem Kunstharz. Dieses Harz würde die Proben durchdringen und aushärten.

Sie wollte auch das Pulver in den Kobrakästchen betrachten. Dazu ging sie in den Werkstoffraum, wo Hopkins und Lesdiu noch immer die Kästchen untersuchten, und entnahm mit einer feinen Pinzette eine kleine Menge Staub, die sie in ein Plastikprobenröhrchen gab. Auch diese Probe übergoß sie mit Kunstharz.

Nun zerschnitt sie die ausgehärteten Kunstharzzylinder mit einem Diamantschneider, einer Art Wurstschneidemaschine, deren Klinge aus einem Diamanten besteht und extrem dünne Scheiben schneiden kann.

»Solche Ermittlungen putschen mich richtig auf«, erklärte sie Austen. »Wenn wir an einem großen Fall arbeiten, kann ich kaum schlafen.«

»Haben Sie denn schon an großen Fällen gearbeitet?« fragte Austen.

Tanaka schwieg einen Moment. »Na ja«, sagte sie dann, »eigentlich nicht. Ich ... ich hab davon geträumt, Alice. So was wollte ich mein Leben lang machen.«

Sie plazierte die Scheibchen auf Kupferprobenträger, die nicht größer als ein kleines »o« waren. »Wollen Sie es sich mit mir anschauen, Dr. Austen?«
»Gern.«
»Zuerst den Cobra-Staub«, schlug Tanaka vor. Sie gab eine präparierte Probe in einen Halter, eine Art Stahlstange, schob ihn ins Elektronenmikroskop, und klickend rastete er ein. Sie betätigte einige Schalter, stellte eine Skala ein, und dann leuchtete ein Bildschirm auf. Tanaka dimmte die Lampen im Bildsyntheseraum, so daß sie deutlicher erkennen konnte, was auf dem Schirm zu sehen war.
Vor ihnen schwebte ein Bild der Staubteilchen aus dem Kobrakästchen. Tanaka drehte an den Skalen, und das Bild bewegte sich seitwärts. Sie scannte. »Komisch«, sagte sie.
Die Partikel hatten die Form sechseckiger Kristalle mit leicht gerundeten Seiten.
»Das ist kein Virus«, sagte Austen. »Diese Kristalle sind doch viel zu groß für ein Virus.«
Tanaka entdeckte etwas im Innern eines Kristalls. Sie zoomte das Bild, drang in das Feld ein.
»Schauen Sie sich das an, Alice.«
Im Innern des Kristalls befanden sich dunkle Stäbchen. Sie waren unregelmäßig verteilt und bildeten an manchen Stellen kleine Bündel.
Tanaka wies auf eines dieser Bündel. »Das sind – ich wette, das sind die Virusteilchen selbst. Sie sind von diesen Kristallen umgeben. Wir haben es hier mit Virusteilchen zu tun, die in Kristalle eingebettet sind.«
»Woraus bestehen diese Kristalle Ihrer Meinung nach?« fragte Austen.
»Ich weiß es nicht. Anscheinend bilden sie eine Schutzschicht um die Virusteilchen – falls diese kleinen Stäbchen in den Kristallen Viren sind, und davon bin ich überzeugt.«
Tananka führte eine weitere Probe ins Elektronenmikro-

skop ein. »Jetzt schauen wir in eine von Dr. Dudleys Hirnzellen hinein«, sagte sie. Die Kristalle im Innern der Zellen waren Materiebröckchen, die im Zellkern saßen. Einige dieser Kristalle brachen auf und schienen Teilchen ins Zytoplasma der Zelle auszuschütten, Teilchen, die wie Stäbchen aussahen. An anderen Stellen entdeckte Tanaka, daß die Stäbchen in einer Hirnzelle herumtrieben, ohne daß sie in Kristallmaterie eingebettet waren.

»Dr. Dudleys Hirnzellen stellen ein fürchterliches Durcheinander dar«, sagte Tanaka leise zu Austen. »Das ist ja so schlimm wie Ebola.«

»Haben Sie schon mal Ebola gesehen?« fragte Austen erstaunt.

»Sicher. Gehört zu unserer Ausbildung. Aber das hier ist nicht Ebola.«

»Wissen Sie denn, was es ist?«

»Das kann ich noch nicht sagen, Alice. Ich glaube aber, ich weiß es.«

Austen stand hinter ihr und starrte auf den Bildschirm. Sie war benommen, als würde sie in die Tiefen eines mikroskopischen Universums stürzen, das sich bis zur Unendlichkeit nach innen ausdehnte.

»Ich muß mir das ganz genau ansehen«, fuhr Tanaka fort. »Es gibt eine Virusart, die Kristalle wie diese hier bildet. Sie lebt in Schmetterlingen und Faltern.«

»In Schmetterlingen?« fragte Austen erstaunt.

»Genau«, sagte Tanaka.

Sie ging zu einer Militärtransportkiste in einer Ecke des Raums, öffnete die Verschlüsse und holte ein Nachschlagewerk über Viren heraus. Dann setzte sie sich auf die Kiste und schlug das Buch auf. Austen ging zu ihr hinüber.

»Da«, sagte Tanaka und zeigte auf eine Fotografie. Sie hatten einen Abschnitt über Insektenviren vor sich. Das Foto zeigte Bilder von Kristallen.

»Das ist ein Nuklearpolyhedrose-Virus«, sagte Tanaka zu Austen. »Ein richtiger Zungenbrecher. Nennen wir es einfach NPV – so wie HIV. Vor diesem Virus hab ich wahnsinnig Angst.« Austen sah, daß Tanaka es ernst meinte. Ihre Atemmaske hatte sich beschlagen, ein eindeutiges Zeichen von Erregung. »Diese Kristalle sind, glaube ich, eine Art von Protein«, erklärte Tanaka mit bebender Stimme. »Die Virusteilchen sind im Innern der Kristalle eingeschlossen. Die Kristalle sind eine Schutzschale. Sie verhindern eine Beschädigung des Virus. Dieses Ding ist eine raffiniert konstruierte Waffe, Alice.«

Tanaka kehrte ans Mikroskop zurück und begann Fotos mit einer damit verbundenen elektronischen Kamera zu machen.

Nacheinander erschienen Bilder riesiger Kristalle auf einem Videobildschirm. Die beiden Frauen sahen sich Zellen aus den golden verfärbten Bereichen in Dudleys Iris an. Die Zellen waren voller Kristalle – von ihnen stammte die goldene Färbung des Pupillenrings. Auch im Sehnerv befanden sich Kristalle. Entweder war das Virus entlang dem Sehnerv durch die Augen ins Gehirn gewandert, oder es hatte sich vom Gehirn aus auf die Augen ausgebreitet.

Sie sahen eine Lebensform vor sich, die Austen schon im optischen Mikroskop in Glenn Dudleys Büro entdeckt hatte, als sie Kate Morans Hirngewebe untersucht hatte. Damals waren nur unscharfe Gebilde zu sehen. Hier waren die Bilder gestochen scharf, und die Kristalle schwebten vor ihren Augen wie Planeten.

»Wir müssen Will Bescheid sagen«, erklärte Tanaka.

Der Code

Will Hopkins, der inzwischen seinen Schutzanzug abgelegt hatte und einen Operationsanzug trug, hatte sich einen Arbeitstisch im Konferenzraum eingerichtet. Während Tanaka Bilder von den Virusteilchen aufnahm, wollte er die DNA des Virus mit Hilfe seiner Maschinen »sehen«. Auf diese Weise hoffte er, das Virus rasch identifizieren zu können.

Er schloß die beiden Felix-Maschinen auf dem Tisch an und stellte noch mehrere andere kleine Maschinen auf. Während er arbeitete, biß er ab und zu in ein Bagel mit Käsecreme. Um ihn herum befand sich ein Gewirr von Drähten und von Kabeln. Hopkins hatte eine Probe Cobra-Staub in einem kleinen Plastiktesströhrchen von der Größe eines Babyfingers vor sich. Der Staub war mit Chemikalien sterilisiert und mit ein paar Tropfen Wasser vermischt worden. Er enthielt ein gewisses Quantum DNA aus dem Virus. Hopkins gab ein Tröpfchen DNA-Wasser in einen Probenport einer der Felix-Maschinen.

Felix begann die DNA zu lesen, aber der Bildschirm blieb leer. Hopkins widerstand der Versuchung, Felix einen Schlag mit der Hand zu versetzen.

In diesem Augenblick kamen Austen und Tanaka herein. Tanaka strahlte übers ganze Gesicht.

»Ich hab Probleme, hier irgendwelche Gensequenzen zu kriegen«, sagte Hopkins zu ihnen.

»Dann sieh dir das mal an«, sagte Tanaka. Sie legte die Fotos vor Hopkins auf den Tisch.

»Wow!« rief er und starrte die Fotos an, während er an seinem Bagel herumkaute.

»Das sind Teilchen, die wir aus Glenn Dudleys Gehirn gewonnen haben«, erklärte Suzanne Tanaka.
»Aus dem Mittelhirn – dem Teil des Gehirns, der primitive Verhaltensmechanismen wie das Kauen steuert«, fügte Austen lächelnd hinzu.
»Schau dir die Kristalle an, Will«, sagte Suzanne Tanaka. »Siehst du das klötzchenartige Gebilde? Das sieht doch ganz wie das Nuklearpolyhedrose-Virus aus, das NPV, das in Schmetterlingen lebt. Eigentlich sollte es keine menschlichen Wirte haben.«
Langsam erhob sich Hopkins; sein Gesicht drückte grenzenlose Verblüffung aus. »Jetzt lebt es in Menschen«, sagte er. »Mein Gott, Suzanne! Ein Schmetterlingsvirus. Das ist irre!« Er klopfte ihr auf die Schulter. »Suzanne, du bist die Größte!« Das Lob schien ihr zu gefallen.
»Okay!« sagte Hopkins. »Okay.« Nachdenklich stapfte er durch den Raum und fuhr sich mit der Hand übers Gesicht. »Okay. Und was sollen wir nun machen, Mädels? Sollen wir Frank Masaccio erklären, wir hätten ein *Schmetterlingsvirus* gefunden? Er würde uns nicht glauben. Er würde denken, wir seien verrückt geworden.«
In der Biologie muß die Form eines Organismus nicht unbedingt zum Ausdruck bringen, wie er mit dem Evolutionsbaum des Lebens zusammenhängt. Viele Viren sehen in der fotografischen Ansicht gleich aus, sind aber auf genetischer Ebene ganz verschieden. »Wir brauchen ein paar Gene«, sagte Hopkins. »Wir brauchen einen genetischen Fingerabdruck. Felix wird beweisen, daß dies ein Schmetterlingsvirus ist. Ich bin zwar gerade dabei, Gene zu scannen, habe aber noch nichts bekommen.«
Er beugte sich über die Felix-Maschine, und seine Finger huschten flink über die Tastatur.
Austen merkte, wie sie Hopkins' Hände bei der Arbeit beobachtete. Sie waren muskulös, doch sanft und präzise

in den Bewegungen. Kein Zittern oder Zögern, keine überflüssigen oder sinnlosen Gesten. Er hatte seine Hände vollkommen unter Kontrolle. Das waren trainierte Hände, die Hände eines Tüftlers. »Ich werde das System säubern. Wir probieren es noch mal.«

Mit Hilfe einer Mikropipette gab er eine weitere DNA-Probe in Felix ein. Noch im Stehen betätigte er die Tastatur, und dann tauchten Buchstabenketten auf dem Bildschirm auf.

```
ttggacaaacaagcacaatggctatcattatagtcaagta caa
agaattaaatcgagagaaacgcgttcttgataatgcctgcac
gaggtttaacactttgccgcctttgtacttgaccgtttgattg
gcggtcccaaattgatggcatcttaggtatgtttttttagagg
tatc
```

Das war ein Abschnitt des genetischen Codes irgendwo in der DNA des Cobra-Virus.

DNA-Moleküle ähneln einer spiralförmigen Leiter. Die Sprossen der Leiter nennt man Nukleotidbasen. Es gibt vier Arten von Basen, die mit den Buchstaben A, T, C und G bezeichnet werden. (Diese Buchstaben stehen für Adenin, Thymin, Cytosin und Guanin.) Die Länge der DNA in Lebewesen fällt höchst unterschiedlich aus. Menschliche DNA besteht aus etwa drei Milliarden Basen. Diese Informationen würden ausreichen, um drei komplette Ausgaben der *Encyclopedia Britannica* zu füllen. Und all diese Informationen sind in jeder Zelle im menschlichen Körper zusammengedrängt. Ein kleines Virus wie das Schnupfenvirus besitzt nur etwa 7000 DNA-Basen. Hopkins hatte vermutet, daß Cobra kompliziert war und wahrscheinlich zwischen 50 000 und 200 000 DNA-Basen enthielt.

Manchmal genügt ein DNA-Code aus nur zwei Dutzend Basen, um einen einzigartigen Fingerabdruck eines be-

stimmten Organismus zu liefern. Mit Hilfe eines Computerprogramms kann man einen unbekannten Code mit einem bekannten vergleichen. Findet man einen entsprechenden Code, kann man den Organismus identifizieren, von dem die DNA stammt. Dieses Verfahren läßt sich mit dem Aufschlagen eines ungelesenen Buches vergleichen, aus dem man ein paar Zeilen liest. Kommen einem diese Zeilen bekannt vor, kann man erraten, um welches Buch es sich handelt. So kann man beispielsweise mit folgenden Worten ein bestimmtes Buch identifizieren: *Am Anfang schuf Gott Himmel und Erde. Und die Erde war wüst und leer, und es war finster auf der Tiefe; und der Geist Gottes schwebte auf dem Wasser.* Es handelt sich um die moderne Fassung der deutschen Übersetzung der Bibel von Martin Luther.
Als die Buchstabenreihen über den Bildschirm wanderten, hoffte Hopkins, bald eine genauere Vorstellung davon zu haben, zu welcher Art von Buch Cobra gehörte:

```
gcaagcatttgtatttaatcaatcgaaccgtgcactgatataag
aattaaaatgggtttgtttgcgtgttgcacaaaatacacaagg
ctgtcgaccgacacaaaaatgaagtttccctatgttgcgttgtc
gtacatcaacgtgacgct
```

Endlose Buchstabenreihen zogen über den Bildschirm.
»Wird Zeit, daß wir ins Netz gehen«, verkündete Hopkins. Auf einem der Felix-Laptops war Netscape installiert. Sein Computer klinkte sich über die Satellitenschüssel auf der Außenplattform ins World Wide Web ein, und in ein paar Sekunden war er bei der Web Site von GenBank angelangt. Diese Site – sie befindet sich in Bethesda, Maryland – verfügt über eine riesige Datenbank von genetischen Sequenzen. GenBank ist die Weltzentralbibliothek genetischer Codes.
Hopkins klickte mit der Maus auf ein Bildschirmfeld. Der

GenBank-Computer begann den Code mit bekannten genetischen Codes zu vergleichen, und schon bald schickte er eine Meldung auf den Felix-Bildschirm:

```
Sequenzen, die Segmentpaare mit hoher
Trefferquote erzeugen:

Autographa californica nuclear
  polyh ...              900          4.3e-67 1
Autographa californica nuclear
  polyh ...              900          4.9e-67 1
Bombyx mori nuclear polyhedrosis
  vir ...                855          2.4e-63 1
Bombyx mori nuclear polyhedrosis
  vir ...                855          2.7e-63 1
```

Dies war eine Liste der DNA-Codes von Viren, die starke Ähnlichkeit mit dem Code aufwiesen, dessen Überprüfung Hopkins verlangt hatte. Die oberste Zeile wies die größte Ähnlichkeit auf.

»Sieht ganz danach aus, als ob wir eine grobe Identifikation des Cobra-Virus erhalten hätten«, meinte Hopkins. »Diese oberste Zeile da ist die mutmaßliche Virusart. Sie kommt Cobra am nächsten.« Seine Finger wanderten über die Zeile:

```
Autographa californica nuclear
  polyhedrosis virus
```

Das Cobra-Virus glich also dem Nuklearpolyhedrose-Virus oder NPV. (Man nennt es auch Baculovirus.) Diese bestimmte Art lebte in einem Nachtfalter namens *Autographa californica,* einem kleinen braunen und weißen Falter, der in Nordamerika lebt. Die Raupe dieses Falters ist ein Feld-

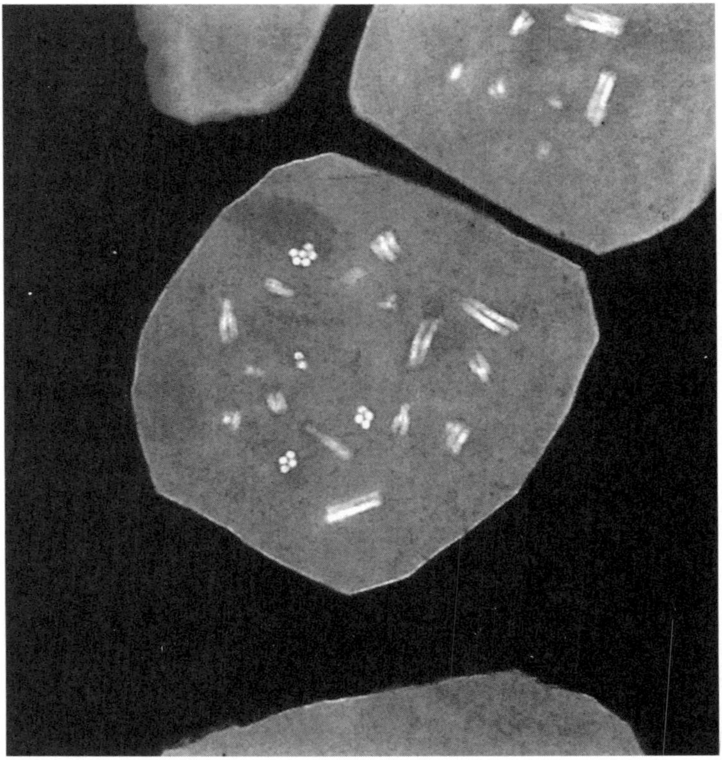

Querschnitt durch einen Kristall des Nuklearpolyhedrose-Virus von *Autographa californica.* Vergrößerung 25 000fach. *(Elektronische Mikrographie, mit freundlicher Genehmigung von Dr. Malcolm J. Fraser, Jr., und William Archer, Department of Biological Sciences, University of Notre Dame.)*

fruchtschädling, eine Spannerlarve. Das Virus befällt die Falterraupe und tötet sie. Cobra basierte also auf einem Faltervirus, war aber verändert worden.

NPV ist ein weitverbreitetes Virus, das in Biotechniklabors auf der ganzen Welt eingesetzt wird. Jedem steht es zur Verfügung, dachte Hopkins entmutigt. Es wäre verdammt schwer, die Herkunft des Virus herauszufinden. Er fragte sich, ob seine Idee mit der Reachdeep-Operation nicht ein Fehler gewesen war.

Die Gene von NPV lassen sich leicht und ohne Beschädigung des Virus verändern. Viele Viren sind nur schwer zu manipulieren. Sie sind zu empfindlich. Verändert man ihre Gene, hören sie auf zu funktionieren. Aber NPV ist ein zähes, flexibles Virus. Man kann ihm fremde Gene zuführen, die sein Verhalten als Krankheitserreger modifizieren. Hopkins kannte sich bei Viren gut aus, und darum war er entsetzt, als er die Identifikation vornahm. Er wußte, daß er irgendwo im Code des Cobra-Virus auf künstlich manipulierte Gene stoßen würde. Gene, die von außen eingeschleust worden waren und es dem Virus ermöglichten, in menschlichem Gewebe zu replizieren, und zwar speziell im Zentralnervensystem.

Cobra war ein rekombinantes Virus, eine Chimäre. In der griechischen Mythologie war die Chimäre ein Ungeheuer mit einem Löwenhaupt, einem Ziegenleib und einem Drachenschwanz. »Die Chimäre«, erklärte Hopkins flüsternd, »war ein zähes Monster, das nur schwer zu töten war.«

Er gab Felix noch ein paar weitere Tropfen der Probenflüssigkeit ein und absolvierte erneut einen Testlauf, um weitere DNA-Sequenzen zu erhalten. Austen hatte im Augenblick nichts zu tun und ging wieder in den Core, um zu sehen, was dort geschah. Suzanne Tanaka begab sich zurück an ihr Mikroskop.

Signaturen

Im Core nahm James Lesdiu gerade eine forensische Analyse der Materialien vor, die bei der Herstellung der beiden Kästchen verwendet worden waren. Sie waren schließlich nichts anderes als Bomben, und alle Bomben, so hatte Hopkins forsch bei der SIOC-Sitzung erklärt, enthalten forensische Signaturen, die einen Ermittler zum Erbauer der Bomben führen können. Austen entdeckte Lesdiu an einem Tisch in der Mitte des Werkstoffraums, auf dem die Kobrakästchen unter strahlend hellen Lampen standen. In einer Hand hielt er ein altmodisches Vergrößerungsglas, in der anderen eine Pinzette. In den doppelten Gummihandschuhen wirkten seine Hände riesig. »Ich komme in diesem Schutzanzug noch um«, gestand er Austen, und er sah wirklich ausgesprochen unglücklich aus.

Lesdiu tastete mit der Pinzette in einem der Kästchen herum. »Ich suche nach Haaren und Fasern«, erklärte er. Dann zupfte er an irgend etwas. »Hier ist noch ein Haar. Ein weiteres F.« Austen hatte den Ausdruck F noch nie gehört.

Lesdiu erklärte ihr, er habe einige unbekannte Menschenhaare gefunden. »Das sind fragliche Haare«, sagte er. »Wir nennen unbekannte Proben F-Indizien oder fragliche Beweise. Sie sind fraglich, weil man nicht weiß, um was es sich handelt oder woher sie kommen.« Er hatte die Härchen auf ein Stück braunes Papier gelegt. »Proben sind entweder F-Proben oder B-Proben, bekannte Proben. Die fraglichen Proben sind Dinge, die am Tatort gefunden werden. Sherlock Holmes nannte sie Hinweise.« Er lächelte. »Es sind also physikalische Indizien. Wir analysieren sie und hoffen, daß sie mit etwas Bekanntem übereinstimmen. Es sind Dinge wie Fingerabdrücke, Haare und Fasern, Blut, Werkzeugspuren, Schuhabdrücke, alle Arten von Spuren.«

»Ihr erstellt also eine Diagnose eines Verbrechens.«

»In gewisser Weise, ja«, sagte Lesdiu und legte seine Pinzette hin. »Bis jetzt hab ich zwei Härchen«, erklärte er. »Sie stammen aus einem der Kästchen. Das eine ist feines, rötliches Haar mit einem ovalen Schaft, von einem weißen Menschen.«

»Das hört sich ganz nach Kates Haar an«, meinte Austen.

»Wahrscheinlich ist es auch von ihr«, erwiderte Lesdiu. »Frank Masaccios Leute besorgen gerade einige bekannte Haarproben aus ihrem Zimmer. Sobald sie hier sind, kann ich damit anfangen, Fs und Bs zu vergleichen. Das andere Haar ist oval und durchsichtig. Es ist ein graues Haar einer Weißen.«

»Penny Zecker«, sagte Austen.

»Schon möglich. Wir besorgen auch Haarproben aus ihrem Haus. Außerdem hab ich noch ein paar Wollfasern gefunden. Schwarz. Könnten von einem Sweater sein – vielleicht vom Pulli des Mädchens, vielleicht auch nicht. Das andere Kästchen, das der Obdachlose bei sich gehabt hatte, weist rundherum und in den Ritzen eine Masse von Fasern auf. Baumwolle und Polyester. Das Kästchen war in der Kleidung des Burschen eingewickelt. Ich denke, wer so clever war, dieses Kästchen mit einem Virus zu laden, war auch so clever, keine Haare oder Fasern darauf zu hinterlassen. Mit dieser Fasernanalyse werden wir also wohl nicht sehr weit kommen. Ich hab das so im Gefühl. Aber es gibt ja noch andere Möglichkeiten, jemandem auf die Schliche zu kommen. In diesem Kästchen gibt es eine Unmasse mikroskopisch kleiner Indizien.«

Jimmy Lesdiu hatte einige Maschinen im Werkstoffraum aufgestellt. Eine davon konnte einen Infrarotlaserstrahl auf ein Objekt werfen und dann das Spektrum des reflektierten Lichts analysieren. So erhielt man Informationen über die Bestandteile der Probe. Man konnte mit dieser Maschine auch unsichtbare Fingerabdrücke auf einer Oberfläche sichtbar machen. Mit einer anderen Maschine ließ sich eine Probe verdampfen und die atomare Zusammensetzung des dabei entstehenden Gases analysieren.

Lesdiu entdeckte auf den Kästchen eine Reihe von Fingerabdrücken. Er fotografierte sie in Laserlicht und schickte die Bilder via Satellit nach Washington, wo die Abdrücke analysiert würden. Später stellte sich heraus, daß kein einziger Fingerabdruck dem Unsub gehörte, sondern alle von Kate Moran und Penny Zecker stammten.

Die Zeichnung auf dem Kästchen war mit einem schwarzen Glanzlack aufgemalt worden. Der Infrarotlaser lieferte Lesdiu ein Farbspektrum des Lacks. Lesdiu übermittelte es nach Washington, und binnen weniger Minuten rief ein FBI-Experte zurück. Der Anruf wurde im Hot Core auf ein Lautsprechermikrophon geleitet, da man keinen Telefonhörer benutzen kann, wenn man in Schutzkleidung steckt.

»Ihr Typen von der Forensik müßt ja Gewehr bei Fuß stehen und auf meine Anrufe warten«, rief Lesdiu anerkennend ins Mikrophon.

»Frank Masaccio bringt uns um, wenn wir nicht rasch reagieren«, erwiderte der Farbexperte und erklärte, die Farbe sei ein gewöhnlicher Modellack. Den bekomme man überall in Hobbyshops.

Die Signatur verlief sich in einem Labyrinth gewöhnlicher Objekte. Das war typisch für Signaturen. Noch also war die Farbe ein F, das man mit einem B verbinden konnte, falls ein Verdächtiger mit Modellackfarbe auftauchte.

Auf die Kobrakästchen waren Papierstreifen geklebt worden, auf denen Worte und Zahlen standen: der Name Archimedes und das Datum. Die Streifen waren mit einem klaren, elastischen Kleber befestigt worden. Mit einer Rasierklinge entfernte Lesdiu ein winziges Stückchen Klebstoff. »Es ist ein gummiartiger Kleber«, sagte er. »Ich würde sagen: ein Silikonkleber oder eine Art Schmelzkleber.«

Er gab ein Stückchen davon auf einen Objektträger, führte diesen durch die Lasermaschine und erhielt ein paar Daten. »Das ist ein echt hübsches Infrarotspektrum dieses Klebers. Schauen Sie sich's mal an – ist es nicht wunderschön?«

Alice Austen starrte auf den Bildschirm. Für sie war es nichts weiter als eine bedeutungslose Zickzacklinie, und das sagte sie Jimmy Lesdiu auch.

»Aber in diesen Spitzen und Tälern stecken Informationen«, erwiderte er.

»Wenn Sie sich eine Zelle ansehen würden, könnten Sie darin auch nicht viel erkennen«, gab sie zurück. »Doch ich würde eine Welt sehen.«

In der FBI-Zentrale gab es einen Mann, der eine Welt in einem Tropfen Klebstoff sehen konnte. Sie nannten ihn den Kleberkönig. James Lesdiu schickte das Spektrum des Klebers über eine codierte Satellitenleitung an das forensische Labor in der Washingtoner FBI-Zentrale, während er über das Lautsprechermikrophon mit dem Kleberkönig sprach. Der bat Lesdiu um ein paar Minuten Geduld und meldete sich dann wieder: »Okay, Jimmy, ich hab das Spektrum anhand unserer Klebstoffbibliothek überprüft. Sie werden darüber nicht glücklich sein.«

»Ich höre«, sagte Jimmy.

»Das Spektrum, das Sie mir geschickt haben, stimmt mit einem Silikonkleber von der Forkin Chemical Company in Torrance, Kalifornien, überein. Er heißt Dabber Glue. Von dem Zeug werden Millionen Tuben verkauft, und zwar in jedem Haushaltswarenladen. Ich mag ihn – ein wirklich flotter Kleber. Verwende ich selbst zu Hause.«

Austen meinte: »Und warum ruft man nicht bei Forkin Chemical an?«

Lesdiu zuckte mit den Schultern. »Das wäre wahrscheinlich sinnlos. Sie können doch nicht die Spur von Millionen Tuben zurückverfolgen.« Gleichwohl teilte er Frank Masaccio dies mit, und ein FBI-Agent nahm Kontakt mit dem Präsidenten von Forkin Chemical auf. Der Agent und der Firmenchef unterhielten sich ganz angeregt, und der Präsident berief eine Sondersitzung seiner Techniker und Vertriebsleiter für den Nordosten der USA ein. Aber am Ende konnte das Management der Firma auch nicht dazu beitragen, die Zahl der möglichen Einkaufsquellen für den Kleber zu reduzieren. Das Unternehmen erklärte, es gebe im Großraum New York mindestens dreihundert Geschäfte, die Dabber Glue verkaufen. Und natürlich hätte der Täter den Kleber auch anderswo als im Nordosten der USA gekauft haben können. Es gab den Kleber einfach überall.

Lesdiu betrachtete das Kästchen mit seiner Sherlock-Holmes-Lupe. Dabei entdeckte er einige winzige schwarze, pulvrige Schmutzpartikel, die in den Kleber eingebettet waren.

»Ich werd diesen Dreck schon festnageln«, schwor Jimmy Lesdiu.

Er mußte ein paar Schmutzpartikel vom Kleber trennen. Silikon läßt sich jedoch nur in wenigen Lösungsmitteln auflösen. Aber nach einer weiteren Unterredung mit dem Kleberkönig und anderen Chemikern in der Zentrale wußte Lesdiu, welches Mittel funktionieren würde. Er wühlte in einer der Vorratskisten herum, bis er fand, wonach er suchte. Dann löste er ein bißchen Kleber in einem kleinen Reagenzglas auf und schüttelte die Lösung mit den Parti-

keln. Ein schwärzlicher, bräunlicher Schleier hing in der Flüssigkeit. Nun mußte er die Partikel trennen. Aus einer anderen Kiste holte er einen Magneten, den er ans Reagenzglas hielt. Der schwarze Staub trieb auf den Magneten zu. »Das ist ein ferromagnetisches Material. Eisen oder Stahl«, erklärte er. Der bräunliche Schleier aber bewegte sich nicht unter dem Magneten – wahrscheinlich ein organisches Material oder Gesteins- oder Betonstaub. Lesdiu hatte somit den Schmutz in zwei Komponenten getrennt: in einen schwarzen Staub und in einen braunen Schleier.
»Ich habe eine Terrorvorrichtung obduziert«, sagte Lesdiu zu Austen.
Aber damit war er auch schon am Ende dessen angelangt, was mit einer beweglichen Reachdeep-Ausrüstung möglich war. Die Schmutzprobe mußte an die FBI-Metallurgen in Washington gehen, die die Analyse weiterführen würden. In das Reagenzglas mit den Schmutzpartikeln gab Lesdiu ein starkes Desinfektionsmittel – um den Inhalt zu sterilisieren, falls er noch irgendwelche lebendigen Cobra-Virusteilchen enthielt. Ein paar Minuten später flog ein Helikopter mit der Probe nach Washington. Das Team mußte einige Stunden auf das Ergebnis der metallurgischen Analyse warten. Möglicherweise enthielten die Partikel eine Information, aber ob diese Information eine Signatur abgeben würde, die zum Täter führen könnte, das wußte niemand.
Der einzige Bestandteil der Kästchen, der noch nicht untersucht worden war, war das hölzerne Material selbst. James Lesdiu dachte darüber nach. Er kannte die Holzart und auch die Konstruktion und den Stil des Kästchens nicht. Es war eindeutig handgefertigt, und Lesdiu vermutete, daß Archimedes das Kästchen entweder selbst gebastelt oder es in einem Trödelladen gekauft hatte. Reachdeep benötigte einen forensischen Botaniker. Lesdiu rief

in Washington an und forderte einen Holzexperten an, der auf Governors Island eingeflogen werden sollte. Dann fotografierte er die Kästchen in unterschiedlichem Licht. Insbesondere interessierten ihn die kleinen Papierstreifen, die auf die Kästchen geklebt waren. Anscheinend hatte das Unsub darauf geachtet, daß das Papier keine Wasserzeichen enthielt. Der Text selbst stammte von einem hochauflösenden Laserdrucker. Die Schrift war Courier, eine weitverbreitete Schrift. FBI-Wissenschaftler konnten zwar die Buchstaben einer altmodischen Schreibmaschine identifizieren, aber nicht die Schrift eines Laserdruckers. Die chemische Zusammensetzung des Papiers könnte zu einem bestimmten Hersteller führen, aber wahrscheinlich ließ sich der Täter damit nicht finden. Er hatte sich bei allen Details der Kästchen große Mühe gegeben, nur ja keine auffälligen Spuren zu hinterlassen.

Will Hopkins hatte inzwischen eine Reihe von Videokonferenzen mit Molekularbiologen an den CDC und am USAMRIID in Fort Detrick abgehalten. Die Experten hatten ihm erklärt, die Cobra-Chimäre sei aus der am häufigsten vorkommenden Laborart des Baculovirus konstruiert worden. Sie sei im Versandhandel erhältlich und werde auf der ganzen Welt verwendet. Allerdings räumten die Experten ein, sie wüßten nicht, wie sich das Virus so manipulieren lasse, daß es sich explosionsartig in menschlichen Zellen repliziere.

Mark Littleberry studierte die fotografischen Vergrößerungen, die James Lesdiu von den Papierstreifen auf den Kästchen gemacht hatte. Ihn interessierte die Zeichnung des Bioreaktors, der auf dem Kästchen des Mundharmonikamanns zu erkennen war. Es war zwar nur eine Skizze, aber Littleberry glaubte, daß sie von jemandem angefertigt worden war, der einen Bioreaktor verwendete und genau wußte, wie er funktionierte. Aber wer hatte den Bioreaktor hergestellt? Littleberry und mehrere FBI-Agenten von Masaccios Spezialeinheit studierten Versandkataloge und erkundigten sich telefonisch nach der Konstruktion von Bioreaktoren, die von Firmen in den USA hergestellt wurden. Es war kein amerikanisches Design. Littleberry kam der Verdacht, daß der Bioreaktor entweder aus einem asiatischen oder aus einem russischen Biotechnikunternehmen stammte. Es war sehr schwer, dies herauszufinden.

Die Chimäre

Hopkins mußte gerade an das Virus denken, das er und Littleberry im Irak gefunden hatten. Die Zeichnung auf dem Kobrakästchen sah seiner Erinnerung nach etwa wie der Bioreaktor aus, den er im Lastwagen im Irak gesehen hatte. Die Möglichkeit, daß der irakische Geheimdienst hinter den Todesfällen in New York stecken könnte, bedrückte ihn. Er rief Frank Masaccio an und sprach mit ihm darüber.

Masaccio war sehr beunruhigt. »Wenn dies ein von einer fremden Regierung unterstützter Terroranschlag ist, Will, könnte das einen Krieg auslösen.«

»Ich weiß, Frank«, erwiderte Hopkins.

Er rief bei der Navy in Bethesda an, wo einer seiner Kontaktmänner – ein Navy-Arzt namens John Letersky – die Nacht durcharbeitete. Letersky gehörte einer Gruppe an, die dem FBI die Felix-Geräte lieferte. Er hatte versucht, die Fragmente genetischen Materials zu analysieren, die Hopkins und Littleberry via Satellit gesendet hatten, als sie auf der irakischen Toilette eingesperrt gewesen waren.

»Will! Wie geht's Ihnen?« erkundigte sich Letersky.

»Um die Wahrheit zu sagen, John – ich hab eine Heidenangst. Wir haben hier eine verdammt komplizierte Ermittlung, bei der wir einfach nicht weiterkommen.«

»Hab davon gehört.«

»Was können Sie mir über das Zeug sagen, das wir im Irak erwischt haben?«

»Übel, Will«, erwiderte Letersky.

»Wie übel?«

»Diese Kristalle, die Sie in dem Lastwagenlabor mit dem Tupfer aufgenommen haben? Sieht ganz danach aus, als ob es Ebola-Viruskristalle sind. Aber einige der DNA-Sequenzen weisen eine gewisse Ähnlichkeit mit dem Grippevirus auf. Das Problem ist nur, daß Sie nicht genug DNA erwischt haben. Wir wissen also nicht, woran die Irakis im Lastwagen herumgepfriemelt haben, außer daß das Virus Ebola und vielleicht auch noch Grippe enthält.«

Hopkins stieß einen tiefen Seufzer aus. Anscheinend gab es keine Verbindung zwischen dem Virus in New York und dem, was er im Irak gefunden hatte. Irgendwie fühlte er sich wohler dabei.

»Was wird das Weiße Haus denn nun gegen das Ebola-Virus im Irak unternehmen?« wollte er wissen.

»Nichts. Ich hab Ihnen das alles nur ganz unter uns erzählt, ja? Wenn man versuchen will, die Aufmerksamkeit des Weißen Hauses auf Biowaffen zu lenken, beißt man auf Granit. Wir werden der UNO einen Bericht vorlegen, und das war's dann. Die Irakis werden behaupten, uns sei ein Fehler unterlaufen oder wir würden lügen, und das Weiße Haus wird die Sache fallenlassen. Ihr Jungs habt euch da zu weit aus dem Fenster gelehnt. Wir haben auch keine richtige Probe. Und der Lastwagen ist längst über alle Berge.«

Hopkins begab sich wieder an die Felix-Maschinen. Auf einem der Bildschirme tauchte die folgende Sequenz auf:

```
gaccatattcaggagaaccaaagcccaagac
taaaatcccagaaaggctgtgtagtaacacag
```

Für Hopkins sah sie nicht anders als irgendeine andere genetische Codesequenz aus. Aber der GenBank-Computer konnte sie lesen. Und nach kurzer Zeit erhielt Hopkins folgende Antwort:

```
Sequenzen, die Segmentpaare mit hoher
Trefferquote erzeugen:

Human-Rhinovirus 2 (HRV2) vollständig
    n ...                       310        5.8e-18 1
Human-DNA-Sequenz aus BAC 32281
    auf ...                     110        0.53    1
Mus musculus vibrator kritische
    Region ...                  107        0.87    1
```

»Menschlicher Rhinovirus«, murmelte Hopkins. »Menschlicher Rhinovirus. *Schnupfen!*« Er sprang auf. »Mein Gott! Cobra enthält ein Stück Schnupfenvirus!«

Er lief ans Fenster zum Core und klopfte an die Scheibe. »He, hört mal alle zu! Wir haben den Schnupfen!«

Hopkins fuhr fort, mit Hilfe von Felix die Gene zu zerlegen. Er konnte es nicht glauben. Es war den Schöpfern von Cobra offenbar gelungen, die Oberfläche des Virus so zu verändern, daß es sich in die Schleimhäute des Körpers einnisten konnte, insbesondere im Bereich von Mund und Nase.

»Die Opfer machen den Eindruck, als ob sie erkältet seien, wenn die Krankheit einsetzt«, erklärte Austen ihm. »Besonders Kate Moran muß die Nase nur so gelaufen sein.«

»Kein Wunder, daß sie das Gefühl hatte, eine Erkältung zu haben«, erwiderte Hopkins. »Dieser Bastard von Virus dockt wahrscheinlich an den Augenlidern an – wie Erkältungsviren das tun –, oder an den Nasenschleimhäuten. Das würde die Konstruktion des Kobrakästchens erklären – es bläst einem Viren ins Gesicht. Ich möchte bloß wissen, ob es so manipuliert worden ist, daß es auch in die Lunge gelangt.«

»Aber wie gelangt es dann ins Gehirn?« wollte Austen wissen.

»Es mag Nerven«, erklärte er. »Die Sehnerven und die Riechnerven in der Nase sind mit dem Gehirn fest verdrahtet oder, Alice?«
Sie nickte.
»Wenn Cobra also eine Schleimhaut erwischt, rast es zum Gehirn hoch«, sagte er. »Cobra ist ein biologisches Geschoß, das so konstruiert ist, daß es das Gehirn auspustet. Gegen Schnupfen gibt es kein Mittel. Der Schnupfen ist sehr ansteckend. Cobra ist die ultimative Kopfgrippe.«

Morgendämmerung

Montag, 27. April

Suzanne Tanaka blieb fast die ganze Nacht auf und arbeitete allein im Core. Die meisten Teammitglieder waren irgendwann gegangen und hatten sich ein wenig hingelegt. Aber sie konnte nicht schlafen. Sie war einfach zu aufgedreht.

Frühmorgens beschloß sie, noch einmal nach den Mäusen zu sehen. Sie beugte sich über die Kästen. Die Tiere liefen herum, anscheinend ging es ihnen gut. Nur eine männliche Maus schien ein wenig unruhig zu sein und kaute unentwegt auf einem hölzernen Nageklotz herum. Aber Mäuse kauen normalerweise eine Menge, das ist ein typisches Nagetierverhalten. Sie sah auf die Uhr. Erst gestern abend hatte sie den Mäusen Gehirnmaterial von Glenn Dudley injiziert. Es war eigentlich zu wenig Zeit vergangen, als daß eine Maus – trotz ihres schnellen Stoffwechsels – schon irgendwelche klinischen Anzeichen einer Cobra-Infektion hätte aufweisen dürfen. Und es gab kein Indiz dafür, daß Cobra überhaupt Nagetiere infizieren konnte. Dennoch machte das Kauverhalten der Maus ihr Sorgen – aber wahrscheinlich spielte ihr nur ihre Einbildung einen Streich.

Schließlich rang sie sich dazu durch, von allen Mäusen Blutproben zu nehmen. Vielleicht würde das Blut Aufschluß über eine Infektion geben, vielleicht auch nicht.

Sie holte ein paar Wegwerfspritzen und streifte einen Lederhandschuh über den Operationshandschuh an ihrer Linken. Dann zog sie die erste Maus mit geübtem Griff heraus. Das Tier wand sich.

Tanaka führte die Nadel in die Haut der Maus ein und zog ein paar Blutstropfen auf. Die Maus wehrte sich wild. Sie

hat genausoviel Angst wie ich, dachte Tanaka. In diesem Augenblick entglitt die Maus ihrer Linken und landete auf der nicht durch einen Lederhandschuh zusätzlich geschützten rechten Hand. Die Maus biß durch das Latexgewebe in Tanakas Haut.
Sie legte die Maus in den Kasten zurück. Es war bloß ein Zwicken gewesen. Einen Augenblick lang glaubte sie, das Tier hätte sie gar nicht richtig gebissen. Sie untersuchte ihren Gummihandschuh. Und dann sah sie es: zwei rote Pünktchen auf ihrem rechten Zeigefinger, wo die Schneidezähne der Maus eingedrungen waren. Unter dem Gummi quoll ein bißchen Blut hervor.
Das durfte doch nicht wahr sein. Befand sich irgendein Virus im Blutkreislauf der Maus? Falls es ein brisanter Erreger war, hatte man zehn bis zwanzig Sekunden Zeit, sich den Finger mit einem sauberen Skalpell abzuschneiden. Sonst würde sich der Erreger in den Hauptblutkreislauf eindringen, und dann konnte er überallhin gelangen.
Sie rannte zu einer Kiste, fand ein Skalpell, entfernte die Schutzhülle, ließ die Klinge einrasten und schlug die Hand auf die Kiste. Unbeholfen hielt sie das Skalpell in der linken Hand, bereit, damit ihren Finger abzuhacken.
Und dann tat sie es doch nicht. Sie konnte nicht.
Das ist doch verrückt, sagte sie sich. Ich will meinen Finger nicht verlieren.
Die zwanzig Sekunden waren vorbei, und jetzt war es zu spät, etwas zu tun. Sie legte das Skalpell wieder zurück, erlitt einen Schweißausbruch und begann zu weinen.
Hör auf, hör auf. Ich bin schon okay, sagte sie sich, ich bin okay. Ich hab mich doch nicht exponiert. Wir wissen ja nicht mal, ob es in Mäusen leben kann. Ich muß einfach abwarten, aber ich weiß, daß ich okay bin. Ich werde das niemandem sagen. Weil sie mich sonst von der Ermittlung abziehen werden, und dies ist doch mein erster großer Fall.

Morgen

Kurz nach Sonnenaufgang ging Alice Austen in den Reachdeep-Flügel und traf Suzanne Tanaka im Konferenzraum bei einer Tasse Kaffee an. Sie sah mitgenommen aus.

»Sie brauchen dringend ein bißchen Schlaf, Suzanne«, sagte Austen zu ihr.

»Schön wär's«, erwiderte Tanaka matt.

Hopkins telefonierte gerade mit John Letersky. »Ich brauche unbedingt einige Antikörpersonden für Insektennuklearviren, damit wir die Anwesenheit von Cobra nachweisen können. Habt ihr so was?«

»Leider nicht, Will. Aber ich werde sehen, was ich tun kann«, sagte Letersky.

Hopkins legte auf. »Puh. Kaffee – ich brauch Kaffee«, stöhnte er.

»Haben Sie heute nacht überhaupt geschlafen?« fragte Austen ihn.

»Ein paar Stunden.« Er ging zur Kaffeemaschine. Die Kanne war leer. »Ich muß frühstücken«, sagte er zu Austen. »Wie steht's mit Ihnen? He, Suzanne? Frühstückst du mit?«

»Hab keinen Hunger. Ich esse später was.«

Austen und Hopkins nahmen sich einen Hubschrauber, der den East River hinaufflog und sie am Landeplatz an der East Thirty-fourth Street absetzte. Ein paar Minuten später saßen sie in einem Coffee Shop an der First Avenue. »Ein Vier-Sterne-Frühstück, wenn Sie den Flug dazurechnen«, bemerkte Hopkins. Es war ein altmodischer Coffee Shop, mit einem Koch, der hinter einem Edelstahltresen Eier aufschlug, und einer Kellnerin, die herumging und die Wegwerftassen auf den Tischen mit Kaffee auffüllte. Draußen herrschte lebhafter Verkehr.

Austen trank einen Schluck Kaffee. »Wie sind Sie eigentlich an das geraten?«

»Was – Reachdeep?«

»Sie scheinen mir nicht der Typ dafür zu sein.«

Er zuckte die Schultern. »Mein Vater war beim FBI.«

»Ist er inzwischen pensioniert?«

»Nein. Er ist tot.«

»Das tut mir leid«, sagte sie.

»Er war im Außendienst in Los Angeles, wo ich aufgewachsen bin. Er und sein Partner wollten mit einem Informanten reden und platzten mitten in einen Mord hinein. Einer der Täter geriet in Panik und schoß durch die Tür, als sie anklopften. Mein Vater wurde ins Auge getroffen. Ich war damals dreizehn. Ich hab das FBI gehaßt, weil es mir meinen Vater weggenommen hat.«

»Aber – ach, nichts.«

»Sie wollten mich fragen, warum ich zum FBI gegangen bin?«

Sie nickte.

»Ich vermute, irgendwann ist mir klargeworden, daß ich ein Cop bin, wie mein Vater.«

»Sie sind kein Cop.«

»Und was für einer, und ich hab mächtigen Bammel, daß diese Ermittlung nicht laufen wird.« Er sah auf die Tischplatte und spielte mit einem Löffel.

»Ich glaube, wir haben die Krankheit noch gar nicht diagnostiziert«, meinte sie. »Der Selbstkannibalismus. Wir können das nicht erklären.«

»Wenn Sie ein Insektenvirus in ein menschliches System eingeben, erhalten sie ein kompliziertes Ergebnis«, erwiderte Hopkins.

Die Kellnerin brachte einen Teller Spiegeleier mit Speck für Hopkins sowie Obst und einen englischen Muffin für Austen.

»Sie müssen mehr essen, Alice«, sagte Hopkins. »Speck ist gut für Sie.«

Sie hatte gar nicht zugehört. »Wenn wir diese Krankheit bloß durchschauen könnten, dann könnten wir vielleicht die Person erkennen, die sie verbreitet.«

»Aber wir haben doch eine Diagnose. Es ist Cobra.«

»Nein, wir haben keine Diagnose. Will, Sie schauen sich den genetischen Code an. Ich schau mir die Wirkung an, die das Virus auf Menschen hat. Wir verstehen Cobra nicht als Krankheitsprozeß. Es gibt keine Diagnose.«

»Das ist eine merkwürdige Idee.« Langsam trank er einen Schluck Kaffee. Er sah bestürzt aus.

Man muß sich so viele Details merken, dachte sie. Wenn man sie alle zusammensetzen könnte, würde das Muster klarwerden.

»Will«, sagte sie, »was ist mit dem Staub im Kleber – dem Staub, den James Lesdiu gefunden hat? Ich vermute, es ist Stahlstaub aus dem U-Bahn-Tunnel.«

»Stahlstaub? Was ist das?« fragte Hopkins und schaufelte sich Eier und Speck in den Mund.

»Ben Kly hat ihn mir gezeigt. Er befindet sich überall in den Tunnels. Zwei Obdachlose sind an Cobra gestorben, und sie hausten nebeneinander in einem U-Bahn-Tunnel. Ich frag mich, ob Archimedes auch in so einem Tunnel lebt.«

»Ausgeschlossen«, erwiderte Hopkins. »Ein Labor kann man nicht in einem U-Bahn-Tunnel betreiben. Es muß absolut sauber sein, und außerdem braucht man ein paar komplizierte Geräte. Das kann man einfach nicht in der U-Bahn erledigen.«

»Falls er irgendwelchen Stahlstaub an den Fingerspitzen hatte, könnte er etwas davon in den Kleber gebracht haben, als er das Kästchen gebaut hat.«

»Sicher! ... Aber eine Menge Menschen fahren mit der U-Bahn und kriegen wahrscheinlich Staub auf die Finger.

Der Staub beweist doch nur, daß Archimedes an dem Tag, als er das Kästchen gebastelt hat, U-Bahn gefahren ist. Na, toll.«

»Vielleicht sieht er sich in der U-Bahn nach einer Stelle um, die am besten für einen großen Anschlag geeignet ist«, meinte sie.

Der Wanderer

New York, Montag, 27. April

Archimedes schlief länger als gewöhnlich; er kam erst um sieben Uhr aus dem Bett. Zuerst begab er sich in den Vorraum, schlüpfte in seine Schutzkleidung und betrat Zone 3. Der Bioreaktor lief ruhig und gleichmäßig, in ein oder zwei Tage erst würde er den Kern austauschen müssen. Das Virusglas war während der Nacht gut ausgehärtet. Er fischte ein Hexagon heraus, ein sechseckiges Scheibchen Hirnpocken-Virusglas, und gab es in ein weithalsige Plastikflasche, die in seine Tasche passen würde. Er schraubte sie zu und sterilisierte die Außenseite der Flasche in einem Topf mit Bleichmittel und Wasser. Dann zog er sich um und verließ die Wohnung.

Er lief nach Greenwich Village und betrat ein Café, um zu frühstücken. Er bestellte ein Ziegenkäseomelett mit frischgebackenem Sauerteigbrot und Wildblütenhonig sowie eine Tasse Kaffee. Kein Fleisch, aber Eier waren heute akzeptabel. Er nahm die Flasche aus der Tasche und stellte sie auf den Tisch neben sein Frühstück.

Es kam nicht nur darauf an, wie stark der brisante Erreger war, sondern auch darauf, wie er ausgebracht wurde. Die Kästchen genügten völlig für die Menschenversuche der Phase I, und sie hatten eindeutig funktioniert. Die zurückhaltenden Warnungen vor ihnen, die inzwischen vom Fernsehen ausgestrahlt wurden, waren der Beweis dafür. Gut. Es wurde Zeit weiterzumachen. Er griff in die Tasche der Windjacke, die über der Rückenlehne seines Stuhls hing, und zog die Fotokopie eines wissenschaftlichen Berichts heraus. »Eine Studie über die Gefährdung von U-Bahn-Passagieren in New York bei einer verdeckten Aktion mit biologischen Kampfstoffen.« Verfasser: Department of the

Army, Fort Detrick, Maryland. Die Studie war 1968 erschienen. Er hatte sie schon x-mal gelesen.
Darin wurde geschildert, wie Forscher der Army Glühbirnenkolben mit einem trockenen, pulverisierten Bakteriensporenpäparat gefüllt hatten, das feiner als Puderzucker war. Die Größe der Teilchen betrug lungenfreundliche ein bis fünf Mikrometer. Der bakterielle Kampfstoff war *Bacillus globigii,* ein Organismus, der normalerweise bei Menschen keine Krankheit auslöste. Die Army-Forscher hatten sich an verschiedene Stellen der New Yorker U-Bahn begeben, unter anderem an die Station Times Square, und hatten die Glühbirnen auf die Gleise fallen lassen. Sie waren zerbrochen, und die Sporen waren als graue Staubwolken in die Luft aufgestiegen. Alle Birnen zusammen hatten etwa dreihundert Gramm Sporen enthalten. Dann schwärmten die Army-Forscher aus und fanden heraus, daß sich die Sporen innerhalb weniger Tage in ganz New York ausgebreitet hatten. Sporen vom Times Square waren durch den von der U-Bahn erzeugten Luftdruck durch das Tunnelsystem weit bis in die Bronx hineingetrieben worden. Aus den U-Bahn-Stationen wurden die Sporen in die angrenzenden Viertel hineingeweht. Er las: »Ein großer Teil der arbeitenden Bevölkerung in Downtown New York wäre einer Ansteckung ausgesetzt, wenn ein oder mehrere pathogene Erreger verdeckt in mehreren U-Bahn-Linien zu Spitzenverkehrszeiten ausgebracht würden.«
»Noch etwas Kaffee?« fragte ihn der Kellner.
»Nein, danke. Zuviel Kaffee macht mich rappelig.«
»Ah, ich kenne das«, erwiderte der Kellner.
Er hinterließ dem Kellner ein großzügiges Trinkgeld. Draußen auf dem Gehsteig überlegte er, wohin er gehen sollte, und wandte sich schließlich nach Osten, entlang einer von Bäumen gesäumten Straße. Die Bäume blühten, hatten aber ihre Blätter noch nicht entfaltet.

Er hatte sich eine Strategie ausgedacht: Sie bestand darin, nicht vorauszuplanen, nur in einem ganz allgemeinen Sinn. So könnten sie seine Schritte nicht vorhersagen, denn er selbst wußte nicht genau, was er als nächstes tun würde. Er hatte ein Scheibchen Virusglas in der Tasche. Bis zum Ende dieses Tages wäre es draußen in der Welt. Nach der letzten Zählung befanden sich in seiner Wohnung noch weitere 891 Virusglasscheibchen in Gläsern. Auch sie würden in die Welt hinausgelangen. Die meisten auf einmal.

Auf der Suche nach einer Stelle, wo er den Kristall ausbringen konnte, ging er vom Washington Square Park nach Osten, den Waverly Place entlang, vorbei an den ehrwürdigen Gebäuden der New York University. Dann den Astor Place hoch, an der Cooper Union vorbei, und am St. Marks Place entlang durch das Herz von East Village. Hier griff er in die Jacke, holte einen Latexoperationshandschuh heraus und zog ihn im Gehen über seine rechte Hand. Er ging weiter nach Osten, überquerte die First Avenue und gelangte an die Stelle, wo Manhattan in einer Kurve des East River einen Bauch bildet. Die Avenues hier tragen die Buchstabenbezeichnungen A, B, C und D. Diese Alphabet City ist überwiegend grau, im Gegensatz zum Ziegelrot und Grün des gepflegteren und reicheren Greenwich Village im Westen. Doch das Grau von Alphabet City mischt sich mit den Gelb- und Grüntönen von Bodegaschildern, karibischen Pinktönen und dem Purpur, Weiß und Schwarz der handgemalten Schilder an Trödelläden und Reinigungen, Cafés, Musikläden und Clubs. Viele Gebäude sind im Laufe der Jahre abgerissen worden, und so weist das Viertel etliche verlassene Parzellen auf, in denen einige kleine Hausgärten angelegt worden sind.
Als er durch den Tompkins Square Park ging, hatte er eine Idee. In diesem Park gibt es einen Spielplatz für Kinder

sowie Rasenflächen mit Bänken und Spazierwegen. Auch öffentliche Toiletten sind vorhanden, und darum ist der Park bei Obdachlosen und herumstreunenden Teenagern beliebt. Er könnte das Fläschchen auf einer Bank liegenlassen, wo ein Betrunkener oder ein verwahrloster Teenager sich darauf setzen und es zerbrechen würde.
Archimedes schlenderte an den Bänken vorbei. Eine Gruppe Teenager saß im Kreis auf dem Boden, einige von ihnen tranken Bier aus Dosen. Sie konnten nicht älter als sechzehn sein und starrten ihn mit dem bösen, wissenden Blick von Teenagern an. Er sollte in ihrer Gegenwart lieber nichts tun. Sie würden es bemerken.
Er war frustriert; eine ganze Weile war er nun schon unterwegs und hatte noch nichts Passendes gefunden.
Dann kam ihm eine andere Idee, die ihm in seinem Laboratorium zu Hause zu mehr Ruhe verhelfen könnte. Er wandte sich nach Süden, in Richtung Houston Street, und gelangte schließlich zu dem kleinen Volkspark neben seinem Wohnhaus, der von einem Maschendrahtzaun umgeben war. Es war wirklich ein netter kleiner Park. Interessanterweise war er verlassen. Gut.
Er setzte sich auf das Kinderkarussell, das unter seinem Gewicht knarrte. Ich könnte es eigentlich mal ein bißchen ölen, dachte er. Dann schraubte er mit der behandschuhten Rechten die Verschlußkappe von der Flasche, kippte sie um, und das Virusglasscheibchen glitt heraus und fiel auf das Karussell.
Sie werden wiederkommen. Sie werden auf das Karussell springen, sie werden herumschreien und Steine nach den Katzen werfen, und inzwischen werden ihre Füße den Kristall zu Staub zerstampfen.

Der fünfjährige Hector Ramirez wollte gerade zur Rutsche hochklettern, als er es sich anders überlegte und hinüber zum Karussell ging. Seine Mutter saß auf einer Bank und unterhielt sich mit einer anderen Frau. Er kletterte auf das Karussell hinauf und stand einen Augenblick unschlüssig da. Es mußten mehr Kinder da sein, damit es sich in Bewegung setzte, dachte er, aber vielleicht würde er es schon allein schaffen. Also kletterte er wieder hinunter und schob es an, und da begann es langsam, sich quietschend zu drehen.

»Mama! Mama! Dreh mich.«

Doch seine Mama hatte keine Lust, ihn zu drehen. Er wollte gerade wieder zur Rutsche hinüberlaufen, als er das hübsche bunte Ding sah.

Er dachte, es sei ein Bonbon, hob es auf und roch daran, aber es roch nach nichts. Dann steckte er es in den Mund. Es schien gummiartig zu werden und in seinem Mund wirklich schnell zu schmelzen, aber es schmeckte nach nichts.

»Iiih!« rief er und spuckte die Teilchen aus.

»Hector! Was machst du da?«

»Nichts, Mama.«

Sie war jung und hübsch, trug einen Minirock, eine Jeansjacke und schwarze Stiefel. »Was machst du denn?«

Er konnte nichts darauf antworten, also gab sie es auf und widmete sich wieder der Unterhaltung mit der anderen Frau. Hector ging zur Rutsche.

Lagebesprechung

Die forensische Operation auf Governors Island lief nun schon seit fast achtzehn Stunden auf Hochtouren. Das Reachdeep-Team hatte zwar eine Menge Informationen gesammelt, aber diese Informationen verliefen sich rasch im Sande.

Inzwischen war eine epidemiologische Sondereinheit von den CDC eingetroffen und hatte sich in einem leeren Gebäude der Küstenwache eingerichtet. Von dort aus führte sie Telefongespräche, sah sich in der Stadt um, hielt nach neuen Cobra-Fällen Ausschau und spürte Menschen auf, die in engem Kontakt zu den Verstorbenen gestanden hatten. Walter Mellis war mit Proben von den Autopsien für die molekularbiologischen Labors der CDC nach Atlanta geflogen, und auch USAMRIID war dabei, eine Analyse vorzunehmen.

Zwei Hubschrauber hoben vom Landeplatz in Lower Manhattan ab und überquerten den East River. Sie flogen über das Krankenhaus der Küstenwache hinweg und landeten auf der Insel. Fünf Minuten später erschien Frank Masaccio mit einer Gruppe von Männern und Frauen, FBI-Agenten und Ermittlern der New Yorker Polizei. Das waren die Manager seiner Cobra-Sondereinheit. Sie waren zur täglichen Lagebesprechung gekommen.

»Fangen Sie an, Hopkins.« Masaccio hatte die Sitzung eröffnet.

Austen hockte in einer Ecke auf dem Boden und fühlte sich zum erstenmal seit Tagen abseits von den anderen richtig wohl. Masaccios Stimme weckte sie aus ihren Tagträumen. Hopkins stellte sich vor die Felix-Maschinen und gab einen Bericht zum aktuellen Stand der Reachdeep-Ermittlung.

Er sagte, Reachdeep sei eine vorläufige Identifikation des Cobra-Erregers gelungen. Er sei eine Chimäre, ein in einem Laboratorium künstlich hergestelltes rekombinantes Virus, und zwar eine Mischung aus einem Insektenvirus und dem Schnupfenvirus. Diese Virenmischung habe ein Monster hervorgebracht. »Aber das ist noch nicht alles, was in diesem Virus vorgeht«, erklärte er. »Wir werden in diesem Virus noch mehr manipulierten DNA-Schweinskram finden. Da bin ich sicher.«

Alice Austen berichtete über ihre Autopsiebefunde.

Suzanne Tanaka zeigte die Fotos der Virusteilchen und der Kristalle, in die diese Teilchen eingebettet waren, und James Lesdiu referierte die Ergebnisse seiner Analysen der Werkstoffe in den Kästchen.

Frank Masaccio hörte sich alles geduldig an. Dann sagte er: »Meine Frage Nummer eins lautet: Seid ihr dem Täter nähergekommen?«

»Schwer zu sagen«, erwiderte Hopkins vage.

»Eine beschissene Antwort, Hopkins. Ich will diesen Archimedes haben. Am liebsten gestern.« Und dann berichtete Masaccio, was sich außerhalb von Reachdeep getan hatte. Angehörige der staatlichen Gesundheitsbehörde und der Leiter der Gesundheitsbehörde von New York seien einbezogen und diskret über die Lage unterrichtet worden. »Der Krisenmanagementstab des Bürgermeisters ist in Alarmbereitschaft versetzt worden«, sagte Masaccio. »Auf Roosevelt Island befinden sich Chemierisiko- und Dekontaminierungsteams der Feuerwehr. Eingreiftruppen der New Yorker Polizei stehen in Bereitschaft. Wir tun unser Bestes, um die Medien da rauszuhalten ... Und noch eins: Der Bürgermeister ist unzufrieden.«

»Mit wem?« fragte Hopkins.

»Mit mir. Er macht im Rathaus einen Riesenterror. Er brüllt am Telefon herum. Die Cobra-Sondereinheit hängt größtenteils nur herum, und das bringt den Bürgermeister auf die Palme. Ihr Typen gebt uns nicht genügend Hinweise, um loszuschlagen. Ich hab Agenten in der ganzen Stadt rumgeschickt, die nach mehr von diesen Holzkästchen suchen sollen, aber bislang ist keins mehr aufgetaucht.« Beiläufig erwähnte er, daß sein Büro »eine winzig kleine Pressemeldung« herausgegeben hatte.

»Was?« blaffte Hopkins.

»Wir mußten die Menschen vor den Kästchen warnen, Will. Wir behaupten, es sei Gift. Wir haben nicht gesagt, daß es sich um eine biologische Waffe handelt. Aber wir können das nicht ewig unter Verschluß halten. Sobald ihr was Wichtiges gefunden habt, meldet ihr euch sofort bei mir.«

»Ich brauche einen Kunsthistoriker«, sagte Hopkins.

»Einen was?«

»Einen Kunsthistoriker, Frank. Jemanden, der sich die Kästchen ansehen und uns sagen kann, woher sie stammen.«

Ein kunsthistorischer Exkurs

Frank Masaccio flog wieder nach Manhattan hinüber und bezog im Federal Building Stellung. Binnen einer Stunde landete ein Hubschrauber auf Governors Island, der Herschel Alquivir, einen Professor für Volkskunst von der New York University, an Bord hatte.

Alquivir war ein schlanker Mann in mittleren Jahren, der sich leidenschaftlich für geschnitzte Holzobjekte interessierte. Hopkins zeigte ihm, wie man in einen Schutzanzug schlüpft, und dann untersuchte der Gelehrte ruhig und fachmännisch die Kästchen. Nach einer Weile sagte er: »Das ist Kinderspielzeug. Ich denke, sie wurden in Ostafrika angefertigt. Ich bin mir da ziemlich sicher. Kobras leben zwar nicht in Ostafrika, sondern in Ägypten, Indien und in anderen Teilen von Südasien. Aber die Königskobra ist natürlich vielen Menschen auf der ganzen Welt bekannt. Und in Ostafrika gibt es einen großen indischen Bevölkerungsanteil. Ich erkenne in diesem Kästchen indische Einflüsse, doch die Art des Objekts ist typisch afrikanisch. Das ist eine Art Spielzeug, wie es, glaube ich, in Ostafrika weit verbreitet ist. Ich würde sagen, der Herstellungsort könnte nahe der Küste des Indischen Ozeans liegen, wo der indische Einfluß am stärksten ist.«

Um 21.30 Uhr an diesem Abend flogen zwei Agenten der New Yorker FBI-Behörde mit der Lufthansa nach Frankfurt, wo sie in eine Maschine nach Nairobi umstiegen.

Washington

Dienstag, 28. April

Archimedes hatte die erste Phase seiner Menschenversuche abgeschlossen. Die Kästchen waren Phase-I-Versuche. Bei medizinischen Experimenten an Menschen testet man in einem Phase-I-Versuch kleine Mengen eines neuen Medikaments an Probanden. Phase-I-Versuche sind Sicherheitsversuche. Nachdem er die Meldung über die Kästchen in den Fernsehnachrichten mitbekommen hatte, wußte Archimedes: Die Phase-I-Sicherheitsversuche von Hirnpocken bewiesen, daß das Virus für Menschen tödlich war. Aufgrund dieses Erfolgs würde er nun zu Phase II übergehen. In Phase II erhöht man die Dosis und die Anzahl der Testpersonen. Er war ziemlich überzeugt davon, daß die Ergebnisse zufriedenstellend ausfallen würden, aber er wollte sich noch mehr Gewißheit verschaffen. Danach würde dann der Phase-III-Versuch erfolgen – dann würde er der menschlichen Spezies eine gewaltige Belastungsdosis Hirnpocken verabreichen.

Er war sich nicht sicher, ob sie inzwischen nach ihm suchten, ob sie schon irgendwelche Mutmaßungen über ihn anstellten. Gerade ging er durch die Halle der Penn Station mit einem Fläschchen in der Tasche, das ein Hexagon Virusglas enthielt. Er stellte sich vor die große Anzeigetafel und studierte die Abfahrtszeiten der Amtrak-Züge. Ein Metroliner-Zug würde in zehn Minuten nach Washington, D.C., abgehen. Er hatte eine Rückfahrkarte nach Washington bar bezahlt. Ich habe Washington seit Wochen nicht gesehen, dachte er. Menschenversuche können überall stattfinden, wo Menschen leben.

Im Zug aß er genüßlich ein Gemüsepitasandwich und erfreute sich an der grünen Landschaft, die draußen vorbeihuschte. Ein Hochgefühl überkam ihn beim Anblick der Brücke über den Susquehanna River, wo er in die Chesapeake Bay mündet, und um sich zu entspannen und sich in seinem Entschluß zu bestärken, trank er ein Glas Weißwein. Brücken sind wunderschön. Sie sind konstruktiv und mathematisch. Sie gehören zu den Dingen, die Menschen machen.

In der Metro Center Station der Washingtoner U-Bahn saß um die Mittagszeit ein Mann auf einer der Betonbänke an der Wand des Bahnsteigs. Ein Zug fuhr ein. Der Mann holte tief Atem und stand auf, und während er auf den Zug zuging, warf er etwas auf den Bahnsteig, beiläufig, als ob er ein Stückchen Abfall loswerden wollte. Dann stieg er in den Zug ein. Der Abfall war vielleicht ein glänzendes Stück Kunststoff. Es zerbrach und wurde rasch von vorbeieilenden Menschen zertrampelt. Niemand bemerkte, daß der Mann an der rechten Hand einen fleischfarbenen Latexhandschuh trug oder daß er den Atem anhielt, als er einstieg. Auch danach hielt er fast noch eine Minute lang den Atem an. Der Zug rollte durch den Tunnel in Richtung Union Station, von wo aus man mit Amtrak-Zügen überall hinfahren kann. Irgendwo in der Union Station ließ der Mann seinen Gummihandschuh in einen Abfallbehälter fallen.

Staub

Governors Island, Dienstag

Das Gesicht eines FBI-Metallurgen erschien auf einem Bildschirm im Reachdeep-Konferenzraum. »Dieser Staub, den Sie uns geschickt haben, ist eine Art halbweicher Stahl. Die ausgeglühte Struktur der Teilchen deutet darauf hin, daß sie durch ein Druckverfahren wie das Warmwalzverfahren gebildet wurden.«

»Eisenbahnschienen«, sagte Austen zu Hopkins.

»Da ist noch etwas«, sagte der Metallurg. »Wir haben ein Körnchen gefunden, das wie Pollen aussieht.«

»Pollen? Was für welche?«

»Forsythien.«

Forsythien blühen im Frühling an vielen Stellen in ganz New York. Die Tatsache, daß das Pollenkorn von Forsythien stammte, trug nicht dazu bei, den Standort des Unsub genau zu bestimmen. Diese Spur verlief sich also im Nichts.

Die Kobrakästchen selbst wurden von einer Expertin für tropische Hölzer untersucht, einer Professorin mittleren Alters, namens Lorraine Schild. Als sie auf Governors Island eintraf, war sie von panischer Angst erfüllt.

Sie stand im Dekontaminierungsraum, und Austen und Tanaka halfen ihr dabei, in die Schutzkleidung zu schlüpfen.

»Ich glaube nicht, daß ich das schaffe«, sagte sie mit bebender Stimme.

»Ich habe entsetzliche Angst. Da drin ist ein fürchterliches Virus, nicht wahr?«

»Bis jetzt ist uns nichts passiert«, meinte Tanaka.

»Wir brauchen Ihre Hilfe wirklich«, versicherte ihr Austen.

Widerstrebend betrat Dr. Schild den Core, setzte sich an

ein Mikroskop und betrachtete das Holz in den Kästchen. Austen setzte sich neben sie.
»Die Holzstruktur ist äußerst feinkörnig«, erklärte Dr. Schild nach einer Weile. »Dies ist ein ganz hartes Holz. Die dunkleren Streifen sind Kernholz. Die Krümmung der Ringe weist darauf hin, daß es sich um das Zentrum eines kleinen Stamms handelt. Ich glaube, das ist eine Leguminose. Ein derart hartes Holz legt die Vermutung nahe, daß es eine Art Akazienbaum ist. Die genaue Akazienart kann ich Ihnen nicht benennen. Es gibt ja so viele Akazien.«
»Und wo wächst sie?« wollte Austen wissen.
»In Habitaten in ganz Ostafrika.«

Nairobi

Mittwoch

Frank Masaccio hatte sich im Federal Building in einem schrankgroßen Raum ins Bett gelegt. Um ein Uhr morgens rief er das Old Norfolk Hotel in Nairobi an, wo ein paar Stunden früher zwei seiner Agenten, Almon Johnston und Link Peters, eingecheckt hatten. In Kenia war es mittlerweile neun Uhr morgens. Masaccio erzählte seinen Leuten von der Holzanalyse und schlug vor, sie sollten sich nach Läden umschauen, in denen Kobrakästchen aus Akazienholz verkauft wurden. Spezialagent Johnston war ein großer Schwarzer, der ein Jahr lang in Kenia gelebt hatte, als er dort als Verkaufsleiter der afrikanischen Filiale einer amerikanischen Firma tätig gewesen war, bevor er zum FBI gegangen war – er kannte sich also aus. Peters arbeitete in der Auslandsspionageabwehrabteilung des FBI. Er war noch nie in seinem Leben in Afrika gewesen.

Sie wurden von einem Beamten der kenianischen Polizei begleitet, einem Inspektor Joshua Kipkel, der ihnen einen Wagen samt Fahrer zur Verfügung stellte. Die beiden Agenten wußten nicht, wo sie anfangen sollten, aber Inspektor Kipkel schlug ihnen vor, es zunächst bei einigen der besseren Läden an der Tom Mboya Street und der Standard Street im Zentrum von Nairobi zu versuchen. Also fuhren sie durch diese Straßen, hielten bei den einschlägigen Läden und sahen sich das Warenangebot an. Gelegentlich erstanden die FBI-Agenten eine Kleinigkeit, um die Ladenbesitzer für sich einzunehmen. Sie zeigten ihnen Fotos der Kobrakästchen. Alle Ladenbesitzer sagten, sie hätten solche Kästchen schon gesehen, aber zur Zeit hätten sie sie nicht vorrätig.

Dann schlug Inspektor Kipkel vor, es beim kenianischen Nationalmuseum zu versuchen. »Da gibt es einen guten Souvenirladen, und außerdem könnten die Sammlungen für Sie interessant sein.«

Sie sahen sich im Nationalmuseum und im Souvenirladen um, entdeckten aber keine Kobrakästchen.

»Dann werden wir zum Markt gehen«, sagte Inspektor Kipkel.

»Hört sich für mich okay an«, meinte Link Peters.

»Für Sie wird es dort schwierig werden. Sie werden sehen«, warnte sie Inspektor Kipkel.

Ihr Fahrer brachte sie zu einem heruntergekommenen Betongebäude an einer staubigen Straße gegenüber einem Supermarkt. Der Nairobi City Market war vor vielen Jahren von den britischen Kolonialherren errichtet worden. Er ähnelte einem Flugzeughangar. Sie traten durch den Vordereingang und wurden sofort von einem Schwarm von Verkäufern umringt, die ihnen Lederwaren, geschnitzte Schachfiguren und Schmuck aufdrängten. Als Johnston ihnen Fotos der Kobrakästchen zeigte, waren sie sicher, solche Kästchen schon gesehen zu haben. Sie würden den Amerikanern bestimmt noch weitere Kästchen besorgen können. Ob Johnston und Peters inzwischen etwas anderes kaufen wollten? Einen perlenbesetzten Gürtel vielleicht oder einen Satz Serviettenringe? Silberschmuck? Eine geschnitzte Maske?

»Das Zeug ist zum Teil wirklich hübsch«, sagte Link Peters zu Almon Johnston und erstand ein paar geschnitzte Löwen und Nilpferde für seine Kinder. Die Agenten benötigten zwei Stunden, um den City Market zu durchkämmen. Sie schlenderten in dem Gebäude herum, blieben vor jedem Laden stehen und zeigten den Verkäufern die Fotos. Das sorgte für einen unglaublichen Auflauf, ein zuckendes Knäuel aus kommerzieller Hysterie, das ihnen überallhin

folgte. Doch niemand konnte den Agenten ein Kästchen vom richtigen Typ zeigen.
Es ging auf siebzehn Uhr zu, der Ladenschlußzeit für den Nairobi City Market. Almon Johnston wandte sich an Peters und sagte: »So langsam glaube ich, wir sollten es in Tansania probieren.«
Inspektor Kipkel erklärte, es gebe noch eine Möglichkeit. Sie sollten es einmal im Freien hinter dem Gebäude versuchen. Sie verließen es durch eine Hintertür und standen auf einem staubigen Platz voller Stände, an denen Menschen Schmuck verkauften, die sich die Miete in der Markthalle nicht leisten konnten.
Kipkel entdeckte eine alte Frau, die abseits an einem Stand saß, und ging zu ihr hinüber. »Gentlemen, kommen Sie hierher«, rief er.
Die Frau hieß Theadora Saitota. Sie verkaufte Körbe, die aus Baobabrinde geflochten waren. Außerdem bot sie eine Reihe kleiner Kästchen feil, die den Kobrakästchen ähnlich sahen – allerdings waren sie nicht aus Holz, sondern aus grauem Speckstein.
Johnston zeigte ihr die Fotos von den Kästchen. Mißtrauisch musterte sie den kenianischen Polizeiinspektor. Dann sagte sie. »Ich kenne diese Dinger.«
»Wo kommen sie her?« fragte Johnston.
»Voi.«
»Wie?«
»Voi«, wiederholte sie.
»Das ist eine Stadt«, mischte der Inspektor sich ein. »Dort gibt es viele Holzschnitzer.«
»Wissen Sie, wer in Voi diese Kästchen macht?« fragte Johnston.
Sie sah den kenianischen Inspektor an und zögerte.
Johnston holte ein Bündel Shillingscheine aus der Tasche und gab sie der Frau. Die Banknoten waren ein paar Dollar

wert. Blitzschnell ergriff sie das Geld und sagte: »Er war ein guter Mann. Er schnitzte verschiedene Sachen.«
»Wie heißt er?« wollte Johnston wissen.
»Moses Ngona. Er war mein Vetter. Er ist gestorben. Letztes Jahr«, sagte sie.
»Und Sie haben seine Kästchen verkauft, bis er starb?« fragte Johnston.
»Ja.«
»Haben Sie noch mehr Kästchen von Mr. Ngona?«
Die alte Frau starrte ihn nur an und sagte nichts.
Er gab ihr noch ein paar Geldscheine.
Sie bückte sich zu einem Regal neben ihren Knien, zog eine Rolle aus altem Zeitungspapier hervor, faltete das Papier auseinander und legte ein Holzkästchen auf das Brett vor sich.
Johnston fummelte am Riegel herum, bis er aufsprang. Eine Schlange schoß heraus. Eine Königskobra.
»Erinnern Sie sich noch daran, ob Sie die Kästchen von Ihrem Vetter an irgendwelche Touristen verkauft haben?« fragte Johnston.
»Nicht viele Touristen hier«, erwiderte die alte Frau. »Da war ein Mann aus Japan. Da war eine Frau und ein Mann aus England. Da war ein Mann aus Amerika.«
»Können Sie diesen Amerikaner beschreiben?«
»Er war klein.« Sie begann zu lachen. »Er hatte keine Haare auf dem Kopf, er war ein kleiner *mzungu.*« *Mzungu* bedeutet weißer Mann, aber auch Geist. »Er bieten mir viele Dollars, dieser kleine *mzungu.* Wir haben ein großes Geschäft.« Sie lächelte. »Ich geben ihm zwei Kästchen von meinem Vetter! Er geben mir zwanzig Dollar! Ha, ha! Dieser kleine *mzungu.* Den habe ich ausgenommen!« Von zwanzig Dollar hatte sie einen ganzen Monat leben können.
»Und wann war das?«
»Ach, letztes Jahr.«

Almon Johnston rief Masaccio aus dem Old Norfolk Hotel an. Es war mittlerweile Mittwoch morgen in New York. Johnston erklärte, was er herausgefunden hatte. »Ein Mann hat der alten Lady zwanzig Dollar bezahlt. Das war viel zuviel. Und darum kann sich die Lady erinnern. Das legt die Vermutung nahe, Frank, daß der Kerl dieses Verbrechen vielleicht schon vor einem Jahr geplant hat. Inzwischen ist sie bei der Polizei. Sie besorgen einen Zeichner. Die Lady sagt, daß für sie alle kleinen haarlosen weißen Männer gleich aussehen. Aber ich denke doch, daß sie ein Gesicht hinkriegen werden. Link und ich könnten uns inzwischen die Visalisten beim Außenministerium ansehen. Das Problem ist nur, daß in der fraglichen Zeit an etwa fünfzigtausend männliche Amerikaner Visa für Kenia ausgestellt worden sind. Das wird eine Sauarbeit, sie alle durchzugehen.«

»Ich weiß, das ist eine lange Zeit, Jungs, aber krallt euch die Liste und fangt an, diese fünfzigtausend Visa durchzukämmen«, erwiderte Masaccio.

An diesem Nachmittag piepste ein Faxgerät in der Reachdeep-Einheit und spuckte die Skizze eines Männergesichts aus. Er trug eine Brille, hatte eine schmale Nase und ziemlich aufgeblähte Backen, war beinahe kahlköpfig und sah aus, als wäre er um die Dreißig oder Vierzig. Ein möglicher Verdächtiger. Andererseits hätte er irgendein amerikanischer Tourist sein können. Hopkins befestigte die Zeichnung an der Wand, wo alle Teammitglieder sie sehen konnten.

Neue Fälle

Mittwoch, 29. April

Im Biologieraum des Evidence-Core inspizierte Suzanne Tanaka ihre Mäuse. Ein Tier schien aktiver zu sein als die anderen und putzte sich ausgiebig, aber diese Putzphasen wurden immer wieder von Phasen der Lähmung unterbrochen, in denen sich die Maus nicht bewegte. Und dann griff sie sich selbst an. Sie nagte an ihren Vorderpfoten und riß sich einen Teil ihres Fells aus, besonders am Bauch. Aber das Tier starb nicht. Austen sah dabei zu, als Tanaka die Maus tötete und sezierte. Sie präparierte das Hirnmaterial des Tiers und untersuchte es im Elektronenmikroskop. Einige Gehirnzellen enthielten Cobra-Kristalle, aber insgesamt schien das Hirngewebe weniger geschädigt zu sein als bei Menschen, die von Cobra infiziert waren. Das Virus rief offenbar bei einer Maus eine nicht tödlich verlaufende Infektion hervor.

Tanaka wollte die Gehirnzellen der Maus noch durch ein optisches Mikroskop betrachten. Sie stellte dünne Schnitte von Mäusehirn her, färbte sie ein und legte sie unter das Doppelbinokularmikroskop. Austen sah durch das andere Binokular.

»Wann haben Sie denn die ersten Krankheitsanzeichen an dieser Maus bemerkt?« wollte sie wissen.

Tanaka schwieg.

»Suzanne?«

»Oh – äh –, letzte Nacht, glaube ich. Sie war aufgeregt. Das war das erste Anzeichen. Vermute ich.« Sie wandte die Augen vom Mikroskop ab und beugte sich vor.

»Sind Sie in Ordnung?«

»Mir geht's gut.« Sie sah wieder durch das Binokular.

Austen ließ Tanaka nicht aus den Augen. »Seit wir hierher-

gekommen sind, habe ich den Eindruck, daß Sie überhaupt nicht schlafen. Ich habe Sie auch nicht essen sehen.«
»Ich habe wohl keine Zeit dazu.«
»Sie müssen sich aber die Zeit dazu nehmen. Ernsthaft«, sagte Austen sanft.
Sie entfernte den Objektträger und schob einen anderen ein. Sie betrachteten nun das Mittelhirn der Maus.
»Ich glaube, wir haben hier die Basalganglien vor uns«, sagte Austen. Das war das Nervenfaserbündel im Mittelhirn der Maus. Die Zellen enthielten im Zentrum Kristalle und wiesen haarähnliche Verzweigungen auf. »Es sieht so aus, als würden die Basalganglien zu wachsen beginnen. Als ob so etwas wie eine Reorganisation aller Verbindungen stattfinden würde. Was denken Sie?«
»Denken? Ich … ich kann nicht denken.«
»Suzanne?«
Austen sah über das Mikroskop hinweg. Sie war gerade einen halben Meter von Tanakas Gesicht entfernt. Suzannes Lippen zitterten. Aus ihrer Nase fiel ein Tropfen einer klaren Flüssigkeit.

Die medizinische Verwaltung der Army wies das erste Teamopfer, die Technikerin Suzanne Tanaka, in ein Bioschutz-Krankenzimmer im ersten Stock ein. Man richtete einen Vorraum ein, in dem Krankenschwestern und Ärzte Schutzkleidung anlegen konnten, bevor sie eintraten. Sie schlossen Tanaka sofort an einen Tropf mit Ribavirin an, einem Medikament, das die Replikation einiger Viren verlangsamt. Sie sagten ihr, sie solle sich keine Sorgen machen, sie hofften, ihre Krankheit würde sich als heilbar erweisen. Doch mit ihrer ganzen Technik waren sie genauso hilflos wie die Ärzte im Mittelalter angesichts des Schwarzen Todes. Sie stellten Überwachungskameras in ihrem Zimmer auf und verabreichten ihr Dilantin, ein Antikrampfmittel. Als sie in ihre Handgelenke und Finger zu beißen versuchte, verbanden sie ihre Hände mit Gaze, aber sie riß sie mit den Zähnen wieder ab, so daß sie ihre Arme mit Nylonbändern ans Bettgestell schnallen mußten. Sie war keineswegs wirr und hatte große Angst – am meisten davor, daß sie allein sterben würde, aber sie wollte nicht, daß ihre Familie sie in diesem Zustand erblickte. »Werden Sie bei mir bleiben, Alice?« fragte sie mit schwerer Zunge. Austen blieb bei Tanaka, sooft sie konnte.

Tanaka sagte, sie fühle sich eigentlich nicht sehr krank, nur sehr »kalt«. Sie wußte nicht, warum sie »diese Sache« machen wollte. Sie fand keinen Ausdruck dafür, daß sie sich mit ihren Zähnen zerfleischen wollte.

Die epidemiologische Sondereinheit von den CDC, die auf Governors Island untergebracht war, hatte Kontaktpersonen von Opfern befragt, Blutproben von Menschen genommen, die dem Virus ausgesetzt gewesen sein könnten, und sich bei Krankenhäusern im Gebiet New York umgehört. Dabei hatte einer von ihnen einen neuen Fall entdeckt.

Ein Mann namens John Dana war mit anhaltenden Krämpfen in die Notaufnahme des New York Hospital eingeliefert worden. Während er mit seiner Frau in einem Restaurant an der Upper East Side beim Abendessen saß, begann er sich heftig in den Mund zu beißen. Ein Sanitätshubschrauber der Army wurde von Governors Island zum New York Hospital geschickt. Bis die Dokumente für die Überführung des Patienten ausgefüllt waren, war John Dana tot.

Alice Austen und Lex Nathanson nahmen die Autopsie vor und diagnostizierten eine Cobra-Virus-Infektion, deren klinische Anzeichen denen bei Kate Moran ganz ähnlich waren.

CDC-Ermittler, die mit einigen Agenten von Masaccios

Sondereinheit zusammenarbeiteten, befragten die Familie Dana. Sie lebte in Forest Hills im Stadtteil Queens. Die Ermittler fanden heraus, daß John Dana am Samstagmorgen, als Peter Talides auf den Gleisen umgekommen war, über den U-Bahn-Steig der Station Borough Hall gegangen war. Dana war der Mann, der Spritzer von Talides' Gehirn von seiner Brille gewischt hatte. Er war über die Augen infiziert worden. Der US-Gesundheitsdienst stellte Danas Frau unter Quarantäne. Sie wurde in einem Krankenzimmer auf Governors Island untergebracht, wo ihre beiden Töchter sie besuchen durften.

Mrs. Helen Zecker, die Mutter von Penny Zecker, wurde von einem CDC-Ermittler in ihrem Haus auf Staten Island tot aufgefunden. Mrs. Zeckers Leichnam lag auf dem Ruhesessel. »Es« hatte sie erwischt, wie sie es befürchtet und vorhergesagt hatte.
Cobra schien bei der Übertragung von Mensch zu Mensch nicht schwächer zu werden.

Die Rekombination

Hopkins versuchte, mit Hilfe der Felix-Maschine das genetische Material von Cobra noch weiter zu entschlüsseln. Die DNA-Sequenz des Cobra-Virus enthielt ungefähr 200000 Basen. Damit war dies einer der längsten und kompliziertesten genetischen Codes in einem Virus. Viele Viren, besonders die, die RNA statt DNA für ihr genetisches Material verwenden, enthalten etwa 10000 Basen. Ein DNA-Virus mit einem langen genetischen Code wie Cobra ist als gentechnisch hergestellte Waffe äußerst brauchbar, weil dem Virus eine Menge zusätzliche DNA hinzugefügt werden kann, ohne es zu beschädigen und seine Multiplikation zu unterbinden. Den ganzen Tag ließ Hopkins Proben von Blut, Gewebe und Staub durch Felix laufen, holte genetische Sequenzen aus Cobra heraus und versuchte sie zu identifizieren. Das Verfahren ähnelte dem Zusammensetzen eines gigantischen Puzzles. Allmählich wurde ihm die Genstruktur des Organismus klarer, doch bestimmte Teile waren ihm nach wie vor ein Rätsel. Cobra war ein rekombinantes Virus, das mit Geschick und Raffinesse konstruiert worden war.

»Es ist eine Weltklassewaffe«, sagte Hopkins zu Littleberry und Austen. »Ganz bestimmt stammt es nicht aus irgendeiner Garage.«

Hopkins starrte auf den Bildschirm. »Auweia. Seht euch das an!« rief er. Gerade hatte er ein Stück DNA-Sequenz in die GenBank eingegeben. Und da war folgendes auf dem Bildschirm erschienen:

Sequenzen, die Segmentpaare mit hoher
Trefferquote erzeugen:

Variola major virus (Art Bangladesh ...	3900	0.0	1
Variola virus (XhoI-$F_7O_7H_7P_7Q$-Genom ...	3882	0.0	1
Variola virus Garcia-1966 direkt neben ...	3882	0.0	1
Variola major virus (Art Bangladesh-1975)			

»Wow! Variola major! Das sind die Pocken«, sagte Hopkins und wies auf den Bildschirm. »Cobra enthält also auch ein Pocken-Gen. Das ist wirklich clever.« Er drehte sich um und sah Littleberry und Austen aufgeregt an.
Littleberry starrte wortlos auf den Bildschirm. Dann hieb er mit der Faust auf den Tisch. »Verdammt!« rief er. »Verdammt noch mal! Diese verfluchten Dreckschweine!« Er drehte sich um, ging hinaus auf die Plattform neben dem Konferenzraum, trat ans Geländer und starrte auf die New York Bay hinaus. Er blieb lange dort stehen. Die anderen Teammitglieder beschlossen, ihn nicht zu stören.

Unsichtbare Geschichte (III)

Mittwoch abend

Mark Littleberry rief Frank Masaccio an und teilte ihm mit, es gebe da einen Wissensbereich, den er, Masaccio, kennenlernen müsse, und zwar unter Sicherheitsbedingungen. Kurz darauf betraten Littleberry und Masaccio die FBI-Kommandozentrale im Federal Building. Es war Abend, und der Raum war verlassen, bis auf die Agentin Caroline Landau, die an irgendwelchen Videoeingaben arbeitete. Masaccio blieb vor einer Stahltür an der Westwand der Kommandozentrale stehen, die zu einem Hochsicherheitsraum führte. Masaccio betätigte eine Tastenkombination, die beiden Männer traten ein, und während die Tür klickend einrastete, nahmen sie an einem kleinen Tisch Platz.

»Wir haben ein tödliches Pocken-Gen im Cobra-Virus gefunden«, sagte Littleberry zu Masaccio.
»Und?« Masaccio konnte damit nicht viel anfangen.
»Will nennt es das Raketen-Gen. Es bildet ein Protein, das die Virusteilchen in der infizierten Zelle herumschießt. Stellen Sie sich das etwa so vor, als ob in der Zelle ein Feuerwerk losgeht. Es zerstört Gehirnzellen, während es das Virus überall hinschießt. Darum sterben diese Menschen so schnell, Frank. Das Virus schießt durch ihr Gehirn. Cobra besteht zum Teil aus Pocken.«
Masaccio zog die Unterlippe zwischen die Zähne und spielte mit seinem protzigen Ring. »Na schön, aber wann werdet ihr Jungs mir den Täter finden?« fragte er.
»Da versucht man, den Lauf der Geschichte zu ändern, wissen Sie«, meinte Littleberry.
Masaccio nickte nur.

Littleberry lehnte sich auf seinem Stuhl zurück, er war hundemüde und fragte sich, wie lange es noch dauern würde, bis er seine Enkel sehen und den Wind aus dem Golf von Mexiko auf seinem Gesicht spüren könnte. Ein Stück Pocken im Cobra-Virus zu finden, das war wie – Sterben.

»Es ist schon komisch, Frank. Einerseits bin ich stolz auf das, was ich als Wissenschaftler getan habe. Aber ich habe noch nie so sehr das bedauert, was ich als Mensch getan habe. Wie kann man das unter einen Hut bringen?«

»Gar nicht«, erwiderte Masaccio.

»Irgendwas ist mit mir gegen Ende des Programms passiert. Ich meine das amerikanische Biowaffenprogramm. Ende 1969. Kurz bevor Nixon es abgeblasen hat.«

Die Biowaffenproduktionsstätte der US-Army befand sich in Pine Bluff, Arkansas. 1969 war Littleberry von ein paar Army-Forschern eingeladen worden, die Fabrik zu besuchen und sich anzusehen, wie Sprengköpfe geladen würden. Und er sah, wie Arbeiter Minibomben mit trockenem Milzbrand füllten. Sie trugen nichts weiter als Atemmasken und Overalls.

»Ich seh mir diese Kerle an und merke, daß es lauter schwarze Kerle sind«, sagte Littleberry zu Masaccio. »Die Aufseher waren Weiße. Schwarze Amerikaner waren dabei, Bakterienbomben abzufüllen, während weiße Typen ihnen sagten, was sie zu tun hätten.«

Er hatte es zu verdrängen versucht. Er hatte sich einreden wollen, daß die Männer gutbezahlte Jobs hatten. Er hatte sich vorgemacht, das Militär wäre gut für ihn gewesen. »Es hat viel zu lange gedauert, bis mir in meinem sturen Schädel aufging, was da wirklich in Arkansas passierte. Das waren überflüssige Niggerarbeitskräfte in einer Krankheitsfabrik gewesen, nichts anderes.«

Als Nixon 1969 das amerikanische Biowaffenprogramm dichtmachte, stand Mark Littleberry ohne Arbeit da.

»Nixon hat mich arbeitslos gemacht, und dafür bin ich ihm dankbar. Alles, was ich für meinen Doktor vorzuweisen hatte, waren tote Affen und ein paar supereffiziente biologische Waffen.«

»Moment mal«, warf Masaccio ein. »Wie ich gehört habe, war der biologische Scheiß unbrauchbar. Er soll nicht funktioniert haben.«

»Wo haben Sie das gehört?«

»Von all meinen Quellen.«

»Das ist Scheiße«, sagte Littleberry, »ausgemachte Scheiße. Solchen Mist haben wir jahrelang von der zivilen Wissenschaftsgemeinschaft zu hören bekommen, die den Kopf in den Sand steckt, wenn es um Biowaffen geht. Wir haben fünf Jahre lang strategische Biosysteme im Pazifischen Ozean getestet. Wir haben beim Johnston-Atoll alles getestet, alle Einsatzmittel, auch das tödliche Zeug. Nicht alles hat funktioniert. Wie das in der Forschung und Entwicklung so üblich ist. Aber wir haben erfahren, was funktioniert. Glauben Sie mir, diese Waffen funktionieren. Ihnen gefällt vielleicht nicht die Art und Weise, wie sie funktionieren, aber sie funktionieren. Wer hat Ihnen bloß gesagt, daß die Waffen nicht funktionieren?«

»Ach, einer unserer akademischen Berater. Er ist im Besitz aller Sicherheitsunbedenklichkeitserklärungen.«

»Ein Akademiker mit Sicherheitsunbedenklichkeitserklärungen also. Hat Ihnen dieser Typ auch geschildert, was beim Johnston-Atoll passiert ist?«

Masaccio schwieg.

»Hat er das Johnston-Atoll überhaupt erwähnt?«

»Nee.«

»Dann lassen Sie uns mal wieder zur Wirklichkeit zurückkehren«, sagte Littleberry. »Ende 1969 also hat Nixon das Programm plötzlich beendet. Es war seine Entscheidung gewesen, es abzuwürgen. Ich hab mir wegen dieses gottverdammten Programms den Kopf zerbrochen, ob ich es nicht verlassen sollte, und Nixon hat es einfach gestoppt. Ich werde Nixon nie vergessen, daß er mir eine Entscheidung abgenommen hat, die ich selbst hätte treffen sollen.«

Littleberry beschloß etwas zu tun, um seine Arbeit in der Waffenproduktion wiedergutzumachen, und so arbeitete er für die Centers for Disease Control, wo er am Feldzug gegen die Pocken teilnahm. In den frühen sechziger Jahren hatte eine Handvoll Ärzte an den CDC eine bedeutende Idee. Sie wollten ein Virus von der Erde tilgen und entschieden sich für das Pockenvirus, Variola, als aussichtsreichsten Kandidaten für eine totale Vernichtung, weil es nur in Menschen lebt. Es versteckt sich nicht im Regenwald in irgendeinem Tier, wo man es nicht ausrotten kann.

Littleberry griff in seine Hüfttasche und zog seine Brieftasche heraus. Er entnahm ihr ein altes zerknittertes Foto und schob es über den Tisch zu Masaccio hin. »Das ist die Arbeit, die mich geheilt hat.«

Das Foto zeigte einen dünnen Afrikaner mit nacktem Oberkörper, der in einer verdorrten Landschaft neben einem Zaun stand und sich von der Kamera wegdrehte. Bläschen bedeckten seine Schultern, seine Arme und seine Brust.

»Muß ich den kennen?« fragte Masaccio trocken.

»Natürlich nicht«, knurrte Littleberry. »Als Arzt im öffentlichen Gesundheitswesen müßten Sie ihn aber schon kennen. Sein Name war Ali Maow Maalin. Er war Koch. Ort der Handlung ist Somalia, das Datum der 26. Oktober 1977. Mr. Maalin war das letzte Pockenopfer. Die Lebensform Pocken ist seitdem nirgendwo mehr in natürlicher Form auf der Erde aufgetreten. Das war das Ende einer der schlimmsten Krankheiten auf diesem Planeten. Ich war dort, mit Jason Weisfeld, einem anderen CDC-Arzt. Wir haben jeden im Umkreis von Meilen geimpft. Dieser Bastard war nicht mehr in der Lage, von Mr. Maalin auf einen anderen Wirt überzuspringen. Wir haben diesen Bastard ausgelöscht. Mit wir meine ich Tausende von Ärzten auf der ganzen Welt. Ärzte in Indien. Ärzte in Nigeria und China. Barfußärzte in Bangladesh. Einheimische. Heute, fürchte ich, müssen wir uns fragen, wie erfolgreich diese Pockenkampagne wirklich gewesen ist.« Littleberry dachte an die überraschende Wendung, die die Geschichte und die Natur im Jahre 1973 nahmen, vier Jahre vor dem letzten auf natürliche Weise auftretenden Pockenfall und nur ein Jahr nach der Unterzeichnung der Konvention zur Abrüstung biologischer Waffen. Es war die biotechnische Revolution.

Gentechnik ist im Prinzip nichts weiter als die Übertragung von Genen aus einem Organismus in einen anderen. Ein Gen ist ein Streifen DNA, der den Code für die Herstellung eines bestimmten Proteins in einem Lebewesen trägt. Man kann sich ein Gen etwa wie ein Stück Band vorstellen. Ein mikroskopisch kleines Band natürlich. Dieses Band läßt sich zerschneiden und zusammenkleben. Molekularbiologen verwenden gewisse Enzyme, die die DNA wie eine Schere zerschneiden. Man kann die DNA überall zerschnippeln. Man kann sie aus einem größeren Stück DNA herausschneiden und dann in einen anderen Organismus einfügen. Mit anderen Worten: Man kann ein Gen transplantieren. Wenn man das richtig macht, wird der Organismus anschließend ein neues funktionierendes Gen haben. Der Organismus wird etwas anderes tun – er wird ein neues Protein erzeugen. Er wird ein verändertes Lebewesen sein und seinen veränderten Charakter an seinen Nachwuchs weitergeben. Wenn man es zuläßt, daß sich der Organismus vermehrt, klont man diesen Organismus. Ein Klon ist eine künstlich hergestellte Kopie. Das ist Gentechnik. Eine der großen Komplikationen, die auftreten, wenn man DNA von einem Organismus in einen anderen überträgt, besteht darin, daß diese DNA in ihrer neuen Umgebung nicht immer richtig funktioniert. Aber man kann dafür sorgen, daß sie funktioniert. Ein Organismus, der Streifen fremder DNA enthält, heißt rekombinanter Organismus.

Die biotechnische Revolution begann 1973, als es Stanley N. Cohen, Herbert W. Boyer und anderen Wissenschaftlern gelang, funktionierende fremde Gene in das Bakterium E.coli einzufügen, einen Mikroorganismus, der im menschlichen Darm lebt. Sie stellten Schleifen aus DNA her und fügten sie in E.-coli-Zellen ein. Die Zellen waren danach anders, weil sie zusätzliche funktionierende DNA enthielten. Für diese Leistung erhielten Cohen und Boyer gemeinsam den Nobelpreis. Die Gene, die sie transplantierten, machten E. coli gegen einige Antibiotika resistent. Die Organismen mit ihrem neuen Merkmal – der Resistenz gegen bestimmte Antibiotika – waren nicht gefährlich, da sie ohne weiteres durch andere Antibiotika beseitigt werden konnten.

Cohen und Boyer war eines der historischen Experimente in der Naturwissenschaft des 20. Jahrhunderts gelungen. Es führte zur Entwicklung neuer Industrien in den USA, in Japan und in Europa. Neue Unternehmen wurden gegründet, Krankheiten wurden auf neuartige Weise geheilt, und es ergaben sich großartige Einblicke in die Beschaffenheit lebendiger Systeme.

Doch fast im gleichen Atemzug befürchteten die Wissenschaftler, daß die Übertragung von Genen aus einem Mikroorganismus in einen anderen den Ausbruch neuer Infektionskrankheiten oder Umweltkatastrophen herbeiführen könnte. Es entstand beträchtliche Unruhe – man hatte entsetzliche Angst vor den Auswirkungen rekombinanter Organismen. Besorgte Wissenschaftler drängten auf einen vorübergehenden Stopp genetischer Experimente, bis die wissenschaftliche Gemeinschaft über die Risiken diskutieren und Sicherheitsrichtlinien zur Verhinderung von Unfällen aufstellen konnte. 1975 fand schließlich eine Konferenz über all diese Fragen in Asilomar in Kalifornien statt.

Die Asilomar-Konferenz ging mit einer Situation, die erschreckende Aussichten geboten hatte, einigermaßen vernünftig und gelassen um. Danach bewegten sich die Wissenschaftler vorsichtig auf dem Gebiet der Gentechnik. Die sogenannten Asilomar-Sicherheitsrichtlinien zur Durchführung genetischer Experimente an Mikroorganismen wurden aufgestellt und eine Reihe von Sicherheitskontrollausschüssen und -verfahren eingerichtet. Wie sich herausstellte, hatten die Sorgen westlicher Wissenschaftler angesichts der Risiken der Gentechnik einen ungeahnten Effekt: Sie lieferten indirekt die Blaupause für das sowjetische Biowaffenprogramm.

Etwa um diese Zeit trugen ein gewisser Dr. Juri Owtschinnikow, einer der Begründer der Molekularbiologie in der Sowjetunion, und einige seiner Kollegen die Idee eines genetischen Waffenprogramms an die sowjetische Führung heran, bis hin zu Leonid Breschnew. Schon bald gab der Sowjetführer der sowjetischen Wissenschaftsgemeinschaft zu verstehen: Forscht auf dem Gebiet der Gentechnik, und ihr werdet Geld bekommen; wenn sich aus eurer Forschung Anwendungen für Waffen ergeben, bekommt ihr, was ihr braucht.

1973, also in dem Jahr von Cohens und Boyers Klonexperiment, hatte die Sowjetunion eine angeblich zivile biotechnische Forschungs- und Produktionsorganisation namens Biopreparat errichtet. Beteiligte Wissenschaftler nannten sie zuweilen schlicht »Der Konzern«. Sie wurde vom sowjetischen Verteidigungsministerium kontrolliert und finanziert. Die Hauptaufgabe von Biopreparat war die Erzeugung biologischer Waffen mit Hilfe moderner wissenschaftlicher Techniken. Der erste Leiter von Biopreparat war General V. I. Ogarkow.

1974 errichteten die Sowjets in Sibirien einen Komplex von Forschungsinstituten, der sich speziell der Entwicklung moderner Viruswaffen mit Hilfe molekularbiologischer Techniken widmete. Das Herzstück des Komplexes war das Institut für Molekularbiologie in Kolzowo, ein unabhängiger Forschungskomplex in den Birkenwäldern dreißig Kilometer östlich der Stadt Nowosibirsk. Nach außen hin widmete sich das Institut von Kolzowo der Herstellung von Medikamenten. Aber ungeachtet aller Mittel, die die staatliche Forschung für »Medizin« in Biopreparat ausgab, herrschte in der Sowjetunion ein chronischer Mangel an den einfachsten Medikamenten und Impfstoffen. Ganz offensichtlich wurde dieses Geld eben nicht für die Medizin ausgegeben.

Die meisten führenden Wissenschaftler in der sowjetischen Mikrobiologie und Molekularbiologie bezogen militärische Gelder und betrieben eine Forschung, die mit der Entwicklung von Biowaffen verbunden war. Einige dieser Wissenschaftler bemühten sich gezielt um diese Gelder. Andere wußten nicht, was da vorging, oder wollten lieber nicht zu viele Fragen stellen. Im Westen herrschte ein vehementer, tief verwurzelter Widerstand gegenüber der Vorstellung, daß biologische Waffen funktionieren, und man gab sich der ehrenwerten, aber vielleicht naiven Hoffnung hin, die Sowjets würden vernünftig mit derartigen Waffen umgehen. Ganz allgemein glaubten die Wissenschaftler, daß das Abkommen bemerkenswert gut funktioniere. Insbesondere die Biologen gratulierten sich dazu, daß sie wachsamer und weiser als die Physiker seien, die sich die Hände an Massenvernichtungswaffen schmutzig gemacht hatten.

Inzwischen ließen die Geheimdienste Behauptungen über

ein biologisches Waffenprogramm in der Sowjetunion durchsickern. Die Wissenschaftler mißtrauten (mit ganz vernünftigen Argumenten) derartigen Geheimdienstinformationen – sie waren kaum durch handfeste Beweise belegt, und sie schienen von rechten Militärs und von paranoiden Figuren in der CIA zu stammen, die, wie man meinte, um ihrer eigenen Interessen willen die Sowjetunion gern dämonisierten. Wer zu behaupten wagte, die Sowjets hätten toxische Waffen gegen Bergvölker in Südostasien eingesetzt, wurde in wissenschaftlichen Zeitschriften an den Pranger gestellt. Als 1979 Milzbrandsporen über die Stadt Swerdlowsk hinwegtrieben und sechsundsechzig Menschen töteten, erklärten amerikanische Experten für biologische Waffen, die Bürger dieser Stadt hätten verdorbenes Fleisch gegessen. Der Hauptvertreter dieser Linie war ein Biochemiker der Harvard University namens Matthew S. Meselson, einer der Architekten der Konvention über das Verbot bakteriologischer Waffen. Er hatte dazu beigetragen, daß die Nixon-Administration dem Abkommen beitrat. Meselson behauptete allen Ernstes, der Milzbrand-Zwischenfall in Swerdlowsk sei ein natürliches Ereignis gewesen. Seine Einstellung war lange Zeit vorherrschend, obwohl es Leute gab, die erklärten, der Vorfall in Swerdlowsk sei ein Unfall im Zusammenhang mit biologischen Waffen.

Dann lief 1989 Wladimir Pasetschnik, ein Spitzenwissenschaftler von Biopreparat, zu den Engländern über. Pasetschnik war Direktor einer Forschungseinrichtung von Biopreparat gewesen, des sogenannten Instituts für Ultrareine Biologische Präparate in Leningrad. Der englische militärische Geheimdienst gab Pasetschnik den Codenamen Paul. Die britischen Geheimdienstleute verbrachten Monate damit, »Paul« in einem Haus auf dem Land etwa achtzig Kilometer westlich von London zu vernehmen.

Pasetschnik berichtete von riesigen Biowaffenfabriken, die sich überall in der Sowjetunion an geheimen Orten befänden. Die Sowjetunion, behauptete er, habe eine Reihe operationaler strategischer Biosprengköpfe in Interkontinentalraketen eingesetzt, die überall im Land auf ausländische Ziele gerichtet seien und mit brisanten Erregern geladen und rasch gestartet werden könnten. Große Vorräte von brisanten Erregern würden in Bunkern neben den Startrampen gelagert. Dr. Pasetschnik ließ sich überaus fundiert über Gentechnik aus – er wußte genau, wie sie funktionierte. Er sagte, sein eigenes Laboratorium habe sich in jüngster Zeit auf die gentechnische Waffenproduktion konzentriert. Sie sei im übrigen an allen möglichen Orten in der Sowjetunion mit einer Vielzahl brisanter biologischer Erreger betrieben worden.
Präsident George Bush und Premierministerin Margaret Thatcher wurden über die Lage in Kenntnis gesetzt. Möglicherweise übertrieb Pasetschnik. Viele seiner Behauptungen ließen sich nur schwer verifizieren. Ganz sicher hatte die Sowjetunion ein Biowaffenprogramm – aber wie umfassend war es? Bush und Thatcher übten intensiv persönlichen Druck auf Michail Gorbatschow aus, alles über die sowjetischen Biowaffen offenzulegen und einem Inspektionsteam zu erlauben, einige der sowjetischen Biowaffenfabriken zu besichtigen.
Dies spielte sich im Spätherbst und im frühen Winter 1990 ab, als das sowjetische Regime unter den stürmischen Folgen von Glasnost und Perestroika zerfiel und die Sowjetunion auf den wirtschaftlichen Zusammenbruch und ihre Auflösung zutrieb. Zur selben Zeit bereitete sich Präsident Bush auf den Krieg gegen den Irak vor. (Der Golfkrieg begann im Januar 1991.) Amerikanische und alliierte Truppen strömten in den Persischen Golf. Geheimdienstberichte verwiesen darauf, daß die Irakis ein Arsenal an biologi-

schen Waffen besaßen, aber das irakische Potential war nicht bekannt. Plötzlich entstand der Eindruck, die USA seien im Hinblick auf biologische Waffen überrumpelt worden, und zwar sowohl in der Sowjetunion wie im Nahen Osten.

»Ich war nur ein einzelner Mann in einer Gruppe von Inspektoren«, sagte Littleberry zu Masaccio, »aber ich denke, ich kann für all meine Kollegen sprechen.«
Kurz vor Weihnachten 1990 waren Mark Littleberry und eine Gruppe von Amerikanern nach London geflogen, auf dem Weg nach Rußland zu einer Inspektionsreise. Einige der Amerikaner waren CIA-Spezialisten, andere waren beim FBI, wieder andere waren Experten der US-Army, und Leute wie Littleberry waren Wissenschaftler, die zufällig eine ganze Menge über biologische Waffen wußten.
Das Inspektionsteam hatte einen langen Aufenthalt in London. Es hieß, die detaillierte Ausarbeitung des Verfahrens zur Inspektion russischer Biowaffenfabriken erweise sich als schwierig. In Wirklichkeit wollte Gorbatschow das Inspektionsteam hinhalten, um seinen Militärs eine Chance zu geben, die Vorräte an lebenden Waffen aus den Fabriken zu beseitigen und die Gebäude mit Chemikalien zu sterilisieren.
Plötzlich wurde dem Team im Januar 1991 mitgeteilt, es dürfe nun seine Besichtigungsreise antreten. Während die Welt gebannt auf den Golfkrieg starrte, flogen die Inspektoren zu verschiedenen Produktionsstätten in der Sowjetunion. Wenn sie zuvor Schleier vor den Augen gehabt haben sollten, so fielen diese Schleier rasch. Ein Inspektor, ein amerikanischer Experte für moderne biotechnische Produktionsprozesse bei gentechnisch hergestellten Impfstoffen, hat später erklärt, als er sich dem Team angeschlossen habe, sei er sicher gewesen, daß das Problem in der

Sowjetunion von Militärs und Geheimdienstanalytikern übertrieben dargestellt worden wäre. Als er das Team wieder verlassen habe, sei er zu der Überzeugung gelangt, das Problem sei so schlimm, daß man es unmöglich ausloten könne. Es sei »sehr unheimlich«, sagte er.

Es gab etwa sechzehn identifizierte große Biowaffenfabriken in der Sowjetunion (mit den kleineren waren es insgesamt zweiundfünfzig). Das Team besichtigte nur vier. Bei diesen Einrichtungen gab es zwei Grundtypen: Waffenproduktionsfabriken und Forschungs- und Entwicklungslabors. Siebzig Kilometer südlich von Moskau, bei einer Stadt namens Serpuchow, untersuchte das Team das Institut für Angewandte Mikrobiologie in Obolensk, eine große Biopreparat-Anlage. Obolensk besteht aus dreißig Gebäuden. Es ist mindestens zehnmal so groß wie der USAMRIID-Komplex in Fort Detrick. Das Hauptgebäude in Obolensk heißt Corpus Eins. Es ist acht Stockwerke hoch und bedeckt eine Fläche von über zwanzigtausend Quadratmetern. Es ist ein riesiges monolithisches biologisches Laboratorium mit einer Arbeitsfläche von hundertfünfzigtausend Quadratmetern – eine der größten biologischen Forschungseinrichtungen unter einem Dach auf der Welt. Corpus Eins ist von drei Zäunen aus Banddraht umgeben. Die Sicherheitsvorkehrungen umfassen Bodenschwingungssensoren, Infrarot-Körperwärmedetektoren und bewaffnete Wachen aus den Sondereinheiten der Roten Armee. Im Innern von Corpus Eins hatte das Team Gelegenheit, sowjetische Hot Zones zu untersuchen.

Sie entdeckten, daß die Konstruktion von Corpus Eins anders und ein wenig raffinierter ist als die Konstruktion der Hot Zones bei USAMRIID oder an den CDC in Atlanta. In Obolensk gibt es ringförmige Hot Zones, also Schutzzonen innerhalb von Schutzzonen. Der Hot Core befindet sich im Zentrum des Gebäudes und ist von konzentrischen

Ringen abgestufter Bioschutzzonen umgeben – wenn man sich dem Zentrum des Gebäudes nähert, durchläuft man somit die Stufen 2 bis 4. Die sowjetischen Wissenschaftler waren zu Recht stolz auf ihre Ringkonstruktion. Stolz waren sie auch auf ihre Bioschutzanzüge. Die Amerikaner, die sie anprobierten, sagten, sie seien bequemer als amerikanische Bioschutzanzüge. Im Mittelpunkt der Forschung an Corpus Eins stand *Yersinia pestis*, ein bakterieller Organismus, der die Pest hervorruft.

Der wissenschaftliche Leiter von Obolensk war ein Mikrobiologe und General namens Dr. N. N. Urakow. Er hatte ein markantes Gesicht und silberfarbenes, langes Haar, das er straff nach hinten gekämmt trug. Urakow schien ein Mann ohne jede Emotion zu sein, nur als er von der Macht der Mikroorganismen sprach, schwang in seiner Stimme leidenschaftliches Engagement mit.

Das Inspektionsteam stieß in Corpus Eins auf Forschungsbereiche, die für die rasche Mutation und schnelle Selektion von Pestarten angelegt waren, während diese Arten ultraviolettem Licht und radioaktiver Strahlung ausgesetzt wurden. Das Team gelangte zu der Schlußfolgerung, daß die Forscher eine erzwungene Mutation und Selektion von Pestvirenarten herbeiführten, die in einer atomaren Kampfzone leben und sich vermehren konnten. Der Schwarze Tod von Obolensk war also eine strategische Waffe. Teammitglieder vertraten später die Ansicht, das Obolensker Pestvirus sei voll waffenfähig und in die strategischen Streitkräfte der Sowjetunion und ihre Kriegspläne integriert worden. Es war eine strategische Biowaffe in zweierlei Hinsicht. Erstens war es offenkundig in den Sprengköpfen von strategischen Interkontinentalraketen eingesetzt, die auf Ziele rund um den Globus gerichtet waren, und zweitens war es überaus ansteckend und rief eine medizinisch unheilbare Krankheit hervor.

Die Inspektoren entdeckten in den Hot Zones von Corpus Eins vierzig gigantische Fermentiertanks. Sie dienten der Züchtung gewaltiger Mengen von *irgend etwas.* Sie waren sechs Meter hoch. Die Tatsache, daß sie innerhalb der Bioschutzzonen installiert waren, bewies, daß sie für die Züchtung brisanter Erreger vorgesehen waren. Noch nie hatten die Inspektoren so große Tanks gesehen. Wozu sollte irgendein legitimes medizinisches Forschungsprogramm vierzig Tanks zur Züchtung des Schwarzen Todes und anderer Organismen benötigen – sechs Meter hohe Tanks innerhalb eines Schutzbereichs, der von massiven militärischen Sicherheitsvorkehrungen umgeben war? Einer der Inspektoren erklärte später, er glaube, der gesamte nationale Output des irakischen Biowaffenprogramms zur Zeit des Golfkriegs hätte von einem einzigen Reaktortank in Obolensk gedeckt werden können. Und eine ganze Reihe von Biowaffenproduktionsstätten der Größenordnung von Obolensk war über die Sowjetunion verstreut.

Die Produktionsanlagen in Corpus Eins waren blitzsauber und steril, als die Inspektoren eintrafen. Die Räume und Tanks rochen nach Bleichmittel und anderen Chemikalien. Alle lebendigen biologischen Materialien, die sogenannten Keimvorräte und Entwicklungsmedien, waren aus den Bereichen von Corpus Eins entfernt worden, die die Inspektoren besichtigen durften. Die Inspektoren nahmen zwar Tupferproben, aber in den Reagenzgläsern entwickelte sich nichts.

Dr. Urakow behauptete gegenüber den Amerikanern und Briten, die medizinische Forschung in Obolensk diene ausschließlich friedlichen Zwecken. Als einer der Inspektoren wissen wollte, warum die Sowjetunion eine schwerbewachte militärische Forschungsstätte mit hundertfünfzigtausend Quadratmetern Laborfläche und vierzig zweistöckigen Reaktortanks gebaut hätte, die größtenteils der

Erforschung und Produktion von Pestviren dienten, erwiderte Dr. Urakow, die Pest sei nun einmal ein Problem in der Sowjetunion.

Darin waren sich die Inspektoren mit ihm einig.

Allerdings wiesen sie darauf hin, daß die Sowjetunion jährlich nur von einer Handvoll Pesttoter berichtet habe, und darum könne die Pest wohl nicht so ein großes Problem sein. Besonders da sie sich doch mit einfachen Antibiotika in den Griff bekommen lasse.

Dr. Urakow erwiderte, in einem Land von der Größe der Sowjetunion habe es nun einmal »einen Forschungsbedarf« gegeben.

Nun stellten die Inspektoren Fragen über Gentechnik. Gehöre zum Forschungsbedarf auch die gentechnische Herstellung von Pestviren zur Konstruktion einer Waffe?

Dr. Urakows Antworten waren beunruhigend. Er erklärte, seine Leute hätten an Pestvirenarten gearbeitet, die unglaublich tödlich seien – Arten, von denen man sich keine Vorstellung mache. Er behauptete, es seien natürliche Arten und Impfstoffe würden gegen diese Arten nichts ausrichten. Die Inspektoren hatten zwar den Eindruck, er wolle nur mit den Leistungen seiner Mitarbeiter auf dem Gebiet der Gentechnik angeben, aber sie konnten da nicht sicher sein. Urakow und seine Kollegen verblüfften die Inspektoren, indem sie einen »Technologietransfer« anboten, der den USA den Zugang zu den Entdeckungen in Obolensk gestatte – zu einem noch unbestimmten Preis. Sie deuteten an, da die USA auf dem Gebiet der biologischen Waffen hinter die Sowjetunion zurückgefallen seien, wären die Inspektionen nur ein Vorwand – in Wirklichkeit wolle man doch nur ausspionieren, was sowjetische Wissenschaftler geschafft hätten, so daß die USA gleichziehen könnten.

Im Grunde lassen sich antibiotikaresistente Gene leicht in

Bakterien einfügen – das ist eine einfache Technik, keine Kunst. Spätere Berichte westlicher Geheimdienste behaupteten, die Obolensker Pestviren seien tatsächlich gegen sechzehn Antibiotika und radioaktive Strahlung resistent gewesen. Wie die Russen eine solche Art entwickelt hatten – wenn dies stimmte –, war nicht klar. Hatten sie das mit Hilfe der Gentechnik geschafft, oder hatten sie traditionelle, erprobte Methoden zur Entwicklung brisanter Arten angewendet? Jedenfalls verlangten die USA von der russischen Regierung eine Erklärung darüber, ob Rußland ein waffenfähiges Pestvirus habe, das mehrfachresistent sei. Bislang haben russische Biologen und politische Führer diese Frage nicht befriedigend beantwortet, sondern sie nur vage verneint.

»Dieses Obolensk-Pestvirus ist schon ein erstaunliches Produkt«, bemerkte Littleberry. »Im Grunde gibt es dagegen kein Heilmittel. Und es ist beim Menschen teuflisch ansteckend. Wenn jemand ein Pfund dieser Pestviren in der Pariser Metro verstreuen würde, wäre nicht nur die Stadt allein betroffen. Wir machen uns große Sorgen, daß die russische Regierung anscheinend die Kontrolle über diese gentechnisch hergestellten militärischen Arten verloren hat.«

Das Inspektionsteam flog zum Institut für Molekularbiologie in Kolzowo, das aus etwa dreißig Gebäuden besteht. Diese Gebäude enthalten eine Reihe von Hot Zones in der russischen Ringform. Hier konzentriert sich die Forschung auf Viren: Ebola, Marburg, einen südamerikanischen Hirnerreger namens VEE (Venezuela Equine Encephalitis, die venezolanische Pferdeenzephalitis), das hämorrhagische Krim-Kongo-Fieber, die Zeckenenzephalitis (ein weiteres Gehirnvirus) und Machupo (das bolivianische hämorrhagische Fieber).

Das Team erfuhr, daß die Kolzowo-Forschungseinrichtung Bioreaktorentanks zur Züchtung von Pockenviren besaß. Den Inspektoren schwante, daß die militärische Pockenproduktion der Sowjets viele Tonnen pro Jahr betragen haben konnte. Littleberry war wie vor den Kopf geschlagen. »Es war einer der schlimmsten Augenblicke meines Lebens«, sagte er zu Masaccio. »Ich mußte an all diese Ärzte in Indien und Afrika denken, die die Pocken so mühsam bekämpft hatten, und inzwischen schickte dieses Biopreparat-Monster sich an, ganze Tonnen von Pocken zu produzieren.«

Wie sich herausstellte, war Kolzowo nicht die einzige Stätte in der Sowjetunion, die Pocken für militärische Zwecke produzierte. Es gab noch zwei weitere Produktionsstätten: eine Einrichtung in einer Stadt bei Moskau namens Sagorsk (heute Sergjew Posad) sowie eine Waffenfabrik in Pokrow.

»Sicher haben Sie schon mal die Geschichte gehört, daß es heute in Rußland Pocken nur noch in einem einzigen Kühlschrank gäbe«, sagte Littleberry. »Aber das ist absoluter Quatsch. Das russische Verteidigungsministerium bewahrt Keimvorräte von Pockenviren an allen möglichen Orten in militärischen Tiefkühlanlagen auf. Das russische Militär denkt gar nicht daran, seine Pocken aufzugeben. Pocken sind eine strategische Waffe. Sie sind gerade jetzt, da das natürliche Virus aus der menschlichen Population eliminiert ist, eine besonders wertvolle Waffe. Denn die meisten Menschen auf der Erde haben ihre Immunität gegen Pocken verloren. Somit sind sie unglaublich ansteckend und tödlich. Ein infizierter Mensch kann ohne weiteres zwanzig oder mehr Menschen anstecken, so daß sich ein kleiner Ausbruch in einer Bevölkerung, die dagegen nicht immun ist, zu einem tödlichen Flächenbrand ausweitet. Wir glauben doch alle, daß wir davor geschützt

sind, weil wir als Kinder gegen Pocken geimpft worden sind«, fuhr Littleberry fort. »Schlechte Nachricht – die Pockenimpfung ist nach zehn oder zwanzig Jahren verbraucht. Und die letzten Impfungen wurden vor zwanzig Jahren verabreicht. Nur Soldaten bekommen sie noch.«
Der gesamte Weltvorrat an Pockenimpfstoff reicht gegenwärtig für eine halbe Million Impfungen aus – also für etwa einen von zehntausend Menschen auf der ganzen Welt. Falls die Pocken bei einem globalen Ausbruch von Mensch zu Mensch übertragen würden, wäre der Pockenimpfstoff wertvoller als Diamanten. Andererseits lassen sich Pocken gentechnisch so verändern, daß ein Impfstoff nichts ausrichten kann und damit jeder existierende Impfstoff wertlos ist.

In Kolzowo gaben die Forscher gegenüber den Inspektoren zu, daß sie »mit der DNA von Pockenviren arbeiten« würden. Diese Erklärung schockierte die Inspektoren. So etwas hatten sie noch nie erlebt. Sie verstanden nicht, was man damit meinte, und baten um Aufklärung.

Die Antworten waren vage. Die Inspektoren knöpften sich die sowjetischen Wissenschaftler vor. Was habt ihr mit den Pocken getan? Sie machten Druck. Sie machten noch mehr Druck. Keine Antwort. Die Lage spitzte sich extrem zu, die unangenehmsten Verwicklungen drohten, und so ging man wieder auf Distanz. Im Hintergrund lauerten die Schatten von Interkontinentalraketen, die mit lebenden brisanten Erregern geladen waren, und die Inspektoren wollten unbedingt wissen: Habt ihr unser Land mit Pocken bedroht? Welche Art von Pocken? Beide Seiten waren sich darüber im klaren, daß die Inspektoren gerade in die finstersten Abgründe der modernen Militärbiologie starrten.

Doch sie bekamen keine Antworten. Dafür wurden die Erklärungen der russischen Biologen immer seltsamer. Sie sagten, sie hätten an Pockenklonen gearbeitet, nicht an Pocken an sich. Bei genetischen Experimenten mit Pocken im Westen werden Klone des Vacciniavirus verwendet, weil dieses Virus für Menschen harmlos ist (aus dieser Virusart wurde früher der Pockenimpfstoff hergestellt). An Pockenklonen arbeiten heißt, an rekombinanten Pockenviren arbeiten. Indem sie behaupteten, sie würden nur an »Pockenklonen« arbeiten, gaben die Russen im Grunde zu, daß sie sich auf schwarze Biologie mit Pocken eingelassen hatten. Ob sie ganz neue Pockenarten erzeugt hatten oder ob sie an Teilen des Pockenvirus arbeiteten, wollten die Russen nicht sagen. Hatten sie Teile von Pocken genommen und sie zu einem anderen Virus oder zu einem Bakterium zu Forschungszwecken gemischt? Hatten sie ein Pockenvirus hergestellt, gegen das es keine wirksame Impfung gibt? Das ließ sich einfach nicht in Erfahrung bringen.

Alle Aussagen der sowjetischen Biologen wurden auf Band festgehalten. Ihre Statements wurden hin und her übersetzt, die Worte wurden von Experten der National Security Agency und anderen Geheimdiensten bis zum Gehtnichtmehr analysiert. »Doch letzten Endes haben wir nie erfahren, was zum Teufel sie bloß mit den Pocken gemacht hatten«, erklärte Littleberry.

Man durfte nicht vergessen, daß es sich um Militärwissenschaftler handelte. Ihre Forschungsziele waren militärischer Natur gewesen. Sie hatten gentechnisch manipulierte Pocken herzustellen versucht, und vielleicht war es ihnen gelungen. Einer der Beteiligten an dieser Konfrontation zwischen den Inspektoren und den russischen Militärbiologen spekulierte, sie hätten das genetische Material von Pockenviren zerschnitten und die Gene in Bakterien eingeführt. Auf diese Weise hätten sie herausgefunden, welche Pockengene die tödlichen Faktoren sind. Dann hätten sie die Todesgene der Pocken in Affenpocken transferiert und damit eine rekombinante Chimäre erzeugt, ein strategisches Affenpockenvirus, gegen das jede Impfung wirkungslos ist.

Nach der Rückkehr des Inspektorenteams aus Rußland bekamen die CIA, der britische Geheimdienst und die National Security Agency gewissermaßen einen kollektiven Herzinfarkt. Eine Kluft hatte sich aufgetan zwischen dem Faktenwissen der Inspektoren und den Glaubensvorstellungen der zivilen Wissenschaftsgemeinschaft. Leitende Wissenschaftler, insbesondere in den Bereichen Mikrobiologie und Molekularbiologie, erhielten ganz schnell Sicherheitsunbedenklichkeitserklärungen und wurden über die Lage unterrichtet, und zwar nicht nur im Hinblick auf die Sowjetunion, sondern auch auf andere Länder. Wissenschaftler, die an diesen Sitzungen teilgenommen hatten, waren schockiert. »Sie haben Bauklötze gestaunt«, erklärte ein amerikanischer Wissenschaftler, der bei mehreren Vorträgen dieser Art zugegen gewesen war. Den Biologen war aufgegangen, daß es auf ihrem Gebiet vielleicht sogar mehrere Manhattan Projects* gegeben hatte, und sie hatten keine Ahnung davon gehabt oder geglaubt, daß so etwas nicht möglich sei. Besonders bestürzend war für sie die Erkenntnis, daß führende Vertreter ihres Fachs Waffen erfunden und entwickelt hatten, die in gewisser Hinsicht erheblich verheerender waren als die Wasserstoffbombe.

Doch Matthew Meselson in Harvard behauptete noch immer, gegen die Konvention über das Verbot bakteriologischer Waffen sei nicht verstoßen worden. Jahrelang waren seine Ansichten über biologische Waffen weithin akzeptiert worden. Offensichtlich war den Vätern der Konvention zu

* Codename für das Atombombenprojekt in den USA (ab 1942)

sehr an ihrem »Erfolg« gelegen, und dies hatte sie blind gemacht.

Russische Reporter begannen im nachhinein den Unfall von Swerdlowsk zu untersuchen, und 1991 unternahm der Moskauer Bürochef des *Wall Street Journal*, Peter Gumbel, drei Reisen nach Swerdlowsk, und obwohl der KGB ihn beschattete und schikanierte, gelang es ihm, etwa die Hälfte der Namen der zivilen Opfer herauszubekommen. Er machte ihre Familien ausfindig, die ihm erschütternde Geschichten erzählten; er trieb Ärzte auf, die die Opfer behandelt hatten; er beschaffte sich medizinisches Beweismaterial und wies nach, daß die meisten Opfer neben einem Militärkomplex gewohnt oder gearbeitet hatten. Meselson hatte geschrieben, die Milzbranderreger würden aus einer »Fleischverarbeitungsfabrik in Aramil« stammen. Gumbel fuhr nach Aramil und fand dort keine Fleischfabrik vor, sondern nur ein malerisches Dorf. Später konfrontierte er den Harvard-Professor mit der Tatsache, daß die Fleischfabrik nicht existierte. Er berichtete lakonisch: »Professor Meselson schien perplex zu sein.«

Meselson befand sich, gelinde gesagt, in einer peinlichen Lage. Die Enthüllungen des *Wall Street Journal* vermittelten den Anschein, als ob die wissenschaftlichen Daten, die er über Swerdlowsk publiziert hatte, nicht nur falsch waren, sondern vielleicht von seinen russischen Kollegen getürkt sein könnten. Meselson war sowohl Opfer wie unwissender Verbreiter von potentiell irreführenden oder gar betrügerischen wissenschaftlichen Informationen. Er erhielt die Erlaubnis, nach Swerdlowsk zu fahren, und mit seiner Frau Jeanne Guillemin und einem Mitarbeiterteam gelang ihm der Nachweis, daß der Ausbruch der Seuche in Wahrheit von einem Austreten von Milzbrand aus einer Militärfabrik verursacht worden war. Schließlich veröffentlichte er seine Befunde 1994 in der Zeitschrift *Science*. Allerdings hielt er es nicht für nötig, an irgendeiner Stelle in seinem Artikel auf Peter Gumbel zu verweisen.

Er und seine Mitautoren gelangten zu der Schlußfolgerung, nur ein geringes Quantum Milzbrand sei in die Luft gelangt, nicht eine große Menge – nur eine winzige Prise Anthrax, die fast unsichtbar war. Einige Experten bestritten, daß eine derart geringe Menge Milzbrandsporen in einer Wolke über einer Stadt so viele Menschen töten konnte. Logischer ist es, und das wird inzwischen weithin angenommen, daß hier mehr als nur eine Prise Anthrax im Spiel gewesen war, aber niemand weiß es wirklich genau. Schuld an diesem Unfall war jedenfalls die Produktion von Milzbrandsporen für Waffen, und wie es heißt sollen Filter an Mahlmaschinen versehentlich entfernt worden sein. Doch die Welt wird vielleicht nie erfahren, was wirklich passiert war.

Entscheidend ist, daß Matthew Meselson eine Kehrtwendung vollzogen hatte. Es besteht schon ein gewaltiger Unterschied zwischen einer Prise Waffenmaterial und einer Tonne verdorbenem Fleisch. Eindrucksvoller war eine andere Kehrtwendung, nämlich die des russischen Präsidenten Boris Jelzin, der vor der Weltöffentlichkeit bestätigte, daß das heutige Rußland ein Biowaffenprogramm von der Sowjetunion geerbt habe. Spitzenfunktionäre im russischen Programm haben vor kurzem eine Liste der brisanten Erreger herausgegeben, die die heutigen russischen Streitkräfte höchstwahrscheinlich bei einem Krieg einsetzen würden. Und zwar in dieser Reihenfolge: Pocken, Pest und Milzbrand. Ein oder mehrere Erreger sind vielleicht gentechnisch hergestellt. Und die Konvention über das Verbot bakteriologischer Waffen? Was für eine Konvention?

Masaccio und Littleberry saßen eine Weile schweigend da, während sich Masaccio über den Zusammenhang klarzuwerden versuchte, in dem das Cobra Event stand.

»Der Krebs hat Metastasen gebildet«, sagte Littleberry. »Eine Menge Länder besitzen inzwischen biologische Waffen. Syrien hat ein erstklassiges Programm. Syrien gilt auch als Förderland des Terrorismus – Sie werden darüber mehr als ich wissen, Frank. Wenn Syrien ein Programm hat, kann man sich fragen, ob Israel sich ernsthaft mit schwarzer Biologie befaßt – und israelische Wissenschaftler zählen zu den besten der Welt. Der Iran verfügt gewiß über biologische Waffen – die Iraner kennen sich bestens aus in Molekularbiologie, und sie testen auch Cruise Missiles. Denken Sie mal darüber nach. Denken Sie mal über Linienausbringungen eines gentechnisch erzeugten brisanten Erregers nach. China hat riesige biologische Waffenfabriken in der Wüste von Sinkiang, aber wir können kaum in Erfahrung bringen, was sie tun, weil unsere Satelliten uns bei der Aufklärung von Biowaffenforschung nichts nützen. Wir können nicht in die Gebäude hineinschauen, und selbst dann würden wir nicht wissen, was in den Tanks gezüchtet wird. Wir wissen nur, daß die Chinesen sehr gut auf dem Gebiet der Molekularbiologie sind. Und das ist noch nicht alles. Es gibt noch genügend andere Länder, die Biowaffen entwickeln. Keines dieser Länder ist wirklich vernünftig. Da draußen gibt es also ein paar clevere Idioten, und früher oder später wird es einen sehr ernsten biologischen Unfall geben. Dagegen wird sich Swerdlowsk wie ein harmloser Störfall ausnehmen. Und ich glaube, das wird den ganzen Globus betreffen, nicht nur eine Stadt.«

Manchmal frage er sich, fuhr Littleberry fort, ob es nicht schon größere Unfälle gegeben habe. »Das Golfkriegssyndrom ist fast sicher durch chemische Waffen verursacht worden. Aber wir haben noch nicht die Möglichkeit ausgeschlossen, daß es sich dabei um irgendeine biologische Waffe handeln könnte. Vielleicht haben die Irakis zu Beginn des Kriegs eine Linienablage irgendeines experimentellen Erregers vorgenommen, die wir nicht bemerkt haben. Irgendein Jet, der vorbeigeflogen ist – wir könnten einfach nicht mitbekommen haben, daß es sich um eine Ablage gehandelt hat. Und das würde bedeuten, daß das Golfkriegssyndrom ansteckend wäre und sich ausbreiten würde. Ich bezweifle es zwar, aber man kann ja nie wissen. Oder denken Sie mal über das AIDS-Virus nach. Viel spricht dafür, daß AIDS ein natürliches Virus ist, das aus den zentralafrikanischen Regenwäldern stammt – aber im Grunde ist der Ursprung von AIDS unbekannt. Wir können die Möglichkeit nicht ausschließen, daß AIDS eine Waffe ist. Ist AIDS etwas, das irgendwo aus einem Waffenlabor entwichen ist? Ich glaub's zwar nicht, aber ich frag mich das immer wieder.«

»Und Cobra? Ist es irgendwo entwichen, Mark?«

»Das bezweifle ich. Ich vermute eher, daß irgend jemand es aus einem Labor gestohlen hat.«

»Und was ist mit Rußland? Was geht dort jetzt vor?«

»Das ist wirklich heikel. Ausgesprochen häßlich und streng geheim.«

»Natürlich«, pflichtete Masaccio ihm bei.

»Im Kolzowo-Institut für Molekularbiologie gibt es ein Gebäude, das weder einen Namen noch eine Nummer hat«, sagte Littleberry. »Wir haben ihm den Spitznamen Corpus Null gegeben und verlangt, es besichtigen zu dürfen.«

Nach langem Zögern willigten die russischen Aufpasser schließlich ein, den Inspektoren eine ganz kurze Besichtigung von Corpus Null zu gestatten. Seitdem hat kein Inspektor aus den USA oder sonstwoher die Erlaubnis bekommen, Corpus Null zu betreten. Was man über Corpus

Null weiß, beruht auf diesem einen kurzen Besuch im Jahre 1991.

Corpus Null befindet sich in einer entlegenen Ecke des Geländes von Kolzowo. Es ist ein großes, würfelförmiges Backsteingebäude mit kleinen Fenstern.

»Wir wußten nicht, was im Innern von Corpus Null vorging«, erklärte Littleberry. »Auf den Satellitenbildern war nichts zu erkennen.«

Während der Inspektion war die gesamte Belegschaft von Kolzowo nach Hause geschickt worden, so daß Corpus Null verlassen war, als das Inspektionsteam mit einer Gruppe von Aufpassern hineinging. Es gab nicht viel zu sehen. Das Gebäude enthielt anscheinend nichts weiter als Büroräume und normale biologische Labors. An einem der Experimentiertische entdeckte ein Inspektor ein Stück Papier, das an der Seite des Tisches mit einer Reißzwecke befestigt war. Darauf stand auf Englisch: »Der Adler kann keine Fliege fangen.« Da schien sich jemand über die Inspektoren lustig machen zu wollen.

Die Inspektoren besichtigten eben einige Büros, als Littleberry zu allen sagte, er wolle mal kurz austreten. Als er die Toilette verließ, sah er, wie das Team und die Aufpasser einen Gang entlanggingen und gerade um eine Ecke bogen. Das war seine Chance. Er ging in die andere Richtung. Littleberry hatte sich unerlaubt von der Truppe entfernt. Als er Frank Masaccio davon erzählte, fühlte er sich wieder in die damalige Zeit zurückversetzt.

Wie bei Corpus Eins waren auch in Corpus Null die Gänge ringförmig um das Zentrum des Gebäudes angeordnet. Aber hier war das Zentrum nicht zugänglich. Irgend etwas mußte dort verborgen sein. Im Kern des Gebäudes mußte es eine Hot Zone geben.

Aber wie sollte er in den Kern gelangen? An der Innenwand des Korridors, in dem er sich befand, entdeckte er eine

Stahltür ohne Aufschrift. Littleberry öffnete sie und betrat einen dunklen Gang, der nach innen führte. Er schaltete seine Taschenlampe an.
Der Korridor war leer. Littleberry ging weiter, bis er auf eine Tür am anderen Ende stieß. Als er sie öffnete, befand er sich in einem riesigen Raum. Es war das Zentrum von Corpus Null. Im Licht seiner Taschenlampe erkannte er, daß es über mehrere Stockwerke hoch war und in seiner Mitte ein riesiger Stahlwürfel stand. An verschiedenen Stellen ragten Sonden und Rohre aus dem Würfel, die wohl irgend etwas überwachen sollten, was im Innern des Würfels stattfand.
Er ging um den Würfel herum, wobei seine Schritte auf dem Betonboden widerhallten, und dann entdeckte er ein Kontrollzentrum mit Computerkonsolen und allen möglichen Meß- und Steuergeräten. Der Raum war verlassen, die Computer waren abgeschaltet.
Littleberry drehte sich um und betrachtete den Würfel. Und da entdeckte er die Treppe. Sie führte an einer Seite des Würfels auf halbe Höhe bis zu einer Tür, an der sich ein radförmiger Drehgriff befand. Der Strahl seiner Taschenlampe glitt über die Tür, und Littleberry erblickte das Symbol: eine rote Biorisikoblume.
Ich werde einfach die Luft anhalten, sagte er sich. Als er den Treppenabsatz vor der Tür erreicht hatte, drehte er an dem Radgriff. Das Schloß ging auf. Er holte tief Luft, öffnete die Tür und leuchtete hinein. Eine Treppe führte in die Kammer hinunter. In einer solchen Kammer werden die Bedingungen eines Kriegsschauplatzes simuliert, in den eine biologische Waffe ausgebracht wurde.
Er vernahm ein Winseln und entdeckte am Boden der Kammer eine Passage, die horizontal davon abzweigte. Er sah hinein, leuchtete herum und entdeckte Käfige für die Testtiere. In einem der Käfige hockte ein weibliches Rhe-

susäffchen, das nach ihm griff und seine Pfote dann wieder wegzog. »Tut mir leid, Kleines«, sagte er. »Ich hab nichts zu essen dabei.«

Er ließ das Licht seiner Taschenlampe über das Tier gleiten und sah, daß aus den Nippeln des Affen Blut sickerte. Der Leib war von schwarzen Blutbläschen übersät, die halb im Fell verborgen waren und wie Minigranaten aussahen. Auf dem Boden des Käfigs sammelte sich Blut, das aus der Vagina des Affenweibchens tropfte.

Littleberry hatte den Atem nicht angehalten. Er wandte sich um und lief die Treppe wieder hoch.

Drei Tage nachdem er die Kammer im Corpus Null betreten hatte, bekam Littleberry Fieber und brach zusammen. Er wurde sofort ins Biosicherheitskrankenhaus von Kolzowo gebracht. Darin befanden sich Dutzende von Betten hinter stählernen Luftschleusentüren, und die Ärzte und Schwestern trugen Schutzanzüge.

»Ich wurde von Ebola in der Luft angesteckt«, sagte Littleberry zu Masaccio. »In dieser Kammer wurden Ebolaviruspräparate und Pockenviren für Raketensprengköpfe getestet.«

»Und warum sind Sie dann nicht tot?« wollte Masaccio wissen.

»Bei einer biologischen Waffe wird es immer Überlebende geben. Vielleicht haben die russischen Behandlungsmethoden bei mir funktioniert. Wir wissen es noch immer nicht.«

Mark Littleberry war vier Wochen lang im Krankenhaus von Kolzowo geblieben. Dem medizinischen Personal war die ganze Angelegenheit sehr unangenehm, und sie behandelten ihn nach bestem Wissen und Gewissen.

»Und wie war das, als Sie diese Krankheit hatten?« fragte Masaccio.

»Ich weiß nur noch, daß ich furchtbar auf die Leute in den

Schutzanzügen geflucht habe, wenn sie mich im Bett umzudrehen versuchten.«

»Eins muß ich Sie noch fragen, Dr. Littleberry. Haben wir ein geheimes biologisches Waffenprogramm?«

Littleberry starrte ihn an. »Mein Gott – Sie müßten das doch eigentlich wissen, Frank.«

»Nun, ich weiß es eben nicht. Die CIA erzählt mir auch nicht immer alles.«

»Auf Ihre Frage gibt es zwei Antworten«, sagte Littleberry. »Erstens kann ich persönlich nicht beweisen, daß das US-Militär ein geheimes Biowaffenprogramm hat. Zweitens könnten wir es jederzeit haben, wenn wir wollten. Unsere Biotechnikindustrie ist unübertroffen.«

»Und warum haben wir dann keins?« bohrte Masaccio nach.

»Es würde ziemlich schnell durchsickern. Das ist die undichteste Regierung der Welt, und die öffentliche Meinung würde es stoppen. Jedenfalls möchte ich das gern glauben.«

Zum Zeitpunkt der ersten Biowaffeninspektion im Jahre 1991 hatte das Kolzowo-Institut für Molekularbiologie eine Belegschaft von viertausend Mitarbeitern gehabt – 1997 war sie auf etwa zweitausend geschrumpft. Rund zweitausend Wissenschaftler und andere Mitarbeiter aus Kolzowo arbeiten dort nicht mehr. Einige gelten als vermißt, und die russische Regierung weiß anscheinend nicht, wo sie sind. Andere haben Rußland verlassen. Manche arbeiten an Biowaffenprogrammen in anderen Ländern, wahrscheinlich im Iran und in Syrien, möglicherweise im Irak und vielleicht auch in asiatischen Ländern. Welche Virusarten sie mitgenommen haben und wo die sich jetzt befinden, sind Fragen, die den Geheimdiensten große Sorgen bereiten.

Der Komplex Biopreparat ist aufgelöst worden und seine verbliebenen Teile versuchen auf irgendeine Weise Geld zu verdienen, um die Wissenschaftler und sonstigen Mitarbeiter weiterzubeschäftigen. Die russische Regierung will nicht, daß die Biowissenschaftler Rußland verlassen, weil sie ihr Wissen und militärisch eingesetzte Virusarten in ein Land schaffen könnten, das mit Rußland verfeindet ist. Im heutigen Rußland kann man eine Gesichtscreme kaufen, die von Biopreparat hergestellt wird. Man kann Biopreparat-Wodka kaufen. Er heißt »Sibirischer Sonnenschein«. Biopreparat-Wissenschaftler haben Amerikanern erzählt, daß er in ehemaligen Milzbrandtanks zubereitet wird, und anscheinend meinen sie das ernst. Wahrscheinlich kann man den Wodka ohne Bedenken trinken, denn wenn sich Biopreparat auf etwas versteht, dann auf das Sterilisieren einer Hot Zone. Biopreparat ist mittlerweile ein Aktienunternehmen. Biopreparat-Aktien kann man an der Moskauer Börse kaufen.

Das russische Verteidigungsministerium hatte immer die Kontrolle über die Entwicklung von Biowaffen gehabt, und es hat auch die Lagerung und den Einsatz der Waffen kontrolliert. Es hat die Forschung bei Biopreparat finanziert und die Ergebnisse dieser Forschung in Sprengköpfen verwendet. Es ist sehr schwierig, einen sachkundigen Experten zu finden, der glaubt, Rußland habe die Entwicklung offensiver Biowaffen aufgegeben. Das Programm hat zwar vermutlich einen geringeren Umfang, aber man geht davon aus, daß es an geheimen Orten weiterbetrieben wird, und zwar noch geheimer als zuvor. Die Verteidigung ist noch immer ein vorrangiges Anliegen für Rußland. Da die Molekularbiologie billiger wird und einfacher anzuwenden ist und da Virusproduktionsstätten kleiner und beweglicher werden, kann ein Biowaffenprogramm fast unbemerkt fortgeführt werden. Die Fliege wird kleiner, schneller und immer schwerer zu fangen sein.

In letzter Zeit haben amerikanische Wissenschaftler bei

Besuchen in Kolzowo bemerkt, daß die Lichter hinter den Fenstern von Corpus Null um fünfzehn Uhr angehen, wenn es im Herbst und im Winter in Sibirien dunkel wird. Fast überall in Kolzowo sind dann die Lichter ausgegangen, nur nicht in diesem Gebäude ohne Namen. Die russischen Manager der Produktionsstätte haben amerikanischen Besuchern gegenüber erklärt, daß »nur drei Ehepaare dort arbeiten, und die sind gegen Pocken geimpft«. Allem Anschein nach sind viel mehr Menschen in Corpus Null beschäftigt. Niemand weiß, was die Belegschaft mit der Testkammer für Ebola und Pocken im Innern von Corpus Null macht. Niemand weiß, wer die Forschung in Corpus Null bezahlt und welche Art von Forschung dort betrieben wird.
»Biopreparat wurde zerschlagen, als die Sowjetunion zerfiel«, erklärte Littleberry Masaccio. »Die Teile von Biopreparat sind in verschiedene Richtungen auseinandergefallen. Das sichtbare Biopreparat ist der Teil, der Gesichtscreme und Wodka herstellt. Ein anderer Teil wurde ins russische Militär aufgenommen. Möglicherweise schwirren noch andere unsichtbare Teile von Biopreparat herum. Gefährliche Fragmente. Vielleicht hat Biopreparat einen bösen Ableger. Vielleicht hat dieser böse Ableger keine Verbindung zu Rußland mehr.«
»Und Sie glauben, daß ein böser Ableger das Cobra-Virus zusammengesetzt hat?« rief Masaccio ungläubig. »Sie meinen, es sind die Russen?«
Littleberry lächelte. »Nicht ganz. Dieses Cobra-Virus ist so schön und so neu, daß dahinter amerikanische Technik stecken müßte, Frank. Müßte. Wenn man sich dieses Virus anschaut, dann sieht es wie ein Raumschiff aus. Aber die Pocken darin – das ist alt und riecht nach Rußland. Will Hopkins behauptet immer, er würde so lange in Cobra herumstochern, bis er seinen Erzeuger gefunden hat. Ich glaube vielmehr, daß Cobra zwei Erzeuger hat – einen

Amerikaner und einen Russen. Irgendwie sind sie zusammengekommen, und da ist Geld im Spiel. Es muß so sein. Ich glaube, da hängt ein Unternehmen drin. Cobra stammt aus einem bösen Ableger. Und ich glaube, der böse Ableger ist eine amerikanische Firma, die irgendwo bei New York betrieben wird.«

Sechster Teil

DIE OPERATION

Der Junge

Donnerstag, 30. April

Alice Austen saß mit Colonel Ernesto Aguilar und zwei Army-Krankenschwestern an Bord eines Sanitätshubschraubers, der gerade vom Heliport an der Thirty-fourth Street abgehoben hatte. Er beförderte einen fünfjährigen Jungen namens Hector Ramirez, der an der Avenue B wohnte. Hector war bei Bewußtsein und lag angeschnallt und zugedeckt auf einer Rollbahre. Hinter einer durchsichtigen Sauerstoffmaske waren seine blutigen und zerfetzten Lippen zu erkennen. Er hatte im Notaufnahmeraum des Bellevue Hospital Grand-mal-Krämpfe gehabt, die aber abgeklungen waren. Der Junge starrte an die Decke des Hubschraubers, und seine braunen Augen wiesen in der Mitte einen satten Goldton auf.

»Passen Sie auf! Er hat wieder Krämpfe!« rief Dr. Aguilar.

Hector Ramirez begann sich zu krümmen. Er war zwar angeschnallt, aber sein kleiner Körper schien unglaublich stark zu sein. Er verdrehte sich unter den Gurten, und sein Kopf schlug hin und her. Dann biß er sich hinter der Sauerstoffmaske auf die Lippen, und Blut spritzte auf die Innenseite der Maske.

Eine Army-Krankenschwester namens Captain Dorothy Each riß dem Jungen die Sauerstoffmaske ab und hielt seinen Kopf fest. Sie trug Gummihandschuhe. Die Kiefer des Jungen waren einfach nicht unter Kontrolle zu bringen. Der Hubschrauber begann mit dem Anflug auf Governors Island.

Captain Each umklammerte den Kiefer des Jungen fest mit beiden Händen, um ihn am Beißen zu hindern. Das schien zu helfen.

Plötzlich wölbte er seinen Rücken hoch, fletschte die Zähne

und biß Captain Each fest in die linke Hand. Die Zähne zerfetzten den Gummihandschuh.
Die Krankenschwester zog die Hand kurz weg, beugte sich dann aber wieder über den Jungen und hielt seinen Kopf und seinen Kiefer fest. Austen sah, wie Eachs Hand blutete. Das Blut lief von der Hand auf das Haar des Jungen. Austen sagte nichts. Niemand sagte etwas. Aber alle wußten, daß Captain Dorothy Each in den Quarantäneraum im Bioschutzlazarett der Army auf Governors Island gebracht werden mußte.

Hectors Mutter, Ana Ramirez, und seine Tante Carla Salazar wurden als Patienten im Army-Lazarett aufgenommen, da sie engen Kontakt zu dem Jungen gehabt hatten. Man brachte sie in getrennten Schutzräumen unter, und sie wurden rund um die Uhr vom medizinischen Personal der Army überwacht. Die Mutter des Jungen wies Schnupfensymptome auf – klarer Schleim lief ihr aus dem Nasen-Rachen-Raum. Dr. Aguilar ordnete an, daß die Patienten an einen Tropf mit einem experimentellen Army-Medikament, Cidofovir, angeschlossen wurden. Man ging davon aus, daß das Medikament bei Pocken wirkte, aber niemand wußte, ob es auch bei Cobra funktionierte.
Die Ärzte hatten mittlerweile eine Bioschutz-Intensivstation eingerichtet, eine Gruppe von Räumen, die durch einen Vorraum im Nordflügel des Krankenhauses zugänglich waren. Dorthin wurde Hector Ramirez verlegt, zusammen mit Suzanne Tanaka. Tanaka war an ihr Bett gefesselt und bekam über Tropfinfusionen Cidofovir, Ribavirin und Valium zugeführt. Sie schwebte in einem halbbewußten Zustand, hatte aber keine Krämpfe gehabt.
Der Junge wurde auf ein Bett geschnallt, und dann wurden verschiedene Überwachungsapparate aufgestellt. Darunter befand sich auch ein Drucksensor für eine Echtzeitüberwa-

chung des Schädeldrucks. Sie hatten ein kleines Loch in den Schädel des Jungen gebohrt und dort einen Plastikdrucksensor eingeführt. Im Notfall konnten ihm die Ärzte chirurgisch einen Teil des Schädels entfernen, um dem Hirn Raum zu geben. »Die Sterblichkeitsrate ist zwar entsetzlich hoch, aber es ist vielleicht unsere einzige Chance«, sagte Dr. Aguilar zu Austen.

Hector gab einen spitzen Schrei von sich.

Austen trat näher. Der Junge war für sein Alter klein. Sein Körper zitterte. Die Schwestern hatten weiche Gazebänder um seine Hand- und Fußgelenke und über seine Brust gebunden. Sie hatten sich nach Kräften bemüht, seinen Kopf stillzustellen, aber sein Mund ließ sich nicht unter Kontrolle bringen. Er hatte sich einen Teil der Zunge abgebissen und sie verschluckt. Seine Augen standen halb offen, die Pupillen huschten hin und her.

»Mama!« rief er schwach. »Mama!«

Austen beugte sich über das Bett. »Wir sind Ärzte, und wir sind für dich da, Hector.«

»¿Donde está Mama?«

Sie berührte seine Stirn. Durch ihren Handschuh konnte sie spüren, wie sich seine Gesichtsmuskeln anspannten und zuckten.

Sie konnten keine Gehirntomographie vornehmen, weil der Zustand des Jungen zu instabil war und er jeden Augenblick in Krämpfe verfallen konnte.

Will Hopkins betrat im Schutzanzug die Intensivstation. Die Antikörpersonden von der Navy waren eingetroffen, und Hopkins hatte sie zu einem Ping-Biosensor programmiert. »Ich hab hier ein Handgerät, mit dem sich Cobra nachweisen läßt, glaube ich.«

Von dem Jungen waren Blutproben genommen worden. Hopkins gab ein paar Tropfen davon in ein Reagenzglas

mit Salzwasser und dann einen Tropfen der Blut-Wasser-Lösung in den Probenport des Geräts.
Ein »Ping« ertönte. »Cobra«, sagte Hopkins nur und sah auf den Bildschirm.
Auch Suzanne Tanaka litt nun Qualen in ihrem Bett auf der anderen Seite der Intensivstation. Hopkins testete ihr Blut, und der Befund war positiv. Er blieb eine Weile neben ihrem Bett sitzen. »Es tut mir so leid«, sagte er.
Sie konnte nicht antworten, ja, es war nicht einmal sicher, ob sie ihn überhaupt gehört hatte.
Als er die Station verließ, begegnete ihm Alice Austen. Sie sprachen über Tanaka. Hopkins erzählte Austen, als sie nach Quantico gefahren seien und sie im Wagen geschlafen habe, habe Tanaka ihn am Telefon angefleht, sie ins Team aufzunehmen. »Es war meine Entscheidung«, sagte er zu Austen.
»Es hat doch keinen Sinn, über vergangene Entscheidungen nachzugrübeln, Will.«
»Ich kann nun mal nicht anders«, erwiderte er.
»Mir geht's genauso. Ich hätte Peter Talides ins Krankenhaus bringen müssen.«
Anschließend testete Hopkins das Blut von Aimee Dana, der Frau von John Dana, der von Gehirnmaterial von Peter Talides infiziert worden war. Das Gerät zeigte nichts an. Sie schien also okay zu sein. Dann begab er sich zu Captain Dorothy Each, die in einen Bioschutzraum verlegt worden war. Sie saß lesend in einem Sessel und wirkte ruhig und gelassen, sah aber sehr blaß aus. Hopkins testete ihr Blut. Bislang gab es kein Anzeichen von Cobra. »Schaut gut aus, aber es ist wirklich noch zu früh, um das mit Bestimmtheit zu sagen«, erklärte er ihr.

Austen behielt Hector Ramirez im Auge. Sie hatte das Gefühl, kurz davor zu sein, etwas Wichtiges zu begrei-

fen. Das Muster erschien – und dann entglitt es ihr wieder.
Sie wandte sich an Dr. Aguilar. »Ich glaube, wir haben noch immer keine Diagnose«, erklärte sie.
»Wir wissen doch schon eine ganze Menge«, erwiderte er.
»Aber wir verstehen den Krankheitsverlauf noch nicht. Uns fehlt eine Diagnose.«
»Okay, einverstanden«, sagte er. »Und was stellen Sie sich vor?«
»Ich hab da so eine Ahnung, aber nichts Konkretes.«
Ein Arzt kam herein und brachte einige Testergebnisse. Der Anteil der weißen Blutkörperchen in Hectors Rückenmarkflüssigkeit war zu hoch.
»Auch sein Harnsäurespiegel«, fügte der Arzt hinzu.
»Wie hoch?« wollte Austen wissen.
»Vierzehnkommasechs. Extrem hoch.«
»Das ist vermutlich die Folge seiner Krämpfe«, meinte Dr. Aguilar.
Austen kam die Autopsie von Kate Moran in den Sinn. Die Nieren. Sie sah die goldgelben Streifen in den Nieren des Mädchens vor sich. Die Nieren waren durch zuviel Harnsäure geschädigt worden. Irgend etwas bewegte sich vor Austens geistigem Auge. Es war wie ein Vogel, der mit den Flügeln flattert, ein Vogel mit ungewöhnlichen Zeichnungen.
»Könnten Sie bitte die Gurte des Jungen lösen«, bat Austen. »Ich möchte sehen, wie er die Beine bewegt.«
Die Schwestern zögerten.
Sie wiederholte ihre Bitte, und da befreiten sie Hector Ramirez von seinen Fesseln. Austen kniete sich neben das Bett und packte den Arm des Jungen mit festem Griff. Er sah sie aus gelben Augen an. Es war nicht leicht zu sagen, wo sich die Persönlichkeit des Jungen befand. Sein wahres Wesen schien bereits ganz oder teilweise gestorben zu sein.

Austen ließ seinen Arm ein wenig los. Er zog ihn sofort zu seinem Mund. Seine Zähne schnappten danach. Er stöhnte und schrie: *»No! Basta! Vaya! Ay!«*

Der Körper des Jungen nahm eine eigenartige Haltung ein. Der eine Arm war zum Mund hin abgewinkelt, und auch das entgegengesetzte Bein war abgewinkelt. Das andere Bein und der andere Arm waren gestreckt. Die Körperhaltung ähnelte der eines Fechters, der zu einem Ausfall ansetzt.

Das deutete auf eine Schädigung von Hirnbereichen hin, in denen sich Signale kreuzen. Im Mittelhirn. Das Mittelhirn war gestört.

Der Junge wand sich, und sein Rücken wölbte sich auf. Er kreuzte die Beine in einer abrupten Scherbewegung.

»Sie fressen sich selbst. Sie sind Kinder«, sagte Austen mit entsetzlicher Gewißheit. »Sie reißen sich die Augen aus. Lasch. Lesch – wie heißt das noch mal, Dr. Aguilar?«

»O Gott«, flüsterte Aguilar. Plötzlich fiel es auch ihm wie Schuppen von den Augen.

»Hoher Harnsäurespiegel«, sagte sie.

»Klar«, erwiderte er. »Es sieht ganz so aus, als ob dieses Kind das Lesch-Nyhan-Syndrom hätte.«

Das Lesch-Nyhan-Syndrom

Das Lesch-Nyhan-Syndrom – erstmals 1964 von den amerikanischen Ärzten Michael Lesch und William L. Nyhan nachgewiesen – ist eine äußerst seltene Krankheit. Sie tritt bei einer von einer Million Geburten auf und kommt in ihrer natürlichen Form nur bei Jungen vor. Auslöser ist eine Mutation am X-Chromosom, das jedes Kind von seiner Mutter erbt. Den davon betroffenen Jungen fehlt ein Enzym, das ein Stoffwechselabfallprodukt verarbeitet, und dieser Mangel führt zu einem gewaltigen Überschuß an Harnsäure im Blutstrom. Das fehlende Enzym heißt Hypoxanthin-Guanin-Phosphoribosyltransferase (HPRT).

Ein Junge mit dem Lesch-Nyhan-Syndrom scheint als Baby ganz normal zu sein, bis seine Eltern etwas entdecken, was sie manchmal als »orangefarbenen Sand« in der Windel beschreiben. Dies sind Harnsäurekristalle, die aus den Nieren ausgeschieden werden. Nach dem ersten Lebensjahr ist etwas eindeutig nicht in Ordnung mit dem Baby. Der Junge entwickelt sich zum Spastiker. Er kann seine Bewegungen nicht normal koordinieren und lernt nicht, wie man krabbelt oder geht. Seine Glieder werden steif und tendieren dazu, die typische »Fechterhaltung« der Lesch-Nyhan-Krankheit anzunehmen: Ein Arm und das entgegengesetzte Bein sind abgewinkelt. Dies ist ein Anzeichen einer Schädigung von Nervenfasern im Mittelhirn. Wenn der Junge seine Zähne bekommt, beginnt er auf den Lippen zu kauen. Dieses Kauen ist unkontrollierbar. Das Kind beginnt, seine Lippen abzubeißen und seine Finger abzunagen. Es konzentriert sich auf bestimmte Teile seines Körpers – niemand weiß, warum.

Die Eltern haben ihr Kind nicht mehr im Griff. Oft bereitet es den Ärzten Probleme, eine Diagnose zu stellen. Der Junge muß nicht unbedingt zurückgeblieben sein. Er kann eine normale Intelligenz haben, aber das läßt sich nur schwer feststellen, weil sein Sprachvermögen schwach ist. Er kann nicht gut sprechen, obwohl seine Augen hellwach sind und er seine Umwelt intellektuell versteht. Zuweilen reißt der Junge seine Fingernägel mit den Zähnen aus. Er attackiert seinen Körper. Wenn er älter und stärker wird, greift er die Menschen an, die er liebt, schlägt mit Händen und Füßen um sich, beißt nach ihnen und äußert Obszönitäten. Er ist eindeutig liebesfähig und geht eine starke Bindung zu den Menschen ein, die sich um ihn kümmern, sogar wenn er sie angreift.

Die Selbstverletzung bereitet Lesch-Nyhan-Kindern gräßliche Schmerzen. Es bekümmert sie zwar, wenn sie andere Menschen attackieren, aber sie können nichts dagegen tun. Wenn sie an sich selbst herumkauen, schreien sie vor Schmerzen. Sie wissen, was sie tun, können aber nicht damit aufhören. Sie spüren den Schmerz, doch das Beißen geht weiter, und je schmerzvoller es ist, desto mehr beißen sie sich selbst. Sie fürchten sich vor dem Schmerz, und die Furcht veranlaßt sie, sich nur noch heftiger zu beißen. Somit nährt sich der Lesch-Nyhan-Verhaltenszyklus buchstäblich selbst. Wenn solche Kinder spüren, daß eine Phase der Selbstverstümmelung naht, bitten sie, man möge ihre Hände fesseln und ihren Körper festhalten. Es besteht die Gefahr, daß sie sich bei einem Anfall ihre Augäpfel herausreißen. Diese Selbstenukleation ist zwar selten, aber sie kommt vor. Es gibt nicht viele Lesch-Nyhan-Erwachsene, denn die meisten der Leidenden sterben als Kinder oder Jugendliche an Nierenversagen oder Selbstverstümmelung.

Das menschliche Genom besteht aus etwa drei Milliarden

DNA-Basen. Allein die Veränderung einer einzigen Base im gesamten Humangenom, und zwar an einer ganz bestimmten Stelle, löst die Lesch-Nyhan-Krankheit aus. Die Wissenschaft weiß, wie die Veränderung in der DNA die Enzymstruktur verändert. Das ist einfach. Ein absolutes Rätsel ist die Tatsache, daß eine Veränderung in einem einzigen Enzym einen radikalen Wandel im Verhalten verursacht. Was für eine Hirnschädigung kann dazu führen, daß ein Organismus sich selbst zu verzehren versucht? Niemand weiß es.

»Das Cobra-Virus löst anscheinend eine Art von Lesch-Nyhan-Krankheit beim Menschen aus, und zwar bei Männern wie bei Frauen«, erklärte Alice Austen dem im Konferenzraum versammelten Reachdeep-Team. Auch Frank Masaccio war mit leitenden Mitarbeitern seiner Sondereinheit nach Governors Island eingeflogen, um sich die Befunde der Ärzte anzuhören. »Lesch-Nyhan ist zu einer ansteckenden Krankheit geworden«, fuhr Austen fort. »Cobra besitzt wahrscheinlich die Fähigkeit, das für die Bildung des Enzyms HPRT zuständige Gen auszuschalten, und das führt irgendwie zu Selbstverletzung und Autokannibalismus. Die natürliche Lesch-Nyhan-Krankheit ist eine progressive Störung, die während der Entwicklung des Kindes nur langsam voranschreitet. Niemand kennt die genaue Art der Hirnschädigung, die dazu führt, daß Lesch-Nyhan-Kinder zur Selbstverstümmelung neigen. Cobra verursacht offensichtlich den gleichen allgemeinen Typus von Hirnschädigung, aber ungeheuer rasch. Das Virus scheint sich auf einen massiven Replikationsausbruch zu verlegen, genauso wie es das Faltervirus NPV tut, und dieser letzte Ausbruch schmelzt beinahe das menschliche Gehirn und löst den wilden Verhaltenswechsel in den Stunden vor dem Tod aus.«

Frank Masaccio hatte aufmerksam zugehört. Die Hände in den Taschen vergraben, starrte er auf das Faxpapier an der Wand des Konferenzraums, auf dem das Gesicht des amerikanischen Touristen zu sehen war, der vielleicht das Unsub war. Masaccio hatte sich überlegt, wie er diese Informationen verwenden könnte, um die Ermittlung voranzubringen. Nun fiel ihm ein neuer Zug in dieser Schachpartie ein, und er wandte sich an seine leitenden Beamten.

»Ich sehe jetzt, was wir tun können. Wir müssen uns jedes Biotechnik-Unternehmen vorknöpfen, das an der Erforschung dieser Krankheit arbeitet. Wir besorgen uns die Listen der Angestellten dieser Firmen. Wir sehen nach, ob der Name eines Angestellten auf der Liste mit den Tausenden von Touristen steht, die ein Visum für Kenia bekommen haben. Wenn wir diesen Namen finden, haben wir Archimedes.«

Hector Ramirez starb am Donnerstag spätnachmittags. Zu dieser Zeit arbeiteten Hopkins und Austen im Reachdeep-Core, um den Nachweis zu erbringen, daß die Cobra-Viruskrankheit eine Abart des Lesch-Nyhan-Syndroms war.

Mittlerweile befaßte sich die Ermittlung mit dem Finanzsektor. Die New Yorker Cobra-Sondereinheit überprüfte, welche Unternehmen in der Biotechnik-Industrie sich in letzter Zeit beim Börsenaufsichtsamt hatten registrieren lassen. Dort wurden sie nicht fündig. Andere Agenten riefen die Zentrale der Food and Drug Administration (FDA) in Maryland an und forderten Informationen über alle neuen Arzneimittelforschungsanträge an, die mit der Lesch-Nyhan-Krankheit zusammenhingen.

Es gibt drei Hauptregionen in den USA, wo sich Biotechnik-Unternehmen niedergelassen haben. Die eine ist die Region um die San Francisco Bay in Kalifornien, wo die Biologie und die High-Tech-Computer- und Software-Industrie im Silicon Valley Hand in Hand arbeiten. Die zweite Region befindet sich in Massachusetts, im Raum Boston. Die dritte und größte Region ist ein Gürtel von Biotech-Firmen, die in kleinen Gebäuden versteckt sind, ein Gürtel, der sich vom Zentrum New Jerseys nach Süden durch Pennsylvania und Maryland bis zu den Vorstädten von Washington, D.C., hinzieht. Dies ist der sogenannte Middle Atlantic Biotechnology Belt, und ihm gehören einige der innovativsten Firmen auf dem Gebiet der Gentechnik und der biomedizinischen Forschung an. In allen drei Regionen kurbeln die Biotech-Firmen das Wirtschaftswachstum an, sie sorgen für Arbeitsplätze, machen Menschen reich und entwickeln neue Medikamente. Als Gruppe sind sie auf dem Gebiet der Biotechnik dem Rest der Welt um Lichtjahre voraus.

Innerhalb von ein paar Stunden hatten die Ermittler in Erfahrung gebracht, daß es gegenwärtig in den USA nur zwei Unternehmen gab, die sich der bei der FDA registrierten Erforschung des Lesch-Nyhan-Syndroms widmeten. Das eine war eine Aktiengesellschaft in Santa Clara, Kalifornien – eine mittelgroße Firma mit Anteilseignern. Das andere war ein Privatunternehmen in Greenfield, New Jersey, eine Autostunde südwestlich von New York. Es hieß Bio-Vek, Inc. Da es eine Privatfirma war, war sie nicht beim Börsenaufsichtsamt registriert. Aber vor kurzer Zeit hatte Bio-Vek bei der FDA einen Antrag gestellt, klinische Versuche der Phase I mit einer biotechnischen Behandlung der Lesch-Nyhan-Krankheit bei Kindern machen zu dürfen, ein sogenanntes Gentherapieprotokoll, bei dem gesunde Gene in das Hirngewebe kranker Kinder eingeführt wurden.

Die Cobra-Ermittler aus New York baten die Außenstelle des FBI in Trenton, New Jersey, um Amtshilfe. Die sahen sich die Steuerunterlagen von Bio-Vek beim Staat New

Jersey sowie die Laborunterlagen der Firma an. Bio-Vek war eine ganz kleine Firma mit nur fünfzehn festangestellten Mitarbeitern. Der Präsident des Unternehmens hieß Orris Heyert.

»Das scheint das richtige zu sein«, meinte Frank Masaccio. »Diese Bio-Vek-Klitsche sollten wir uns ansehen.« Er erörterte mit seinen leitenden Ermittlungsbeamten und mit Hopkins, wie sie vorgehen sollten.

Sie könnten bei Bio-Vek eine unangekündigte Wirtschaftsrazzia vornehmen, also mit einem gewaltigen Wirtschaftsverbrechen-Analyseteam anrücken, die Firma stillegen und als staatliches Beweismaterial beschlagnahmen. Das wäre eine extreme Maßnahme. Um eine ganze Firma stillegen zu können, mußten Bundesermittler schon hinreichende Gründe dafür vorbringen, daß ein Verbrechen begangen worden war. Sie mußten sich einen Durchsuchungsbefehl bei einem Ermittlungsrichter besorgen, eine Erlaubnis, die es ihnen ermöglichte, die Firmenräumlichkeiten zu betreten und das Beweismaterial zu sichern. Das war in diesem Fall unmöglich, da es keine hinreichenden Gründe für einen Verdacht gab, daß ein Verbrechen begangen worden war – keinen einzigen Beweis, daß Bio-Vek mit dem Unsub oder irgendeinem Verbrechen in Verbindung stand. Kein Amtsrichter würde eine Razzia bei Bio-Vek genehmigen.

Unter normalen Umständen würden die Bundesbeamten sich Zeit lassen, um Beweise zu sammeln, vielleicht mit Hilfe von Undercoveragenten. Sie würden insgeheim Mitarbeiter auf der unteren Ebene aushorchen, sich Informationen bei der Hausbank der Firma beschaffen und die Geschäfte des Unternehmens mit Lieferanten und Kunden überprüfen. Sie würden sich einen Eindruck über den Geldfluß zu verschaffen suchen. Masaccio wußte, daß der Geldfluß die Blutversorgung des Verbrechens darstellt. Sobald er sah, wie schnell der Name dieser Firma auftauchte, nachdem Dr. Austen den Krankheitstypus identifiziert hatte, den das Virus verursacht, wußte er aufgrund seiner lebenslangen Erfahrung als Ermittler, daß die Todesfälle in New York irgendwie mit Geld zu tun hatten. Es war da – aber wo?

Da alle wollten, daß der unbekannte Täter innerhalb weniger Tage gefunden und verhaftet wurde, bevor noch mehr Menschen starben, stand Frank Masaccio unter extremem Druck, sich schnell und entschlossen auf den Fall zu stürzen. Sie hatten keine Zeit, eine sorgfältige Ermittlung gegen Bio-Vek anzustellen, ein Profil der Firma zu erarbeiten. Es bestand durchaus die Möglichkeit, daß die Firma selbst keine Schuld traf. Ihr Unsub könnte ein Angestellter oder ein ehemaliger Angestellter sein. Die Firma müßte gar nichts damit zu tun haben und könnte zu einer Kooperation bereit sein. Er beschloß, die Firma um Mithilfe zu bitten. Vorsichtig. Er würde dafür einige von den Reachdeep-Leuten einsetzen, da sie die richtigen Fragen stellten.

Bio-Vek, Inc.

Greenfield, New Jersey, Freitag, 1. Mai

Will Hopkins, Alice Austen und Mark Littleberry flogen mit einem Helikopter über die Raritan Bay und landeten auf einem Grasstreifen in einer Kleinstadt unweit von Greenfield, ein paar Meilen östlich von Bio-Vek. Dort wurden sie von drei FBI-Agenten von der Zweigstelle Trenton in neutralen Dienstwagen abgeholt. Das Reachdeep-Team bestieg einen Wagen, der von einer Agentin gefahren wurde. Die anderen beiden Trenton-Agenten nahmen den anderen Wagen, und diskret begaben sie sich zu einem abgelegenen Teil der Landepiste.

Dort befestigte einer der Agenten einen Minirecorder unter Hopkins' Jackett am Rücken.

Dann fuhren sie über Vorortstraßen in ein Industriegebiet, einigen niedrigen Gebäuden, die während des Bürobaubooms in den achtziger Jahren errichtet worden waren. Hier waren alle möglichen Branchen untergebracht. In einem der Büroblocks befand sich eine Druckerei, gleich daneben eine Baufirma. Das Gebäude von Bio-Vek, Inc., hatte kupferfarbene Rauchglasfenster, die jeden Durchblick von außen verwehrten. Littleberry wies auf einige lange, silberfarbene Rohre, die aus dem Dach ragten. »Entlüftungsrohre«, sagte er. »Sieht ganz danach aus, als ob sie darüber ein Biosicherheitslabor entlüften würden. Stufe zwei oder drei.«

Die beiden FBI-Wagen parkten außer Sichtweite in einer abgelegenen Lücke neben einem Müllcontainer, in der Nähe der Druckerei. Hopkins, Austen und Littleberry stiegen aus. Mark Littleberry trug einen kleinen Halliburton-Koffer, der ein Ping-Handgerät und ein Tupferset enthielt. Das Reachdeep-Team schlenderte lässig einen Gehsteig entlang. Es war ein makelloser Tag, weiße Wattewölkchen segelten über einen traumhaft blauen Himmel. Die Luft roch wie in den Bergen von Colorado in dreitausend Meter Höhe. Die Zierkirschenbäume blühten üppig, und in der leichten Brise rieselten Blütenblätter sacht zu Boden.

Die Reachdeep-Ermittler blieben vor der unauffälligen braunen Eingangstür der Firma stehen. Hopkins ging voran. Beim Empfang nannte er die richtigen Namen der Teammitglieder und sagte, die Gruppe sei vom FBI und wolle mit Dr. Orris Heyert, dem Präsidenten von Bio-Vek, sprechen.

»Erwartet er sie?« wollte die Empfangsdame wissen. »Ihre Namen stehen nicht im Terminkalender.«

»Nein, aber es ist wichtig«, erwiderte Hopkins.

Sie telefonierte mit Dr. Heyert. Im nächsten Augenblick betrat er die Empfangshalle und sah ihnen fragend entgegen. Er war ein gutaussehender Mittvierziger mit dunklem, glatt zurückgekämmtem Haar und lebhaften Zügen. Die Ärmel seines weißen Hemds waren aufgerollt. Er trug zwar eine Krawatte, aber kein Jackett, und in der Hemdtasche steckten mehrere Billigkugelschreiber. Der typische Newcomer.

In Dr. Heyerts Büro – einem kleinen, vollgestopften Raum, in dem Bilder seiner Frau und seiner Kinder auf einem Regal standen – kamen sie gleich zur Sache.

»Tut mir leid, daß wir Sie so einfach überfallen«, sagte Hopkins. »Aber wir benötigen Ihre Hilfe. Ich bin vom FBI, und meine Kollegen hier sind bei den CDC und bei der US-Navy.«

»Können Sie sich ausweisen, bevor wir weiterreden?« erkundigte sich Dr. Heyert.

Hopkins zeigte ihm seinen Ausweis, Austen kramte ihre CDC-Karte aus der Tasche.

»Hätten Sie gern etwas Kaffee?«

Sie nickten.
Er rief seine Sekretärin zu sich und bat sie, Kaffee zu bringen. Er hatte eine legere Art, die Hopkins steif und verkrampft wirken ließ.
Hopkins machte den Wortführer. »Wir benötigen Ihre Hilfe in einer Ermittlung«, begann er.
»Ich hoffe doch, daß meine Firma nicht Gegenstand dieser Ermittlung ist?«
»Nein. Wir sind auf der Suche nach einem Unbekannten, der Terror mit Hilfe eines infektiösen biologischen Erregers androht. Wir haben Grund zu der Annahme, daß er gut über die Lesch-Nyhan-Krankheit informiert ist. Und in diesem Zusammenhang sind wir auf Ihre Sachkenntnis und Ihren Rat angewiesen.«
»Das ist sehr merkwürdig«, sagte Heyert.
»Warum?« fragte Hopkins. Er sah Heyert ruhig an.
Offenbar erwartete Heyert, daß Hopkins noch mehr sagte, aber Hopkins schwieg. Er sah Heyert einfach nur an.
Schließlich erwiderte Heyert: »Nun, es kommt mir einfach merkwürdig vor.«
»Haben Sie vor kurzem jemanden entlassen? Hat jemand gekündigt? Wir fragen uns nämlich, ob nicht ein verärgerter ehemaliger Mitarbeiter von Ihnen derjenige ist, der diese Drohungen verbreitet.«
»Seit einer ganzen Weile hat niemand die Firma verlassen. Unsere Angestellten sind sehr loyal.«
Hopkins ließ Heyert nicht aus den Augen; er studierte den Körper und die Augen des Mannes mindestens genauso aufmerksam, wie er seinen Worten lauschte. Der Recorder würde diese Worte sowieso aufzeichnen. »Können Sie uns schildern, was für eine Art von Forschung Ihre Firma betreibt?«
»Eine Menge davon ist patentgeschützt«, erwiderte Heyert sanft.

»Gibt es irgendwelche Gebiete, über die Sie sprechen dürfen?« faßte Hopkins nach.
»Wir versuchen, ein Mittel gegen das Lesch-Nyhan-Syndrom zu finden«, erklärte Dr. Heyert. »Und zwar mit Hilfe der Gentherapie. Kennen Sie sich darin aus?«
»Nicht ganz. Könnten Sie es uns erklären?«
»Bei der Gentherapie ersetzen wir ein defektes Gen in menschlichem Gewebe durch ein normales Gen. Dabei müssen die neuen Gene direkt in Zellen eingeführt werden. Dazu verwenden wir Viren. Diese Viren nennt man Vektoren. Wenn man Gewebe mit einem viralen Vektor infiziert, fügt dieser Gene hinzu oder verändert die vorhandenen Gene.«
»Welche Virusart verwenden Sie denn?« wollte Hopkins wissen.
»Es ist nur ein Konstrukt«, sagte Heyert.
»Ein Konstrukt? Was ist das?«
»Ein künstliches Virus.«
»Basiert es auf einem natürlichen Virus?«
»Mehreren.«
»Welchen?«
»Im Prinzip ist es das Nuklearpolyhedrose-Virus.«
»Ach«, sagte Hopkins. »Lebt dieses Virus nicht normalerweise in Insekten?«
»Normalerweise ja.«
»Können Sie mir bitte sagen, Dr. Heyert, welche Art Sie verwenden?«
»*Autographa californica.* Es ist modifiziert worden, damit es in menschliche Hirnzellen eindringt.«
»Sie machen mich neugierig, Dr. Heyert«, sagte Hopkins. »Könnte dieses Virus so konstruiert werden, daß es nicht nur ins Gehirn eindringt, sondern sich dort auch repliziert? Könnte es sich dann von Mensch zu Mensch ausbreiten?«

Heyert lachte ziemlich gezwungen, wie Austen schien. »Du lieber Himmel – nein!«
»Es gibt aber Anzeichen dafür, daß der Unbekannte eine derartige Anwendung im Sinn hat. Wir sind dabei, die Glaubwürdigkeit einer solchen Drohung zu bewerten.«
»Es ist also bis jetzt nichts passiert?«
»Es hat etwas gegeben, was man als Drohung bezeichnen kann.«
»Womit wird gedroht?«
»Menschen mit diesem Insektenvirus zu verletzen.«
»Und wer droht damit?«
»Wie ich schon sagte, Dr. Heyert, das versuchen wir ja gerade herauszufinden.«
»Ich glaube nicht, daß an dieser Drohung viel dran ist«, sagte Heyert. »Das Virus läßt sich auf diese Weise nicht verwenden.«
»Könnte nicht ein konstruiertes Virus genetische Veränderungen durch die menschliche Population verbreiten?« fragte Hopkins.
Es entstand eine lange Pause. »Das ist völlig abwegig«, sagte Heyert schließlich. »Derartige Behauptungen sind, ehrlich gesagt, beleidigend für mich. Ich bin Arzt. Was wir hier tun, ist so himmelweit von dem entfernt, was Sie unterstellen, daß dies schon fast obszön ist. Wir versuchen nämlich das schrecklichste Leiden zu lindern. Haben Sie jemals ein Lesch-Nyhan-Kind gesehen?«
Bevor seine Besucher etwas darauf erwidern konnten, erhob sich Dr. Heyert. »Ich werde Ihnen etwas zeigen.«
Bio-Vek war ein kleines Unternehmen, hier befand sich alles unter einem Dach. Orris Heyert führte die Ermittler in einen abgelegenen Flügel des Gebäudes, in dem es eine ganze Reihe von überraschend kleinen Räumen mit Arbeitstischen und Laborgeräten gab. In diesen Labors arbei-

teten viele junge Leute, die zumeist legere Freizeitkleidung trugen.

»Wer finanziert Sie eigentlich?« fragte Littleberry Heyert in seiner unverblümten Art.

»Private Investoren.«

»Haben Sie etwas dagegen, uns ihre Namen zu nennen?« wollte Hopkins wissen.

»Nun, ich bin einer. Ich hab bei einer anderen Firma gut verdient.«

»Wer sind die Mehrheitsaktionäre?« fragte Hopkins und achtete auf Heyerts Körpersprache.

»Ich bin persönlich haftender Gesellschafter. Wir haben natürlich Kommanditisten.«

Sie betraten ein Laboratorium. Die Arbeitstische waren mit Geräten bedeckt, Kolben und Schüttelapparaten, Brutschränken und kleinen Zentrifugen. An den Wänden standen Biosicherheitsvitrinen. Während sie durch das Labor gingen, flüsterte Littleberry Hopkins zu: »Diese Entlüftungsrohre auf dem Dach. Sie müssen von irgendwo hier in der Nähe kommen. Hier gibt's irgendeine Schutzzone drei, die wir noch nicht gesehen haben.«

Sie bogen um eine Ecke und betraten ein kleines Wartezimmer mit ein paar Polstersesseln. Auf einer Tür stand KLINIK.

»Wir haben einen Patienten im Beobachtungsraum – mit seiner Mutter«, sagte Heyert. »Sein Name ist Bobby Wiggner.«

Bobby

Dr. Heyert betrat den Raum zuerst allein und fragte Mrs. Wiggner, ob zwei Besucher ihren Sohn kennenlernen dürften. »Würde Bobby sich lieber anbinden lassen?« erkundigte er sich.

Die Mutter blickte ihren Sohn an und schüttelte dann den Kopf.

Heyert holte Austen und Hopkins herein. Littleberry zog es vor, draußen zu bleiben.

Bobby Wiggner war ein knochiger junger Mann, der noch ein wenig wie ein Junge aussah. Auf seinem Kinn machte sich ein erster Anflug eines Bartes bemerkbar. Er lag in einem Rollstuhl in halbgestreckter Haltung. Sein Rücken war stark gekrümmt, die nackten Beine waren scherenartig und starr gekreuzt. Eine seiner großen Zehen war in einem unnatürlichen Winkel abgespreizt. Ein Gummigurt um die Brust hielt ihn im Rollstuhl zurück.

Bobbys Mutter saß ihm gegenüber auf einem Stuhl – außer Reichweite seiner Arme. Sie las ihm aus einem Buch vor. *David Copperfield.*

Er hatte keine Lippen. Sein Mund war ein Loch, das aus knotigem feuchtem Narbengewebe bestand, das sich über die untere Hälfte seines Gesichts erstreckte: Bißnarben. Die obere Zahnreihe fehlte – wahrscheinlich war sie gezogen worden, um ihn daran zu hindern, Schaden anzurichten, wenn er biß, aber die untere Zahnreihe war noch vorhanden. Sein Kiefer war sehr flexibel und schien sich ständig zu bewegen.

Im Laufe der Jahre hatte er seine untere Zahnreihe in seine Oberlippe und den unteren Teil seiner Nase geschlagen und sie abgebissen. Stück für Stück hatte er auch sein Gaumenbein abgenagt und schließlich ein Loch in seinem Gesicht entstehen lassen, das sich vom Gaumen nach oben bis zur Nase erstreckte. Er hatte auch seine Nasenscheidewand aufgegessen. Es fehlten ihm mehrere Finger, und auch sein rechter Daumen war nicht mehr vorhanden.

Vom Rollstuhl herab baumelten mehrere Gurte, Bobbys Hände waren nicht angebunden.

Mrs. Wiggner hörte auf vorzulesen. Sie sah zu Austen und Hopkins auf. »Mein Sohn sieht Sie deutlicher, als Sie ihn sehen«, sagte sie.

Sie stellten sich vor.

»Ha hoen Hie?« fragte Bobby. Was wollen Sie?

»Wir wollten dich bloß sehen und hallo sagen«, erwiderte Austen.

»Aa i ich.« Da bin ich.

»Wie geht's dir denn heute?« erkundigte sich Hopkins.

»Eh uh.« Sehr gut.

Sein Körper begann sich zu winden, der Rücken wölbte und krümmte sich, die Beine verschlangen sich. Plötzlich schlug sein Arm peitschenartig aus, auf Austens Gesicht zu. Gerade noch rechtzeitig riß sie den Kopf zurück, und seine klauenartig verstümmelte Hand fegte vorbei.

Bobby Wiggner stöhnte. »Uh i ei.« Tut mir leid.

»Schon gut.«

»Ah uh Höe.« Fahr zur Hölle.

»Bitte, Bobby«, ermahnte ihn seine Mutter.

Er versuchte seine Mutter zu schlagen und stieß wüste, unverständliche Flüche aus. Sie reagierte nicht.

»Uh i ei. Uh i ei.«

»Er braucht seine Fesseln«, erklärte seine Mutter.

Mit flinken Bewegungen verzurrten die Mutter und Dr. Heyert die Gurte um den jungen Mann, fesselten seine Handgelenke an den Stuhl und fixierten seinen Kopf mit

einem Gurt an der Lehne. »A i eeh«, sagte Bobby Wiggner. Das ist besser. »Uh i ei.«
»Dies ist ein vertikal geteilter Verstand«, erklärte Dr. Heyert. »Das Stammhirn ist gestört und will alles attackieren, was er liebt. Die Großhirnrinde – der bewußte, denkende Teil seines Geistes – verabscheut dies zwar, kann aber nichts dagegen machen. Aus diesen Kämpfen zwischen dem Großhirn und dem Stammhirn geht das Stammhirn als Sieger hervor, weil es primitiv und stärker ist.«
Die Mutter hielt ihrem Sohn eine Plastikschnabeltasse an die Mundöffnung. Es gelang ihr, ihm ein wenig Milch einzuflößen. Plötzlich gab er sie wieder von sich. Seine Mutter säuberte ihn mit einem Handtuch, wobei sie die vernarbten Überreste seiner unteren Gesichtshälfte abtupfte. Bobby verdrehte den Kopf und sah Austen mit strahlenden Augen an. »I Ie ei Ah Ek En?«
»Entschuldige, könntest du das noch mal sagen?« bat Austen.
»Mein Sohn möchte wissen, ob Sie ein *Star-Trek*-Fan sind«, erklärte die Mutter. »Das fragt er jeden.«
»Ich nicht, vielleicht Hopkins«, erwiderte Austen.
Hopkins setzte sich auf einen Stuhl neben Bobby Wiggner.
»Ich mag diese Serie«, sagte er zu ihm.
»Ih au«, erwiderte Bobby Wiggner.
Hopkins unterhielt sich mit Wiggner und glaubte, seine Worte verstehen zu können. Er schien vergessen zu haben, daß er eigentlich eine Ermittlung für das FBI durchführen sollte.
Austen stand abseits und beobachtete Hopkins. Sie sah, wie sich unter seinem Jackett die Muskeln seines Rückens und seiner Schultern abzeichneten. Er ist sehr sanft, dachte sie. Plötzlich merkte sie, daß sie Hopkins nicht mehr mit rein beruflichem Interesse ansah. Aber dafür ist nun wirklich nicht der richtige Augenblick, sagte sie sich.

Im Wartezimmer erkundigte sich Mark Littleberry bei einem Mitarbeiter, wo denn die Toilette sei, und dann begab er sich in die Richtung, die ihm gewiesen wurde. Mit dem Halliburton-Koffer in der Hand eilte er den Gang hinunter, auf das Zentrum des Gebäudes zu. Wieder einmal entfernte Littleberry sich unerlaubt von der Truppe. Er entdeckte eine Tür ohne jede Aufschrift. Sie ließ sich nach innen öffnen. Dahinter befand sich ein kurzer Gang, der zu einer weiteren Tür führte, auf der die Zahl 2 stand.
Er öffnete sie. Dahinter tat sich ein noch kürzerer Gang auf. Einige Overalls lagen auf einem Bord, und an der Wand hingen Atemmasken mit Virusfiltern. Am Ende dieses kurzen Ganges befand sich wieder eine Tür, mit einem kleinen Fenster, auf dem ein Biogefahrenzeichen und die Zahl 3 klebten. Diese Tür führte direkt ins Zentrum des Gebäudes.
Die Ringkonstruktion, dachte Littleberry.
Er schaute durchs Fenster.
Dahinter lag ein kleiner, strahlend weißer, antiseptischer Raum. Auf einem Tisch in der Mitte stand ein Bioreaktor. Es war ein zylindrisches Modell mit einem Kern in Form eines Stundenglases. Auf dem Gerät stand der Name des Herstellers: Biozan.
Er nahm eine der Masken von der Wand, setzte sie auf und öffnete die Tür.
Der Biozan-Reaktor lief. Littleberry konnte die Wärme spüren, die von ihm ausstrahlte. Er legte die Hand auf die Glasoberfläche des Reaktors. Sie hatte exakt die Temperatur des menschlichen Körpers: 37 Grad Celsius. Die Temperatur lebendiger Zellen.
»Ich hab eine Fliege gefangen«, rief Littleberry aus.
Er öffnete den Halliburton-Koffer, holte einen sterilen Tupfer heraus und entfernte die Hülle. In diesem Augenblick vernahm er Schritte draußen auf dem Gang. Rasch

preßte er sich an die Wand, im toten Winkel neben dem Fenster in der Tür. Der Halliburton-Koffer war offen und unübersehbar. Jemand blickte in den Raum, trat aber nicht ein. Littleberry vernahm das Klacken von Absätzen.

Er erhob sich und steckte den Tupfer in die Auslaßöffnung des Biozan, durch die Flüssigkeit aus dem Reaktor in einen Sammelbehälter lief. In der anderen Hand hielt er einen Ping-Sensor. Dann schob er den Tupfer in den Probenport des Sensors.

Es machte »Ping«. Auf dem kleinen Bildschirm stand »COBRA«.

Er steckte den Tupfer in ein Probenröhrchen und ließ es in den Koffer fallen. Er hatte genug gesehen. Zeit zu verschwinden, dachte er, bevor das Zeug in mein Hirn gelangt und mich in einen menschlichen Bioreaktor verwandelt. Er schloß die Tür mit dem Fenster hinter sich, hängte die Maske an die Wand und lief durch den kleinen Korridor in den Vorraum. Dann trat er auf den Hauptgang hinaus und bog um eine Ecke, um sich zu Hopkins und Austen zu begeben.

Beinahe wäre er mit der Frau zusammengestoßen, die ihm entgegenkam. Ihre Blicke trafen sich.

Es war Dr. Mariana Vestof.

Er konnte sich nicht verkneifen zu sagen: »Ich hab gerade nach einer Toilette gesucht.«

Sie sah ihn zunächst ausdruckslos an. Dann lächelte sie, aber aus ihrem Gesicht war das Blut gewichen, als sie sagte: »Inspizieren Sie noch immer Toiletten, Dr. Littleberry?« Sie musterte ihn kalt.

»Produzieren Sie noch immer Impfstoffe, Dr. Vestof?« gab er zurück.

»Nur für Sie, Dr. Littleberry.«

In diesem Augenblick tauchten Hopkins und Austen, gefolgt von Heyert, im Gang auf.

Der Anblick von Hopkins schien Dr. Vestof für ein paar Sekunden zu lähmen.
Hopkins reagierte überhaupt nicht.
»Ich hab zu tun«, sagte Dr. Vestof und ging.
Hopkins sah auf die Uhr. »Vielen Dank, Dr. Heyert, daß Sie uns Ihre kostbare Zeit gewidmet haben.«
»Ich hoffe, ich konnte Ihnen behilflich sein.«
»Sie haben uns sehr geholfen.«

Hopkins, Austen und Littleberry stiegen in den wartenden FBI-Wagen ein, der sie zum Hubschrauber brachte. Auf dem Landeplatz rief Hopkins Frank Masaccio von seinem Handy aus an. Er forderte ihn auf, das Bio-Vek-Gebäude in weitem Umkreis überwachen zu lassen. »Mark meint, es sei eine Waffenfabrik. Er hat einem Bioreaktor eine Probe entnommen – es ist Cobra.« Und dann berichtete er Masaccio von Dr. Vestof. »Wir haben sie letzte Woche noch im Irak gesehen. Sie ist so ein internationaler Typ, gebürtige Russin, die in Genf lebt, wie sie mir sagte. Sie steckt in dieser Sache tief drin.«
»Wenn die da drin eine biologische Waffe herstellen, dann können wir sie gleich auffliegen lassen«, erklärte Masaccio. »Das ist ein Verbrechen nach Artikel achtzehn. Allerdings könnte die Probe, die Mark genommen hat, vor Gericht keine Gültigkeit haben.« Masaccio dachte an die Art und Weise, wie Littleberry sich das Beweismittel beschafft hatte. Es könnte eine gesetzwidrige Durchsuchung gewesen sein. Masaccio entschied sich schließlich dafür, die Überwachung über Nacht aufrechtzuerhalten. »Denkt daran – unser Hauptziel ist es ja, den Täter zu fassen, bevor er noch weitere Menschen umbringt. Die Firma könnte uns zum Unsub führen.«
Der Hubschrauber überflog Red Bank in New Jersey und hielt auf die Raritan Bay zu. Er flog entlang der Ostseite von

Staten Island nach Governors Island. Die See unter ihnen wies weiße Schaumkronen auf, und eine starke auflandige Brise rüttelte an der Maschine.

»Bio-Vek könnte mit BioArk zusammenhängen, der Firma, für die Vestof arbeitet, wie sie sagt«, meinte Hopkins. »Vielleicht tauschen die beiden Firmen Virusarten und Technik aus.«

»Willkommen im globalen Dorf«, sagte Littleberry trocken.

»Ich möchte wetten, daß Heyert sich einredet, er tue nichts Unrechtes«, sagte Hopkins.

»Aber wahrscheinlich arbeitet er für beide Seiten«, widersprach Littleberry. »Er verdient sein Geld, indem er Krankheiten heilt – und Krankheiten verkauft.«

Die Razzia

Um ein Uhr morgens berichteten Agenten, die das Bio-Vek-Gebäude beobachteten, hinter den Fenstern brenne noch Licht, und irgend etwas sei da im Gange. Anschließend seien alle Angestellten nach Hause gegangen, bis auf Heyert, der das Gebäude noch nicht verlassen habe. Die Lichter verhießen nichts Gutes. Dann beobachteten die Agenten durch ein Fenster, wie Heyert Papier in einen Aktenvernichter steckte. »Sie vernichten Beweismaterial! Stoppt sie!« brüllte Masaccio. Er saß in der Kommandozentrale im Federal Building in New York. Hubschrauber hoben auf Governors Island ab. Dienstwagen mit Agenten fuhren bei Bio-Vek vor.

Alice Austen beteiligte sich nicht an der Razzia – für Operationen dieser Art war sie nicht ausgebildet – und blieb bei Suzanne Tanaka. Sie saß in einem Schutzanzug neben ihrem Bett. Tanaka war zwar an Überwachungsgeräte und Lebenserhaltungsmaschinen angeschlossen, aber sie spielten eigentlich keine Rolle mehr, auch die Therapiemaßnahmen spielten keine Rolle mehr. Das Virus hatte Tanakas Mittelhirn befallen, sich am oberen Ende des Hirnstamms eingenistet, wo man es nicht mehr erreichen konnte. Tanaka hatte ihre Lippen zerbissen, aber am meisten schienen ihr die pockenartigen Blutbläschen zu schaffen zu machen, die sich in ihrem Mund bildeten und zu platzen anfingen. Sie bat um Wasser, konnte aber das Schlucken nicht mehr koordinieren und spuckte mit Blut vermischtes Wasser über die Ärmel von Austens Bioschutzanzug. Fast bis an ihr Ende blieb Tanaka bei Bewußtsein. Das Virus verschonte offenbar das Großhirn, während es die anderen Teile des Hirns unaufhaltsam zerstörte.

»Glauben Sie an Gott, Alice?« fragte Tanaka. Ihre Stimme war schwer zu verstehen. Ihr schweißüberströmtes Gesicht zuckte.

»Ja, aber ich verstehe ihn nicht«, erwiderte Austen.

Ein Hubschrauber landete. An Bord war Suzanne Tanakas Mutter, die von North Carolina eingeflogen worden war. Am Ende hatte Tanaka ihre Mutter noch einmal sehen wollen. Aber bis sie sie in einen Schutzanzug gesteckt hatten, war es zu spät. Suzanne Tanaka hatte den Kampf mit dem Tod verloren.

Die erste FBI-Agenteneinheit, die gegen Bio-Vek vorrückte, war eine Gruppe, die Operationskleidung, aber keine Schutzanzüge trug. Sie versuchten, die Tür zu öffnen. Sie war verschlossen, also brachen sie sie mit Rammen auf und stürmten hinein, gefolgt von Wirtz und seinem Geiselrettungsteam, die Schutzanzüge trugen. Die Agenten verteilten sich im ganzen Gebäude.

Heyert war in seinem Büro und telefonierte gerade, als sie eindrangen. Das Team präsentierte ihm einen Durchsuchungsbefehl und teilte ihm mit, daß die gesamte Firma für eine Beweisermittlung beschlagnahmt sei, einschließlich aller Computerdaten. Sie verhafteten Dr. Heyert nicht, sondern fragten ihn, ob er freiwillig in seinem Büro warten würde, weil Hopkins mit ihm sprechen wolle. Heyert war bereit zu warten. Er wollte nicht den Eindruck erwecken, daß er auf der Flucht sei.

Währenddessen führte Littleberry Hopkins und Wirtz direkt in den Bioreaktorraum – dreißig Sekunden nachdem sie das Gebäude gestürmt hatten. Der Bioreaktor war abgeschaltet, und der Raum stank nach Bleichmittel. Sie konnten es sogar durch ihre Atemmasken riechen.

Mit Tupfern nahmen sie Proben an allen möglichen Stellen und gaben sie in kleine Plastikröhrchen. Hopkins stieg auf einen Tisch und zog die HEPA-Filtereinheiten aus der Decke. Es befanden sich nagelneue Einsätze darin.

Schließlich entdeckten sie eine Mülltonne, die mit gebrauchten HEPA-Filtern und Bioschutzanzügen vollgestopft war. Alles war mit Bleichmitteln getränkt.

Hopkins ließ Proben durch den Handsensor laufen. Immer wieder machte es »Ping« – überall im Raum waren Cobra-Viren verteilt gewesen. Das Bleichmittel hatte das Virus zwar abgetötet, aber nicht die ganze DNA der toten Virusteilchen vernichten können.

Sie begaben sich in das Büro, in dem die Agenten mit Dr. Heyert sie erwarteten.

»Ich will Ihnen die Chance geben, die richtige Entscheidung zu treffen«, begann Hopkins. »Es wird die wichtigste Entscheidung Ihres Lebens sein, Dr. Heyert. Wir haben jede Menge Beweise gefunden, daß Sie hier biologische Waffen herstellen. Sie können das nicht als medizinische Forschung rechtfertigen. Ihre Firma ist beschlagnahmt, und gegen Sie wird ermittelt. Ich glaube, daß Sie verhaftet werden. Die Anklage wird auf Verstoß gegen Abschnitt 175 von Artikel 18 des US-Strafgesetzbuches lauten. Das ist der Abschnitt über biologische Waffen. Eine Verurteilung kann zu lebenslänglicher Haft führen. Falls das Verbrechen mit einem terroristischen Anschlag verbunden ist, ist es ein Kapitalverbrechen, und die Todesstrafe kann über Sie verhängt werden. Ich möchte das wiederholen: Die Todesstrafe kann über Sie verhängt werden.«

Heyert starrte ihn an.

»Wir können mit Ihnen keine Absprache treffen«, fuhr Hopkins fort. »Aber wenn Sie mit uns jetzt gleich kooperieren, werden wir dem Strafrichter empfehlen, mildernde Umstände zu berücksichtigen. Sonst fürchte ich, daß Sie wahrscheinlich den Rest Ihres Lebens im Gefängnis verbringen werden.«

»Ich habe kein Verbrechen begangen. Wenn irgend etwas nicht in Ordnung war ... dann war es ein Unfall.«

»Wir haben gestern, als Ihr Bioreaktor noch lief, Proben genommen, Dr. Heyert. Wir haben ein Virus gefunden. Wir haben die Gensequenzen im Virus größtenteils festgestellt – es ist eindeutig eine Waffe. Es ist eine waffenfähige Chimäre, eine Mischung aus einem Insektenvirus, Pocken und Schnupfen. Ein ganz übles Gebräu. Offenkundig verändert es ein Gen im menschlichen Körper und löst die Lesch-Nyhan-Krankheit aus. Es ist eine tödliche Waffe.«

»Das ist eine Lüge.«

»Das Beweismaterial wird bei Ihrem Prozeß vorgelegt werden.«

»Ich habe überhaupt kein Verbrechen begangen!«

»Sie könnten als Helfershelfer von Terroristen angeklagt werden«, erklärte Hopkins.

Nun war Heyert zutiefst entsetzt. »Es hat Tote gegeben?«

»Weiß Gott«, erwiderte Hopkins.

Etwas in Heyert zerbrach. »Es ist nicht meine Schuld«, sagte er leise.

Littleberry, der Heyert wütend angestarrt hatte, schrie: »Wessen Schuld ist es dann?«

»Wir haben hier nicht das Sagen«, erklärte Heyert. »Wir unterstehen BioArk, dem Konzern. Ich bin nur ein Angestellter, ein mittlerer Manager.«

»Und wo finden wir BioArk?« erkundigte sich Hopkins.

»In Genf.«

»Ein Schweizer Unternehmen?«

»Ein Multi. Ich weiß nicht, woher der Konzern ursprünglich stammt. Seine Zentrale ist in der Schweiz.«

»Ein Terrorist bedroht New York. Wer ist das?«

Heyert schien fast die Schultern zucken zu wollen. »Ich weiß gar nicht, wovon Sie reden.«
»Und ob Sie das wissen«, fuhr Hopkins ihn an. »Machen Sie jetzt bloß keinen Fehler, Dr. Heyert. Auch um Ihrer Familie willen.«
Heyert holte tief Luft. »Sein Name ist Tom Cope – Thomas Cope. Er ist ein merkwürdiger Mensch. Ein guter Wissenschaftler. Er hat ... unsere ... einige unserer ... äh, Arten mitentwickelt.«
»Was meinen Sie damit?« fragte Hopkins.
»Wir haben ihn eingestellt, damit er einen – einen bestimmten Aspekt des Virus erforscht. Es konnte sich in menschlichem Gewebe nicht sehr gut replizieren. Er ... hat das hinbekommen.«
»Warum? Warum haben Sie bloß gewollt, daß das Virus das tut – sich in menschlichem Gewebe zu replizieren?« Heyert schwieg, und Hopkins ließ ihn bewußt eine Weile schmoren. Dann wiederholte er: »Warum?«
Heyert schien den Tränen nahe. »Ich habe eine Familie«, stieß er schließlich hervor. »Ich habe Angst um sie.«
»Warum?«
»BioArk. Ich habe Angst. Können Sie ... ich ... ich kann Ihnen helfen. Ich kann Ihnen etwas über BioArk erzählen. Aber können Sie meine Familie schützen? Und mich? Diese BioArk-Leute sind ... ohne jedes Erbarmen.«
»Wir können Ihnen nichts versprechen«, erwiderte Hopkins. »Aber wenn Sie uns bei der Ermittlung helfen können und bereit sind, als Zeuge auszusagen, dann gibt es ein Zeugenschutzprogramm.«
»Ich habe mehr Angst vor BioArk als vor Ihnen.« Heyert war jetzt nicht mehr zu halten. »BioArk ist ein BiotechnikUnternehmen. Ein multinationales Unternehmen. Ein Teil dieses Konzerns – nur ein Teil – befaßt sich mit schwarzer Waffenforschung. Der Konzern stellt auch Medikamen-

te her. Sie machen beides. Sie haben mich und meine Mitarbeiter gut bezahlt, aber falls wir reden sollten, würde man uns umbringen. Sie haben hier eine Zweigstelle errichtet, weil wir – nun, wir sind in Amerika, wo es die begabtesten Biotechniker gibt. Sie haben diese Firma, Bio-Vek, gegründet, die in ihrem Auftrag Waffenforschung auf einem ganz speziellen Gebiet betreiben sollte. Dazu gehörte auch die Entwicklung von NPV als Waffe. Ich – ich habe Tom Cope eingestellt, um herauszufinden, wie NPV Menschen infizieren könnte. Da steckt sehr viel Geld dahinter, Mr. Hopkins.«

»Und was ist mit den Patienten, Dr. Heyert, den Lesch-Nyhan-Kindern?«

»Ich bin Arzt. Ich will ihnen wirklich helfen. Es ist nur kein Geld dafür da – es ist eine seltene Krankheit.«

»Hat Cope das Virus entwickelt?«

»Nein. Es war zum größten Teil bereits von anderen Leuten bei BioArk entwickelt worden. Tom hat die Waffe nur scharf gemacht. Ich habe ihn entlassen, weil er unzuverlässig war und er mir – wirklich merkwürdig, irgendwie unheimlich vorkam.«

»Wieviel von dem Virus hat er gestohlen?« fragte Hopkins.

»Ich weiß es nicht ... Er hat einen Biozan gestohlen.«

»Einen Bioreaktor?« rief Littleberry ungläubig.

»Den Biozan Nummer vier, ja.« Heyert zitterte.

»Wir müssen uns Ihre Unterlagen über Cope ansehen«, erklärte Hopkins.

Die Personalakten von Bio-Vek wurden in einem verschlossenen Aktenschrank im Büro von Heyerts Sekretärin aufbewahrt.

Heyert gab den Agenten den Schlüssel, und nach kurzer Zeit kamen sie mit Copes Akte und seinem Lebenslauf wieder. Falls sein Lebenslauf wirklich stimmte, hatte er an der San Francisco State University in Molekularbiologie promoviert, dann aber Probleme in seiner beruflichen Entwicklung gehabt. Eine Zeitlang hatte er am National Laboratory in Los Alamos gearbeitet.

Die Akte enthielt auch Copes Betriebsausweis von Bio-Vek. Seinem Aussehen nach konnte man ihn als graue Maus bezeichnen: mittlere Größe, ziemlich blasse Haut, schütteres Haar. Er war achtunddreißig Jahre alt und trug eine Brille mit Metallgestell. Thomas Cope war nun kein Unsub mehr.

Hopkins gab die Daten über Cope an Frank Masaccio durch, der sofort seine Sondereinheit mobilisierte. Als erstes überprüften sie Copes Kreditwürdigkeit und fanden heraus, daß er mit einer VisaCard unter seinem eigenen Namen Laborzubehör bei verschiedenen Versandfirmen in den USA bestellt hatte. Die Sachen waren an einen privaten Postdienst in einem Einkaufszentrum geliefert worden, dem Apple Tree Center in East Brunswick in New Jersey. Die Kreditkarte war nur für diese Bestellungen benutzt worden. Cope hatte die Sachen offenbar mit einem Auto oder Lastwagen abgeholt und sie zu einem anderen Ort gebracht.

Masaccio rief Hopkins an und informierte ihn. »Wir werden Cope in ein oder zwei Tagen, vielleicht aber auch schon in ein paar Stunden haben. Ihr Reachdeep-Typen habt ganze Arbeit geleistet.«

»Beschreien Sie es nur nicht«, erwiderte Hopkins.

»Na klar. Jede Operation kann schiefgehen. Aber wir werden ihn uns schnappen. Wir werden um das Apple Tree Center eine riesige Überwachungsoperation aufziehen. Ich habe die Hälfte der Agenten von der Behörde in Newark dafür bekommen. Cope können Sie abschreiben. Moment mal, Will, da kommt gerade ein anderer Anruf dazwischen. Bleiben Sie dran.«

Hopkins wartete. In diesem Augenblick meldete sich Hopkins' Pieper. Er sah auf das Display – es war die Kontaktnummer für SIOC in Washington.

Als Masaccio sich erneut meldete, war seine Stimme fast nicht wiederzuerkennen. »Wir haben da ein Problem in Washington«, sagte er düster.

Washington

Samstag, 2. Mai

Dreißig Minuten später begann die zweite SIOC-Konferenz im Zusammenhang mit dem Cobra Event. Es war zehn Uhr vormittags, als Hopkins und Littleberry auf Governors Island landeten, wo sie sich sofort in den Reachdeep-Konferenzraum begaben. Austen war bereits per Videokonferenz mit Washington verbunden. Frank Masaccio saß neben ihr.

Über Nacht hatte es elf Tote in Washington gegeben – offensichtlich waren sie an Cobra gestorben. Die Opfer waren in Notaufnahmestationen überall im Gebiet der Metropole erschienen.

»Die Medien beginnen verrückt zu spielen«, erklärte Jack Hertog. Er war gerade aus dem Weißen Haus gekommen und wirkte äußerst wütend. »Sie behaupten, es könnte an vergifteten Lebensmitteln liegen – vorsätzlich vergifteten Lebensmitteln. Und was ist, wenn wir gerade mit einer chemischen Waffe bombardiert worden sind?«

Walter Mellis befand sich mit ihm im SIOC-Raum. »Wir haben ein Team vor Ort und untersuchen gerade die epidemiologischen Befunde. Ich habe ein vorläufiges Ergebnis«, erklärte er.

»Und wie lautet das?« fragte Hertog brüsk.

»Alle Toten sind offenbar als Pendler mit der Metro gefahren. Irgendwo in der U-Bahn ist ein brisanter Erreger ausgebracht worden.«

»Verdammt noch mal!« schrie Hertog. »Mit wie vielen Opfern ist zu rechnen?«

»Wir kennen bislang nur elf Fälle, und das bedeutet, daß es sich hier nur um eine kleine Ausbringung gehandelt hat, nicht um eine große«, erwiderte Mellis.

»Eine Warnung«, warf Hopkins ein.
»Er muß ein paar Gramm des Erregers in die Luft ausgebracht haben«, erklärte Littleberry. »Wenn es eine große Ausbringung gewesen wäre, würden Sie das wissen. Dann gäbe es Tausende von Toten.«
Mellis wandte sich von der Kamera ab, um einen Anruf entgegenzunehmen. Dann sagte er: »Wir haben einige Proben in Atlanta untersucht und können vorläufig bestätigen, daß es sich bei dem Erreger in Washington tatsächlich um das Cobra-Virus handelt.«
»Ich darf Ihnen sagen, daß der Präsident der Vereinigten Staaten im Laufe des Tages eine Pressekonferenz abhalten wird«, sagte Jack Hertog. »Er wird dem amerikanischen Volk erklären, was hier geschieht. Anscheinend ist die Reachdeep-Operation gescheitert. Sie hat total versagt, katastrophal versagt.«
»Wir haben den Namen des Unsub«, sagte Hopkins ruhig. Im SIOC-Raum wurde es still.
»Wir glauben, sein Name lautet Thomas Cope. Er ist Molekularbiologe, ein ehemaliger Mitarbeiter von Bio-Vek, Inc., einer in Greenfield, New Jersey, ansässigen Biotech-Firma«, fuhr Hopkins fort. »Wir beschaffen uns gerade Hintergrundinformationen über ihn.«
»Ist er schon verhaftet?« fragte Hertog.
»Noch nicht«, sagte Frank Masaccio.
»Das genügt nicht«, sagte Hertog. »Wo ist er?«
»Können wir Copes Bild einmal zeigen?« erkundigte sich Hopkins bei seinen Leuten. Copes Gesicht tauchte auf den Bildschirmen in Washington auf. »Wir haben dieses Foto gerade bei der Stillegung von Bio-Vek gefunden.«
Frank Masaccio fügte hinzu, Dr. Thomas Copes Name stehe auf der FBI-Profilliste von Amerikanern, die Kenia zu der Zeit besucht hatten, als die Kobrakästchen in Nairobi gekauft worden waren. Aus den Bio-Vek-Personalakten gehe

hervor, daß Cope nie verheiratet gewesen sei und keine Kinder habe, aber es gebe Verwandte von ihm. Das FBI sei dabei, sie ausfindig zu machen. Dann berichtete Masaccio von Copes Postlageradresse in New Jersey. »Als wir die Kreditkartenunterlagen des Doktors überprüften«, erklärte er, »fanden wir heraus, daß er vor kurzem Sicherheitsanzüge und Atemfilter bei einer Firma in Kalifornien bestellt hat. Die Lieferung erfolgt durch Federal Express – sie ist heute fällig. Sie haben uns bei diesem Postdienst gesagt, Cope würde seine Sachen normalerweise am Ankunftstag abholen. Wir haben alle Telefonnummern überprüft, die er auf verschiedenen Formularen angegeben hat, aber niemand meldet sich dort, so daß wir ihn nicht über Telefonanrufe aufspüren können. Aber er wird kommen und das Paket abholen. Er hat einen Schlüssel, mit dem er jederzeit sein Fach aufschließen kann, und wir haben inzwischen fast hundert Agenten in Bereitschaft, um ihn uns zu schnappen.«

»Ja, aber wann?« wollte Hertog wissen.

»In wenigen Stunden, wenn wir Glück haben«, erwiderte Masaccio.

»Woher wissen Sie, daß er seine Post abholt? Woher wissen Sie, daß es nicht eine Gruppe ist?« Hertogs Stimme hatte an Lautstärke zugenommen.

»Ich kann nichts garantieren, bevor er nicht verhaftet ist, aber ich bin überzeugt, daß wir ihn bald haben«, erwiderte Masaccio.

»Hören Sie doch auf mit dem Scheiß!« brüllte Hertog. »Menschen sterben in Washington, Herrgott noch mal. Nicht in irgendeinem Provinznest – in *Washington*! In der gottverdammten Hauptstadt dieses Landes! Ihr Pfeifen schnüffelt mit euren Reagenzgläsern herum und überlaßt uns einem echten Chaos. Ich will hier eine ordentliche FBI-Arbeit haben, die mit allen anderen Stellen in der gottverdammten Regierung koordiniert ist, die wissen, wie man in dieser Situation Ergebnisse liefert. Ich will, daß diese Reachdeep-Arschlöcher von dem Fall abgezogen werden, und ich will, daß Ihre Topleute, Frank, Ihre Profis diesen Fall schnellstens erledigen.«

Plötzlich schaltete sich Littleberry ein. »Dieser Terrorist ist dabei, New York zur Hölle zu schicken, während Sie hier den großen Macher spielen und der Präsident seinen eigenen Arsch zu retten versucht.«

»Sie sind entlassen«, fuhr Hertog ihn an.

»Sie können mich gar nicht entlassen – ich bin pensioniert.«

»Dann werde ich Ihnen Ihre gottverdammte Pension wegnehmen.«

Die Wende

Austen und Hopkins saßen einander im Konferenzraum gegenüber. In den nächsten Stunden würden sie nichts anderes tun können, als sich über den Fall zu unterhalten. Mark Littleberry stand draußen auf der Terrasse und starrte über das Wasser zur Stadt hinüber.

»Ich fürchte, Frank verrennt sich da in einer Sackgasse«, meinte Hopkins. »Und wenn Cope nun seine Post nicht abholt? Er könnte doch sonstwo sein.«

Austen kritzelte mit einem Bleistift auf ihrem Stadtplan herum. »Wissen Sie, ich muß dauernd daran denken, daß es hier eine solche Häufung von Fällen gibt. Genau hier, in diesem Teil der Stadt. Das ist doch seltsam. Wir haben inzwischen zwar auch Fälle in Washington, aber alle bisherigen Fälle hat es in einem bestimmten Stadtteil gegeben. Schauen Sie.« Sie zeigte es ihm auf dem Stadtplan. Ihr Finger kreiste den östlichen Teil von Lower Manhattan ein und bewegte sich über den Union Square, wo Kate Moran gewohnt hatte, weiter zur East Houston Street, wo der Mundharmonikamann und Lem im aufgelassenen U-Bahn-Tunnel gehaust hatten, hinüber zur Lower East Side, wo Hector Ramirez und seine Familie lebten – und zum Flohmarkt an der Sixth Avenue, Ecke Twenty-sixth Street, wo Penny Zecker und Kate Moran einander begegnet waren. »Das ergibt doch hier ein Muster.«

»Sicher, aber was für eins?«

»Das ist wie ein Faden, der sich kreuz und quer durch die Gegend zieht«, erklärte sie. »Sie erkennen es an den Fällen. Wenn man eine Häufung von Krankheitsfällen hat, schwärmt man aus und sucht nach den Fäden, die sie verbinden. Cope ist dieser Faden.«

»Sie können nicht einfach ausschwärmen und das überprüfen. Wir sitzen hier fest.« Hertog hatte unmißverständlich zu verstehen gegeben, daß Reachdeep Governors Island nicht verlassen und sich nur mit Laborarbeiten beschäftigen durfte.

Da sie die mögliche Lösung des Falles so greifbar nahe vor Augen hatte, begab Austen sich in den Krankenhausflügel, wo das Lazarett der Army untergebracht war. Dort schlüpfte sie in einen Schutzanzug und steuerte auf die Zimmer zu, in denen die Familie von Hector Ramirez unter Quarantäne gehalten wurde. Hectors junge Mutter Ana befand sich mittlerweile in einem kritischen Zustand – sie würde wohl bald sterben. Hohe Dosen von Dilantin verhinderten zwar, daß sie Krämpfe bekam, konnten sie aber nicht vor Selbstkannibalismus bewahren, und daher war sie auf der Intensivstation ans Bett gefesselt.

In einem Zimmer, das auf eine Platanenallee hinausging, besuchte Austen Carla Salazar, Anas ältere Schwester. Carla war getestet worden und hatte kein Anzeichen einer Cobra-Infektion aufgewiesen, wurde aber weiterhin unter Quarantäne gehalten. Sie hatte furchtbare Angst und war außer sich über den Zustand ihrer Schwester und den Tod ihres kleinen Neffen. Austen setzte sich neben ihr Bett und fragte sie, wie es ihr gehe.

»Nicht gut. Nicht gut«, erwiderte sie ganz leise.

»Fühlen Sie sich okay?«

»Jetzt bin ich okay. Aber was ist später? Es könnte mir wie meiner Schwester ergehen. Ich darf sie nicht sehen.« Sie begann zu weinen.

»Ich möchte Ihnen ein Bild zeigen, Mrs. Salazar.« Austen gab ihr die Farbkopie des Ausweisbildes von Cope.

Sie betrachtete das Bild einen Augenblick lang. »Vielleicht habe ich diesen Mann schon gesehen«, sagte sie. »Vielleicht.« Austen spürte, wie sich ihr Herzschlag unvermittelt beschleunigte.

»Ist das der, der den Sohn meiner Schwester ermordet hat?« wollte Mrs. Salazar wissen.

»Das ist möglich. Wer ist das?«

»Ich denke darüber nach. Ich glaube, ich habe ihn ein paarmal gesehen. Ich bin mir da nicht sicher. Ich glaube, das ist der Kerl, der einige von den Kindern angeschrien hat. Einmal hat er ein paar von den Jungs angeschrien. Ich weiß es nicht. Ich weiß es nicht. Nein, es ist nicht derselbe Kerl ... Glauben Sie, das ist der Kerl, der Hector vergiftet hat? Er war echt sauer auf die Jungs. Es ging um irgendeine Katze.«

Hopkins rief Masaccio an. »Frank – hören Sie mir zu. Wir haben da eine mögliche Identifikation. Hier ist eine Frau, eine Verwandte des Ramirez-Jungen, die sich zu erinnern glaubt, Cope in ihrem Viertel gesehen zu haben.«

»Wie sehr ist sie sich dessen sicher?«

»Nicht sehr. Aber das könnte stimmen.«

»Hören Sie, Will. Ich weiß ja, wie hart das ist, auf diese Weise aus der Ermittlung ausgeschlossen zu werden. Aber ich komme nun mal nicht gegen das Weiße Haus an. Sie sind kein normaler Agent, Sie sind ein Wissenschaftler. Wir stehen kurz davor, Cope zu schnappen. Ich vermute, es kann jeden Augenblick passieren.«

»Er könnte eine Menge anstellen, während Sie in New Jersey rumhängen.«

»Der Kerl hat es doch nicht darauf angelegt, eine Großstadt zu vernichten. Er hatte seine Chance, und er hat Washington nicht ausgelöscht.«

»Cope hat sich in der Testphase befunden«, erklärte Hopkins. »Und wenn er nun seine Tests abgeschlossen hat?«

»Okay! Ich schick jemanden rüber, der Ihrem Hinweis für

Sie nachgeht. Wenn ich jemanden dafür abstellen kann. Beruhigen Sie sich, Will.«

»Gehen wir noch einmal die wichtigen Elemente durch«, sagte Hopkins zu Austen. »Nennen Sie mir einfach die Details, die Ihrer Meinung nach von Bedeutung sind.«
Austen zählte die Teile des Puzzles auf, die sie für bedeutsam hielt. »Da ist Hectors Tante, die glaubt, ihn gesehen zu haben. Das wäre dann um Avenue B herum. Der Mundharmonikamann hat in der Nähe unter der Houston Street gelebt. Wir haben den schwarzen Staub im Kleber – das ist Staub aus dem U-Bahn-Tunnel.«
»Und dann war da noch das Pollenkorn im Staub, erinnern Sie sich? Forsythien.«
»Wir müssen uns in diesen Stadtteil begeben und uns noch einmal in den U-Bahn-Tunnels umsehen«, meinte sie.
Er stand auf und ging hin und her, dann hieb er mit der Faust gegen die Wand.
Austen wandte sich ab und wollte den Konferenzraum verlassen. »Bis später.« Sie zögerte.
Hopkins sah sich um. Wirtz war mit den Kommunikationsapparaten beschäftigt. Und Littleberry stand noch immer draußen auf der Terrasse. Er holte seine Pistole samt Halfter und steckte ein Funkgerät und ein Biosensor-Handgerät, das auf den Nachweis von Cobra programmiert war, ein. Dann nahm er eine der Farbkopien von Tom Copes Ausweisfoto, faltete sie und steckte sie in die Tasche.
Mark Littleberry kam herein und merkte, was sie vorhatten. »Wo wollt ihr denn hin? Nehmt mich doch mit.«
»Diesmal werden Sie sich nicht unerlaubt von der Truppe entfernen, Mark. Würden Sie bitte hierbleiben und sich eine Ausrede ausdenken, falls jemand nach uns fragt?«
Austen und Hopkins verließen das Krankenhaus durch den Haupteingang und gingen die Treppe hinunter. Es war still

geworden, die Army-Ärzte waren im Bioschutzbereich versammelt. Sie gingen durch die Platanenallee, an verlassenen Gebäuden vorbei, und gelangten zu einem Landungssteg, der in den Buttermilk Channel gegenüber von Brooklyn hineinragte. Daran war eine Polizeibarkasse vertäut, auf der sich zwei Cops befanden. Sie hörten sich gerade die Nachrichten an, in denen vage vom Ausbruch einer Krankheit in Washington berichtet wurde.
»Könnt ihr uns zur Battery rüberbringen, Jungs?« erkundigte sich Hopkins lässig.
Soweit die Cops wußten, hatte alles, was die Reachdeep-Teammitglieder wollten, noch immer Vorrang, und die beiden Polizisten erfüllten ihnen gern ihren Wunsch.
Die Barkasse fuhr schnell in den Buttermilk Channel hinein. Es herrschte Ebbe, und das Boot kämpfte ein wenig gegen die Wellen des East River an. Austen und Hopkins sahen sich um – gerade ging die Sonne unter.

Auf der Terrasse des Krankenhauses ging Mark Littleberry wieder nachdenklich auf und ab. Er sah, wie die Barkasse den Fluß überquerte, blickte zum Himmel auf und entdeckte Zirruswolken, die von Süden her aufzogen. Die westlichen Winde der vergangenen Tage hatten sich gedreht und waren dann fast eingeschlafen, die Luft war sanft und mild geworden. An der Beschaffenheit des Himmels erkannte er, daß sich über der Stadt eine Inversionswetterlage gebildet hatte, so daß Staub und sonstige Teilchen in der Luft schwebten. Der Mond ging auf und erinnerte ihn an eine Szene, die er vor fast dreißig Jahren erlebt hatte. Er hatte zwar keine Nachrichten gesehen oder gehört, aber er wußte, daß die Medien über den Angriff auf Washington zu berichten begannen. Diese Meldungen und die Beschaffenheit des Himmels würden Cope zum Handeln zwingen.
»Er wird es heute nacht tun«, flüsterte Littleberry.

Die Bombe

Die ersten Menschenversuche waren abgeschlossen. Er stand in Schutzkleidung neben seinem Labortisch und füllte gerade die kleinen Virusglasscheiben, die er mit einer Pinzette aus der Trockenschale holte, in einen Glaszylinder mit Metalldeckeln.

Dann holte er die Schachtel mit Bio-Det aus dem Regal. Das war einer seiner kleinen Schätze, ein schwach explosiver militärischer Sprengstoff, der zum Zünden biologischer Bomben verwendet wird.

Er stopfte ein Stück Bio-Det in den mit Virusglas gefüllten Zylinder und drückte es mit dem Daumen an. Das Glas knackte und knirschte. Er fügte noch eine Sprengkapsel hinzu, an der Drähte befestigt waren. Die Explosion würde zwar einige Virusteilchen abtöten, aber da jedes Virusglasscheibchen eine Billiarde Virusteilchen enthielt, spielte das kaum eine Rolle. Genügend Viren würden die Explosion überleben.

Als Zeitzünder verwendete er eine Mikrochipuhr, die mit einer Neunvoltbatterie verbunden war. Er konnte den Schalter auf einen beliebig langen Countdown einstellen. Dann würde der Bio-Det von der Sprengkapsel gezündet werden, und ein Kilogramm Virusglas würde in der Luft zerstieben. Drei Stunden würden ihm genügen, sich gegen die Windrichtung zu entfernen und die Stadt weit hinter sich zu lassen. New York war im Begriff, eine neue Krankheit in die Welt hinauszuschicken. Natürlich könnte es zwei Tage dauern, bis die Stadt wirklich merkte, daß sie krank war, und in der Zwischenzeit wären vielleicht ein paar Menschen, die jetzt noch in der Stadt waren, woanders hingefahren. Wie er, Archimedes. Er würde ein paar Wo-

chen in Washington bleiben und die Lage verfolgen, während er sich seinen nächsten Schritt überlegte. Dann würde er das Ganze in Washington wiederholen. Vielleicht. Es war gut, unberechenbar zu bleiben.
Er stellte den Zeitzünder an, der zu laufen begann. Dann stopfte er alles in den großen Glaszylinder und verschloß ihn mit dem Metallstopfen.
Er wiederholte das Ganze bei einem zweiten Glaszylinder, so daß er zwei Mutterbomben hatte. Er würde sie an verschiedenen Stellen anbringen.
Sodann schärfte er seine Bio-Det-Granaten. Sie waren kleiner als die Mutterbomben. Dazu füllte er zwei Plastikkolben mit einer Mischung aus Virusglas und zerschlagenem Flaschenglas. Jede Granate enthielt fast ein halbes Pfund Sprengstoff. Ein Mensch, der von der Schockwelle getroffen wurde, würde in einen Schauer von zerbrochenem echtem Glas vermischt mit Virusglas geraten. Die Granaten wurden durch einen einfachen Druckknopfzeitzünder gezündet.
Er stellte die Bomben und Granaten in eine schwarze Arzttasche. Zuletzt holte er aus seiner Schreibtischschublade einen geladenen Colt mit einem Laserstrahlvisier, das einen roten Lichtfleck auf das Ziel warf. Damit war die Waffe äußerst treffsicher. Er hatte sie zur Sicherheit dabei, falls er sich verteidigen mußte.
Er zog sich um. Nun war er bereit, sich in den Blutkreislauf der Stadt zu begeben.

Austen und Hopkins stiegen in einen Zug der Lexington-Avenue-Linie in Richtung Uptown ein und verließen ihn an der Haltestelle Bleecker Street wieder. Sie gingen nach Osten, überquerten die Bowery und die Second Avenue und betraten an der First Avenue die Haltestelle des F-Train. Von hier aus konnten sie zu dem Tun-

nel gelangen, in dem die beiden Obdachlosen gehaust hatten.
Sie begaben sich ans östliche Ende des Bahnsteigs, kletterten auf die Gleise hinunter und stapften durch Unrathaufen und um Säulen herum, die wegen des schwarzen Stahlstaubs fast behaart wirkten. Dann gingen sie durch das Loch in der Wand zu dem aufgelassenen Gleis, dem toten Tunnel, der sich unter der Houston Street erstreckte.
»Ich hasse Tunnels«, erklärte Hopkins.
»Für manche Menschen sind sie ein Zuhause«, erwiderte Austen.
Sie erreichten die Kammer, die Lem bewohnt hatte. Sie war flüchtig von einem städtischen Straßenreinigungstrupp gesäubert worden. Hopkins holte seine Ministablampe heraus und leuchtete herum. Offenbar war diese Kammer nur durch die U-Bahn-Station zugänglich.
Dann gingen sie weiter in den Tunnel hinein.
»Wir müssen nun schon fast unter dem East River sein«, bemerkte Hopkins.
Es wurde immer stiller. Die Geräusche der Züge schienen aus weiter Ferne zu kommen. Sie gingen an einer Matratze und einem Sessel vorbei, und schließlich endete der Tunnel an einer Betonwand und einer verschlossenen Stahltür, auf der HOCHSPANNUNG – GEFAHR – KEIN ZUTRITT stand.
Hopkins rüttelte an der Tür. »Ist da jemand drin?«
Nichts weiter als ein schwaches Summen von elektrischem Strom war zu vernehmen.
Sie gingen wieder zurück und traten auf die Straße hinaus. Menschen strömten über die Gehsteige. Austen und Hopkins mischten sich unter sie. Langsam gingen sie die Houston Street entlang und beobachteten die Gesichter. Hopkins zog das Blatt aus der Tasche und betrachtete noch einmal das Foto von Archimedes. Es war früher Abend, die

Leute gingen in Restaurants, ins Kino oder dahin, wohin sich Menschen eben an einem Samstagabend begeben.
In einem kleinen Park an der Houston Street setzte sich Austen auf eine Bank. Hopkins ging unruhig auf und ab. Er beugte sich über sie. »Sind Sie in Ordnung, Alice?«
»Machen Sie sich um mich keine Sorgen.«
Schließlich nahm Hopkins neben ihr Platz. Auf der Bank nebenan schlief ein Betrunkener.
»Haben Sie schon mal was über Jack the Ripper gelesen?« fragte Austen ihn.
»Er war ein Pathologe, glaube ich. Er schnitt Frauen auf.«
»Ich weiß nicht, was er war«, sagte sie. »Jedenfalls ging er zu Fuß zu seinen Morden, und dann ging er wieder weg. Ich glaube, Tom Cope ist genauso einer. Der Kerl ist ein Geher.«
Sie standen auf und gingen Richtung Uptown, ins East Village. Sie starrten den Entgegenkommenden ins Gesicht, blickten nach links und nach rechts. Zuweilen bemerkte jemand, daß er von Austen und Hopkins angestarrt wurde, und sah mürrisch zurück. Sie wandten sich nach Osten, bis sie zur Avenue B kamen, und gingen am Wohngebäude vorbei, in dem Hector Ramirez' Familie gewohnt hatte. Sie betraten eine Bodega. Hopkins zeigte dem Inhaber das Foto – er kannte das Gesicht nicht.
»Das ist doch hoffnungslos«, sagte Hopkins. »In dieser Stadt gibt es neun Millionen Menschen.«
»Vielleicht sollten wir noch mal in den Tunnel gehen«, meinte Austen.
»Er ist nicht im Tunnel. Er mischt sich unter die Leute. Hier oben kann er sich verstecken.«
Sie durchkämmten das East Village systematisch, gingen die numerierten Straßen hinauf und die Avenues wieder hinunter. Sie kamen am alten Marble Cemetery vorbei, in dem Berühmtheiten aus der Zeit von Herman Melville

begraben sind, und wanderten dann durch den Tompkins Square Park, wobei Hopkins ein merkwürdiges Gefühl des Neids verspürte, als er die Halbwüchsigen auf den Bänken herumhängen sah – sie hatten nichts anderes zu tun, als ihre Zeit zu vertrödeln und über Gott und die Welt zu quatschen. Er warf Austen einen Seitenblick zu und merkte, daß er an sie nicht mehr nur in streng beruflichen Kategorien dachte, und das irritierte ihn.
Sie diskutierten darüber, ob sie ins Greenwich Village gehen sollten, liefen aber statt dessen die Bowery hinunter, an mehreren Restaurantbedarfsgeschäften vorbei, die größtenteils geschlossen waren. Ein Chinese mühte sich mit einer riesigen Brotteigmaschine ab, die er auf dem Gehsteig ausgestellt hatte, und versuchte sie in seinen Laden zu bugsieren, damit er schließen konnte. Sie überquerten die Bowery unterhalb der Houston Street und begannen SoHo zu durchkämmen, doch das Viertel wirkte zu hell und war voller Touristen – das war nicht der Ort, an dem sich Cope aufhalten würde. Sie überlegten, ob sie durch Little Italy gehen sollten, aber damit würden sie sich zu weit abseits begeben, also wandten sie sich nach Norden und überquerten die Houston Street erneut. Nun waren sie im weniger schicken Teil des East Village, in der Nähe der Avenues C und D, wo am Straßenrand keine Bäume standen und die Häuser nackt und leer aussahen. Das war immer schon ein armer Teil von Manhattan gewesen, und die Bewohner hatten nie viel Sinn dafür gehabt, Bäume anzupflanzen. In der Ferne vernahmen sie ein Hämmern, und aus einem Eingang starrte eine Katze zu ihnen herüber. In einer kleinen Reparaturwerkstatt lag ein Mann auf einem Rollbrett unter einem Sportwagen; ein Werkzeug fiel ihm aus der Hand und schlug klirrend auf. Die Querstraßen waren fast menschenleer.
Hopkins blieb stehen und sah sich um. »Wo sind wir jetzt?«

»Ich weiß nicht«, erwiderte Austen. »In der Nähe der Avenue C.«
Die Gegend sah ziemlich bizarr aus. Die Gebäude waren überwiegend Mietshäuser aus dem 19. Jahrhundert. Einige waren renoviert, andere abgerissen worden, so daß es leere Parzellen gab, auf denen Sumachbüsche um Lastwagenwracks herum wuchsen, die mit Graffiti übersät waren. Einige dieser Parzellen waren von Maschendrahtzäunen umgeben, die oben mit Stacheldraht versehen waren. Andere waren in Gärten umgewandelt worden. Sie gingen an einem Zaun vorbei, in dem sich eine Öffnung befand, die zu einer dieser leeren Parzellen führte, auf der Kinderspielgeräte zwischen Blumenbeeten standen. Der kleine Park erstreckte sich zwischen zwei Gebäuden. Hopkins schlenderte hinein und setzte sich auf ein Kinderkarussell. Austen nahm neben ihm Platz. »Dafür werden sie uns an die Wand nageln«, bemerkte er und scharrte mit den Füßen im Schmutz. Eine schmutzige braun-weiße Katze schlich vorbei. Sie hatte eine Büchse mit Futter entdeckt, kauerte sich davor und beobachtete die beiden Menschen, während sie fraß.
Austen erblickte eine Reihe von Büschen, die erst vor kurzem hinter einer Eisenbahnschwelle angepflanzt worden waren. Sie hatten gelbe, hörnchenförmige Blüten, die jetzt, Anfang Mai, zu welken begannen.
»Schauen Sie, Will, das sind Forsythien …« Sie blickte nach oben. Hinter dem Blumenbeet erhob sich die Rückseite eines Backsteinhauses, ein vierstöckiges Gebäude, das renoviert worden war. Auf allen Etagen waren ziemlich neue Doppelfenster mit Metallrahmen eingebaut worden. Im dritten Stock waren die Fenster mit leuchtendweißen Jalousien bedeckt, und in einem dieser Fenster surrte ein kleiner High-Tech-Ventilator.
Wie benommen saßen sie auf dem Karussell.

Langsam erhob sich Hopkins. »Starren Sie nicht hinauf. Bewegen Sie sich lässig.«

Sie verließen den Park, wie zwei Menschen, die nichts zu tun haben. Sie überquerten die Straße, wandten sich um und sahen sich die Vorderseite des Gebäudes an. Es war ein kleines Mietshaus, das um die Jahrhundertwende erbaut worden war, die Fassade bestand aus gelbem Backstein, und unter dem Dach verlief ein breiter Sims. Alle Fenster im dritten Stock waren mit weißen Jalousien bedeckt. Es war ein einigermaßen gepflegtes Haus.

»Sehen wir uns doch mal die Klingeln an«, sagte Hopkins leise.

Sie gingen die Stufen vor dem Eingang hoch und studierten die Namen auf der Klingeltafel. Cope war nicht darunter. Neben dem Knopf für Wohnung Nr. 3 hing ein Schildchen mit der Aufschrift »Vir«.

Sie überquerten die Straße wieder und betrachteten das Gebäude.

»*Vir* heißt auf lateinisch Mann«, bemerkte Austen.

Tom Cope trug seine schwarze Arzttasche. Er sah sie, als er aus der Tür trat. Eine Frau und ein Mann standen auf der anderen Straßenseite und starrten ihn intensiv an. Sofort hielt er inne, wandte sich um und ging in den Hausflur zurück. Sehe ich schon Gespenster?

Hopkins griff unter seinem Jackett nach seiner Waffe und wollte schon zur Tür hinübereilen. Austen hielt ihn fest. »Verdammt. Bloß nicht. Er hat etwas getragen.«

Hopkins blieb stehen. Sie hatte recht. Wenn ein Kerl eine Bombe hat, dann versucht man nicht einfach, ihn zu verhaften. »Gehen Sie in Deckung«, sagte er zu ihr, stieß sie halb in einen Eingang, drückte sie gegen die Tür und stellte sich schützend vor sie. »Vielleicht ist er bewaffnet«, erklärte er ihr. »Zeit, daß Sie verschwinden.«

»Nein«, widersprach sie.
»Dann setzen Sie sich auf die Treppe, Alice. Drücken Sie sich dicht an die Wand.« Er setzte sich neben sie. »Okay. Wir warten auf einen Freund, der hier wohnt. Wir sitzen einfach auf den Stufen, hängen herum, okay? Blablabla, wir unterhalten uns, okay? Lächeln Sie. Genau – lächeln Sie! Ich muß mal funken.«
Endlich meldete sich Masaccio. »Frank! Wir sind im East Village, in der Nähe der Houston Street.« Er sah sich um, nannte ihm die Hausnummer. »Wir haben ihn! Cope. Er trägt irgendeine Tasche. Wir überwachen ihn. Er wohnt hier anscheinend unter dem Decknamen Vir. V-I-R. Ich brauche massive Unterstützung. Massiv! Er hat vielleicht eine Bombe bei sich. Ich sitze hier gegenüber in einem Eingang mit Dr. Austen.«
»Hopkins! Erstens: Sie sind entlassen. Zweitens: Sie sind doch ein besserer Agent als Ihr alter Herr. Ich schicke euch alle Leute, die ich habe.«

Die Überwachung

Tom Cope raste zu seiner Wohnung hoch. Er verriegelte die Tür und setzte sich auf eine Couch im Wohnzimmer, die Tasche neben sich. Sie haben mich angestarrt, als ob sie Bescheid wüßten. Sie haben nur wie Beamte ausgesehen. Sie können unmöglich vom FBI sein. Sie können mich doch einfach nicht gefunden haben. Aber warum haben sie mich so angestarrt? Er stand auf und ging an eines der Fenster. Ob ich mal einen Blick riskiere? Er schob die Jalousie ein wenig beiseite und schaute auf die Straße hinunter. Sie saßen in einem Hauseingang auf der anderen Straßenseite und schienen sich zu unterhalten.

Er kehrte zur Couch zurück. Das ist doch Wahnsinn, dachte er. Ich mach mich bloß verrückt. Reiß dich doch zusammen, du leidest ja unter Verfolgungswahn.

Oh, Scheiße. Die Zeitzünder in den Bomben liefen ja weiter. Er mußte sie abstellen. Dazu begab er sich in die Schutzzone 3.

Danach setzte er sich wieder auf die Couch und versuchte einen klaren Kopf zu bekommen. Er stellte einen der Bombenzylinder vor sich auf den Couchtisch, holte den Colt aus der Tasche und legte ihn in Reichweite neben sich.

Draußen saßen Hopkins und Austen noch immer im Hauseingang. Eine Frau kam auf sie zu und mußte praktisch über sie hinwegsteigen, um in ihr Haus zu gelangen. »Warum setzen Sie sich denn nicht woandershin?« murrte sie.

Hopkins sagte zu Austen, während sie aufstanden und zum Nachbarhaus gingen: »Schauen Sie bloß nicht zu Copes Wohnung hoch.« Es wurde dunkel.

Er zog die Jalousie ein wenig beiseite und schaute die Straße hinauf und hinunter. Er konnte den Mann und die Frau nicht mehr sehen. Warum hab ich eigentlich Angst? Er überlegte, ob er nicht den Notausgang benützen sollte. Er mußte hinunter. Wenn er ins U-Bahn-Netz gelangte, konnte er verschwinden. Dennoch konnte er sich nicht aufraffen. Wenn er scheiterte, würde er entweder in die Hände des FBI oder von BioArk fallen. Er hoffte, es würde das FBI sein. Er würde lieber ins Gefängnis gehen, als einem dieser Leute von BioArk begegnen. Wie konnte ich nur in meinem eigenen Haus in die Falle gehen? dachte er. Bin ich denn in einer Falle? Wieder schob er eine Jalousie beiseite und starrte hinunter. Der Mann und die Frau waren weitergegangen. Sie saßen nun in einem anderen Hauseingang. Warum gingen sie bloß nicht weg?

Frank Masaccio hatte in der Washingtoner Zentrale des FBI angerufen. Er erklärte, Hopkins habe sich zwar unerlaubt von Governors Island entfernt, aber offenbar den Terroristen gefunden. »Er und die Ärztin sind vor Ort.« Er sagte, er würde schleunigst eine Überwachungsoperationsgruppe in die Gegend schicken. Das Reachdeep-Operationsteam und zusätzliche Geiselrettungsteams begaben sich dorthin. Praktisch die gesamte New Yorker Niederlassung war an der Operation beteiligt, und darum forderte er zusätzliche Hilfe in Quantico an. Gleichzeitig begannen einige seiner Agenten die Leute zu überprüfen, die in den Wohnungen neben Cope lebten. Sie versuchten herauszufinden, wer die Nachbarn waren und wie die genaue Lage der Wohnung war. »Wir wollen uns Zugang zu einer Wand neben Copes Wohnung verschaffen«, erklärte Masaccio der SIOC-Gruppe in Washington.
Ein Reparaturwagen des Kabelfernsehens bezog an der Ecke Avenue C Posten. Der Fahrer sah Hopkins starr an

und nickte leicht. Hopkins und Austen verließen den Hauseingang. Sie gingen zur Ecke vor, die Hecktür des Lieferwagens tat sich auf, und sie stiegen ein. Oscar Wirtz saß hinten drin. Der Wagen entfernte sich und parkte in zweiter Reihe in einer stillen Querstraße zwei Blocks von Copes Wohnhaus entfernt. Plötzlich tauchte ein großer Möbelwagen auf und stellte sich vor den Fernsehwagen. Hopkins, Austen und Wirtz stiegen aus und kletterten durch die Hecktür in den Möbelwagen. Darin befanden sich Mark Littleberry und eine Reihe von Oscar Wirtz' Leuten vom Reachdeep-Operationsteam. Zahlreiche Kisten mit Bioschutzausrüstung stapelten sich im Wagen, der gewissermaßen den Schleusenraum und das Nachschublager für eine Biorisiko-Operation darstellte.

»Werden wir losschlagen?« fragte Austen.

»Sie nicht, Dr. Austen«, erwiderte Wirtz.

Hopkins unterhielt sich mit Masaccio per Funk.

»Die Lady unter ihm ist bettlägerig, sie hat Diabetes und ein schwaches Herz«, erklärte Masaccio gerade. »Wir dürfen sie nicht aufregen. Wir können aber auch nicht in die Wohnung über ihm, ohne zu riskieren, entdeckt zu werden – er könnte mitbekommen, wie wir an seiner Wohnung vorbeigehen. Auf einer Seite des Gebäudes befindet sich ja eine aufgelassene Parzelle. Sie erstreckt sich um das Gebäude herum bis zur Houston Street. Leider. Es ist offenes Gelände, und er könnte uns sehen, wenn wir uns dort bewegen. Erfreuliches gibt es vom Gebäude auf der anderen Seite von ihm zu berichten. Seine Hauswand grenzt an seine Wohnung. Wir werden uns also in dieses Gebäude begeben. Wir werden versuchen, ihm so dicht wie möglich auf die Pelle zu rücken, Will Junior. Erklären Sie Ihrem Mann, diesem Wirtz, er soll sich bereitmachen, in eine ziemlich üble Hot Zone einzudringen.«

Inzwischen war es halb neun Uhr abends geworden.

Bevor sie irgendeinen Schritt zur Verhaftung von Cope unternahmen, wollten sie mehr über seinen Geisteszustand und seine Waffen erfahren und ihn sich ansehen. Ein Lastwagen fuhr neben Tom Copes Wohnhaus vor. Es war ein Reparaturwagen der Elektrizitätswerke Con Edison. Spezialagentin Caroline Landau und zwei Männer stiegen aus und betraten das Nachbarhaus. Als sie im dritten Stock angelangt waren, klopften sie an eine Wohnungstür und zeigten dem Mann, der aufmachte, ihre FBI-Ausweise.

»Was wollen Sie denn von mir?« fragte er.

Landau erklärte ihm, daß sie dringend auf seine Hilfe angewiesen seien. Neben seiner Wohnung, im Nachbarhaus, halte sich ein Killer auf. »Wir glauben, daß er eine Bombe hat«, sagte sie. »Das ist kein Scherz. Bitte helfen Sie uns.«

»Das kann ich einfach nicht glauben«, erwiderte der Mann.

»Sir, Sie sind in sehr großer Gefahr – wir alle sind es.«

Er sah ein, daß ihm gar keine andere Wahl blieb, und ging mit einem der »Con-Edison-Leute« hinunter. Er würde auf Kosten des FBI die Nacht in einem Hotel verbringen.

Wohnung um Wohnung, Stockwerk um Stockwerk evakuierte das FBI das Nachbarhaus von Tom Cope. Sie wagten nicht, sein Gebäude zu evakuieren, weil sie befürchten mußten, daß er es bemerken würde – außer dem ersten Stockwerk, wo eine einzelne Frau lebte. Sie brachten sie hinaus. Nachdem sie ihr die Lage erklärt hatten, erfuhren sie von ihr, daß der Mann im dritten Stock Harald Vir heiße, aber keinen Kontakt mit den anderen Hausbewohnern habe, obwohl er sehr höflich sei.

In der Wohnung neben Cope installierte Caroline Landau mit Hilfe einer Gruppe von Tech-Agenten ihre Abhörgeräte. Mit einer schallisolierten Bohrmaschine, die sich lautlos durch Ziegel und Beton fressen konnte, durchbohrten sie eine Schicht Rigips und legten die Bruchstücke beiseite.

Darunter befand sich eine Isoliermatte, die sie herauszogen. Auf der anderen Seite der Ziegelsteinmauer, die jetzt zum Vorschein kam, lag Copes Wohnung.
Caroline Landau brachte an der Ziegelsteinmauer eine Reihe von Kontaktmikrophonen an, die Geräusche aus Copes Wohnung empfingen und in ein Analysegerät eingaben. Über Kopfhörer konnte man alles in seiner Wohnung abhören.
Der Möbelwagen mit Hopkins, Austen, Wirtz, Littleberry und den Reachdeep-Ninjas fuhr um den Block herum und parkte auf dem Gehsteig neben Copes Wohnhaus. Im Schutze der Dunkelheit und mit überaus flinken Bewegungen luden sie eine Reihe von Matchbeuteln aus, brachten sie ins Nachbarhaus und schleppten sie rasch in den dritten Stock hoch, wo gerade die technische Überwachungsoperation des FBI anlief.
Spezialagentin Landau und ihr Team stellten zwei Wärmebildkameras auf Stativen auf. Die Kameras ähnelten Videokameras, hatten aber große Objektive mit einem goldenen Spiegel darin – sie sahen aus wie riesige goldene Froschaugen. Sie nahmen Wärmeabstufungen durch Wände wahr.
Landau verband die Wärmebildkameras mit Bildschirmen. Sofort erschien darauf ein Wärmebild von Tom Copes Wohnung. Sie sahen, wie Cope herumlief und einen Gegenstand in der Hand hielt. Er bewegte sich rasch und zielstrebig hin und her. Soweit ihnen das seine Umrisse verrieten, schien er ruhig und gelassen zu sein.
In einem anderen Raum sahen sie einen großen, warmen Zylinder – möglicherweise war dies ein Bioreaktor. Um einen besseren Einblick zu bekommen, bohrten die Tech-Agenten lautlos ein kegelförmiges Loch in die Ziegelmauer. Es dauerte eine Weile, bis der Bohrer sich durch die Ziegel gefressen hatte, und sie hatten Angst, das schwache

Summen könnte Cope auffallen. Schließlich war der Bohrer unmittelbar unter der Farboberfläche in Copes Wohnung angelangt. Sie sahen einen Farbpunkt von hinten und durchbohrten ihn mit einer Nadel. Dann führten sie ein kegelförmiges optisches Gerät in das Loch ein, bis die Spitze gerade durch das Nadelloch in der Farbe drang. Es handelte sich um ein winziges Fischaugenobjektiv. Selbst wenn Cope direkt darauf blicken würde, könnte er es nicht als solches wahrnehmen – er würde es für einen winzigen Schmutzfleck halten.

»Jetzt sind wir ein Fliegenschiß an seiner Wand«, bemerkte Caroline Landau.

Der optische Konus war mit einem elektronischen Abbildungssystem verbunden. Auf einem Flachbildschirm tauchte eine Fischaugenansicht von Tom Copes Laboratorium auf.

Mark Littleberry betrachtete den Biozanreaktor. »Er läuft nicht. Ich vermute, er hat seine Virusproduktion abgeschlossen. Aber die Flüssigkeit in diesem Reaktor ist wahrscheinlich stark mit Cobra angereichert.«

Cope hielt sich außerhalb des Laboratoriums auf und war auf den Wärmebildschirmen nur als gespenstische, orangefarbene Gestalt zu erkennen, die auf der Couch saß oder sich bewegte, wobei er meist das lange zylindrische Ding in den Händen hatte, als ob er sich davon nicht trennen könnte. Sie hörten ihn mit sich selbst sprechen: »Du Idiot, du Idiot – das ist einfach zu wichtig. Das darf einfach nicht schiefgehen.« Auf einem Tisch vor der Couch stand ein verschwommenes Gebilde, das Hopkins und Austen als die Tasche identifizierten, die er trug, als sie ihn gesehen hatten. Er öffnete sie und schien an einem anderen rohrartigen Gegenstand sowie an zwei kleineren Objekten herumzufummeln, und dann holte er etwas heraus, was man erkennen konnte.

»Er hat eine Waffe«, sagte Caroline Landau. »Oje, sie hat ein Laservisier.«
Er legte die Waffe auf den Tisch und ließ sich auf der Couch nieder, anscheinend ohne die geringste Ahnung, daß sich hinter der Wand seines Wohnzimmers ein qualvoll angespanntes Heer von Vollzugsbeamten drängte. Fasziniert starrten sie auf den großen Zylinder, den er in Händen hielt – das mußte eine biologische Bombe sein. Vermutlich waren es zwei Bomben, mit der, die in der Tasche zu sein schien. Sie überlegten, ob sie nicht ein weiteres Fischaugenobjektiv durch die Wand führen sollten, um sich ein deutlicheres Bild von ihm und seiner Bombe oder seinen Bomben machen zu können, ließen es dann aber lieber sein. Er könnte es bemerken. Bis jetzt hatten sie schließlich Glück gehabt, und bei dieser Überwachung durften sie sich keinen Schnitzer leisten.

Er saß auf der Couch. Was nun? Beobachteten sie ihn? Oder bildete er sich das nur ein? Er ging ans Fenster und linste hinaus, wagte aber nicht, länger als einen Augenblick dort zu bleiben. Schon bald würde er seinen entscheidenden Zug machen müssen. Er holte eine der kleinen Bio-Det-Granaten aus der Tasche. Auch wenn sie nur mit einem schwachen Sprengstoff versehen war, würde die Granate in einem geschlossenen Raum wie einem Zimmer oder einem Tunnel absolut verheerend wirken. Die beiden Granaten waren Abwehr- und Angriffswaffen zugleich – er konnte sie so oder so einsetzen.

In der FBI-Kommandozentrale im Federal Building überwachten Frank Masaccio und seine Leute die Operation und hielten den Kontakt zu SIOC in Washington aufrecht. Masaccio hatte das Kommando – er würde die jeweiligen Züge veranlassen. Er würde nicht bei Tom Cope einbre-

chen, wenn der Mann eine Bombe besaß und sich in seiner Wohnung verbarrikadierte. Das war viel zu gefährlich. Er würde warten, bis Cope aus dem Haus kam, und ihn sich dann schnappen. Er würde seine Leute so schnell zuschlagen lassen, daß Cope keine Zeit hätte, irgend etwas detonieren zu lassen.
Scharfschützen standen auf den Dächern bereit. Masaccio wies sie an, nicht ohne ausdrücklichen Befehl zu schießen, da er nicht wußte, wie Copes Bombe funktionierte. Sie könnte ja losgehen, wenn Cope zusammenbrach.
Falls es Anzeichen dafür gab, daß Cope eine Bombe in seiner Wohnung hochgehen lassen wollte, hatte das Reachdeep-Operationsteam den Befehl, sich so rasch wie möglich durch die Wand zu schlagen, um Cope daran zu hindern. Die Zielvorgabe lautete wie üblich: Nicht töten, sondern zuerst und vor allem außer Gefecht setzen.
Um zweiundzwanzig Uhr traf Wilmot Hughes ein, der Bruchmeister, der dem Team den Weg in Copes Wohnung bahnen sollte. Wilmot Hughes war ein kleiner, drahtiger Mann, der sein Leben lang Mittel und Wege gefunden hatte, rasch in Flugzeuge und Schiffe, Autos und Bunker einzudringen, oft mit Hilfe von Sprengstoffen. Er inspizierte die Ziegelmauer, fuhr mit den Händen darüber und klopfte sacht daran. »Zum Glück ein Kinderspiel«, bemerkte er und verteilte Plastiksprengstoff in einem Muster auf der Wand. Ein ovaler Teil der Ziegelmauer, die sie von Copes Wohnung trennte, würde im Bruchteil einer Sekunde verschwinden, wann immer der Bruchmeister dies wollte.

Masaccio sprach zu Wirtz über ein Kopfhörer-Mikrophon-Set. Er wies ihn an, in Bereitschaftsstellung zu gehen, da der Bruchmeister den Durchbruch vorbereitet hatte. Wirtz und seine Reachdeep-Ninjas begannen Schutzanzüge und kugelsichere Westen anzulegen.

»Ich komme mit«, sagte Littleberry. »Ich will mir sein Labor ansehen.«
»Sie sind doch zu alt für so eine Aktion«, widersprach Hopkins.
»Sie können mich nicht davon abhalten.« Littleberry wandte sich an Austen. »Kommen Sie auch mit?«
»Klar, Doktor«, sagte sie zu Littleberry.
»He ...«, begehrte Hopkins auf. Aber er wußte, daß er sie nicht daran hindern konnte, ihm zu folgen.
Alle zogen Schutzkleidung und kugelsichere Westen an und setzten sich leichte Kopfhörer-Mikrophon-Sets auf.
»Du kommst mit den Ärzten erst rüber, wenn wir dort aufgeräumt haben«, sagte Wirtz zu Hopkins.
»Ich werde über deinen Rücken hinwegsteigen, Oscar«, erwiderte Hopkins und schnallte sich eine Tasche um die Hüfte, in der er verschiedene Dinge verstaute: Tupfer, sein Taschenetui voller Stifte und anderem Zeug, seine Ministablampe und einen Ping-Handsensor. Dann befestigte er das Halfter mit der Pistole und verdrahtete sein Kopfhörer-Mikrophon-Set mit einem Funkgerät an der Taille, das mit verschiedenen Kanälen arbeitete. Mit diesem Gerät konnten sich Teammitglieder untereinander und mit der Kommandozentrale verständigen. Schließlich stülpte er sich eine Schutzhaube über den Kopf und schaltete das batteriegetriebene Gebläse für die Filter an. Die Haube wölbte sich auf. Das Gebläse summte leise. Die Batterie würde den Druck in der Haube bis zu acht Stunden aufrechterhalten. Hopkins wippte auf den Ballen; er war bereit loszuschlagen.

Cope ging ins Bad. Er hatte eine Mutterbombe dabei und stellte sie auf den Boden. Dann rollte er ein langes Stück Toilettenpapier ab, schneuzte sich und ging zum Waschbecken, wo er sich Wasser ins Gesicht spritzte.
Er war so nervös, daß er zitterte. Wieso hab ich bloß solche

Angst? Er blickte in den Spiegel. Seine Augen hatten eine merkwürdige Farbe. War das nicht ein goldener Ring um seine Pupillen? Seine Nase lief. Seine Oberlippe glänzte feucht. Nein. Das konnte nicht sein. Er wußte, daß Hirnpocken nur selektiv infizierten. Und zwar nur etwa die Hälfte der Menschen, die niedrigen Dosen ausgesetzt waren. Das war nicht anders als bei vielen Viruswaffen. Er hatte sich monatelang in der Nähe des Virus aufgehalten und war nicht infiziert worden. Er fragte sich, ob er einen Fehler begangen hatte. Vielleicht habe ich den Atem in der U-Bahn in Washington nicht lange genug angehalten. Vielleicht ist etwas an meiner Kleidung oder an meinen Haaren hängengeblieben. Nein, das ist einfach unmöglich, ich bin doch immun. Ich bilde mir das alles nur ein.
Mein Verstand ist völlig in Ordnung. Ich spüre überhaupt nichts. Wenn ich mit Hirnpocken infiziert wäre, würde ich doch was merken. Ich bin doch ein normaler paranoider Schizophrener, dachte er und lächelte fast dabei.

Cope hatte einen Bioreaktor, der mit flüssigem Cobra-Virus gefüllt war. Littleberry glaubte, daß der Reaktor sehr heiß war, und das führte zu einer Diskussion darüber, was sie tun sollten, wenn der Reaktor bei einer Aktion biologisch durchgehen würde. Leute von der Noteinsatzbehörde des Bürgermeisters befanden sich in der Kommandozentrale bei Masaccio, und sie hatten eine Idee, die vielleicht funktionierte: Man sollte einige Löschwagen der Feuerwehr mit einem Desinfektionsmittel füllen und dieses im gesamten Gebäude versprühen, falls Copes Bioreaktor seinen Inhalt entlud. Die Feuerwehr trieb eine Chemikalienspedition in Brooklyn auf, die eine Menge Wäschebleichmittel auf Lager hatte. Mehrere Löschfahrzeuge fuhren nach Brooklyn und wurden mit Bleichmittel und Wasser gefüllt. Dann stellten sie sich auf einer Nebenstraße bei Copes Wohnhaus auf. Die Feuerwehr schickte auch Dekontaminationswagen, die zur Dekontaminierung von Menschen verwendet werden, die Chemikalien oder Asbest ausgesetzt waren, und diese Wagen wurden hinter den Löschfahrzeugen postiert.

Inzwischen war es ein Uhr morgens geworden. Cope hatte kein Auge zugetan. Er war noch immer unschlüssig. Das lag zum Teil daran, daß er nicht mehr ganz er selbst war. Die Umwandlung setzte nun rasch ein. In seinem Hirnstamm begannen sich Kristalle zu bilden.

Abgetaucht

Mittlerweile war es drei Uhr morgens. Alice Austen hatte Cope auf den Bildschirmen der Wärmebildkameras beobachtet. Er war nicht schlafen gegangen und vollführte einige anscheinend unfreiwillige Gesten. Unvermittelte Bewegungen. Er sprach mit sich selbst und stöhnte: »Ich bin nicht krank. Nicht krank.«

»Hören Sie das, Will? Ich glaube, er hat sich infiziert«, sagte Austen.

Sie studierten seine Bewegungen, aber Austen konnte nicht sicher sein.

Dann schien Cope einen Entschluß gefaßt zu haben. »Option zwei«, sagte er halblaut.

»Was war das?« fragte Hopkins.

»Er verliert den Verstand«, meinte Littleberry.

Das verschwommene Wärmebild zeigte, wie Cope sich über den Gegenstand in seinen Händen beugte. Er fummelte an irgend etwas herum. Ein Rascheln und Knacken war zu hören.

Hopkins stand auf und hob die Hand. »Wirtzy! Er läßt vielleicht was hochgehen! Macht euch bereit!«

Alle stülpten sich blitzschnell die Schutzhauben über, schlossen den Reißverschluß ihrer Schutzanzüge und setzten die Luftfilter in Gang. Katzengleich preßten sich Oscar Wirtz und fünf Reachdeep-Ninjas neben die Sprengladungen an die Wand. Der Bruchmeister machte seine Zünder scharf. Die Ninjas hielten Blendgranaten und Maschinenpistolen in den Händen.

Cope legte den Gegenstand in die Tasche, trat mit der Tasche in der Hand auf den Gang hinaus und öffnete die Tür zum Labor. Zum erstenmal sahen sie ihn ganz deutlich durch das Fischaugenobjektiv. Er stand an der Tür, sah durch den Raum zum Bioreaktor hin, und plötzlich ergriff er ein schweres Becherglas und schleuderte es auf den Reaktor.

Der Bioreaktor explodierte, und sein Inhalt ging in einem Tröpfchenregen nieder. Eine rosafarbene Suppe ergoß sich über den Fußboden.

»Er ist durchgegangen!« schrie Hopkins.

»Los!« brüllte Masaccio aus dem Lautsprecher.

Der Bruchmeister zündete die Sprengladungen.

Die Wand fiel in sich zusammen, als wäre sie aus Kies, und ein ovales Loch tat sich auf. Wirtz und die Ninjas drängten sich hindurch.

Austen, die auf dem Boden lag, konnte nichts sehen. Sie hielt die Arme schützend über den Kopf. Hinter ihr entluden sich die Blendgranaten in grellen Blitzen, die die Wärmekameras blendeten.

Wirtz hatte seine Leute durch das Loch gebracht. Sie hielten ihre Waffen schußbereit. Hopkins sah, wie die Bildschirme weiß wurden, als die Granaten explodierten. Dann kehrten die Bilder zurück. Copes Wärmebild lief durch das Blickfeld.

»Oscar, er ist links von euch!« brüllte er über Funk. Er sah, wie Wirtz und sein Team sich durch die Wohnung bewegten. Zwei Ninjas schwenkten nach links.

»Wirtzy, er ist in der Küche!« schrie Hopkins. Plötzlich sah er, wie Tom Cope sich niederkauerte – und unglaublicherweise verschwand er mitten im Fußboden aus seinem Blickfeld. »Er ist abgetaucht!« schrie Hopkins. Sie richteten die Wärmebildkameras auf den Fußboden und sahen, wie Copes Gestalt durch das Gebäude senkrecht nach unten glitt, bis sein Bild verblaßte.

Tom Cope hatte den Bioreaktor zerschmettert, das Labor verlassen und die Tür geschlossen. Im nächsten Augenblick war die Wohnung von Explosionsschockwellen und Lichtblitzen erfüllt. Er rannte in die Küche. Gestalten in Schutzanzügen stürzten in sein Wohnzimmer.
In vielen alten Häusern in New York gibt es Speiseaufzugschächte, die nicht mehr in Gebrauch sind oder als Müllschlucker verwendet werden. Der Speiseaufzug war Copes geplante Fluchtroute. Er hatte nicht gewagt, sie zu benutzen, weil er Angst gehabt hatte, sie würden im Keller auf ihn warten. Nun blieb ihm gar nichts anderes übrig.
Mit der Arzttasche in der Hand war Cope durch eine Öffnung in der Küchenwand geklettert und hatte sich auf der Plattform des Speiseaufzugs zusammengerollt. Er ließ die Seile los, und die Plattform fuhr rasch nach unten, wobei die Seile durch den Flaschenzug zischten. Dann schlug er krachend im Keller auf – im Innern eines Schranks. Cope stürzte zur Tür hinaus. Niemand da. Er rannte durch einen Heizungstunnel und gelangte zu einer kleinen Öffnung in der Backsteinmauer, die mit einer Sperrholzplatte verschlossen war. Er zog die Platte beiseite. Sein Fluchtweg lag vor ihm. Er kroch hindurch, wobei er sich die Knie an scharfkantigen Betonbrocken aufschürfte und die Hose zerriß. Der Kriechgang war schwarz vor Staub. Vor sich vernahm er das Rattern einer U-Bahn.

Hopkins betrat Copes Wohnung. Er trug einen Sprühbehälter, der mit Envirochem gefüllt war, einer starken antibiologischen Flüssigkeit. Austen und Littleberry folgten ihm. Sie begaben sich zum Bioreaktorraum, wo Hopkins Envirochem überall auf dem Boden und an den Wänden versprühte, bis der Raum in Nebel gehüllt war. Bald würden auch die Löschwagen Bleichmittel im Gebäude verteilen.

»Er ist in diesem Schacht hier abgetaucht«, erklärte Wirtz ihnen, als sie in die Küche kamen. »Wir verfolgen ihn.«
Wirtz und seine Ninjas stürmten den Keller, wobei die Wissenschaftler zwar zurückblieben, sich aber einfach nicht aus der Operation ausklinken wollten. Wirtz fluchte vor sich hin und schwor sich, diese Bande beim nächstenmal in einen Käfig einzusperren.
Er brauchte nicht lange, um den Kriechgang und die Sperrholzplatte, die auf dem Boden lag, zu finden. »Cope! Sind Sie da drin?« schrie er.
Wirtz entdeckte einen Blutfleck auf dem Betonboden des Kriechgangs, daneben befanden sich Tropfen einer feuchten Substanz. Hopkins nahm das Blut mit einem Tupfer auf und testete es. Der Biosensor machte »Ping«.
»Cobra«, erklärte Hopkins.
Sie brüllten erneut in den Kriechgang hinein. Stille.
»Zurück mit euch Wissenschaftlern«, befahl Wirtz. »Zuerst meine Ninjas.« Er sprang in den Kriechgang. Auf Händen und Füßen folgten ihm seine Leute und stießen ihre Waffen vor sich her. Sie paßten kaum durch den engen Gang und hatten keine Taschenlampen dabei – das war eine unvorhergesehene Entwicklung.
Wirtz erreichte als erster das Ende des Kriechgangs, der sich in einen dunklen Schacht öffnete und dann in eine niedrige, enge Passage abfiel, die rechtwinklig davon abzweigte. Wirtz konnte seine Umgebung noch schwach erkennen.
»Was ist denn da unten los?« wollte Frank Masaccio wissen. Er saß in seiner Kommandozentrale, verfolgte den Funkverkehr und war drauf und dran durchzudrehen, weil er das Gefühl hatte, das Team nicht mehr im Griff zu haben.
Auf einmal war ein immer lauter werdendes Rumpeln zu vernehmen, das von Wirtz' Mikrophon aufgefangen wurde. Wirtz rief über das Geräusch hinweg: »Was Sie da hören, ist

ein U-Bahn-Zug. Wir befinden uns in der Nähe der U-Bahn. Ich bin hinter irgendeiner Wand hier.«

»Das ist ja nicht auszuhalten, verdammt noch mal!« brüllte Masaccio.

»Vielleicht können wir ihn in einer Bioschutzzone einschließen«, rief Hopkins über sein Kopfhörer-Mikrophon-Set.

»Was meinen Sie damit?« fragte Masaccio.

»Die U-Bahn-Tunnels sind gewissermaßen eine natürliche Bioschutzzone«, erklärte Hopkins. »Wenn er dort eine Bombe hochgehen läßt, können wir vielleicht die Tunnels abriegeln und die Züge anhalten. Vielleicht ist es besser, wenn wir ihn dort unten haben statt im Freien. Wir sollten versuchen, ihn in den Tunnels zu fassen. Frank, Sie müssen die Umluftventilatoren in der U-Bahn schließen lassen. Es darf keine Luft nach draußen und auch keine Luft nach drinnen gelangen.«

Masaccio gab einen Notruf an die Kontrollzentrale der Verkehrsbehörde an der West Fourteenth Street durch. Das ist ein großes Kontrollzentrum mit Dutzenden von Operatoren für das U-Bahn-System. Masaccio sprach mit einem leitenden Beamten. Sie begannen die Züge zu stoppen und schalteten die gesamte Luftzufuhr und -zirkulation ab.

Masaccio bekam die Lage wieder in den Griff und erteilte seine Befehle. Zunächst einmal kam es darauf an, daß FBI-Agenten und Beamte der New Yorker Polizei alle U-Bahn-Eingänge in der Umgebung der East Houston Street abriegelten und sich dann in die Tunnels begaben und die Gleise abkämmten, um Tom Cope zu finden. Diese Einsatzleute waren praktisch so gut wie gar nicht gegen irgendwelche Biogefahren geschützt. Falls Copes Bombe hochging, würden viele von ihnen sterben. Aber Masaccio blieb keine andere Wahl.

Mittlerweile war das Reachdeep-Team zu der Tür am anderen Ende des aufgelassenen Tunnels unter der Houston Street gelangt. Eigentlich sollte diese Tür verschlossen sein, aber der vermeintlich sichere Riegel war in Wirklichkeit ein Mechanismus, der aufschnappte, wenn man damit umgehen konnte. Das war Copes Fluchtroute, die direkt an den Nischen vorbeilief, in denen der Mundharmonikamann und Lem gehaust hatten. Beide hatten sterben müssen, weil sie gesehen hatten, wie Cope die Tür benutzt hatte.
Oscar Wirtz ging voran, gefolgt von fünf Ninjas, und Hopkins, Austen und Littleberry bildeten die Nachhut.
Stille herrschte im Tunnel. Die U-Bahn-Züge waren gestoppt worden.
Schwach vernahmen sie Masaccios Stimme aus den Kopfhörern: »Was machen Sie gerade? Rapport!«
»Ich kann Sie fast nicht mehr verstehen, Frank«, erwiderte Hopkins. »Wir nähern uns der Station Second Avenue. Sie müssen sie abriegeln.«
»Wir sind schon dabei, wir schicken Polizeibeamte in alle Stationen«, erklärte Masaccio.
Im Joggingtempo bewegten sie sich vorwärts, und als sie beim Bahnsteig an der Second Avenue eintrafen, war bereits alles verlassen.

Abgeschnitten

Er hatte den Bahnsteig an der Haltestelle Second Avenue ein paar Minuten vor seinen Verfolgern erreicht. Sollte er auf eine Bahn warten? Aber um drei Uhr morgens würde er wohl lange darauf warten müssen.

Warte nicht auf eine Bahn, das wäre dumm. Und auf der Straße dort oben wird es vor Agenten wimmeln. Geh bloß nicht zur Straße hoch.

Beweg dich weiter. Inzwischen glaubte er, infiziert zu sein, aber noch konnte er sich bewegen. Vielleicht hatte er ja eine gewisse Abwehr gegen das Virus entwickelt. Vielleicht konnte er eine Infektion überleben.

Er lief zum Ende des Bahnsteigs und ging über die Treppe wieder auf die Gleise hinunter, diesmal aber in Richtung Westen, indem er der Route der Linie F in Richtung des Zentrums von Manhattan folgte. Er stapfte über die Schwellen dahin. Da bemerkte er etwas, was ihm gar nicht gefiel. Die Tunnels waren still. In den Schienen war der Strom abgeschaltet, und er konnte auch keine Ventilatoren hören, obwohl die Lampen im Tunnel noch an waren. Dann vernahm er ein Geräusch hinter sich, drehte sich um und sah in der Ferne, wie fünf oder sechs Gestalten in Schutzanzügen über den Bahnsteig der Station an der Second Avenue liefen.

Er rannte los, wobei seine Füße durch Pfützen platschten und über die Schwellen stolperten. Noch haben sie mich nicht. Eine eiskalte Entschlossenheit überkam ihn. Nur Mut. Man wird sich künftig an dich als an einen Mann mit Phantasie und heroischem Willen erinnern.

Während er nach Westen durch den Haupttunnel lief, sah er, daß er sich einer anderen U-Bahn-Station näherte. Es war die Haltestelle Broadway-Lafayette. Dort wollte er auf die Straße hinausgelangen. Oder doch nicht? Was sollte er tun?

Soll ich die Bombe gleich hier absetzen? Er hatte eine bessere Idee und hielt nach einem Nebentunnel Ausschau, an den er sich erinnerte, eine wenig benutzte Abkürzung, die eine Umkehrschleife bildete. So könnte er um seine Verfolger herumlaufen.

In diesem Augenblick erfuhr Frank Masaccio von der Existenz dieses Nebentunnels. Er unterhielt sich gerade mit den Operatoren im Kontrollraum an der Fourteenth Street. Masaccio hatte ein FBI-Team in die U-Bahn-Station Broadway-Lafayette geschickt, und dieses Team bewegte sich inzwischen nach Osten auf das Reachdeep-Team zu, das nach Westen vorrückte. Sie hatten vor, Cope zwischen den beiden Stationen in die Zange zu nehmen.

»Da gibt es noch diesen BJ-1-Tunnel«, erklärte ein Operator Masaccio. »Wenn Sie den Kerl fangen wollen, und er entdeckt diesen BJ-1-Tunnel, dann wäre das sein einziger Ausweg.«

»Und wo führt der hin?« wollte Masaccio wissen.

Der BJ-1-Tunnel endete an einer Station an der Ecke Delancey und Essex Street. Masaccio befahl, daß ein Polizei- oder FBI-Team – je nachdem, wer dieser Station am nächsten war – dort rasch Stellung beziehen solle.

Mittlerweile erreichte das Reachdeep-Team den Eingang dieses Tunnels.

»Wir glauben, daß er dort hineingegangen ist«, erklärte Masaccio ihnen. Seine Stimme schien aus weiter Ferne zu kommen.

»Sie sind kaum noch zu hören«, erwiderte Wirtz.

»Gehen Sie nach links in diesen Tunnel rein.«

Rasch rückte das Reachdeep-Team im Tunnel vor. Er war

nur in größeren Abständen von schwachen Lampen beleuchtet und pechschwarz vor Stahlstaub. Als sie tiefer in den BJ-1-Tunnel eindrangen, brach ihr Funkkontakt zur FBI-Kommandozentrale ab. Jetzt war Reachdeep ganz auf sich allein gestellt.

Der tote Tunnel

Tom Cope bewegte sich vorsichtig, aber zügig durch den BJ-1-Tunnel, in der Hand die schwarze Arzttasche. Das einzige Gleis im Tunnel schimmerte matt im schwachen Lichtschein, der in größeren Abständen aus Mauernischen drang. Ab und zu blieb er stehen, um zu lauschen. Einmal dachte er, er hätte sie hinter sich gehört, aber er war sich nicht sicher.

Der Tunnel verlief leicht abwärts und wandte sich nach Süden. Er unterquerte einen Parkplatz und die Bowery Street und erstreckte sich dann in Richtung Downtown unter dem Sara Delano Roosevelt Parkway, einem Streifen mit Grünflächen und Spielplätzen auf der Lower East Side. Es war 3.20 Uhr an einem Sonntagmorgen, und als Polizeiautos und FBI-Wagen plötzlich in das Viertel hineinrasten und Polizeiteams in U-Bahn-Höfe hinabeilten, wurde das nur von wenigen Menschen bemerkt; bloß die Gäste von nahegelegenen Clubs wurden von diesem Treiben angezogen und gingen hinaus auf die Straße, um zu sehen, was los war. Da Reporter den Polizeifunk abhören, fuhren schon bald Fernsehübertragungswagen zur Lower East Side, um sofort über einen möglichen Terroranschlag berichten zu können.

Der BJ-1-Tunnel senkte sich immer tiefer, und Cope folgte ihm. Nachdem er zunächst eine Zeitlang in Richtung Süden verlaufen war, wandte er sich nach Osten, weg vom Sara Delano Roosevelt Parkway, und vollführte eine Schleife unter dem alten Herzen der Lower East Side: der Forsyth Street, der Eldridge Street, der Allen Street und der Orchard Street, und dann erstreckte er sich nach Osten unter der Delancey Street.

Cope wußte ungefähr, wohin er ging. Er hatte diese Tunnel zu Fuß erkundet und sich eine Vielzahl von Fluchtwegen eingeprägt. Diese Route war vermutlich die sicherste, dachte er. Er lief in Richtung Williamsburg Bridge, die sich von der Delancey Street erhebt und Manhattan mit Brooklyn verbindet. Er meinte, er könne seine Sprengapparate entweder irgendwo in einem Tunnel verstecken oder sie vielleicht im Freien stehen lassen, wo sie explodieren und ihre tödliche Fracht in die Stadt entladen würden. Er wollte nicht, daß seine Verfolger die Apparate fanden. Das war das Problem. Wenn er sie hier im Tunnel zurückließ, würden sie gefunden und vielleicht entschärft werden.
Der Tunnel begann wieder anzusteigen und beschrieb eine Kurve in Richtung Nordosten. Vor sich sah Cope Lichter. Das war der Bahnsteig der U-Bahn-Station Essex-Delancey Street, einer verwinkelten Station am Fuße der Williamsburg Bridge.
Ich werde hier rausgehen, wo ich nicht die Treppe zur Straße hoch nehmen muß.
Der Tunnel endete kurz vor dem Bahnsteig an der Essex Street. Zweihundert Meter nach dem Bahnsteig verliefen die Gleise zur Williamsburg Bridge hinauf. Der Bahnsteig war verlassen. In der Ferne konnte Cope Lichter erkennen. Das war sein Ausgang. Sie würden nicht daran denken, ihm diesen Weg zu versperren.
Währenddessen eilte eine Gruppe von New Yorker Polizisten die Treppen zum Bahnsteig Essex Street hinunter.
Cope lief die Gleise neben dem Bahnsteig entlang. Er vernahm das Geräusch hastiger Schritte, laute Stimmen, und dann sah er, wie sich die Rolltreppen bewegten; er drehte sich um und lief den Weg zurück, den er gekommen war. Er drückte sich in eine Nische in der Wand des Bj-1-Tunnels und lauschte auf das Rauschen und Knacken ihrer Funkgeräte. Sie durchsuchten den Bahnsteig. Sicher wür-

den sie jeden Augenblick in den Tunnel kommen und nach ihm Ausschau halten.
Er wußte, daß sich ein FBI-Team hinter ihm im Tunnel näherte – er war gefangen zwischen dem FBI und der New Yorker Polizei.
Er hörte das Schaben der Schutzanzüge, das Stampfen ihrer leichten Gummistiefel. Sie kamen schnell näher.
Er verließ die Nische, schlich an der Wand entlang und betrat irgendwelche dunklen aufgelassenen Räume. Ein altes Belüftungsgerät stand hier herum und kaputte, unbenutzte Maschinen. Ein Kühlschrank. Einen Augenblick lang überlegte er, ob er sich nicht im Kühlschrank verstecken sollte. Er war schwarz angestrichen – merkwürdig. Aber er war zu klein, er würde nicht hineinpassen. Also kniete er sich hin und kauerte sich an der Wand neben dem Kühlschrank zusammen.
Er öffnete seine Tasche, holte eine Bombe heraus, schraubte die Abdeckkappe des Zylinders ab und zog die Zünddrähte heraus. Wenn er die Drähte verband, sie kurzschloß, würde der Bio-Det explodieren. Er würde dann zwar sterben, aber das Virus würde überleben und in die Welt hinausgehen.

Die Station an der Essex Street enthält einen großen aufgelassenen Bereich, der früher einmal eine Straßenbahnhaltestelle gewesen war. Nachdem die Polizisten die Bahnsteige abgekämmt hatten, schickten sie sich an, in diesen Bereich vorzudringen. In diesem Augenblick traf das Reachdeep-Team am Bahnsteig Essex Street ein. Die Ninjas berieten sich mit einigen Polizeibeamten.
»Er könnte entweder auf die Brücke dort gegangen sein«, meinte ein Polizist. »Oder er befindet sich in dieser ehemaligen Straßenbahnhaltestelle.«
»Ihr Jungs bleibt zurück – ihr habt keine Schutzausrü-

stung«, sagte Wirtz zu den Polizeibeamten. Die FBI-Leute ließen sich deren Taschenlampen geben und begannen die alte Haltestelle zu durchsuchen. Hopkins, Austen und Littleberry blieben, wo sie waren – auf den U-Bahn-Gleisen neben dem BJ-1-Tunnel. In ihren Anzügen unter den weichgepolsterten Helmen ließen sich nur schwer Geräusche ausmachen, aber Hopkins glaubte, hinter sich etwas gehört zu haben. Er fuhr herum und stand einer Reihe verlassener Räume voller Müll und Schrott gegenüber. Er sah einige Gebläse und etwas, das wie ein schwarzer Kühlschrank aussah. Das Geräusch schien hinter dem Kühlschrank hervorgekommen zu sein.
Hopkins zog seine Waffe und umkreiste den Kühlschrank. Dabei entdeckte er frische Schleifspuren und mehrere feuchte Blutstropfen.
Er öffnete seine Tasche, holte sein Ping und einen Tupfer heraus, nahm das Blut mit dem Tupfer auf und steckte es in den Probenport des Ping. Das Gerät gab den typischen Ton von sich. Auf dem kleinen Bildschirm stand »COBRA«.
Leise sprach Hopkins in sein Kopfhörer-Mikrophon-Set: »Achtung. Notruf. Hier Hopkins. Wir sind ihm auf der Spur. Er ist ganz in der Nähe. He!« Sein Funkgerät blieb stumm. »Frank! Kommen Sie schon!« zischte er. »Hört mich denn niemand? Wir sind hinter Cope her!«
Hopkins vernahm Fetzen von Masaccios Stimme. Er konnte nicht verstehen, was er zu ihm sagte.
»Kommen Sie, Frank!«
Während er sprach, drehte Hopkins sich langsam um sich selbst und versuchte, in der Dunkelheit etwas zu erkennen. Er wandte sich Austen und Littleberry zu. »Legt euch bitte auf den Boden.« Er bewegte sich vorsichtig um irgendwelche Maschinen herum. »Dr. Cope! Dr. Cope! Bitte ergeben Sie sich. Es wird Ihnen nichts geschehen. Bitte, Sir.«
Niemand antwortete.

Aber hinter den Maschinen entdeckte er eine offene Tür zu einem unbeleuchteten Raum voller Abfall. Obdachlose hatten hier gehaust. Hopkins schlich im Halbdunkel an der Wand entlang und erreichte eine Öffnung, die in einen etwa einen Meter hohen Tunnel führte, der voller elektrischer Kabel war.

Sollte er in den Tunnel gehen? Er hatte zwar seine Mini-Stablampe dabei, aber für Nachtoperationen war sie nicht geeignet. Dennoch schaltete er sie an, bereit, sich sofort zu ducken, falls nach ihm geschossen wurde.

Nichts geschah. Er leuchtete mit der Lampe den Tunnel entlang.

Dann schrie er über seine Schulter hinweg: »Mark! Alice! Geht zurück und holt Wirtz! Hier ist ein Tunnel.«

Er bückte sich und betrat den Tunnel, wobei er an den elektrischen Kabeln entlangleuchtete. Der Tunnel verlief schnurgerade. Hopkins bewegte sich in gebückter Haltung rasch vorwärts. Er fragte sich, ob nicht jeden Augenblick eine Schockwelle durch den Tunnel jagen würde, ausgelöst von der detonierenden Bombe. Ganz offensichtlich hatte Cope über die Williamsburg Bridge entkommen wollen, aber sein Fluchtweg war ihm von der Polizei abgeschnitten worden. Er wollte ins Freie, um draußen seine Bombe hochgehen zu lassen.

Hopkins merkte, daß ihm jemand folgte. Er blieb stehen. Es war Austen. »Sie haben keine Waffe dabei! Sie haben kein Licht!«

»Gehen Sie weiter«, erwiderte sie.

»Sie sind vielleicht eine Nervensäge.«

»Gehen Sie weiter oder geben Sie mir die Lampe.«

»Wo ist Mark?«

»Er holt Oscar.«

Wortlos lief Hopkins weiter, verärgert über Austen, aber am meisten ärgerte er sich über sich selbst. Er fühlte sich verantwortlich dafür, daß Cope entkommen war. Wenn jetzt eine Menge Menschen sterben sollten ... Denk nicht daran. Such weiter nach Cope.

Hopkins und Austen bewegten sich durch den Tunnel. Manchmal mußten sie auf Händen und Knien kriechen. Die elektrischen Kabel standen zweifellos unter Strom, und Hopkins fragte sich, ob er oder Austen vielleicht einen tödlichen Schlag erhielt, wenn einer von ihnen einen defekten Isolator berührte. Das einzig Gute an diesen Stromkabeln war, daß Cope vielleicht als erster schmoren würde.

Dann entdeckte Hopkins etwas Beunruhigendes. Seine Lampe wurde schwächer.

Der Kabeltunnel wandte sich nach Südwesten und führte von der U-Bahn-Station Essex-Delancey Street unter der Lower East Side in Richtung Downtown. Er verlief nun unter der Broome Street, der Ludlow Street, der Grand Street. Hopkins und Austen gelangten an eine Kreuzung – jetzt mußten sie sich für einen von drei Tunnels entscheiden.

Hopkins kniete nieder und begann mit seiner Lampe nach Blut zu suchen. Doch da war kein Blut. Er bemerkte eine Pfütze auf dem Boden der Abzweigung nach rechts. Das Wasser aus dieser Pfütze war vor kurzem verspritzt worden. Cope hatte diesen Weg genommen.

Der Tunnel verengte sich nun zu einem Kriechgang. Sie kamen nur noch sehr mühsam voran. Hopkins robbte über Elektrokabel hinweg, die sich ein wenig warm anfühlten, und er spürte, wie sie vibrierten. Während er dahinkroch, sprach er mit Austen über sein Kopfhörer-Mikrophon-Set. »Dr. Austen, gehen Sie jetzt bitte nicht weiter. Einfach nicht weitergehen. Sie werden sich noch verletzen.«

Sie sagte nichts.

Plötzlich versperrte ihnen eine Stahlplatte den Weg, eine kleine Luke. Er berührte sie leicht mit seinen behandschuhten Fingerspitzen, und quietschend begann sie sich zu bewegen.

»Was ist los?« fragte Austen hinter ihm. »Gehen Sie weiter.«

»Es geht nicht. Legen Sie sich hin, bitte, der Kerl könnte schießen.«

Sachte drückte er gegen die Luke, während er die Waffe in Bereitschaft hielt, und die Luke öffnete sich mit einem langgezogenen Quietschen. Das Geräusch löste ein nachhaltiges Echo aus, und dann herrschte wieder Stille. Hinter der Luke tat sich ein weiter dunkler Raum auf. Hopkins leuchtete herum.

Es war ein riesiger unterirdischer Tunnel. Wo, zum Teufel, sind wir? dachte Hopkins. In welchem Stadtteil? Der Strahl seiner schwächer werdenden Lampe drang nicht weit genug in den Tunnel hinein. Es war ein Doppeltunnel, der in der Mitte durch eine Betonsäulenreihe geteilt war. Verdrehte und verbogene Teile der Stahlarmierung ragten aus den Wänden wie schwarze Dornen. Die Luke lag etwa drei Meter über dem Boden des Tunnels.

Cope hatte zwar eine Taschenlampe dabei, wollte sie aber nicht benützen, weil er befürchtete, sie könnte ihn verraten. Hin und wieder knipste er sie an und aus, doch die meiste Zeit bewegte er sich durch den Tunnel, indem er sich an der Wand entlangtastete. Er hatte keine Ahnung, wo er sich befand.

Als er an der Luke angelangt war, hatte er seine Lampe angeschaltet und sich umgesehen. Er ließ sich in den großen Tunnel hinunter, wobei er die Tasche in der Hand zu schützen suchte. Hart landete er auf dem Betonboden, und aus seiner Tasche war ein bedrohliches Knacken zu vernehmen. Einer der großen Glaszylinder war wohl zerbrochen. So ein Pech. Am besten, er ließ ihn hier.

Er überzeugte sich, daß die Zeitschaltuhr lief, und stellte

dann den angeknacksten Zylinder in eine Ecke neben einer Säule. Während er immer wieder die Lampe an- und ausknipste, bewegte er sich den Tunnel entlang; seine Tasche war zwar leichter geworden, enthielt aber immer noch eine große Bombe, die beiden Granaten sowie die Waffe. Der Tunnel stieg ein wenig an und beschrieb eine leichte Rechtskurve. Er wollte hinaus ins Freie. Dort draußen war es noch Nacht, eine milde, fast windstille Nacht – perfekt.

Hopkins lehnte sich aus der Luke. Das sah wie nach einem U-Bahn-Tunnel aus, aber es gab keine Gleise – der Boden bestand aus glattem Beton. Hopkins schwang sich aus der Luke, hing am Rand und ließ los. Er landete auf den Füßen. Austen fiel neben ihm herunter.

»Ich befehle Ihnen unmißverständlich, sich nicht von der Stelle zu rühren«, sagte er zu ihr. »Ich bin der Leiter dieser –«

Wortlos ließ sie ihn stehen und ging weiter.

Es schien keine Ausgänge aus diesem Tunnel zu geben.

Hopkins versuchte es wieder mit dem Funkgerät. »Frank? Wirtzy? Seid ihr da?«

Keine Antwort. Sie gingen weiter, bis sie zu einer Reihe von Metallstufen gelangten, die zu einer offenen Tür hinaufführten.

Sie gingen weiter, bis der Tunnel an einer glatten Betonwand endete. Ein toter Gang. Cope mußte also die Treppe hinaufgegangen sein. Sie eilten zurück, da sie wertvolle Zeit verloren hatten, aber als sie bei den Stufen angelangt waren, zögerte Hopkins.

»Reißen Sie sich zusammen oder geben Sie mir Ihre Waffe«, sagte Austen ruhig zu ihm.

»Was für ein Scheiß! Ich hab Angst, Alice. Sie sollten auch Angst haben. Er hat eine Bombe und ist bewaffnet.«

Dennoch ging er die Treppe hinauf und befand sich in

einem leeren Raum, von dem eine Reihe dunkler, offener Ausgänge abzweigten.

In der Kommandozentrale versuchte Frank Masaccio die Lage wieder in den Griff zu bekommen. Es war schwer gewesen, den Kontakt mit Reachdeep über Funk aufrechtzuerhalten. Wirtz und Littleberry hatten berichtet, daß sich das Team getrennt hatte. Cope sei in der U-Bahn-Station Essex Street verschwunden. Es hatte ein großes Durcheinander gegeben, weil Polizeibeamte auf die Williamsburg Bridge hinausgerannt waren, den Verkehr angehalten und die Brücke abgesucht hatten. Doch anscheinend war Cope doch noch in der U-Bahn. Offensichtlich war er in einem Kabelservicetunnel untergetaucht. Hopkins und Austen waren ihm gefolgt. Mit einer gewissen Verzögerung waren auch Wirtz und seine Ninjas in den Servicetunnel eingedrungen. Von da an hatte Masaccio den Kontakt mit allen Teilen von Reachdeep verloren.

»Wo ist Littleberry?« fragte er einen Agenten über Funk.

»Dr. Littleberry ist mit Wirtz in diesen Tunnel hineingegangen.«

»Was? Das ganze verdammte Reachdeep-Team ist in diesem Rattenloch!« brüllte Masaccio. »Gehen Sie rein und suchen Sie sie.«

Masaccio telefonierte mit Ingenieuren von Con Edison sowie mit den U-Bahn-Operatoren und verlangte detaillierte Informationen. Wohin führte dieser Tunnel? Man sagte ihm, daß er in der U-Bahn-Linie Second Avenue endete.

»Was für eine Second-Avenue-Linie?« fauchte Masaccio. »Wollen Sie mich verarschen? Ich habe mein ganzes Leben in New York verbracht, und Sie wollen mir erzählen, daß es eine Second-Avenue-Linie gibt? Es gibt keine!«

Man erklärte ihm, das sei ein unvollendeter leerer Tunnel für eine geplante Linie.

»Oh, Scheiße, ein leerer Tunnel!« Masaccio wandte sich an seine leitenden Mitarbeiter. »Schickt eure Geiselrettungsteams hinein. Mein Gott, wie konnte das passieren?«
Die U-Bahn-Operatoren teilten ihm mit, der beste Zugang zum Second-Avenue-Tunnel sei eine Luke am Fuße der Manhattan Bridge in Chinatown.

Hopkins überlegte, welchen der Ausgänge er nehmen sollte. Er versuchte, wie Cope zu denken. Cope würde zur Straße hoch wollen, ins Freie. Hopkins probierte alle Ausgänge, und hinter einem entdeckte er schließlich eine Stahlleiter, die nach oben führte. Er kletterte hinauf, gefolgt von Austen, und sie gelangten in einen weiteren Raum, an dessen Ende sich eine offene Tür befand. Er vernahm ein Geräusch hinter dieser Tür – ein metallisches Klicken. Eine Lampe wurde an- und ausgeknipst.
Er ging zu Boden und schaltete seine Minilampe aus. Auf dem Bauch wand er sich in der Dunkelheit vorwärts. Ein Scheppern und ein unterdrückter Fluch waren zu hören.
Als er bei der offenen Tür angelangt war, merkte er, daß Austen ihm gefolgt war, und er verspürte eine solche Wut auf sie, daß er am liebsten geschrien hätte.
Er lag neben dem Türrahmen in Deckung, und für kurze Zeit leuchtete er in den Raum hinein, aus dem das Geräusch gekommen war.
Es war eine tiefe Kammer. Der Boden befand sich sechs Meter unterhalb der Türschwelle. Offenbar eine Art Entlüftungskammer. Niemand war darin. Aber auf dem Boden der Kammer lag eine Taschenlampe. Sie war abgeschaltet. Cope hatte seine Taschenlampe fallen lassen! Daher das Scheppern und der unterdrückte Fluch.
Von der Kammer gingen kleine Öffnungen ab, Entlüftungstunnels, die durch Leitern zu erreichen waren, die senkrecht an den Wänden der Kammer befestigt waren.

Cope war offenbar kurz zuvor eine dieser Leitern hochgeklettert – das war das metallische Klicken gewesen. Er mußte in eines der Entlüftungslöcher gekrochen sein. Es gab insgesamt sechs.

»Dr. Cope! Dr. Cope! Geben Sie auf!« schrie Hopkins.

Ich muß wohl dort hinunter, dachte er, schwang sich über die Türschwelle und kletterte auf einer Leiter in die Kammer hinunter, die Waffe in der Hand. Er würde jede dieser Leitern hinaufsteigen und sich in allen Entlüftungslöchern umsehen. Was blieb Cope anderes übrig, als aufzugeben? Aber wenn er entkam ... Hopkins erreichte den Boden der Kammer und sah zu den Leitern hoch, schweißüberströmt in seinem Schutzanzug, bereit, sich fallenzulassen und zu schießen, wenn Cope das Feuer auf ihn eröffnete. Er merkte, daß er ein leichtes Ziel war, und dachte, daß er soeben etwas Dummes gemacht hatte, etwas, was Wirtz nie getan hätte.

Er hob gerade Copes Taschenlampe auf, als Austens Stimme über Funk in seinen Ohren gellte. »Achtung, Will!«

Im selben Augenblick sah er das Plastikobjekt. Es flog an ihm vorbei, hüpfte auf dem Boden herum, rollte fort und blieb unter einer Leiter liegen. Ein rotes Lämpchen blinkte daran.

Eine Granate! Ihm blieb keine Zeit, über die Leiter aus der Kammer zu klettern.

Austen schrie.

Er hob die Granate auf und warf sie in hohem Bogen in eine der Entlüftungsöffnungen. Sie verschwand darin, und er hörte, wie sie aufschlug.

Das genügte nicht. Er mußte hier raus. Die Druckwelle würde aus dem Entlüftungsloch herausdringen.

Er sprang zu einer Leiter hin, kletterte wie ein Affe hoch, erreichte die Öffnung eines Entlüftungsschachts und schwang sich hinein. Dabei verlor er seine Waffe.

Ein greller Blitz blendete ihn, dem eine Schockwelle folgte, die den Tunnel entlangrollte und an seinem Schutzanzug zerrte. Mit einem knirschenden, kreischenden Geräusch fiel ein Betonbrocken vom Tunnelgewölbe herunter, der ihm den Weg zurück in die Kammer versperrte.

Er lag in völliger Dunkelheit da, mit dem Kopf voran in einem kleinen Entlüftungstunnel.

»Wir sind verseucht!« schrie er. »Ich glaube, wir sind verseucht hier drin!«

Er fragte sich, ob sein Anzug beschädigt worden war. Mühsam befühlte er in dem engen Tunnel seine Schutzhaube. Sie schien okay zu sein. Das Gebläse summte noch. Gut. Er sprach in das Mikrophon seines Kopfhörersets: »Alice? Sind Sie da?« Er wartete. »Hallo, bitte kommen.« Keine Antwort.

Während Hopkins die Granate in das Entlüftungsloch warf und die Leiter hochzuklettern begann, rollte sich Alice Austen hinter die Tür, um sich vor der bevorstehenden Explosion zu schützen. Sie sah das Licht, vernahm aber kein Geräusch.

Der Blitz erlosch sofort wieder, und nun lag sie in völliger Dunkelheit.

»Will? Will, sind Sie da?« rief sie in ihr Kopfhörermikrophon.

Sie vernahm nur ein leises Rauschen. Nichts als das Geräusch von Blut, das in ihren Kopf schoß, und ihren heftigen Atem.

»Will!« schrie sie. »Sagen Sie doch was, Will! Will!« Dann dachte sie: Ich mach ganz schön Lärm. Wenn Cope hier ist, wird er mich hören.

Sie tastete in der Dunkelheit um sich und packte die Leiter, die in die Kammer hinunterführte. Sie verdrehte sich in ihrer Hand und stand irgendwie von der Wand ab. Die

Explosion hatte die Leiter beschädigt. Austen konnte nicht in die Kammer hinuntergelangen, um Hopkins zu helfen. Was nun? Sie konnte entweder bleiben, wo sie war, auf dem Boden liegen, warten, bis Hilfe kam, oder sie konnte versuchen, in den Haupttunnel zurückzukehren. Bald würde es dort Menschen und Lichter geben. Da wollte sie hin.

Sie versuchte sich zu erinnern, welchen Weg sie gekommen war, tastete sich in der Dunkelheit voran und erreichte eine Leiter. Ja, hier sind wir hochgeklettert. Leise sprach sie in ihr Mikrophon: »Will? Sind Sie in Ordnung? Bitte antworten Sie mir, Will. Können Sie mich hören?« Langsam stieg sie die Leiter hinunter, gelangte in einen Raum und begann sich an den Wänden entlangzutasten.

Plötzlich berührte sie irgendein Gewebe. Dann spürte sie seinen Arm. Es war Cope. Er hatte an der Wand gelehnt.

Er feuerte zweimal. Für einen Augenblick wurde es hell vom Licht der Mündungsblitze. Die Schüsse gingen unter Austens Arm hindurch und verfehlten sie nur knapp. Sie lief geduckt durch den Raum, vor Entsetzen heulend, und sprang durch eine Türöffnung in totale Finsternis. Plötzlich stürzte sie und fiel die Metalltreppe in den Haupttunnel hinunter.

Sie lag im Dunkeln auf dem Rücken und weinte. Alles tat ihr weh. Sie fragte sich, ob sie sich irgend etwas gebrochen hatte. Hör auf. Hör bloß auf zu heulen, schalt sie sich, rollte sich auf den Bauch und stand auf. Ich muß weg von hier.

Trotz der Finsternis wußte sie, daß sie im Haupttunnel sein mußte. Sie bewegte sich weg von der Treppe und kauerte sich dann an eine Wand hin. Sie durfte keinen Laut von sich geben. Cope würde seine Waffe auf jedes Geräusch richten. Doch vielleicht versuchte er auch zu fliehen. Vielleicht war er schon weg. Er hat ja keine Lampe.

Sie lauschte. Ein metallisches Klappern war zu hören. Dann nichts. Jetzt wieder – ein schwaches Schlurfen. Sie wartete, war absolut still, versuchte jedes Rascheln ihres Anzugs zu vermeiden, aber sie konnte nichts dagegen tun, daß das Gebläse ihrer Schutzhaube summte. Endlos viel Zeit schien zu vergehen. Ihre Muskeln wurden steif und schmerzten.

Plötzlich bemerkte sie einen winzigen roten Lichtfleck an der Wand, der sich rasch bewegte und wie ein Leuchtkäfer über Vorsprünge und Säulen zu hüpfen schien. Er schien ein eigenes Leben zu haben, war mit nichts anderem verbunden.

Er suchte sie.

Es war ein Laserzeiger!

Sie hätte beinahe aufgeschrien.

Das rote Licht tanzte weiter. Sie konnte Cope zwar nicht sehen, vermutete aber, daß er oben auf der Treppe in der Tür stand und mit dem Laservisier über sie hinweg in den Tunnel zielte.

Dann kam der Lichtfleck zurück und wanderte in die andere Richtung.

»Ich höre doch, wie Ihr Anzug summt«, sagte plötzlich eine Stimme. Sie war ruhig, ziemlich sanft und hoch, klang aber merkwürdig undeutlich, als ob er mit vollem Mund spräche. »Ich kann ihn nur nicht ganz lokalisieren. Meine Ohren klingen.« Der rote Fleck hüpfte über den Boden. »Aber *das* wird Sie schließlich finden.«

Der Fleck tanzte über einige Säulen hinweg, kehrte um, bewegte sich über den Boden auf sie zu und berührte ihren Anzug.

Sie schrie auf und warf sich zur Seite. Die Waffe entlud sich mit einem trockenen, betäubenden Knall und einem hellen Blitz.

Sie entdeckte eine Lücke zwischen zwei Säulen, rollte hindurch, raffte sich auf und lief in die Finsternis hinein.

Der rote Fleck tanzte herum und suchte nach ihr. Sie blieb stehen, kauerte sich zusammen und legte die Fingerspitzen

auf den Boden, wie eine Läuferin in den Startblöcken, bereit, in jede Richtung davonzuspringen.
Seine Stimme erklang scharf aus der Finsternis etwa zehn Meter rechts von ihr und hallte im Tunnel wider. »Ich trage keine Maske. Ich kann Sie besser hören als Sie mich.«
Aus ihrem Kopfhörer vernahm sie, wie Hopkins rief: »He! Ist da jemand?« *Er lebt,* dachte sie.
»Aha, Ihr Funkgerät«, sagte Cope.
Sie griff nach ihrem Gürtel und riß die Stecker des Kopfhörersets heraus. Dann versuchte sie stillzuhalten.
»Die Waffe ist mit Hohlmantelgeschossen geladen. Jede Kugel enthält in der Spitze eine Virusglasperle. BioArk verkauft auch diese Technik. Ich habe eine Menge technische Spielereien vom Konzern erworben.« Seine Füße verursachten ein klackendes Geräusch, als er die Metalltreppe herabstieg. »Sie wissen doch gar nicht, was ich tue. Ich versuche, nicht zu viele Menschen zu töten. Nur einige von ihnen.«

In der FBI-Kommandozentrale im Federal Building sprach Masaccio mit den U-Bahn-Operatoren. »Sie haben eine Beleuchtungsanlage in diesem Tunnelkomplex? Schön, dann machen Sie die verdammten Lampen an! Meine Leute sind dort drinnen! Was? Was für ein Stromtransformator? Wieso ist das ein Problem?«

In der Dunkelheit konnte sie fast fühlen, wie sich die Waffe auf sie richtete, als er sich auf das Geräusch konzentrierte, das ihr Gebläse erzeugte. Sie spannte ihre Muskeln an, bereit, sich aus den Startblöcken zu schnellen. Plötzlich sprangen summend Bänder von Neonlampen an und badeten den Tunnel in einen blauweißen Schimmer.
Copes Gesicht glänzte feucht. Flüssigkeit lief ihm aus der Nase und bedeckte sein Kinn. Seine Lippen waren blutig,

und seine Brille war von Blutspritzern übersät. Er hatte zu kauen begonnen. Er schoß. Die Kugel schlug auf dem Beton auf. Sie lief, so schnell sie konnte. Unversehens ging das Licht wieder aus.
In totaler Finsternis rannte sie den Tunnel entlang bis zur Betonwand. Plötzlich schien alles zu explodieren. Sie sah purpurfarbene Blitze und fiel der Länge nach zu Boden, in der Gewißheit, getroffen zu sein.

Hopkins hatte über sein Kopfhörer-Mikrophon-Set um Hilfe gerufen. Als er keine Antwort bekam, dachte er, sein Funkgerät sei kaputt. Der Tunnel, in dem er lag, verlief geradeaus und verlor sich in der Dunkelheit. Er war etwa vierzig Zentimeter hoch und fünfundsiebzig Zentimeter breit. Hopkins konnte sich darin nicht umdrehen, und seine Füße waren von dem Betonbrocken blockiert, der von der Tunneldecke gefallen war. Es blieb ihm gar nichts anderes übrig, als vorwärtszukriechen, wobei er hin und wieder in sein Kopfhörermikrophon sprach. Ich müßte aus dieser Weste schlüpfen, irgendwie, dann hätte ich hier drin mehr Platz. Er probierte es und konnte zwar die Gurte lösen, aber nicht mit den Armen herausschlüpfen.
Plötzlich glaubte er, in einer Sackgasse zu stecken. Er würde zurückkriechen müssen. Aber als er das Ende des Tunnels erreichte, spürten seine Finger eine Art Kante oder Rand. Dahinter verlor sich ein Tunnelschacht senkrecht in der Tiefe. Er schob das Gesicht über die Kante und leuchtete in den Schacht, der eine etwa sechs Meter tiefe Sackgasse war. Ich muß zurückkriechen, zur Blockade, und auf Hilfe warten.
Er versuchte, rückwärts zu kriechen. Das war schwieriger, als sich vorwärts zu schieben.
Dann fiel ihm ein, daß er vielleicht seinen Körper drehen und in die entgegengesetzte Richtung kriechen könnte.

Dann kriege ich vielleicht mehr Luft, kann vielleicht schreien, und es hört mich jemand.
Möglicherweise bot der Schacht genügend Raum, um sich umzudrehen. Hopkins versuchte jede Position, verlagerte seine Schultern mal hierhin, mal dahin. »Ein mathematisches Problem ohne Lösung«, murmelte er vor sich hin. Das Problem war die verdammte Schutzweste. Wieder bemühte er sich, aus der Weste herauszuschlüpfen. Und dann rutschte er ab. Kopfüber fiel er in den Schacht hinunter und blieb mit einem plötzlichen Ruck kurz über dem Boden des Loches hängen. Er konnte sich nicht rühren. Es war stockfinster, und seine Lampe war weg.
Die Panik ließ ihn erzittern wie unter einer Serie von Elektroschocks. Er schrie unbeherrscht, heulte vor schierem klaustrophobischem Entsetzen. Er kämpfte dagegen an, versuchte, sich irgendwie an den Betonwänden nach oben und zurück zu bewegen, aber er war hoffnungslos im Schacht verkeilt.
Er holte tief Luft, hielt den Atem eine Zeitlang an und ließ dann alle Luft entweichen. Er dachte, wenn er das Bewußtsein verlieren würde, wäre es einfach vorbei.
Aber er wurde nicht bewußtlos, und das bedeutete, daß es hier drinnen genügend Luft gab, um ihn am Leben zu erhalten.
Eine Woche lang.
Denk nicht daran.
Ich muß mich entspannen. Ich sterbe. Wenn ich sterben werde, muß ich irgendwie Frieden finden.
Denk an irgendwas. Wie lautet doch dieser Zen-Spruch? *Ein weiser Mann kann angenehm in der Hölle leben.* Vergiß die Hölle. Denk an Kalifornien. Denk an den besten Strand in Kalifornien. Das könnte Malibu Beach sein. Oder … an diese kleinen ausgewaschenen Buchten am Laguna Beach. Ja. Er versuchte sich vorzustellen, wie er auf dem

Rücken im warmen Sand von Laguna lag, er stellte sich den Duft der Salzluft vor, die Schreie der Möwen, das Rauschen der Brandung, die Sonne, wie sie im Pazifik versank …

Etwas drückte gegen seine Wange. Die Ministablampe! Aber sie war aus. Er bewegte die Hand zum Gesicht, bekam die Lampe zu fassen, drehte daran herum, und plötzlich ging sie an.

Licht. Immerhin ein Fortschritt.

Er drehte den Hals nach links und nach rechts und sah hinter sich etwas Dunkles. Als er den Kopf so weit wie möglich verdrehte, erkannte er, daß es ein enger Tunnel war, der sich in der Dunkelheit verlor. Er fuchtelte mit seiner Taschenlampe herum, bis er in den Tunnel hineinsehen konnte.

Ein großer Glaszylinder stand aufrecht auf dem Boden des Tunnels am Fuß einer Leiter. Er war dicht gefüllt mit durchsichtigen sechseckigen Scheibchen. Copes biologische Bombe! Sie stand etwa anderthalb Meter von Hopkins' Kopf entfernt.

Er mußte versuchen, sie zu entschärfen. Sie mußte doch irgendeinen Zeitzünder haben.

Er wand und krümmte sich wieder nach allen Seiten, und schließlich gelang es ihm, sich langsam um die eigene Achse zu drehen. Er hing noch immer mit dem Kopf nach unten, sah jedoch die Bombe vor sich und verrenkte seine Schultern so lange, bis er eine Hand durch die Öffnung bekam. Er streckte die Finger nach dem Glaszylinder aus – er war zu weit weg, noch gut einen Meter von seinen ausgestreckten Fingerspitzen entfernt.

Er schob die Hand zur Taille hoch, nestelte den Leatherman vom Gürtel und klappte die Zange auf. Dann versuchte er den Zylinder mit der Zange zu ergreifen.

Um neunzig Zentimeter zu weit weg.

Neunzig Zentimeter – das hätten genausogut neunzig Lichtjahre sein können.
Er griff mit der freien Hand nach der Tasche, die er am Gürtel trug, und zog den Reißverschluß auf. Sein Etui fiel heraus, und der Inhalt verstreute sich auf dem Boden unter ihm. Denk nach, sagte er sich. *Ein weiser Mann kann auch in der Hölle trickreiche Dinge bauen.*
Er sortierte die Sachen und sagte laut, als ob er Inventur machte: »Druckbleistift. Kleine Schachtel mit Bleistiftminen. Mein Fisher-Weltraum-Kugelschreiber, schreibt auch bei null Schwerkraft. Tupfer. Noch ein Tupfer. Noch ein Tupfer. Ein Stück Isolierband, um Bleistiftstummel gewickelt. Eintrittskartenabschnitt von einem Spiel der Redskins. Ein halber Keks.«
Nur ein Narr begibt sich in eine Antiterror-Operation ohne Isolierband. »Um eine Klebesonde zu bauen«, sagte er laut, riß mit der freien Hand ein Stück Isolierband vom Bleistiftstummel und begann die Gegenstände zusammenzukleben.
Er klebte den Druckbleistift mit dem Fisher-Weltraum-Kuli und dem Bleistiftstummel zu einer Art Stöckchen zusammen. Dann nahm er die Tupfer aus ihren Papierhüllen und verklebte sie zu einem zweiten Stöckchen. Schließlich klebte er beide aneinander und hatte nun eine lange Sonde, deren leichtes, biegsames Ende aus den drei Tupfern bestand. Er befestigte ein Stück Isolierband mit der klebrigen Seite nach außen an der weichen Spitze der Sonde, packte sie mit seiner Leatherman-Zange und stocherte nach der Bombe. Es fehlten immer noch etwa zwölf Zentimeter. »Verdammt, verdammt!« sagte er erschöpft.
Denk nach. Benutz dein Gehirn.
»Du Trottel – deine Taschenlampe!« brüllte er. Nun klebte er seine Ministablampe an die Sonde, hielt das wacklige Ding mit der Leatherman-Zange fest und streckte die Hand

aus. Die klebrige Spitze berührte die Bombe. Er ließ sie einen Augenblick daran haften, damit sich der Klebstoff mit dem Glas des Zylinders verband. Dann zog er die Bombe zu sich heran. Der Zylinder schwankte und fiel um. Scheppernd schlug er auf dem Betonboden auf, das Glas zerbrach, und sechseckige Virusscheibchen purzelten heraus. Sie bildeten einen Haufen und schlitterten nach allen Seiten. Jetzt hatte er Zugang zum Zünder.

Mitten in dem kleinen Virenhaufen konnte er einen Klumpen Plastiksprengstoff erkennen. Darin steckte eine Zündkapsel und eine Art Mikrochipzeitzünder. Mann, war das primitiv. Man mußte aber auch nicht gerade ein Raketenfachmann sein, um eine Virusbombe zu bauen, solange man das Virusmaterial hatte.

Eine Ratte näherte sich dem Virusglas. Anscheinend wollte sie etwas davon fressen.

»Hau ab, du blödes Vieh!«

Die Ratte sah ihn an. Sie hatte keine Angst vor ihm.

Das Stückchen Keks fiel ihm ein. Er schob es der Ratte hin.

»Friß das.«

Die Ratte nahm es und zog ab.

Nun mußte er den Sprengstoff entschärfen. Der Zeitzünder war eine Laborzeitschaltuhr, die einer elektronischen Küchenzeitschaltuhr ähnelte. Er berührte mit der klebrigen Spitze der Sonde die Zeitschaltuhr, und sie blieb daran hängen. Dann zog er die Sonde sachte zu sich heran, und langsam näherte sich der Zeitzünder samt der Zündkapsel und dem Klumpen Plastiksprengstoff.

Er nahm die Chipzeitschaltuhr aufatmend in die Hand, drehte sie um und starrte auf die Zahlen.

Der Countdown lief – 00.00.07.

»Neiiin!« schrie er, riß die Zündkapsel aus dem Sprengstoff und schleuderte sie in den Tunnel hinein.

Peng!

Die Kapsel war irgendwo hochgegangen.
Ob es die Ratte erwischt hat? fragte er sich.
Noch lag ein Haufen Virusglas vor seinem Gesicht. Aber hier im Untergrund. Damit konnte man fertig werden. Man würde gründlich dekontaminieren müssen. Es war eine ganz schöne Schweinerei, aber es wäre zu schaffen.
Jetzt muß ich erst mal hier rauskommen.
Er verlagerte seine Hüften, krümmte und wand sich und versuchte sich nach unten zu schieben. Er rutschte ein kleines Stück tiefer – sein Kopf befand sich nun schon in dem Tunnel voller Virusglasscheibchen. Er holte tief Luft und atmete wieder aus – und auf einmal rutschte er noch ein Stück tiefer. Indem er ausatmete und drückte, konnte er nach unten gleiten. »Ja!«
Er wand sich aus dem Loch heraus, stand auf, die Füße in Virusglas, und überprüfte seinen Anzug. Anscheinend gab es keine Löcher oder Risse, aber er war sich da nicht sicher. Seine Haube stand noch immer unter Innendruck, und die Filter funktionierten offenbar.
In diesem Augenblick vernahm er einen schwachen Knall, dann noch einen. Er lief gebückt den niedrigen Tunnel entlang und gelangte zu einer Sperrholzplatte. Er drückte dagegen, und sie gab nach und fiel in einen großen, dunklen Raum. »Ist da jemand?« Er ließ den matten Strahl seiner Lampe herumwandern und erblickte vage eine Reihe von Säulen und eine Gestalt, die sich bewegte. »Alice?« Plötzlich tauchte ein roter Lichtfleck auf seiner Brust auf.
Dann hörte er, wie Austen schrie: »Nein!«
Ein Dröhnen erfüllte seine Ohren, und irgend etwas schlug in seiner Brust ein und warf ihn nach hinten.

Während Austen in der Dunkelheit am Boden kauerte, hörte sie plötzlich, wie Hopkins »Ist da jemand?« und gleich darauf »Alice?« rief. Im selben Augenblick sah sie den matten Schein seiner Taschenlampe. Und dann entdeckte sie Cope, der in starrer, gebückter Haltung dastand und auf das Licht zielte. Der Laserfleck berührte Hopkins.

Als Cope auf Hopkins schoß, vernahm sie einen klatschenden Einschlag. Die Minilampe flog weg und rollte über den Boden, während ihr schwacher Lichtstrahl wild herumtanzte. Cope schoß immer weiter.

Schreiend stand sie auf, lief quer durch den Raum und stürzte sich auf Cope, so daß er das Gleichgewicht verlor. Sie zerrte an ihm, bis sie ihm seine Waffe entrissen hatte, hielt sie ihm an den Mund, und im zartroten Widerschein des Laserflecks sah sie die Bläschen. Ihre Gesichter waren nur Zentimeter voneinander entfernt.

Auf einmal gingen die Lampen im Tunnel wieder an.

Sie lag auf Cope und stieß ihm die Waffe in den Mund.

Cope zitterte. Mit einem Arm schlug er wild um sich, während er den anderen unvermittelt abbog und sein Rücken sich aufbäumte. Der Lesch-Nyhan-Krampf.

»Sie haben ihn umgebracht«, flüsterte sie, erhob sich langsam und richtete den Colt aus nächster Nähe zwischen Copes goldfarbene Augen. Der rote Fleck tanzte auf seiner Stirn. Ihr Finger spannte sich um den Abzug.

»Nicht … Alice.«

Sie wirbelte herum. Hopkins stand hinter ihr und rang vornübergebeugt nach Luft. In seiner schußsicheren Weste steckten zwei Kugeln. Die anderen Schüsse mußten ihn verfehlt haben. In der Hand hielt er ein merkwürdiges Ding – irgendwelche Teile, die zusammengeklebt waren.

»Verhaften …«, ächzte er mühsam.

Sie schüttelte den Kopf.
»Sie ... Vollmacht«, murmelte Hopkins kaum vernehmlich, sackte zusammen und sah sie hilflos an.
»Sie sind verhaftet«, sagte sie zu Cope.
Hopkins versuchte sich aufzurichten und hustete. »Müssen ... Anklage –«
»Sie werden des Mordes beschuldigt«, sagte sie.
»FBI-Drecksau«, zischte Cope.
Seine Augen weiteten sich. Seine Zähne nagten an den Lippen, und ein Schauder lief über sein Gesicht.

Über ihre Kopfhörer-Mikrophon-Sets vernahmen sie ein Stimmengewirr, und dann hörten sie die Geräusche von Menschen, die im Second-Avenue-Tunnel angerannt kamen. Es war Oscar Wirtz mit seinen Ninjas.
Gleichzeitig stieg ein Eingreifteam von New Yorker Polizeibeamten, die Atemgeräte trugen, durch die Straßenluke an der Manhattan Bridge ein und eilte die Stufen und Leitern zu ihnen herunter.
Als die beiden Teams ankamen, erklärte ihnen Hopkins, daß der Tunnel biologisch verseucht sein könnte, weil eine Granate explodiert sei und sich in ihrer Nähe Virusglas befinde.
»Wo ist Mark?« wollte Hopkins wissen.
»Er war hinter uns, Will«, erwiderte Wirtz.
Und genau in diesem Augenblick stürmte Littleberry im Second-Avenue-Tunnel auf sie zu. »Runter! Geht in Dekkung! Er hat eine dagelassen –«, schrie er, und seine Worte gingen in einem krachenden Blitz unter.
Die Explosionswelle kam durch den Tunnel auf sie zu. Sie nahm die Form einer dünnen, linsenförmigen Blase aus pulverisiertem Virusglas an, raste über sie hinweg und verschwand. Einen Moment lang erblickten sie das Gesicht des Cobra-Virus in seiner ganzen waffenfähigen Gestalt. Es

erfüllte den Tunnel mit einem grauen Nebel, der lebendig war und nach Blut lechzte.
Das Echo der Explosion verhallte, und absolute Stille kehrte im Tunnel ein.
Cope wandte den Kopf und schien in den Tunnel hineinzustarren.
»RAUS! ALLES RAUS!« schrie Oscar Wirtz. »WIR SIND VERSEUCHT!«

Sie verließen den Tunnel durch die Stahlluke am Fuße der Manhattan Bridge und tauchten in einem Feuerwerk von blitzenden Notlichtern neben dem Chatham Square in Chinatown auf. In den Straßen drängten sich die Rettungsfahrzeuge. Männer in Schutzanzügen sprachen über Handys. Die Umgebung war in Halogenscheinwerferlicht getaucht, überall drangen Stimmen aus Funkgeräten, und die Luft war vom betäubenden Lärm der Rotoren eines halben Dutzends Hubschrauber über der Szene erfüllt. Frank Masaccio hatte jede erdenkliche Notfalleinheit herbeordert und schrie noch immer in sein Kopfhörermikrophon in der FBI-Kommandozentrale, um alle Einheiten zur Luke an der Manhattan Bridge zu dirigieren.
Im Osten über Brooklyn zeigte ein roter Wolkenstreifen an, daß die Dämmerung nahte. Auf der Manhattan Bridge war es still – sie war abgesperrt worden –, und die meisten U-Bahn-Linien in Lower Manhattan verkehrten nicht.
Hopkins und Austen stolperten über ein Gewirr von Feuerwehrschläuchen hinweg. Sie hatte einen Arm um seine Taille gelegt, stützte ihn beinahe. Beide trugen noch ihre Schutzanzüge, aber man schenkte ihnen kaum Beachtung, weil viele Menschen Schutzkleidung trugen. Feuerwehrleute begannen große Plastikplanen über ein halbes Dutzend Entlüftungsschächte zu legen, die zum Tunnelkomplex unter der Second Avenue führten. Dann wurden die Pla-

nen mit Glasfasermatten beschwert, und die Löschfahrzeuge pumpten eine Mischung aus Wasser und Bleichmittel darauf, so daß sich die Matten vollsaugten und Viren abgetötet wurden. Anschließend rollten die HEPA-Lastwagen heran. Sie sollten die Luft aus dem Second-Avenue-Tunnel saugen und durch die riesigen Filter leiten.

Hopkins und Austen bahnten sich einen Weg zu einem Lastwagen, der in Scheinwerferlicht getaucht war. Es war der Dekontaminierungswagen der New Yorker Feuerwehr.

»Sie zuerst, Will«, sagte Austen.

Cope war im Tunnel von einigen Reachdeep-Ninjas mit Nylonstricken an einen Stuhl gefesselt worden, den sie in einem der leeren Räume gefunden hatten. Dann wurde er durch die Luke an der Manhattan Bridge herausgehoben. Der Stuhl wurde abgestellt, die Stricke wurden abgeschnitten, und man legte Cope unter gleißendem Scheinwerferlicht auf eine Rollbahre. Er schien bei Bewußtsein zu sein, sprach aber kein Wort.

Die Bahre wurde in einen Krankenwagen geschoben, der mit heulender Sirene zum Wall Street Heliport raste, wo ein Sanitätshubschrauber Cope nach Governors Island brachte. Auf der Insel gab er gegenüber den Ermittlern keinerlei Erklärung ab. Vier Stunden später starb er im Army-Lazarett.

In dem geheimen Abschlußbericht waren sich die Experten generell darin einig, daß die Stadt New York großes Glück gehabt hatte. Löschfahrzeuge der Feuerwehr pumpten den ganzen Tag mit Chemikalien vermischtes Wasser ins Tunnelsystem, während die HEPA-Lastwagen die Luft filterten. Am Ende bekamen vierzehn New Yorker Bürger eine Cobra-Virusinfektion, da einige Teilchen unvermeidlicherweise den Chemikalien und Filtern entgangen waren. Die vierzehn Fälle verteilten sich über die Lower East Side und auf Williamsburg in Brooklyn, einige Teilchen wurden sogar bis nach Forest Hills in Queens geweht. Für die Centers for Disease Control war dies ein epidemiologischer Alptraum. Fast alle Mitarbeiter dieser Behörde wurden zum Aufspüren und zur Behandlung der vierzehn Cobra-Fälle eingesetzt. Alle Infizierten wurden nach Governors Island geflogen, wo sie im Army-Lazarett behandelt wurden.

Auch fünf Angehörige der Rettungsmannschaften, die am Schauplatz der Explosion gewesen waren, wurden mit Cobra infiziert. Es waren überwiegend Feuerwehrleute, die bei den Entlüftungsschächten gearbeitet und die Planen und Matten angebracht, aber in dem ganzen Chaos versäumt hatten, Atemmasken anzulegen. Daß es unter den Rettungsmannschaften nur fünf Tote gab, galt als ein Wunder.

Captain Dorothy Each, die von Hector Ramirez gebissen worden war, starb auf Governors Island. Von den insgesamt neunzehn Cobra-Fällen in New York infolge der Bombenexplosion starben achtzehn Opfer. Ein achtjähriges Mädchen überlebte zwar, litt aber unter einem chronischen Lesch-Nyhan-Syndrom und hatte einen Hirnschaden. Insgesamt hatte das Cobra-Virus zweiunddreißig Opfer gefordert, einschließlich Mundharmonikamann, Kate Moran und Thomas Cope. Ben Kly wurde nicht hinzugerechnet, weil er nicht infiziert worden war, obwohl er aufgrund der Cobra-Infektion von Glenn Dudley umgekommen war. Mark Littleberry wurde schlicht als ein Mann registriert, der im Einsatz gestorben war.

Unter Quarantäne

Austen und Hopkins wurden in eine Quarantäne-Abteilung am New York University Medical Center auf der East Side von Manhattan untergebracht, wo sie vier Tage lang in einer Schutzzone 3 unter Aufsicht der Ärzte blieben. Sie hatten ihre Arbeit getan und brauchten ein wenig Ruhe. Frank Masaccio war dagegen, daß sie auf der Insel festgehalten wurden. Er war der Meinung, daß sie genug durchgemacht hatten und sich nicht in der Nähe von Menschen aufhalten sollten, die an Cobra starben.

Hopkins rief Annie Littleberry in Boston an, die Witwe von Mark Littleberry. Er erklärte ihr, Mark habe seinem Land bis zum Ende gedient. Mark habe in den letzten Wochen einen wichtigen Beitrag für die Sicherheit der Menschen auf der ganzen Welt geleistet. Er habe Beweise für die Existenz eines weiterbestehenden Biowaffenprogramms im Irak erbracht, eines Programms, das offenkundig zur gentechnischen Manipulation von Viren übergegangen sei, und Mark habe an der Aufdeckung eines Falles mitgewirkt, bei dem ein Unternehmen in ein Verbrechen in den USA verwickelt gewesen sei. »Wir glauben, daß es dank Marks Arbeit zu einigen großen Prozessen kommen wird. Wahrscheinlich werden die Topmanager einiger multinationaler Bio-Tech-Unternehmen mit Sitz in der Schweiz und in Rußland in den USA verhaftet werden«, sagte Hopkins. »Das wird ein Alptraum für die Diplomaten werden. Mark wäre stolz, das weiß ich. Mark hat das immer gern getan – den Diplomaten zusätzliche Arbeit zu bescheren, Mrs. Littleberry.«

»Ich dreh noch durch hier drin«, sagte Hopkins zu Austen am Nachmittag des vierten Tages.
Beide trugen Bademäntel über ihren Krankenhauspyjamas und spazierten in einem kleinen Gymnastikraum im zwanzigsten Stock des Krankenhauses herum, der auf den East River hinausging, auf dem Lastkähne durch die grauen Fluten tuckerten. Vom East River Drive waren die gedämpften Geräusche des Verkehrs zu vernehmen.
Sie hatten unglaubliches Glück gehabt, da sie dem Cobra-Virus so massiv ausgesetzt gewesen waren. Vielleicht hatten die Schutzanzüge ihnen das Leben gerettet.
Ihrem Gefühl nach hatten sie in den letzten vier Tagen mit jedem leitenden Funktionär der US-Regierung telefoniert. Im Augenblick wußten die Medien noch kaum Bescheid über die Operation: Auf Pressekonferenzen hatten Frank Masaccios Leute Austen und Hopkins nur als namenlose »FBI-Agenten« bezeichnet, die »den Verdächtigen Thomas Cope verhaftet« hätten, und Reachdeep war überhaupt nicht erwähnt worden. So erfuhr die Öffentlichkeit nur, daß es einen weiteren brutalen Terrorakt gegeben habe, dem etwas mehr als ein Dutzend Menschen zum Opfer gefallen sei – also bei weitem nicht so schlimm wie der Bombenanschlag auf das Murrah-Gebäude in Oklahoma. Nur wenige Menschen wußten, wie ernst die Lage wirklich gewesen war. Austen und Hopkins waren Masaccio dankbar, daß er ihnen das Rampenlicht der Öffentlichkeit erspart hatte.
Das Telefon klingelte. Hopkins hob ab. »Hier Leitender Spezialagent Hopkins.«
Er hatte so eine steife Art, sich am Telefon zu melden. Es irritierte sie, und sie fragte sich, ob das zu seiner FBI-Ausbildung gehört hatte.
»Ja, Frank, sie ist hier. Ich glaube aber nicht, daß sie jetzt mit Ihnen sprechen will …«

»Zum drittenmal«, rief sie, »sagen Sie ihm *nein.*«
»Aber er meint es ernst. Er sagt, Sie könnten schnell Karriere machen.«
»Ich werde wieder für Walter Mellis arbeiten. Das war's.«
»Ihr letztes Wort, Frank. Sie wird an den CDC bleiben. Okay, Frank ... Okay, klar, ich weiß ... Ich bin auch enttäuscht ...«
Er legte auf, streckte die Arme, ließ die Gelenke knacken und ging zum Fenster hinüber. »Ich hab verdammt genau gewußt, von dem Augenblick an, als sie uns hier reingesteckt haben, daß wir nicht krank werden würden. Das ist ein Gesetz des Universums. Wenn sie dich in Quarantäne stecken, bleibst du garantiert gesund.«
Der Nachmittagshimmel wies eine eigentümliche Klarheit auf, wie sie typisch ist, wenn die Tage länger werden.
Er sah auf die Uhr. »Um fünf werden wir entlassen. Was werden Sie dann übrigens machen?«
»Ich weiß nicht«, sagte sie.
Er drehte sich um und sah sie an. »Mögen Sie Sushi?«
»Ich liebe Sushi.«
»Ich auch. Ich kenne da so ein unglaublich gutes Sushi-Lokal in Downtown, in einem ehemaligen Industrieviertel. Was halten Sie davon – wir lassen alles stehen und liegen und gehen Sushi essen?«
Sie hielt es für eine gute Idee.

Der Wirt

Mitten im Sommer erkrankte ein Dreijähriger in der Lower East Side an einer Cobra-Gehirnvirusinfektion und starb im Bellevue Hospital. Nichts deutete an, wie er infiziert worden war. Möglicherweise war er an irgendwelche herumliegenden Viruskristalle geraten. Vielleicht waren trotz wochenlanger Behandlung mit desinfizierenden Chemikalien einige Ecken in den Tunnels unter der Lower East Side verseucht geblieben. Niemand wußte, wie lange Cobra-Kristalle an der Luft überleben könnten, falls die Stelle trocken und dunkel, also nicht dem schädlichen Sonnenlicht ausgesetzt war.

Alice Austen flog von Atlanta nach New York und befragte die Familie des Jungen. Sie erfuhr, daß er drei Tage vor seinem Tod im Schlaf von einer Ratte in den Fuß gebissen worden war.

Anfang September starb ein Obdachloser im Elmhurst Hospital in Queens – auch an einer Cobra-Infektion, wie sich später herausstellte. Er hatte in einem U-Bahn-Tunnel unter der Roosevelt Avenue in Jackson Heights gehaust. Die aufgelassenen Tunnels in dieser Gegend waren riesig und beherbergten offenbar Ratten. Die Tunnels von Jackson Heights sind direkt mit der East Side von Manhattan durch einen Tunnel unter dem East River verbunden. Möglicherweise waren infizierte Ratten durch den Tunnel von Manhattan zugewandert.

Der Leichnam des Obdachlosen wies keinen Rattenbiß auf. Gleichwohl fingen Ermittler der CDC Dutzende von Ratten und untersuchten ihr Blut auf Cobra-Viren. Einer dieser Tests war positiv. Anscheinend hatte sich die Ratte einen Großteil ihres Fells in der Bauchgegend herausgerissen. Sie

hatte eine Cobra-Infektion überlebt und war ein Cobra-Träger geworden.
CDC-Ermittler testeten weitere Ratten aus anderen Stadtteilen und fanden heraus, daß das Cobra-Virus in die Rattenpopulation eingedrungen war, wo es überleben konnte, ohne seinen Wirt zu töten. Cobra und die Ratte hatten sich einander angepaßt. Suzanne Tanaka hatte als erste einen Beweis dafür entdeckt, daß Cobra in Nagetieren überleben kann, als ihre Mäuse infiziert wurden, aber nicht starben – und als eine dieser Mäuse das Virus auf sie übertrug, wies sie unfreiwillig nach, daß es zu einer Cobra-Übertragung von Nagetieren auf Menschen kommen kann.
Niemand wußte, wie Cobra in die Ratten gelangt war. Möglicherweise waren Ratten, die im Second-Avenue-Tunnel lebten, infiziert worden, als die Bombe hochging. Alice Austen fragte sich, ob die Ratten, die sich am Leichnam von Lem unter der Houston Street gütlich getan hatten, nicht die ursprüngliche Quelle gewesen waren. Wahrscheinlich würde man es nie erfahren. Jedenfalls war Cobra in die Ökosysteme der Erde gelangt, und die Zukunft dieses Virus ließ sich nicht vorhersagen.
Wie alle Viren hatte auch Cobra keinen Verstand, kein Bewußtsein, auch wenn es in einem biologischen Sinne intelligent war. Wie alle Viren war Cobra nichts weiter als ein Programm, das auf seine eigene Replikation ausgelegt war. Es war ein Opportunist und verstand zu warten. Die Ratte war ein guter Hort, in dem sich das Virus unendlich lange verstecken konnte, da die Spezies Mensch die Ratte nie auslöschen würde. In ihrem neuen Wirt würde Cobra Replikationszyklen über Generationen hinweg durchlaufen, sich vielleicht verändern, neue Formen annehmen und neue Arten bilden und die Chance zu einem neuen Zug abwarten, zu einem größeren Durchbruch.

Anhang

Glossar

Ablage, biologische: Die Ausbringung einer biologischen Waffe in der Luft.

Aerobiologie: Die wissenschaftliche Lehre der Verbreitungsmerkmale und der Infektiosität biologischer Waffen in der Luft.

Aerosol, Bio-Aerosol: Ein aus feinsten Pulverteilchen oder winzigen Tröpfchen bestehendes Gas (Rauch oder Nebel) eines natürlichen oder künstlichen (Waffe) Ursprungs.

Anthrax: Siehe *Milzbrand.*

Asilomar-Konferenz: Eine 1975 abgehaltene Konferenz über die Risiken der *Gentechnik.* Führte zur Veröffentlichung der Asilomar-Sicherheitsrichtlinien, einer Reihe von Empfehlungen für kontrollierte gentechnische Laborexperimente.

Baculovirus: Siehe *Nuklearpolyhedrose-Virus.*

Bakterien: Einzellige Mikroorganismen ohne echten Zellkern. Die verbreitetste Lebensform auf der Erde.

Biologische Waffe (Biowaffe): Ein als Waffe eingesetzter lebender infektiöser Organismus oder ein Gift, das aus einem lebenden Organismus gewonnen und als Waffe eingesetzt wird.

Biopreparat: Ehemaliges geheimes sowjetisches Biotechnik-Unternehmen, das seinerzeit weitgehend vom sowjetischen Verteidigungsministerium finanziert wurde und sich größtenteils der Erforschung, Entwicklung und Herstellung biologischer Waffen widmete.

Bioreaktor: Tankartiger Apparat zur Produktion eines Virus.

Biosicherheitsschutzzone 3 Plus: Bioschutzzone unterhalb von Zone 4. Unterdruckkammer, nur mit *HEPA-Filtern* und Sicherheitskleidung mit Atemmasken zu betreten.

Centers for Disease Control, Atlanta (CDC): Die oberste US-Bundesbehörde für Epidemiologie, Seuchenkontrolle und Seuchenprävention.

Chimäre: Siehe *Rekombinantes Virus.*

Cohen-und-Boyer-Experiment: Von Stanley N. Cohen, Herbert W. Boyer und anderen 1973 durchgeführtes Experiment, bei dem funktionstüchtige fremde Gene in das Bakterium E. coli eingeführt wurden. Diese erste Gentransplantation führte zur biotechnologischen Revolution – ein Experiment, das heute an amerikanischen High-Schools vorgeführt wird.

DNA: Abkürzung für deoxyribonucleic acid = Desoxyribonucleinsäure (DNS). Makromolekül, das den genetischen Code von Lebewesen trägt.

Engineering Research Facility (ERF): Ein Gebäude in der FBI-Akademie in Quantico, in dem supergeheime elektronische Forschung und Entwicklung betrieben wird. Auch der gegenwärtige Standort der *Hazardous Materials Response Unit* des FBI.

Epidemic Intelligence Service (EIS): Abteilung der *Centers for Disease Control,* die sich der Ermittlung von Seuchenausbrüchen widmet.

Epidemiologie: Lehre von der Häufigkeit und Verteilung von Krankheiten, die massenhaft (epidemisch) auftreten können, sowie von Ursachen und Risikofaktoren in der Bevölkerung.

Forensische Medizin (oder Rechtsmedizin): Fachgebiet der Medizin, das sich anhand von Beweismitteln mit Fragen befaßt, die zur Klärung von Verbrechen beitragen.

Gen: Ein Stück DNA, das bis über 300 000 Basen lang sein kann und den Code für die Herstellung eines bestimmten Proteins oder Enzyms eines Lebewesens trägt.

Genom: Der vollständige Satz der Gene mit der Erbinformation eines lebenden Organismus.

Gentechnik: Die Veränderung des genetischen Materials eines Organismus (oder eine Zelle) in einem Laboratorium.

Hazardous Materials Response Unit (HMRU): FBI-Abteilung, die sich der forensischen Analyse atomarer, biologischer und chemischer Substanzen widmet.

HEPA-Filter: High-Efficiency Particle Arrestor-Filter. Hochleistungsfilter zur Reinigung der Luft von biologischen Teilchen.

Johnston-Atoll-Feldversuche: Großangelegte Testreihe biologischer Waffen, die das US-Militär zwischen 1964 und 1969 in offenen Seegebieten leeseits des Johnston-Atolls im Pazifik durchgeführt hat.

Klonen: Züchtung identischer Kopien eines Organismus, der im Labor genetisch verändert wurde.

Konvention über das Verbot bakteriologischer Waffen von 1972: Internationales Abkommen, das Entwicklung und Einsatz biologischer Waffen und Gifte aus lebenden Organismen verbot. Von 140 Nationen ratifiziert – zunehmend ignoriert.

Lesch-Nyhan-Syndrom: Genetisch bedingte Krankheit, die nur auf Knaben vererbt und von der Beschädigung eines einzelnen Gens verursacht wird. Äußert sich in bizarren Formen der Selbstverstümmelung der Lippen, Finger und Arme sowie in Aggressionen gegenüber anderen Menschen.

Maalin, Ali Maow: Koch in Somalia, der Ende Oktober 1977 das letzte Opfer von natürlich vorkommenden Pocken war.

Milzbrand: Einzelliger, zur Sporenbildung fähiger bakterieller Organismus. Ruft in waffenfähiger Form eine der Lungenentzündung ähnliche tödliche Krankheit hervor.

Mittelhirn: Mittlerer Teil des Hirnstamms, bestehend aus

drei Etagen. Wichtige Schaltstelle des Gehirns, Durchgangsstraße für alle auf- und absteigenden Nervenbahnen. Es steuert die Koordination von Bewegungen, den Muskeltonus und ist mit allen sensorischen und motorischen Nerven verbunden.

Nuklearpolyhedrose-Virus: Großes, einzigartiges Insektenvirus, auch Baculovirus genannt, dessen Gene mit keinem anderen Organismus auf der Erde verwandt zu sein scheinen. Vermag den Körper eines Insekts in vierzig Prozent Virusmaterial umzuwandeln. Die Virusteilchen sind stäbchenförmig (lateinisch *baculum*) und befinden sich in großen Proteinkristallen *(Polyhedrinen).*

Office of Chief Medical Examiner (OCME): Die Behörde des Leichenbeschauers von New York.

Pocken: Variolavirus. Verursacht Bläschenbildung und Pusteln im Gesicht und an den Armen. Sehr ansteckend und absolut tödlich in Populationen, die nicht immun dagegen sind.

Polyhedrin: Kristallines Protein, das sich in Zellkernen bei einer Infektion mit dem *Nuklearpolyhedrose-Virus* bildet.

Rekombinantes Virus: Im Labor durch Mischung (Rekombination) genetischer Materialien aus anderen Viren hergestelltes Virus. Nach dem Ungeheuer aus der griechischen Mythologie mit dem Kopf eines Löwen, dem Körper einer Ziege und dem Schwanz einer Schlange auch *Chimäre* genannt.

Replikation: Vervielfältigung eines Virus. Vollzieht sich in den Zellen eines lebendigen Wirts oder in Zellen in einem Reagenzglas oder einem *Bioreaktor.*

Rhinovirus: Schnupfenvirus. Es gibt über hundert Arten.

Schwarze Biologie: Heimlicher Einsatz von Biotechnik und *Gentechnik* zur Erzeugung *rekombinanter* Waffen mit künstlich verändertem genetischem Material.

SIOC: Strategic Information Operations Center in der FBI-

Zentrale im J. Edgar Hoover Building in Washington, D.C. SIOC ist ein abhörsicherer Komplex von Räumen und mit Videokonferenzeinrichtungen ausgestattet.

Snow, Dr. John: Londoner Arzt und Epidemiologe, der 1853 eine Wasserpumpe an der Broad Street als Quelle des Choleraausbruchs identifizierte.

Strategische Waffe: Waffe, mit der sich eine Armee, eine ganze Stadt oder ein Land vernichten läßt.

Swerdlowsk, Zwischenfall von: Industrieunfall, bei dem am 3. April 1979 pulverförmige, waffentaugliche Milzbrandviren in der russischen Stadt Swerdlowsk (heute Jekaterinburg) in die Luft gelangten und mindestens sechsundsechzig Todesfälle verursachten.

Tech-Agent: FBI-Agent, der auf Wartung und Betrieb technischer Einrichtungen spezialisiert ist, vornehmlich elektronischer Überwachungs- und Kommunikationsgeräte.

UNSCOM: United Nations Special Commission, die auch das Waffeninspektionsteam der Vereinten Nationen im Irak stellt.

Unsub: Unknown subject (FBI-Jargon) – der unbekannte Täter bei einem Verbrechen.

USAMRIID: United States Army Medical Research Institute of Infectious Diseases; medizinisches Forschungsinstitut für Infektionskrankheiten bei der US-Army in Fort Detrick bei Frederick, Maryland.

Virus: Ein krankheitsverursachender Parasit, der kleiner als ein Bakterium ist und aus einer Schale von Proteinen und Membranen sowie einem Kern von genetischem Material (DNA oder RNA) besteht. Ein Virus kann sich nur in lebenden Zellen vermehren (replizieren).

Virusglas: Ein vom Autor verwendeter Begriff für ein glasartiges Material, das hochkonzentrierte trockene Virusteilchen enthält.

Danksagung

Erstaunlich viele Menschen haben zur Entstehung dieses Buches beigetragen – kein Wunder angesichts der Komplexität eines staatlichen Einsatzes bei einem Bioterroranschlag.

Zu tiefstem Dank verpflichtet bin ich Sharon DeLano, meiner Lektorin im Verlag Random House. Ihr Urteilsvermögen und ihre Erfahrung sind jedem Detail zugute gekommen, und ihr verdanke ich einige wichtige Ideen zu diesem Buch, insbesondere im Hinblick auf die Figuren Tom Cope und Alice Austen sowie bei einigen dramatischen Wendungen am Ende.

Beim FBI haben mir Drew Richardson, der Leiter der Hazardous Materials Response Unit (HMRU) in Quantico, und Randall S. Murch, der wissenschaftliche Chef des FBI-Laboratoriums in Washington, viel Zeit gewidmet und großzügig geholfen. Randy Murch hat den Begriff »universale Forensik« erfunden; Will Hopkins' Darstellung bei der SIOC-Sitzung gibt Randys Worte mir gegenüber wieder, während es die ärgerliche Skepsis auf seiten des Mannes aus dem Weißen Haus in Wirklichkeit natürlich nicht gibt. Geholfen haben mir auch andere HMRU-Mitarbeiter in Quantico, insbesondere David Wilson und Anne Keleher; ferner gilt mein Dank Bruce Budowle, Cyrus Grover, Keith Monson, Kenneth Nimmich und John Podlesny. In der New Yorker Filiale hat Joseph Valiquette mich herumgeführt und mir viel Zeit gewidmet. Hilfreich waren die Auskünfte von William Bodziak, F. Samuel Baechtel, Jennifer A. L. Smith und Deborah Wang am FBI-Laboratorium in Washington. Sehr zu Dank verpflichtet bin ich auch den Mitarbeitern der Pressestelle des FBI für ihre Kooperation und Hilfe.

An den Federal Centers for Disease Control and Prevention in Atlanta haben Richard Goodman, Stephen Ostroff und Ruth Berkelman mich freundschaftlich anregend unterstützt. Viele angenehme Tage habe ich mit der Befragung von folgenden Beamten des Epidemic Intelligence Service verbracht: Frederick Angulo, Lennox Archibald, Susan Cookson, Marc Fischer, Cindy Friedman, Jo Hofmann, Daniel Jernigan, Elise Jochimsen, David Kim, Orin Levine, Arthur Marx, Paul Mead, Jonathan Mermin, John Moroney, Don Noah, Pekka Nuorti, Nancy Rosenstein, Jeremy Sobel und Joel Williams. Großzügig haben mir auch folgende Mitarbeiter der CDC ihre Zeit gewidmet: Dan Colley, Marty Favero, Randy Hanzlick, Brian Holloway, Robert Howard, James Hughes, Rima Khabbaz, Scott Lillebridge, William Martone, Joseph McDade, Bradley Perkins, C. J. Peters, Robert Pinner sowie CDC-Direktor David Satcher.

Dr. Frank J. Malinoski hat mich bei diesem Projekt von Anfang an ermutigt. Als Augenzeuge und Teilnehmer an mehreren heiklen Besichtigungen in russischen Biowaffenfabriken hat er mir wertvolle Erkenntnisse über die Existenz biologischer Waffen in Rußland vermittelt. Danken möchte ich auch Judy Malinoski für ihre persönliche Unterstützung.

Am U.S. Army Medical Research Institute of Infectious Diseases (USAMRIID) in Fort Detrick, Maryland, hat Peter Jahrling mir äußerst wertvolle Informationen geliefert, und mein Dank gilt auch dem USAMRIID-Kommandeur David Franz. Am U.S. Navy Biological Defense Research Program in Bethesda hat mich James Burans überaus freundlich unterstützt und mir in ungezählten Stunden meine Fragen geduldig beantwortet. Danken möchte ich auch seinen Mitarbeitern William Nelson, David Frank, Gary Long, Beverly Mangold und Farrell McAfee.

Ermutigung ganz direkter Art erwies mir der ehemalige

Navy-Staatssekretär Richard Danzig: Er hat mich darin bestärkt, daß das Thema wichtig sei und es sich in Worte kleiden lasse. Auch Pamela Berkowski möchte ich an dieser Stelle danken. Am Office of the Chief Medical Examiner der Stadt New York haben mir dankenswerterweise Ellen Borakove, David Schomburg und Robert Shaler geholfen. Zu Dank verpflichtet bin ich den Pathologen Elliot Krauss und Thamarai Saminathan sowie dem Leichendiener Daniel Britt am Medical Center in Princeton, New Jersey, für die Erlaubnis, an einer Autopsie teilnehmen zu dürfen. Mein Notizbuch weist noch Flecken von Blut und Hirnflüssigkeit auf – authentische Spuren meiner praktischen Arbeit als Reporter. Danken möchte ich auch Daniel Shapiro. Joe Cunningham, Historiker und Experte der New Yorker U-Bahn, hat mir bei den Verfolgungsszenen in der U-Bahn am Ende des Buches geholfen, und wir beide haben viele anregende Streifzüge durch die Stadt unternommen, insbesondere beim Inspizieren von Tunnels, beim Abmessen von Entfernungen und bei der Lokalisierung von Schauplätzen in und unter der Lower East Side. Großzügig hat mir Robert Lobenstein von der New Yorker Verkehrsbehörde seine Zeit gewidmet, und dankbar bin ich auch Roxanne Robertson für ihre freundliche Hilfe und Unterstützung.
Fachlichen Rat bei der Konzeption des Cobra-Virus verdanke ich insbesondere Malcolm J. Fraser von der Notre Dame University. Sämtliche wissenschaftlichen Phantastereien hier gehen auf mein Konto und gewiß nicht auf das von Mac Fraser. Wertvolle Hilfe verdanke ich Betsy Smith und Nina Humphrey vom Chelsea Garden Center in New York – es war Ninas Idee, Forsythien als die Pflanze zu verwenden, von der das Pollenkorn in der Handlung stammt. In diesem Zusammenhang möchte ich auch Kevin Indoe vom Botanischen Garten New York danken.
Folgende weitere Experten haben mir ihre Zeit gewidmet

und meine Fragen beantwortet: Lowell T. Anderson, Anthony Carrano, William E. Clark, Sr. Frances de la Chapelle, Freeman Dyson, D. A. Henderson, Stephen S. Morse, Michael T. Osterholm, Marie Pizzorno, David Relman, Barbara Hatch Rosenberg, H. R. »Shep« Shepherd von der Albert B. Sabin Vaccine Foundation, Jonathan Weiner und Frank E. Young. Einige meiner wichtigsten Quellen wünschten nicht genannt zu werden. Ich hoffe, sie werden meinen herzlichen Dank an dieser Stelle annehmen. Sie wissen, wer gemeint ist.

An der schwierigen »Geburt« dieses Buches waren eine Reihe von Menschen beteiligt, denen ich an dieser Stelle danken möchte. Dies sind bei meinem Verlag Random House Joanne Barracca, Pamela Cannon, Andy Carpenter, Carole Lowenstein, Lesley Oelsner, Sybil Pincus und Webb Younce. Für ihre begeisterte Unterstützung zu Beginn meiner Arbeit danke ich besonders Harold Evans, Ann Godoff und Carol Schneider. Bei der Agentur Janklow & Nesbit möchte ich vor allem Lynn Nesbit, Cynthia Cannell, Eric Simonoff und Tina Bennett danken. Ganz besonders danke ich North Market Street Graphics für die heroische Arbeit der Mitarbeiter Vicky Dawes, Lynn Duncan, Jim Fogel, Steve McCreary und Cindy Szili. Ferner danke ich meinen Nothelfern Nicole LaPorte, Matt Lane und Harold Ambler, der Lektorin Bonnie Thompson und meiner persönlichen Assistentin Cheryl Wagaman.

Vor allem aber gilt mein liebevoller Dank meiner Frau Michelle, die stets mein Leitstern gewesen ist.

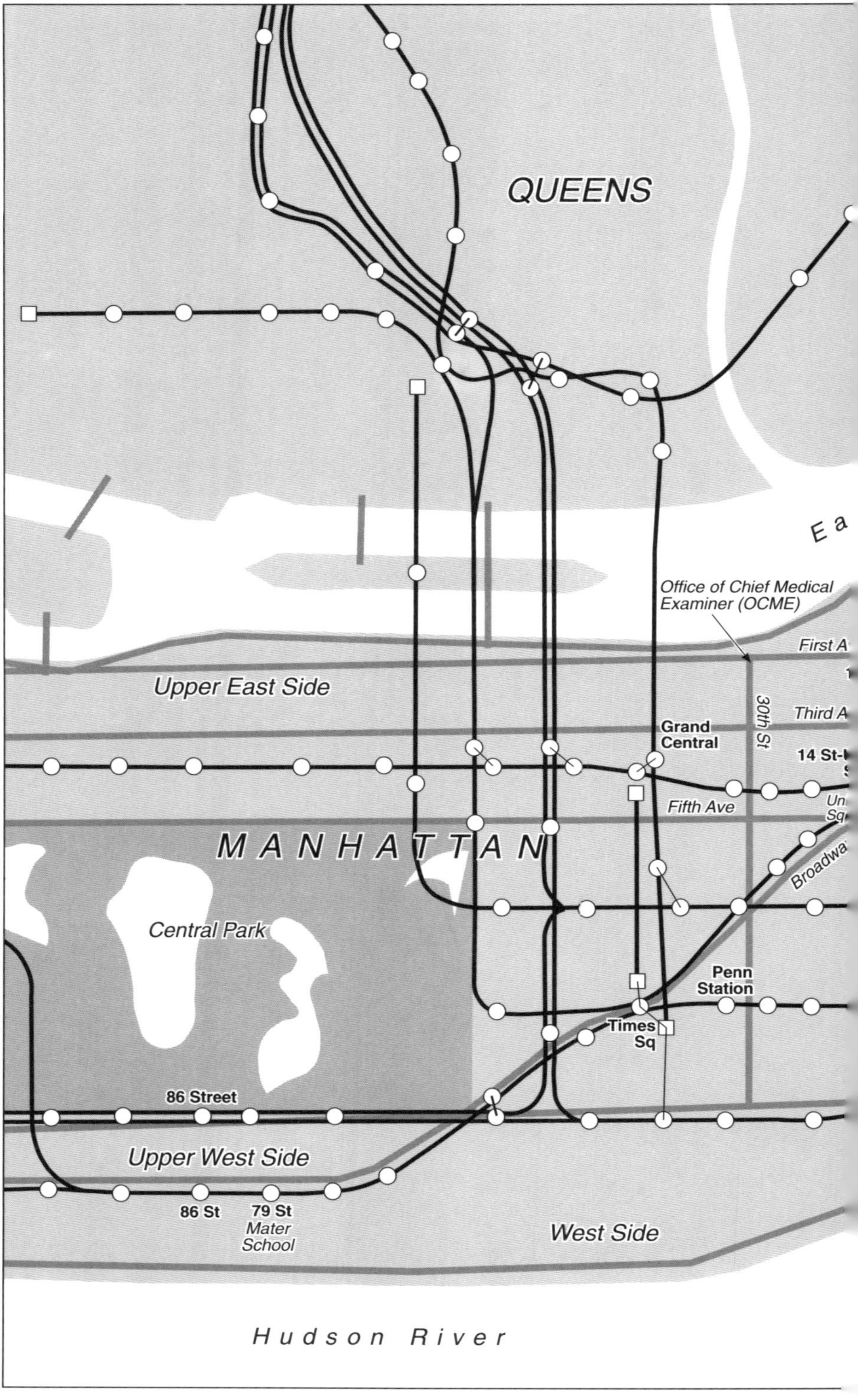
QUEENS
E a
Office of Chief Medical
Examiner (OCME)
First A
Upper East Side
30th St
Third A
Grand
Central
14 St-
Fifth Ave
MANHATTAN
Broadwa
Central Park
Penn
Station
Times
Sq
86 Street
Upper West Side
86 St
79 St
Mater
School
West Side
Hudson River